Sie lernt zu morsen, zu schießen, Brücken zu sprengen; sie lernt, ihre wahre Identität zu verbergen und jedem zu misstrauen: Marian, neunzehn Jahre alt, wird während des Zweiten Weltkriegs vom britischen Geheimdienst rekrutiert, um sich in Frankreich der Résistance anzuschließen. Ohne zu zögern nimmt sie sich dieser gefährlichen Aufgabe an – mit einem Hintergedanken: Sie hofft, ihre Jugendliebe Clément wiederzufinden, der als weltbekannter Atomphysiker in Paris lebt. Doch kurz bevor es so weit ist und sie nach Frankreich geschickt wird, lern sie Benoît kennen. Er wird zu ihrem ersten Liebhaber. Dann nimmt ihr großes Abenteuer seinen Anfang. Wird sie ihre Aufgabe erfüllen? Wird sie Clément finden – und was wird dann mit Benoît?

SIMON MAWER wurde 1948 als Kind eines Soldaten der Royal Airforce in England geboren und wuchs unter anderem in Zypern und Malta auf. Sein Werk umfasst bisher acht Romane, viele davon internationale Bestseller; zwei seiner Romane wurden für den wichtigsten Literaturpreis der englischsprachigen Welt, den Booker-Preis, nominiert. Mawer lebt heute in Italien.

SIMON MAWER

Die Frau, die vom Himmel fiel

Roman

Aus dem Englischen
von Klaus Timmermann
und Ulrike Wasel

btb

Die Originalausgabe erschien 2012 unter dem Titel
»The Girl Who Fell from the Sky« bei Little, Brown, London.

MIX
Papier aus verantwortungsvollen Quellen
FSC® C083411
FSC
www.fsc.org

Verlagsgruppe Random House FSC® N001967
Das für dieses Buch verwendete FSC®-zertifizierte
Papier *Lux Cream* liefert Stora Enso, Finnland.

1. Auflage
Genehmigte Taschenbuchausgabe Juli 2015,
btb Verlag in der Verlagsgruppe Random House GmbH, München

Umschlaggestaltung: semper smile, München, nach einem
Umschlagentwurf von Lübbeke Naumann Thoben, Köln, unter
Verwendung einer Fotografie von © RetroAtelier / Getty Images
Druck und Einband: CPI books GmbH, Leck
LW · Herstellung: sc
Printed in Germany
ISBN 978-3-442-74940-9

www.btb-verlag.de
www.facebook.com/btbverlag
Besuchen Sie auch unseren LiteraturBlog www.transatlantik.de!

In Erinnerung an Colette,
eine der SOE-Frauen

TRAPEZ

Sie sitzt im Rumpf des Flugzeugs, verschnürt wie ein Gepäckstück und gepeinigt vom Lärm. Eine halbe Stunde zuvor hat man sie durch die Tür nach oben bugsiert, weil sie es mit dem Fallschirm auf dem Rücken niemals allein die Leiter hochgeschafft hätte. Jetzt sitzt sie einfach da, in dem ohrenbetäubenden Krach und dem trüben Licht, um sie herum hartes Metall und zahllose Pakete.

Wenn sie doch nur schlafen könnte, wie Benoît. Der sitzt ihr gegenüber, die Augen geschlossen, und sein Kopf wiegt sich mit den Bewegungen der Maschine. Wie ein Passagier in einem Zug. Das ist eine seiner aufreizendsten Eigenschaften, er kann, wo und wann es ihm beliebt, einfach schlafen.

Der Absetzer – jung, linkisch, vorspringender Adamsapfel und Pomade im Haar – kommt durch den Krach auf sie zugestolpert. Er erscheint ihr wie eine Art Charon, der die Seelen der Toten auf dem Weg in den Hades begleitet. Ihrem Vater würde der Gedanke gefallen. Seine klassischen Allusionen. »Illusionen« hat sie sie immer genannt. Der Absetzer grinst sie teuflisch an, bückt sich und öffnet die Bodenluke, sodass Nacht und Kälte in den Rumpf dringen, als würde Wasser durch ein Leck hereinrauschen. Als sie nach unten schaut, kann sie die engen Dächer einer Stadt sehen, die tief unter ihnen vorbeigleitet, wolkenbefleckt und mondbeschienen, ein geheimnisvoller Meeresgrund, über dem ihr Schiff dahinschwebt. Benoît öffnet ein Auge, um zu sehen, was los ist, lächelt sie kurz an und schläft weiter.

»CAEN!«, ruft der Absetzer über den Lärm hinweg. Er fängt an, Papierpakete durch das schwarze Loch nach draußen zu werfen, wie ein manischer Lieferjunge, der in der Dunkelheit eines Wintermorgens seinen Kunden die Zeitung vor die Tür wirft. Die Bündel reißen auf, als sie ins Leere fallen. Er hält ihr eins von den Flugblättern hin, damit sie es lesen kann.

La Revue du Monde Libre steht da, *Apportée par la R.A.F.*

»DIE FRANZMÄNNER WISCHEN SICH DAMIT NATÜRLICH NUR DEN HINTERN AB!«, schreit er. »ABER DIE SAUERKRAUTFRESSER DENKEN JETZT, WIR WOLLEN BLOSS DIE DINGER ABWERFEN. GUTES ALIBI, WAS? DIE SOLLEN NICHT AUF DIE IDEE KOMMEN, WIR SIND HIER, UM SO JEMAND WIE SIE ABZUSETZEN.«

Sie lächelt. *So jemand wie Sie*. Aber wen eigentlich genau?

Marian.

Alice.

Anne-Marie Laroche.

Ein Päckchen, das ausgeliefert werden soll, wie ein Bündel Flugblätter.

Ohne Vorwarnung beginnt die Maschine zu taumeln, ein von Wellen gepeitschtes Boot. »FLAK!«, schreit der Absetzer, als er ihren fragenden Blick sieht. Er grinst, als wäre Flakfeuer nicht der Rede wert, und tatsächlich ist außer dem Motorenlärm nichts zu hören, keine berstenden Granaten, keine Anzeichen dafür, dass da unten irgendwelche Menschen versuchen, sie zu töten, bloß dieses Taumeln und Abdrehen.

»WIR SIND BALD DRÜBER WEG!«

Und tatsächlich, sie sind bald drüber weg, und das Flugzeug dröhnt weiter, die Luke geschlossen, durch ruhigere Gewässer.

Später bringt der junge Bursche ihr und Benoît eine Thermoskanne Tee und ein paar Sandwiches. Benoît schlingt seine gierig herunter – »Iss, *mon p'tit chat*«, sagt er zu ihr, aber sie kann nicht essen, so wie sie schon im Unterschlupf keinen Bissen herunterbrachte, bevor sie zum Flugplatz aufbrachen, weil sich nämlich ihre Magenmuskeln von dem Moment an unaufhaltsam zugeschnürt und verkrampft haben, als Vera sagte: »TRAPEZE ist für den nächsten Mond angesetzt. Natürlich nur, wenn das Wetter mitspielt.« In dem Augenblick begann der Schmerz, ein dumpfes Ziehen wie Menstruationsschmerzen, obwohl sie nicht ihre Periode hatte.

»Alles in Ordnung?«, fragte Miss Atkins sie auf dem Flugplatz, während sie letzte Vorbereitungen trafen. Sie wirkte wie eine Krankenschwester, die sich nach einer Patientin erkundigte – besorgt, aber mit einer gewissen Distanziertheit, als handelte es sich bloß um eine Aufgabe, die es zu erledigen galt, ehe sie weiter zum nächsten Bett ging.

»Natürlich ist alles in Ordnung.«

»Sie sehen blass aus.«

»Das kommt von dem verdammten englischen Wetter.«

Und jetzt herrscht draußen französisches Wetter, das die Maschine durchrüttelt, während sie weiter durch die Nacht dröhnt. Als sie den Tee ausgetrunken hat, schafft sie es, zu schlafen, ein dösender, unbequemer Schlaf, eher wie ein Patient, der immer wieder wegdämmert, nicht wie jemand, der sich wirklich ausruht. Und dann ist sie erneut wach, und der Absetzer rüttelt sie an der Schulter und schreit ihr ins Ohr: »WIR SIND FAST DA, LIEBES! FERTIG MACHEN!«

Liebes. Sie mag das. Englische Fürsorglichkeit. Die Bodenluke wird erneut geöffnet, und als sie hindurchspäht, sieht sie etwas Neues, bleiche Felder und dunkle Wälder huschen unter dem Flugzeug vorbei, fast zum Greifen nahe. *Die weiten Eb'nen Frankreichs*, hat ihr Vater immer gesagt. Benoît, der jetzt hellwach und konzentriert ist, klopft seine Taschen ab, um sich zu vergewissern, dass er alles hat, zieht Reißverschlüsse zu, kontrolliert seine Ausrüstung.

Das Flugzeug neigt sich zur Seite, fliegt mit kreischenden Motoren einen weiten Kreis. Sie kann sich den Piloten vorn im Cockpit vorstellen, wie er sucht und sucht, angestrengt nach den winzigen Taschenlampenlichtern Ausschau hält, die signalisieren, dass sie da unten im Dunkeln erwartet werden. Ein Lämpchen geht am Rumpfdach an, ein einzelnes, starres rotes Auge. Der Absetzer hebt die Daumen. »ER HAT'S GEFUNDEN!«

In seiner brüllenden Stimme schwingen Ehrfurcht und Triumph mit, als wäre das der Beweis dafür, was für Wunder seine Crew zustande bringen kann: im Dunkeln den ganzen Weg bis hierher zurückzulegen, achthundert Meilen von zu Hause, und in einer pechschwarzen Welt ein stecknadelkopfgroßes Licht zu entdecken. Er hakt die Aufziehleinen ihrer Fallschirme an der Stange am Rumpfdach ein und überprüft noch einmal die Schnallen an ihren Gurten. Das Flugzeug überquert die Absprungzone, und sie kann das Geräusch hören, wie die Behälter aus dem Bombenschacht fallen, und sieht ihre geblähten Fallschirmkappen kurz darunter aufleuchten. Dann legt sich die Maschine in die Kurve und dreht und nimmt ein zweites Mal Anlauf.

»JETZT SEID IHR DRAN!«, brüllt der Absetzer ihnen zu.

»*Merde alors!*«, formt Benoît mit den Lippen und grinst Marian an. Er wirkt aufreizend unbekümmert, als wäre das alles der normale Lauf der Dinge, als wäre es die selbstverständlichste Sache der Welt, dass Leute sich mitten in der Nacht über einer unbekannten Gegend aus einem Flugzeug werfen.

Merde alors!

Sie sitzt am Lukenrand, die Beine draußen im Luftsog, als säße sie auf einem Felsen mit den Füßen im strömenden Wasser. Benoît ist direkt hinter ihr. Sie spürt seinen Druck an ihrem unförmigen Fallschirmrucksack, als wäre das Ding eine empfindliche Erweiterung ihres Körpers. Sie spricht ein kleines Gebet, eines, das sie aus Kindheitserinnerungen kramt, aber dennoch ein Gebet und somit ein Zeichen von Schwäche: Lieber Gott, bitte pass auf mich auf. Was vielleicht bedeutet: Vater, pass auf mich auf, oder *Maman*, pass auf mich auf, aber was immer es auch bedeutet, sie will jetzt keine Schwäche zeigen, nicht in diesem Moment, in dem sie sich ausliefert und die Luft an ihr vorbeirauscht und unter ihr Leere ist, während der Absetzer ihr zunickt, um ihr Mut zu machen, und doch bloß den beängstigenden Aberglauben in ihr weckt, dass du dir niemals selbst gratulieren, niemals applaudieren, niemals jemandem Glück wünschen darfst. *Merde alors!*, mehr solltest du niemals sagen. *Merde alors!*, denkt sie, in gewisser Weise auch ein Gebet, als das rote Lämpchen erlischt und das grüne Lämpchen angeht und der Absetzer ruft: »SPRUNG!«, und schon spürt sie seine Hand auf dem Rücken und lässt los, stürzt von der rauen Behaglichkeit im Rumpf in die tosende Dunkelheit über Frankreich.

LONDON

I

Er hieß Potter, was irgendwie unpassend war. Er hatte eine nörgelige, flötende Stimme und eine kühle Art, als ob sie seinen Ansprüchen eigentlich nicht genügen würde, er sie aber aus Höflichkeit dennoch empfing. »Danke, dass Sie den weiten Weg auf sich genommen haben«, sagte er. »Und sich extra freigenommen haben. Bitte, machen Sie es sich doch bequem.«

Es schien unmöglich, dieser Aufforderung nachzukommen: Der Raum war fast völlig leer geräumt worden. An einer freien Stelle hatte wahrscheinlich einmal ein Bett gestanden – ein Kopfbrett war an der Wand befestigt, und die beiden kleinen Regale links und rechts hatten wohl als Nachttische gedient –, doch ansonsten waren die einzigen Möbelstücke ein Tisch und zwei Stühle. Eine nackte Glühbirne hing von der Decke.

Sie setzte sich, nicht vorn auf die Kante des Stuhls und auch nicht bequem zurückgelehnt wie bei sich zu Hause im Wohnzimmer, weder das eine noch das andere, sondern aufrecht, entspannt und wachsam, während er ihr gegenüber Platz nahm und freundlich lächelte. Er war ein durchschnittlich aussehender Mann, die Sorte, die ihr Vater Bankiertyp nannte. Nur dass Bankiers stets Schnurrbärte hatten und dunkle Anzüge trugen. Dieser Mann war dagegen glatt rasiert und trug ein Tweedsakko mit Weste. Ein Schuldirektor, entschied sie. Ein Schuldirektor, der eine aufsässige Schülerin in sein Büro zitiert hat, die Art von Direktor, der lieber Fragen stellt als Standpauken hält. Die Art, die es dir selbst überlässt, dich in Widersprüche zu verwickeln. Die sokratische Methode.

»Also, ich nehme an, Sie fragen sich, warum ich Sie eingeladen habe?«

In seinem Brief hatte er sie gebeten, nicht in Uniform zu kommen. Sie hatte das seltsam gefunden, sogar ein wenig befremdlich. Wieso nicht in Uniform, wo doch die ganze verdammte Welt in Uniform steckte? Sie hatte sich daher für etwas Schlichtes und Geschäftsmäßiges entschieden – dunkelblaues Kostüm, weiße Bluse und das einzige anständige Paar Schuhe, das sie aus Genf hatte mitnehmen können. Sie hatte es in den letzten zwei Jahren möglichst wenig getragen. Es war zu kostbar. Und Seidenstrümpfe, sie trug Seidenstrümpfe. Ihr letztes Paar.

»In Ihrem Brief erwähnen Sie Französisch. Dass Sie für meine Sprachkenntnisse Verwendung hätten.«

»Genau. *Peut-être …*« Potter stockte und lächelte herablassend, *»Peut-être nous devrions parler français?«*

Er hatte einen englischen Akzent, und seine Ausdrucksweise klang ein wenig hölzern, als würde er die Sprache eher bemüht sprechen, nicht natürlich. Aber er beherrschte sie ganz passabel. Sie zuckte die Achseln und tat es ihm gleich, wechselte von einer Sprache in die andere, mit jener seltsamen Leichtigkeit, die sie besaß und die ihr Vater niemals zustande brachte. »Die Sache ist die, Papa«, hatte sie einmal zu ihm gesagt, »für dich sind es zwei Sprachen. Aber für mich nicht. Für mich gibt es bloß *eine* Sprache. Und ich verwende immer das, was gerade am besten passt.« Und so fand das weitere Gespräch, ein sehr verhaltenes, ausweichendes Gespräch, auf Französisch statt, durchsetzt mit Potters gestelzten Förmlichkeiten und Marians übersprudelnden umgangssprachlichen Wendungen.

»Ich muss von vornherein klarstellen«, warnte er sie, »dass es sich um eine äußerst geheime Arbeit handelt. Alles, was diese Arbeit betrifft, selbst unser heutiges Treffen, ist streng vertraulich und unterliegt dem Official Secrets Act. Dessen sind Sie sich hoffentlich bewusst, oder? Natürlich haben Sie die entsprechende Erklärung bereits im Rahmen Ihrer Tätigkeit beim Frauenhilfskorps WAAF unterzeichnet. Aber wir möchten auf Nummer sicher gehen.«

Also unterzeichnete sie ein weiteres Mal die Geheimhaltungserklärung, eine feierliche kleine Zeremonie wie eine Eheschließung auf dem Standesamt, wozu Mr Potter ihr seinen Füllfederhalter borgte und ehrfürchtig wartete, bis die Tinte getrocknet war.

»So, dann erzählen Sie mir doch mal ein wenig über sich, Miss Sutro. Der Name zum Beispiel. Nicht jüdisch, oder?«

»Sutro? Ursprünglich vielleicht, ich weiß es gar nicht genau. Mein Vater ist Anglikaner, und *sein* Vater war sogar Pfarrer. Was gewisse Probleme zur Folge hatte, als mein Papa meine Mutter heiratete, denn die ist katholisch. So wurden wir auch erzogen, mein Bruder und ich – katholisch.«

»Das klingt ja alles recht normal. Aber man muss sich ja vergewissern.«

»Dass ich keine Jüdin bin? Wollen Sie keine Juden?«

»Wir müssen sichergehen, dass Angehörige des, äh, mosaischen Glaubens sich der Risiken voll und ganz bewusst sind.«

»Was denn für Risiken?«

Ein leiser Anflug von Ungeduld schlich sich in seine Stimme. »Vielleicht sollte lieber ich hier die Fragen stellen, Miss Sutro. Sagen Sie, wie haben Sie Ihre Französischkenntnisse erworben?«

Sie zuckte die Achseln. »Ich hab meine Kenntnisse nicht *erworben*. Ich hab einfach sprechen gelernt, wie jedes Kind. Bloß eben die französische Sprache. Meine Mutter ist Französin. Wir haben in Genf gelebt.«

»Aber Sie sprechen auch ausgezeichnet Englisch.«

»Das hab ich natürlich von meinem Vater. Und auch in der Schule haben wir Englisch und Französisch gesprochen. Es war eine internationale Schule. Und dann war ich drei Jahre auf einem Internat in England.«

»Was hat Ihr Vater in Genf gemacht?«

»Er hat beim Völkerbund gearbeitet.« Sie stockte und fragte dann mit einer gewissen Ironie: »Erinnern Sie sich noch an den Völkerbund, Mr Potter?«

II

Beim zweiten Treffen legte er seine Karten auf den Tisch. Das waren seine Worte. Sie trafen sich wie zuvor: am selben Ort – ein anonymes Gebäude auf der Northumberland Avenue, das einmal ein Hotel gewesen war –, in demselben Zimmer, mit den zwei Stühlen und dem nackten Tisch und der nackten Glühbirne, doch diesmal nahm sie die Zigarette, die er ihr anbot. Sie rauchte eigentlich nicht, aber die Arbeit im sogenannten Filterraum in der Bentley Priory, dem Hauptquartier des Fighter Command bei Stanmore, machte unweigerlich jeden zum Raucher, vor allem nachts. Außerdem wirkte sie mit einer Zigarette in der Hand älter, und aus irgendeinem Grund wollte sie in den Augen dieses Mannes älter erscheinen, obwohl er ihr richtiges Alter kannte und daher nicht getäuscht werden konnte.

»Wie denken Sie über unser erstes Gespräch?«, fragte er.

Sie zuckte die Achseln. »Sie haben mir nichts Konkretes

verraten. Dieses Inter-Services Research Bureau kann alles Mögliche sein.«

Er nickte. Es konnte in der Tat alles Mögliche sein. »Bei dem Treffen haben Sie – recht beredt, wie ich fand –, über Ihre Liebe zu Frankreich gesprochen, darüber, dass Sie gern etwas mehr für das Land tun würden, auf aktivere Art.«

»Darum ging's also, ja? Meine Sprachkenntnisse.«

»Mehr oder weniger.« Er betrachtete sie nachdenklich, musterte sie mit einem Ausdruck, der fast traurig wirkte. »Marian, wären Sie bereit, dieses Land zu verlassen, um sich aktiver zu engagieren?«

»Ins Ausland gehen? Sicher. Algerien oder so?«

»Eigentlich meine ich Frankreich selbst.«

Eine Pause entstand. Man hätte meinen können, dass sie ihn nicht ganz verstanden hatte. »Ist das Ihr Ernst, Mr Potter?«

»Mein voller Ernst. Die Organisation, die ich vertrete, bildet Leute für die Arbeit in Frankreich aus.«

Sie wartete, sog Rauch von der Zigarette ein, entschlossen, sich keinerlei Veränderung anmerken zu lassen. Aber es gab eine Veränderung: ein aufgeregtes Flattern direkt hinter ihrem Brustbein.

»Ich will offen zu Ihnen sein, Marian. Ich möchte meine Karten auf den Tisch legen. Es wäre eine riskante Arbeit. Sie wären in Lebensgefahr. Aber die Arbeit wäre von immensem Wert für unsere Kriegsanstrengungen. Ich bitte Sie, darüber nachzudenken, ob Sie sich dergleichen vorstellen könnten.«

Sie schien sich den Vorschlag durch den Kopf gehen zu lassen, doch sie hatte den Entschluss längst gefasst, schon vor Beginn dieses zweiten Gesprächs, als sie geahnt hatte, dass etwas Außergewöhnliches passieren könnte. »Ja, sehr gerne sogar«, sagte sie.

Potter lächelte. Es war ein Ausdruck bar jeden Humors, das müde Lächeln eines Mannes, der es mit übereifrigen

Kindern zu tun hat. »Ich möchte nicht, dass Sie mir sofort antworten. Verreisen Sie und denken Sie darüber nach. Sie haben eine Woche Urlaub.«

»Eine Woche *Urlaub*?« Wer im Filterraum arbeitete, konnte von Urlaub nur träumen.

Er nickte. »Sie haben eine Woche Urlaub. Fahren Sie nach Hause und denken Sie in Ruhe nach. Sprechen Sie mit Ihrem Vater darüber. Verraten Sie ihm aber nicht mehr, als dass Sie vielleicht zu irgendeinem geheimen Einsatz ins Ausland geschickt werden, der nicht ungefährlich ist. Falls Sie mein Angebot annehmen, wird eine andere Einheit genauer prüfen, ob Sie für diese spezielle Arbeit geeignet sind. Womöglich kommt man dort zu dem Ergebnis, dass ich Ihre Talente falsch eingeschätzt habe und Sie für die Arbeit, die wir machen, nicht infrage kommen. In diesem Fall kehren Sie nach einem angemessenen Debriefing zu Ihren normalen Aufgaben zurück, ohne dass irgendwer erfährt, wo Sie waren. Falls die Bewertungseinheit Sie für geeignet hält, wird es ernst. Ihre Ausbildung wird einige Monate dauern, erst dann kommen Sie zum Einsatz.«

»Das klingt faszinierend.«

»So würde ich es eher nicht nennen. Sie müssen Ihre Eltern davon in Kenntnis setzen, dass Sie, falls Sie diese Arbeit annehmen, praktisch aus ihrem Leben verschwinden, bis alles vorbei ist. Zwar wird die Organisation Ihre Familie von Zeit zu Zeit über Ihr Befinden unterrichten, aber Sie werden keinen direkten Kontakt zu ihr haben, und ihre Eltern werden keine näheren Informationen über Ihren Aufenthaltsort erhalten. Freunden oder Verwandten sagen Sie lediglich, dass Sie ins Ausland versetzt wurden. Mehr nicht. Haben Sie das verstanden?«

»Ich denke ja.« Sie stockte, betrachtete diesen Mann und sein ernstes Schuldirektorengesicht. »Wie hoch ist das Risiko?«

Er atmete tief ein, als bereitete er sich darauf vor, ein Urteil zu sprechen. »Wir schätzen – es ist wirklich nur eine Schätzung – die Überlebenschancen auf fifty-fifty.«

»Fifty-fifty?« Das klang absurd. Ein Münzwurf. Kein Wunder, dass ihr das Angst machte. Aber es war die Angst, die sie beim Skilaufen empfunden hatte, die Angst, einen Steilhang hinabzustürzen, die Angst, die sie gehabt hatte, als sie mit ihrem Onkel bergsteigen war, die ehrfürchtige Angst vor dem leeren Raum unter ihren Füßen, eine Angst, die fast schon an Freude grenzte. Sie hätte am liebsten eine große Geste gemacht, vor Glück gelacht und »Ja!« geschrien, um dann vom Stuhl aufzuspringen und die Arme um diesen seltsamen Mann mit seinen schrillen, unheilvollen Prophezeiungen zu werfen. Stattdessen nickte sie nachdenklich. »Was ist mit meiner Einheit?«

»Sie müssen nicht zu Ihrer Einheit zurückkehren. Falls Sie sich für mein Angebot entscheiden, werden Ihre Sachen für Sie abgeholt, und Ihre Kollegen werden über Ihre Versetzung in ein anderes Aufgabengebiet informiert. Ich muss Ihnen mit aller Deutlichkeit sagen, dass niemand irgendetwas erfahren darf. Weder Angehörige noch Partner. Haben Sie einen Freund?«

Sie blickte auf ihre Hände, die reglos auf ihrem Schoß lagen. Könnte Clément in diese Kategorie fallen? Wann verwandelte sich eine jugendliche Schwärmerei in eine erwachsene Beziehung? »Ich hatte jemanden in Frankreich. Wir haben uns geschrieben, aber seit dem Einmarsch …«

»Nun, das ist gut. Derartige Beziehungen müssen Sie leider radikal abbrechen. Keine Erklärung, kein Abschied. Ihr Bruder – soweit ich weiß, wurde er aufgrund seiner beruflichen Tätigkeit als unabkömmlich eingestuft …«

»Ned? Er ist Wissenschaftler. Physik.«

»Er darf nichts erfahren, rein gar nichts. Wenn Sie Bescheid bekommen, befolgen Sie lediglich unsere Anweisungen und machen sich auf den Weg zum Bewertungsausschuss. Dort wird man Sie vier Tage lang diversen Tests unterziehen, um festzustellen, ob Sie den Anforderungen der Aufgabe gewachsen sind, für die wir Sie vorgesehen haben.«

»Das klingt wie eine Exekution. Sie werden von diesem Gericht zum Exekutionsplatz geführt werden, wo Sie am Halse aufgehängt werden…«

»Die Sache ist kein Spaß, Marian«, sagte er. »Sondern todernst.«

Sie lächelte ihn an. Sie hatte ein gewinnendes Lächeln, das wusste sie. Ihr Vater hatte es ihr oft bescheinigt. »Das sollte auch kein Spaß sein, Mr Potter.«

Sie ging aus dem Gebäude, vorbei an den Sandsäcken und den Wachen und hinein ins helle Licht der Northumberland Avenue. Nahm irgendwer von ihr Notiz? Sie wünschte es sich. Sie wollte in den Augen der anonymen Passanten außergewöhnlich wirken – genial, draufgängerisch, tapfer. Sie würde nach Frankreich gehen. Wie auch immer die so was organisierten – würde sie an die Küste schwimmen? Oder zu Fuß von der Schweiz aus die Grenze überqueren? Oder mit einem leichten Flugzeug landen? –, irgendwie würde sie nach Frankreich kommen. Sie ging das kurze Stück zum Embankment und blickte über den Fluss. Die Ebbe hatte den Wasserstand sinken lassen, und Seevögel trippelten über den frei liegenden Uferschlamm, Möwen lachten und kreischten. Sie hätte gern mit ihnen zusammen gelacht und gekreischt. Gelacht vor schierer Freude und gekreischt vor einer atemberaubenden Art von Furcht. Züge ratterten hoch oben über die Brücke. Aus dem Schatten der U-Bahn-Station tauchten Menschen auf, blinzelten ins Sonnenlicht, genauso wie sie in das Sonnenlicht ihres neuen Lebens. Vielleicht war der nächste Fluss, den sie sah, die Seine. Wie außerordentlich!

Marian Sutro, die unter irgendeinem Decknamen lebte – »Colette« würde ihr gefallen –, könnte schon bald am Ufer der Seine stehen, gleich neben dem Pont Neuf, und übers Wasser schauen, vorbei an der Île de la Cité zum Louvre auf der anderen Seite. Um sie herum würden die Menschen der Stadt sich fragen, wann und ob die Briten kommen würden, um sie aus ihrem Elend zu retten, wo sie doch in Wahrheit schon da waren, in ihrer kleinen Gestalt.

III

»Wir freuen uns sehr, Sie als Freiwillige begrüßen zu können«, sagte der groß gewachsene Mann. Er trug die Uniform eines Lieutenant-Colonel und hatte anscheinend das Sagen. Durch das Fenster hinter ihm konnte sie die Bäume in der Mitte des Platzes sehen. Schwacher Verkehrslärm drang durch die Scheibe. Das Gebäude hieß Orchard Court, und es war nicht klar, ob es sich um Wohnräume oder um Büros handelte. Wahrscheinlich war es eine seltsame Mischung aus beidem: So konnte man beispielsweise durch eine offene Tür ein Schlafzimmer mit einem gemachten Bett erspähen oder ein Bad mit schwarz-weißen Fliesen und einem Bidet aus Onyxmarmor, andere Räume waren dagegen eindeutig Büros, mit tristen Amtsschreibtischen und -stühlen und blaugrauen Aktenschränken.

»Buckmaster« nannte der Mann sich. Das war offensichtlich ein Deckname. Kein Mensch konnte ernsthaft Buckmaster heißen. Das roch förmlich nach einem John-Buchan-Thriller. Mr Standfast. »Ich habe mir die Freiheit erlaubt, Ihrem Vater persönlich zu schreiben, wo Sie doch noch so jung sind und so weiter. Ich habe ihm versichert, dass wir, so gut wir können, auf Sie aufpassen werden, aber er wird sich wohl kaum etwas vormachen lassen. Ich meine, er weiß mit Sicherheit, dass diese Art von Arbeit gefahrvoll sein kann.«

Er nickte düster. Man konnte spüren, wie ihm das Wort noch einmal durch den Kopf ging. Gefahrvoll. Es hörte sich so altertümlich an. Sein Deckname wirkte dynamischer als der Mann selbst: Er hatte schütteres Haar, ein fliehendes Kinn und feminine Lippen. Irgendwie war er nicht unbedingt vertrauenerweckend.

»Darf ich fragen, wie diese Organisation eigentlich heißt?«, fragte Marian.

»Ähm.« Er blickte verlegen. »Um ehrlich zu sein, werden hier nicht allzu viele Fragen gestellt.«

»Verzeihung«, sagte Marian, »aber ich dachte, ich sollte es wissen.«

»Nein, Sie müssen sich nicht entschuldigen. Das ist ganz verständlich. Aber uns ist es lieber so. Je weniger wir über einander wissen, desto besser.« Er lächelte sie an. »Natürlich wissen wir eine ganze Menge über Sie, aber das müssen wir ja schließlich, oder? Sie dagegen müssen nicht viel über uns wissen. Nur das Nötigste, Sie verstehen?«

Verstand sie das? Eigentlich nicht. Sie fand es albern, einen Namen zu haben und ihn dann geheim zu halten.

»Nun denn, ich will Sie nicht länger aufhalten. Jetzt, wo wir uns kennengelernt haben, denke ich, ist es an der Zeit, Sie an Miss Atkins zu übergeben.«

Miss Atkins war eine elegante Frau mit einer leicht arroganten Miene. Sie forderte Marian auf, Platz zu nehmen, bot ihr Tee und Kekse an und musterte sie mit einem Ausdruck unterkühlter Neugier, als überlegte sie, sie als Küchenhilfe oder dergleichen einzustellen. Wenn der groß gewachsene Colonel in dieser eigenartigen Welt den König darstellte, dann war diese Frau eindeutig die Königin. »Sie sind sehr jung«, stellte sie fest. »So ziemlich eine der Jüngsten, die wir bislang angeworben haben.« Ihre Stimme hatte etwas Unnatürliches an sich, etwas Angestrengtes und Falsches, als ob die sorgsam artikulierten Silben ihr nicht selbstverständlich über die Lippen kämen, sondern speziell für diesen Anlass erlernt worden waren. »Einige vom Bewertungsausschuss fanden, Sie seien zu unreif für das, was uns vorschwebt. Doch Colonel Buckmaster und ich haben beschlossen, Sie ungeachtet dieser Einschätzung für die Ausbildung zu empfehlen. Wir werden Ihre Fortschritte daher aufmerksam verfolgen.«

»Das hört sich ja an, als würde ich wieder in die Schule gehen.«

»Genauso ist es. Und Sie haben allerhand zu lernen.«

»Wann geht es los?«

»Sofort. Das Erste ist Ihr Rang bei der WAAF. Uns ist es lieb, wenn unsere Leute Offiziersränge bekleiden. Dann haben sie in Frankreich höheres Ansehen. Wir lassen Ihre Beförderung zum Section Officer umgehend in die Wege leiten.«

»Offizierin!«

»Richtig. Doch aus etlichen Gründen, auf die ich nicht näher eingehen möchte, legen wir Wert darauf, dass sich alle unsere jungen Frauen der FANY anschließen.«

»FANY? Was um alles in der Welt ist die FANY?«

»Ein Frauensanitätskorps – die Abkürzung steht für First Aid Nursing Yeomanry. Dort werden Sie den Rang eines Fähnrichs bekleiden und selbstverständlich die Uniform …«

»Aber ich bin doch schon bei der WAAF. Gerade haben Sie gesagt, ich würde Section Officer.«

Atkins klopfte mit dem Finger auf den Schreibtisch, als wollte sie sie zur Ordnung rufen. »Das ist lediglich ein Ehrenrang. Er bringt Ihnen eine entsprechende Besoldung und einen gewissen Status, wenn Sie im Einsatz sind. Aber solange Sie bei uns bleiben, sind Sie eine FANY. So handhaben wir das nun mal. Habe ich mich klar ausgedrückt? Sie erhalten Ihre Uniform umgehend.« Sie hielt inne, musterte die junge Frau. »Es ist meine Pflicht, Sie daran zu erinnern, dass alles, was von nun an passiert, ja, alles, was seit Ihrem ersten Gespräch mit Mr Potter passiert ist, dem Official Secrets Act unterliegt. Das ist Ihnen doch wohl klar, oder? Ihre Ausbildung zum Beispiel. Wohin Sie gehen und was Sie sehen und was Sie tun, wenn Sie dort sind. Alles. Ich weiß, Ihre Arbeit beim Frauenhilfskorps ist auch geheim gewesen, aber das hier ist nicht ganz das Gleiche. Die Geheimnisse des Filterraums sind klar umrissen, aber das trifft keineswegs auf unsere Arbeit zu. Von nun an ist nicht mehr nur Ihre *Arbeit* geheim; von nun an ist Ihr ganzes *Leben* geheim. Das zwingt Sie, ständig Entscheidungen zu treffen. Sie müssen lernen, genug zu sagen, um die Neugier anderer zu dämpfen, ohne jemals irgendetwas zu sagen, das ihre Neugier weckt. Verstehen Sie, was ich meine? Sie müssen langweilig und uninteressant wirken. Das erfordert ein besonderes Geschick.«

»Das sollte ich hinkriegen.«

»Ich schlage vor, Sie erzählen den Leuten, dass Sie eine vorbereitende Ausbildung zur Verbindungsoffizierin absolvieren, mit dem Ziel eines Auslandseinsatzes. Bei Ihren vorzüglichen Französischkenntnissen bietet sich da Algerien an. Sie könnten eine Andeutung in diese Richtung machen, aber Sie sollten es nicht ausdrücklich sagen. Wir sehen es gern, wenn unsere Leute lernen, freundlich zu plaudern, ohne etwas zu sagen. Sie sollten sich von jetzt an darin üben. Und ich sage Ihnen gleich, dass mir laufend Bericht erstattet wird, damit ich weiß, wie gut Sie mit derlei Dingen klarkommen. Ihr Verhalten steht unter ständiger Beobachtung. Habe ich mich klar genug ausgedrückt? Nicht jeder besitzt die Fähigkeiten, auf die es uns ankommt, und viele schaffen die Ausbildung nicht. Aber ich versichere Ihnen, dass Scheitern keine persönliche Schande ist. Es bedeutet lediglich, dass Sie nicht all die Fähigkeiten besitzen, die uns wichtig sind. Wir suchen nach ganz speziellen Begabungen, Marian, nach wirklich ganz *speziellen* Begabungen.«

Spezielle Begabungen, das hörte sich an wie spezielle Freundschaften, jene Beziehungen, die sich an den Grenzen zur Sünde bewegten und bei den Nonnen Ängste weckten. »Offen gestanden«, fügte Miss Atkins mit einem Anflug von Widerwillen hinzu, »manche der Fähigkeiten, nach denen wir suchen, sind vielleicht nicht unbedingt bewundernswert.«

IV

Das Hotel, in das man sie einquartierte, lag in einer schmalen Sackgasse versteckt hinter der Regent Street. Viele der Gäste waren offenbar Stammkunden, und der Portier schien die meisten mit Namen zu kennen. »Guten Abend, Miss«, begrüßte er Marian, als sie durch die Drehtür trat. »Ich hoffe, Sie haben einen angenehmen Aufenthalt.« Und seine Miene ließ erahnen, dass er trotz aller Ermahnungen zur Geheimhaltung genau wusste, was es mit dieser jungen Frau mit dem ramponierten Koffer und dem schlichten grauen Kostüm auf sich hatte.

Sie ging nach oben in ihr Zimmer, hängte ihre Kleidung in den Schrank und warf die neue Uniform aufs Bett. Es war eine hässliche Kreation aus kakifarbenem Wolltuch. F.A.N.Y. stand auf den Schulterstreifen. Eine alberne Abkürzung, wie ein komischer Vorname. Die Uniform lag leblos auf dem Bett, ein Leichnam, der in ihr Leben geschleppt worden war, etwas, wofür sie eine plausible Erklärung liefern musste, wenn sie das nächste Mal nach Hause kam. Das Ganze kam ihr lächerlich vor. Sie war bereits in der WAAF, und jetzt sollte sie partout auch noch diesem merkwürdigen Korps mit dem idiotischen Akronym angehören. Wer immer die waren – »Inter-Services Research Bureau« nannten sie sich –, sie konnten anscheinend alles machen, wozu sie Lust hatten.

Sie sah sich unschlüssig im Zimmer um. Was sollte sie tun? Es war noch viel zu früh, um zu Ned zu fahren. Sie hatte ihn angerufen und gesagt, dass sie vorübergehend in London war, und er hatte sie zum Abendessen eingeladen. Sie würde erklären müssen, warum sie in London war, was ein bisschen schwierig werden könnte. Erklären Sie nichts, hatten die gesagt.

Die. Sie hatte kein anderes Wort für diese Leute, den seltsamen Colonel Buckmaster und die unterkühlte Miss Atkins und ihre diversen Lakaien. Vielleicht beobachteten die sie genau in diesem Augenblick, um zu sehen, wie sie sich verhielt. Der Gedanke amüsierte und ängstigte sie zugleich. Sie sah sich in dem biederen Zimmer mit dem verschnörkelten Schrank, dem dick gepolsterten Sessel und dem übergroßen Bett um. Verborgene Mikrofone? Versteckte Kameras? Sie trat vor den Spiegel in der Schranktür und begutachtete sich. Was würden die sehen? Marian Sutro oder *Marianne Sutró*? Wo lagen die Betonung und der Akzent? Und was würde nun mit diesem sonderbaren Zwitterwesen geschehen?

Sie zog sich vor dem Spiegel aus, warf ihre Kleidung aufs Bett und verwandelte sich von der selbstsicheren Erwachsenen, die andere sehen mochten, in das scheue Kind, das nur sie allein kannte, fade, blass, mit plumpen Gliedern und Hüften und kleinen, spitzen, unscheinbaren Brüsten. Was tun mit diesem Wesen, das noch nie mit einem Mann zusammen gewesen war, noch nie allein in einem Hotel gewohnt hatte, noch nicht mal allein in einer Bar gewesen war? Und doch war sie jetzt hier, allein in dieser grauen, schwer geprüften Stadt, um irgendeine Ausbildung anzufangen, die sie auf

Frankreich vorbereiten sollte. Unwahrscheinlicher ging es kaum noch.

Sie öffnete die Schranktür und fegte die junge Marian beiseite. Sie nahm ihr Cocktailkleid heraus und hielt es sich vor. Es war von einer Eleganz, die in London nicht mehr zu finden war. Oder vielleicht war diese Eleganz ja auch schon vor dem Krieg in London nicht zu finden gewesen, denn sie hatte das Kleid in Genf bei einem Couturier gekauft, der immer die neuste Mode direkt aus Paris bezog. Sie hatte gut darauf aufgepasst, erst bei der überstürzten Flucht aus der Schweiz durch Frankreich, dann in den ermüdenden Monaten im Exil in England. Getragen hatte sie es nur ein einziges Mal, auf einer Tanzveranstaltung, zu der einer der Offiziere aus Stanmore sie eingeladen hatte. Er hatte gesagt, wie gut sie ihm gefiel, und am Ende hatte er auf dem Rücksitz seines Wagens versucht, ihr das Kleid auszuziehen. Für Ned war das Kleid natürlich die reinste Verschwendung, aber zumindest würde sich so ein peinlicher Vorfall wie mit dem Offizier nicht wiederholen.

Sie wusch sich und zog sich an und steckte ihr Haar hoch – Clément hatte immer gesagt, dass sie so älter aussehe. Dann schminkte sie sich – noch immer ungewohnt, noch immer ganz gewagt –, nahm ihren Mantel und ging vorsichtig nach unten. Die Bar war verraucht und laut und erfüllt von männlichem Gelächter, das laute Gebrüll des Engländers in seinem Element. Einige Männer warfen ihr Blicke zu, als sie sich vorbeischob und auf einen freien Tisch in der Ecke zusteuerte, aber die meisten ignorierten sie. Eine Frau allein in einer Bar war mittlerweile nichts Besonderes mehr. Mit einem Gin Tonic in der Hand beobachtete sie das Treiben. Es waren drei- oder viermal mehr Männer da als Frauen. Ausnahmslos Offiziere. Aber inzwischen war sie ja anscheinend auch Offizierin, und obendrein eine FANY. Was auch immer das in der komplizierten Welt des britischen Protokolls heißen mochte.

»Darf ich mich zu Ihnen setzen?«

Sie sah sich um. Alle anderen in der Bar tranken Bier oder Gin, er dagegen hatte ein Glas Rotwein in der rechten Hand und einen Hocker in der anderen, und er sprach mit einem unverkennbar französischen Akzent. Eine brennende Zigarette wippte zwischen seinen Lippen auf und ab. »Sie sind allein, und Sie sind die schönste Frau hier, finde ich ...«

Sie zuckte die Achseln und blickte Richtung Tür, als würde sie jemanden erwarten. Der Franzose setzte sich. Er war jung, nicht älter als sie, und einigermaßen attraktiv, mit einer lässigen, direkten Art, die Sorte junger Mann, die sie aus Grenoble kannte, wenn sie und ihre Cousine abends ausgegangen waren, um kichernd und tuschelnd durch die Cafés zu ziehen und sich älter zu geben, als sie in Wirklichkeit waren.

»Möchten Sie rauchen?« Er bot ihr eine Zigarette aus einer zerknitterten Packung an. Es war keine Senior Service oder so. Es war eine Gauloise. Sie schüttelte den Kopf. Er zuckte mit den Schultern. »Mein Name ist Benoît. Darf ich fragen, wie Sie heißen?«

Sie war unsicher, wie sie antworten sollte. Überhaupt, wenn sie ihren Namen nennen sollte, welcher wäre das dann? War sie Marian oder *Marianne?* Die Frage war heikel. Um sie herum herrschte wildes Gedränge, und irgendwie schienen sie und dieser unbekannte Franzose auf einmal eine Einheit zu bilden. Woher kam er? Wieso war er hier? Wohin gehörte er in dieser lauten, zerbombten, unverwüstlichen Stadt? Irgendjemand rempelte sie an, entschuldigte sich und taumelte dann weiter ins Gewühl. Und sie fragte sich, ob dieser Franzose geschickt worden war, um zu testen, ob sie irgendetwas preisgeben würde.

»Ich bin Anne-Marie«, sagte sie spontan.

»Ah, Anne-Marie. Das ist ein schöner Name.«

»Es ist ein Name. Bloß ein Name.«

Er trank einen Schluck von seinem Wein und zog eine Grimasse. *»Pourquoi toutes ces gonzesses anglaises sont glaciales?«*, fragte er sich.

»Wie bitte?«

»Sie verstehen Französisch?«

Sie stockte, hätte sich fast verplappert. »*Glacial*, das hab ich verstanden. Das heißt doch eisig, oder nicht? Was genau finden Sie denn *glacial*?«

Er verzog das Gesicht. »Der englische Sommer ist eisig. *L'été glacial*, das sage ich immer. Mein Englisch ist so lala. Hören Sie, Sie sind allein hier. Ich bin allein hier. Wir reden, vielleicht? Trinken etwas zusammen? Das ist eine gute Idee, nicht wahr? Ich erzähle meine Lebensgeschichte.«

Marian überlegte. Ihr gefiel der Gedanke, *glacial* zu sein. Dann würde man sie wenigstens nicht für ein leichtes Mädchen halten. Ein Flittchen. Sie unterdrückte ein Kichern. »Ich hab keine Zeit für Ihre ganze Lebensgeschichte. Ich bin zum Abendessen verabredet. Aber Sie können mir erzählen, was Sie in London machen.«

Er zog an seiner Zigarette. »Ich bin aus Frankreich geflohen.«

»Geflohen? Wie beachtlich. Sind Sie geschwommen?«

Er lachte. Sein Lachen war sympathisch. Sein Auftreten war arrogant, unangenehm arrogant, aber er lachte wie ein kleiner Junge. »Der Januar ist nicht so gut fürs Schwimmen. Ich bin in Paris, also ich fahre nach Süden – über die *Pyrénées* nach Spanien. Mit einem Freund. Wir klettern durch Schnee, und als wir über die Grenze sind, sie stecken uns ins Gefängnis.« Er zog eine verächtliche Miene. »Das ist nicht so gut. Aber dann sie lassen uns raus, weil wir machen so viel

Probleme. Dann wir kommen nach *Algérie*, und jetzt wir sind hier.« Er lächelte, als wäre das ein genialer Trick gewesen, den er einem Publikum vorgeführt hatte, eine Flucht, wie sie der große Zauberkünstler Houdini nicht besser hingekriegt hätte. »Und jetzt ich gehe zurück, um gegen die *Frisés* zu kämpfen.«

»Wo ist Ihr Freund?«

»Mein Freund?«

»Sie sagten, Sie wären mit einem Freund gekommen.«

»Ach, der.« Er winkte vage mit der Hand. »Er hat gefunden heute Abend eine Frau zum Tanzen, und ich ihn habe lassen gehen. Möchten Sie tanzen? Wir können ihn suchen.«

»Das geht leider nicht. Ich bin mit meinem Bruder zum Essen verabredet.«

»Ihr *Bruder*? Sie haben keinen Freund?«

»Es geht Sie nichts an, ob ich einen Freund habe oder nicht.«

Der Franzose nickte, das Gesicht umwabert von dem beißenden Rauch seiner Gauloise. »Sie haben keinen Freund. Wenn Sie wollen, kann ich Ihr Freund sein.«

»Ich halte das nicht für angebracht.«

»Angebracht?«

»Das wäre keine gute Idee.«

Er blickte untröstlich, wie ein enttäuschtes Kind. Seine Geschichte über die Flucht aus Frankreich war bestimmt reine Fantasie. Und doch war er hier, ein junger Franzose, im lärmenden Herzen Londons, umgeben von den Uniformen zahlreicher Nationen. Irgendwie musste er hergekommen sein.

»Hören Sie«, sagte er und legte seine Zigarette auf die Tischkante. »Ich spiele ein Spiel mit Ihnen, ja? Wenn ich gewinne, Sie kommen mit mir tanzen. Wenn ich verliere, Sie gehen essen mit Ihrem Bruder.«

»Ich muss mich mit meinem Bruder treffen, ob ich gewinne oder verliere.«

»Das Spiel ist ganz einfach.« Er griff in seine Tasche und holte eine Schachtel Streichhölzer hervor. »Ich zeige Ihnen.«

»Ich möchte wirklich nicht ...«

»Ich zeig Ihnen trotzdem.« Er legte drei Reihen auf dem Tisch zwischen ihnen aus – eine mit drei, eine mit vier und eine mit fünf Streichhölzern. »Jetzt Sie nehmen aus irgendeiner Reihe so viele weg, wie Sie möchten. Dann bin ich dran. Ich nehme nur von einer Reihe wie Sie. Dann sind Sie wieder dran und so weiter. Wer das letzte Streichholz nehmen muss, ist Verlierer.«

Sie zuckte die Achseln und versuchte, gelangweilt auszusehen. »Aber ich spiele um nichts. Ich meine, wenn ich verliere, heißt das nicht, dass Sie mit mir tanzen gehen können.«

Er sah sie mit einem schwachen und zugleich aufreizenden Lächeln an. »Wir werden sehen. Sie fangen an.«

Und so spielten sie zwischen verschüttetem Bier und leeren Gläsern, der junge Franzose mit einer seltsamen Konzentration, als würde seine ganze Zukunft davon abhängen, Marian mit einer zerstreuten Ungeduld, die ihm zeigte, so hoffte sie zumindest, dass ihr das Spiel genauso unlieb war wie seine Gesellschaft. Natürlich gewann er. Das hatte sie von vornherein gewusst. Er grinste sie an und sagte: »Wir spielen noch einmal«, und die zweite Partie gewann er ebenso wie die dritte.

»Das ist doch blöd«, sagte sie. »Das ist eins von diesen Spielen, bei dem man nicht verlieren kann.«

»Aber *Sie* haben verloren.«

»Weil Sie den Trick raushaben.«

»*Trique?*« Er prustete vor Lachen.

Sie wurde rot, als ihr die Doppeldeutigkeit klar wurde, und sie ärgerte sich, weil sie ihre Verlegenheit nicht kaschieren konnte. »Wie man es richtig macht.«

»Ah, *truc!* So ist das immer, nicht? Du gewinnst immer, wenn du den *truc* kennst.« Er sammelte die Streichhölzer ein und schob sie zurück in die Schachtel, als wären sie kostbare Trophäen. »Und jetzt wir gehen irgendwo tanzen. Das Essen in dieser Stadt *de merde* ist überall schlecht, aber es gibt wenigstens gute Tanzlokale.«

»Ich geh nicht mit Ihnen tanzen. Das hab ich doch gesagt.«

Er sah sie mit hellen und unsteten Augen an. Er wirkte leicht zittrig, als hätte er schon den ganzen Nachmittag getrunken und würde den ganzen Abend weitermachen. »Wissen Sie, was für ein *truc* ich mache? Ich kehre zurück nach Frankreich, wissen Sie? Ich geh zurück in *ma patrie* und schneide deutsche Hälse durch. Und Sie wollen nicht mal mit mir tanzen.«

»Sie sind betrunken«, sagte sie. »Ich gehe nicht mit Männern tanzen, die betrunken sind.«

»Und Sie sind *frigide*«, konterte er. »Und ich tanze nicht mit Frauen, die *frigide* sind.«

Sie nahm ihre Handtasche und stand auf. »Ich muss gehen.«

»Warum müssen Sie?«

»Weil ich sonst zu spät komme.« Er packte ihre Hand, doch sie schüttelte ihn ab. »*Tu m'emmerdes!*«, sagte sie und ging. Sie schaute nicht zurück, nicht einmal, um seine schockierte Miene zu sehen. Wie sollte sie von ihm wegkommen? Wenn sie nach oben zu ihrem Zimmer ging, würde er ihr wahrscheinlich folgen, und sie würde sich auf keinen Fall verstecken wie ein ängstliches kleines Mädchen. Sie zog ihren Mantel über, hastete durch die Hotelhalle und durch die Drehtür nach draußen. Ein Taxi setzte gerade einen Gast vor dem Hotel ab. Sie stieg ein.

»Wohin soll's gehen, Miss?«, fragte der Fahrer.

Sie nannte ihm Neds Adresse. »Bloomsbury«, sagte sie. »So ungefähr Russell Square.«

»Russell Square, so ungefähr; wie Sie wünschen.«

V

Das Taxi schlich durch die dunklen Straßen. In Piccadilly waren Kinos geöffnet, und ihre schwache Beleuchtung fiel aufs Pflaster. Schwarze Formen bewegten sich vor ihnen wie Schatten im Hades, Silhouetten vor den Kinokassen bildeten lange Schlangen auf den Bürgersteigen. Doch kaum war die Grenze der Tottenham Court Road überquert, war keine Menschenseele mehr zu sehen, und Bloomsbury war ein finsterer Irrgarten.

»Sind Sie wirklich richtig hier, Miss?«, fragte der Fahrer, als er anhielt, um sie aussteigen zu lassen.

»Völlig richtig«, sagte sie und reichte ihm das Fahrgeld. Sie kramte in ihrer Gasmaskentasche nach der Taschenlampe. In deren schwachem Licht suchte sie sich ihren Weg zu der Tür des Hauses, in dem Ned wohnte. Sie leuchtete auf die Klingelleiste und wollte gerade auf den Knopf drücken, neben dem *Dr. Edward Sutro* stand, als die Tür aufging und jemand herausgestürzt kam.

»'tschuldigung«, sagte er. »Scheißverdunkelung.«

Sie wich ihm aus und betrat den Hausflur. Die Tür knallte hinter ihr zu. Sie tastete nach dem Lichtschalter, schaltete die fahle, wässrige Beleuchtung ein und stieg dann die schmale Treppe hinauf in den dritten Stock. Sie klopfte und war froh, von drinnen Neds Schritte zu hören.

»Menschenskind, Äffchen«, sagte er, als er die Tür öffnete. »Du siehst ja todschick aus.« Er drückte sie an sich. Eine Umarmung von Ned war in etwa so, als würde man von einer Dänischen Dogge angesprungen, liebenswert, aber gleichzeitig plump und unangenehm. Seine eigene Kleidung erweckte den Eindruck, als hätte er sie auf dem Trödel erstanden. Sein Haar war zerzaust, und sein Lächeln war das zerstreute Grinsen von jemandem, der sich freut, sie zu sehen, aber in Gedanken eigentlich bei anderen, abstrakten Dingen ist. »Herein mit dir«, sagte er. »Du musst mir alles erzählen.«

»Was erzählen?«

»Was du jetzt machst, was immer das auch ist. Ich hab neulich mit den Eltern telefoniert. Sie haben gesagt, du bist nicht mehr beim Frauenhilfskorps. Irgendwas mit einem Auslandseinsatz. Vater meinte, Algier …«

Sie folgte ihm ins Wohnzimmer. Es sah aus wie Kraut und Rüben, typisch für Ned. Bücher füllten sämtliche Regale und stapelten sich auf dem Fußboden. Der Schreibtisch war mit Papieren übersät. Zwei abgewetzte Sessel standen einander gegenüber auf einem Perserteppich, der alt und verschlissen war, aber durchaus einmal ein wertvolles Stück gewesen sein mochte. An der Wand hinter dem Schreibtisch hing ein gerahmter Druck vom Collège de France.

»Hast du niemanden, der hier mal sauber macht?«, fragte sie. »Sogar in Cambridge hattest du dafür jemanden.«

»Doch, ich hab jemanden. Eine Reinmachefrau, die ab und zu kommt, aber sie beschwert sich immer, dass sie nicht putzen kann, wenn ich so ein Chaos hinterlasse. Vielleicht sollte es Putzfrauen geben, die erst mal alles aufräumen, bevor die Putzfrau kommt.« Er lachte sein typisches, seltsames Lachen.

Sie setzte sich in einen der Sessel, und er brachte ihr einen Drink, wieder einen Gin, den sie nicht ablehnte, weil ein Nein sie in ein Mädchen zurückverwandelt hätte, wo sie doch jetzt eine erwachsene Frau war. Was sie bei Ned bisher noch nie gewesen war.

»Also, erzähl mal, was ist das für eine Geschichte?«

»Ich kann nicht«, sagte sie.

»Was soll das heißen, du kannst nicht?«

»Die Sache ist geheim. Ich musste den Official Secrets Act unterschreiben – und das schon beim Vorstellungsgespräch. Sogar das Gespräch selbst war geheim.«

»Ach, hör doch auf. Ich wette, es geht um Übersetzungen oder so. Oder ums Spionieren. Vielleicht sollst du General de Gaulle ausspionieren.«

Sie hätte am liebsten laut aufgelacht. Normalerweise interessierte er sich nie für das, was sie machte. »Alberner Schulmädchenkram«, war so ein Spruch von ihm. Und damals, als sie sagte, sie wolle Jura studieren, hatte er sich über ihre Wahl lustig gemacht. Im Jurastudium lernen wir bloß, wie wir das Gesetz umgehen können, sagte er gern. Die Naturwissenschaft lehrt uns die Zukunft. »Du erzählst mir ja auch nicht, was du machst, also wieso soll ich dir dann sagen, was ich mache.«

»Weil du es furchtbar gern loswerden würdest, deshalb. Und außerdem erzähl ich dir sehr wohl, was ich mache. Ich arbeite an superhochfrequenter elektromagnetischer Strahlung.«

»Aber wofür ist die? Das ist doch das Entscheidende. Wozu machst du das?«

»Ich entwickele eine Strahlenkanone, um die Luftwaffe vom Himmel zu schießen.«

»Sei nicht albern. Ich weiß, dass das nicht stimmt. Das ist bloß Science-Fiction.« Er war wirklich ein Blödmann. Dauernd erzählte er ihr solche Sachen. Eine Superbombe, die eine ganze Großstadt in Schutt und Asche legen würde. Ein tödliches Strahlenbündel, das Menschen mit Licht umbringen würde. Raketen, die Sprengstoff durch den Weltraum von einem Kontinent zum anderen schleudern würden. Der gleiche Unsinn, wie er in schlechten Romanen vorkam. »Ich kann dir lediglich verraten«, sagte sie, »dass das heute mein letzter Abend in London ist. Morgen geht's ab nach Schottland.«

»Schottland?«

»Ausbildung.«

»Das klingt ja schauderhaft. In Schottland gibt's bloß Heidemoore und Schafskutteln und Männer in Röcken. Aber wenn du ins Land der Kutteln fährst, sollten wir dir noch eine anständige Mahlzeit mit auf den Weg geben.«

Das Restaurant, das Ned ausgesucht hatte, lag auf der Southampton Row. Anscheinend gingen seine Kollegen aus dem Labor gern dorthin. Das Lokal war proppenvoll, Leute drängelten, um einen Tisch zu ergattern, obwohl die Kellner beteuerten, dass keiner mehr frei war. Aber Ned hatte einen reserviert, in einer Ecke, wo niemand etwas aufschnappen konnte und wo sie endlich das tun konnte, was sie die ganze Zeit vorgehabt hatte.

»Du musst mir versprechen, dass du den Eltern nichts sagst«, beschwor sie ihn. »Auch sonst niemandem. Du darfst kein Wort verraten. Schwör es.«

Das hörte sich an wie ein Spiel aus ihrer Kindheit. Er lächelte herablassend. »Ich schwöre.«

»Ehrlich, Ned. Die Sache ist ernst. Ich bin von einer Organisation angeworben worden. Ich muss eine Ausbildung absolvieren, und dann …« Sie sollte es eigentlich nicht sagen, das wusste sie. Und doch war es zu aufregend, um es nicht wenigstens einem Menschen zu erzählen, und dafür kam nur Ned infrage. Ned war immer ihr Vertrauter gewesen. Sie wechselte in Französische. Vielleicht war es sicherer, es auf Französisch zu sagen. *»Ils veulent m'envoyer en France.«*

»En France! Pourquoi? Pas possible! O mon Dieu, Marianne, t'es folle!«

»Die sind verrückt, nicht ich. Zuerst hab ich gedacht, es ginge um meine Sprachkenntnisse, genau wie du; Übersetzungen oder so. Die wollten, dass ich das glaube. Aber ich hab falschgelegen. Wie gesagt, morgen fahr ich nach Schottland. Kommandoausbildung. Die Sache ist ernst, Ned, todernst.« Jetzt, wo sie es ihm erzählte, kam es ihr noch unglaublicher vor. Zumindest innerhalb der Organisation ergab deren verrückte Logik irgendwie einen Sinn, aber hier im Restaurant, an einem Tisch mit ihrem Bruder, kam ihr die ganze Geschichte abstrus vor.

»Und wer sind ›die‹?«

Sie ließ den Blick zu den anderen Tischen schweifen. Vielleicht waren die ihr ja hierher gefolgt. Vielleicht belauschten die sie ja. Aber die anderen Gäste waren in ihre eigenen Gespräche vertieft, ohne das Paar in der Ecke zu beachten, das auf Französisch tuschelte. »Ich hab keine Ahnung. ›Die Organisation‹, so nennen sie sich. Sie haben Büros am Portman Square. Aber der richtige Name ist geheim.« Sie lachte. »Ich frage dich, wozu ein Name, wenn er geheim ist?«

»Vielleicht ist das ja wie mit dem dritten Namen von Katzen.«

»Ihn kennt nur die Katze und gibt ihn nicht preis …«

»… da nützt kein Scharfsinn, da hilft kein Bitten, sie bleibt die Einzige, die ihn weiß.« Sie lachten. Er hatte ihr das Buch im ersten Kriegsjahr zu Weihnachten geschenkt. Schrullige Gedichte über Katzen von einem sonst so ernsthaften Dichter. »Wohin wollen sie dich schicken? Nach Paris vielleicht?«

War das möglich? Sie hatte keine Ahnung. Die Zukunft war ein einziges Rätsel, eine unbekannte Welt.

»Falls du nämlich nach Paris kommst, könntest du Clément Pelletier besuchen.«

»Clément?« Ihre Überraschung war gespielt, Teil eines Schutzmechanismus aus Kindheitstagen. Sie hatte schon an Clément gedacht, natürlich hatte sie das. Wie auch nicht? Soweit sie wusste, war er noch immer in Frankreich, aber sicher konnte sie nicht sein. Das war mittlerweile an der Tagesordnung, Familien und Freunde verloren sich aus den Augen, Kontakte rissen ab, Beziehungen zerbrachen. Vielleicht hatte er sie längst vergessen, so wie es ihr – manchmal – gelang, nicht an ihn zu denken. Aber die Erinnerungen blieben, kleine Keime aus Sehnsucht und Schuld, die sich tief in ihrem Gedächtnis eingenistet hatten. »Ich hab ihn seit Jahren nicht gesehen. Er hat bestimmt vergessen, wer ich bin.«

Ned grinste. »Das kann ich mir kaum vorstellen.«

Marian spürte, wie sie rot anlief. Sie blickte weg, hoffte, dass Ned es nicht merkte, aber falls doch, so sagte er nichts. Früher hätte er ganz sicher eine Bemerkung fallen lassen und es nur noch schlimmer gemacht – »Marian ist knallrot geworden«, hätte er gesagt, und alle hätten sie angestarrt.

»Hat er dir nicht Briefe geschrieben, als du aufs Internat gegangen bist?«

»Hin und wieder.«

»Öfter als hin und wieder. Ich glaube, er hat für dich geschwärmt.«

»Ich war erst fünfzehn, Ned. Fünfzehn, sechzehn. Noch ein halbes Kind. Er war über zehn Jahre älter.«

»Du hast aber nicht so jung *gewirkt*.«

»Und überhaupt, wahrscheinlich hat er inzwischen Frau und Kind.« Sie spielte mit ihrem Brot herum, trank einen Schluck Bier – es gab nur Bier. Wein war inzwischen genauso schwer zu bekommen wie Orangen oder Bananen. »Hast du was über ihn gehört?«

»Bloß Spekulationen. Ich glaube, er ist noch am Collège de France. Fred Joliot hat das Zyklotron kurz vor Kriegsbeginn in Angriff genommen, und mittlerweile müsste es laufen. Es sei denn, die Deutschen haben es nach Heidelberg oder sonst wohin gekarrt.« Er zuckte die Achseln, befingerte sein Besteck. »Weiß der Teufel, was da vor sich geht.« Er wirkte zerstreut, als hätte die Erwähnung von Clément und Paris ihn durcheinandergebracht. Erst nachdem der Kellner ihr Essen gebracht hatte, sprach er weiter. »Weißt du, ich hab eigentlich nie verstanden, warum Clément in Frankreich geblieben ist. Er hatte 1940 die Möglichkeit, das Land zu verlassen, aber er hat sie nicht genutzt.«

»Was willst du damit andeuten? Dass er hätte weglaufen sollen?«

»Andere vom Collège sind gegangen. Lew Kowarski und von Halban zum Beispiel, und sie haben eine ganze Menge Ausrüstung mitgenommen. Wieso in Gottes Namen ist Clément nicht mit ihnen gegangen? Er war doch in Bordeaux. Er hätte nur an Bord des Schiffs gehen müssen und wäre am nächsten Tag in England gewesen. Was hatte er denn zu verlieren?«

»Vielleicht seine Ehre. Die anderen sind keine Franzosen, oder?«

»Russe und Österreicher.«

»Na, siehst du. Clément ist mit Leib und Seele Franzose. Herrje, das eigene Land im Stich zu lassen, wenn es besetzt wird, ist nicht besonders bewundernswert. Wenn mehr Leute geblieben wären und gekämpft hätten …«

»Er hat aber nicht gekämpft, oder? Er hat wissenschaftliche Forschung betrieben.«

»Dann hatte er vielleicht das Gefühl, über alldem zu stehen. Reine Wissenschaft, das hat er immer gesagt.«

Ned stieß ein bitteres Lachen aus. »Wenn ich eines gelernt habe, Äffchen, dann, dass es so etwas wie eine reine Wissenschaft nicht mehr gibt. Was ich mache oder was Kowarski macht …« Er schien nach den richtigen Worten zu suchen, fand sie aber nicht. »Jedenfalls, solltest du tatsächlich nach Paris kommen, würde mich interessieren, was derzeit am Collège passiert. Das ist alles, was ich sagen will.«

»Wer weiß, ob die mich überhaupt nach Paris schicken? Ich fahre ja schließlich nicht in Urlaub.«

»Das weiß ich doch. Sei nicht albern.« Er blickte sie an und lächelte. »Du bist noch immer das gute alte Äffchen, was? Fährst schnell aus der Haut.«

»Na, so wie du redest, hört es sich an, als könnte ich einfach in den Zug steigen und eine Rundreise machen.«

Er lachte. Die gereizte Stimmung entspannte sich. So war es immer zwischen ihnen – so schnell, wie die Gemüter sich erhitzten, beruhigten sie sich auch wieder. Sie steuerten das Gespräch auf neutralen Boden – die Tage vor dem Krieg hauptsächlich, diese seltsame idyllische Welt, die jetzt so weit weg schien, eine Landschaft, verzerrt durch den Lauf der Zeit und das übermächtige Gravitationsfeld der nachfolgenden Ereignisse: das Haus am See von Annecy, das Chalet in Megève, das Segeln und Skilaufen, der Lärm und das Lachen, wenn die beiden Familien, die Pelletiers und die Sutros, zusammenkamen. Madeleine, die sich mit ihr anfreundete, obwohl sie fünf Jahre älter war; und Madeleines älterer Bruder Clément, der gleichsam vom Finger Gottes berührt schien. Absolvent der École Normale Supérieure. Ein Physiker, dem eine brillante Zukunft prophezeit wurde. Ein zweiter Louis de Broglie, hieß es, der designierte Nachfolger des Königspaares der französischen Wissenschaft: Fred Joliots und seiner Frau Irène Curie. Wenn Ned und er über Physik diskutierten, hing Marian an ihren Lippen und versuchte, alles zu verstehen. Aber sie sprachen über unbegreifliche Mathematik und undurchsichtige Ideen und absurde Leidenschaften. Los, wir spielen »Schweinchen in der Mitte«, riefen sie manchmal, bloß dass sie es »die Wellenfunktion kollabieren lassen« nannten, und dann kollabierten sie vor Lachen über den Witz, den die gerade mal fünfzehnjährige Marian, die versuchte, den Tennisball zu fangen, nicht verstand. Und sie verfassten gemeinsam groteske Sätze, jeder immer nur ein Wort, ein Spiel, das Clément *cadavre exquis* nannte, köstliche

Leiche. Der weitschweifige physiker prätendiert ein stupendes gebimmel. Um nur ein Beispiel zu nennen.

Der Kellner kam und nahm ihre Teller mit. »Hör mal, ich muss gehen«, sagte sie und stand auf, um ihren Mantel zu holen. »Ich hab morgen einen langen Tag.«

Ned war plötzlich zuvorkommend, half ihr in den Mantel und klopfte ihr auf den Rücken, als wäre ihm klar, dass sie sich wirklich auf die Sache einließ und damit etwas ziemlich Beachtliches tat, was seine brüderliche Zuwendung erforderte, so unbeholfen er sie auch zum Ausdruck brachte. »Weißt du, dass ich dich beneide?«, sagte er zu ihr. »Du kannst wenigstens aktiv was tun. Ich kann bloß weiterarbeiten und tun, was mir gesagt wird.«

»Das macht doch heutzutage jeder.«

Sie gingen hinaus und hielten Ausschau nach einem Taxi. In der Nähe des Restaurants war keins zu finden, und so gingen sie durch die dunklen Straßen Richtung West End. Es hatte angefangen zu regnen, und die Bürgersteige glänzten in dem spärlichen Licht. Marian klappte den Mantelkragen hoch. Irgendwer rempelte sie im Dunkeln an und schimpfte lautstark, was ihnen denn einfiele, ihm den Weg zu versperren, ehe er knurrend weitertorkelte. Es waren jetzt mehr Leute unterwegs, Schatten, die sich durch die Dunkelheit bewegten, Stimmen, redend und lachend, aber von den Gestalten losgelöst, sodass die Klänge körperlos wirkten, Ausdruck der dunklen Stadt selbst. Es kursierten Geschichten über das, was so alles während der Verdunkelung passierte. Manche Leute, so hieß es, hatten Sex auf den Bürgersteigen, während Fremde vorbeigingen, ohne etwas zu bemerken. Auch die Frauen in Stanmore erzählten sich solche Sachen. Eine von ihnen hatte sogar behauptet, es selbst schon mal gemacht zu haben. Eine echte Stehparty, hatte sie gesagt, und die anderen hatten gelacht.

»Vater meint, ich sollte mit der Arbeit aufhören«, sagte Ned. »Er hält das für Drückebergerei und findet, ich sollte Uniformträger werden wie du.«

»Das meint er bestimmt nicht so.«

»Er hat im letzten Krieg seinen Job im Außenministerium an den Nagel gehängt.«

»Und ist in einer Geschützstellung hinter den Linien gelandet und halb taub geworden.«

»Zumindest hat er es versucht.«

»Deine Arbeit ist wichtiger als alles, was du als Soldat tun könntest. Du musst nur erst diese Strahlenkanone ans Laufen bringen.«

Er lachte. Sie waren zu einem Kino gekommen. Eine schwache Leuchtschrift verkündete Excelsior. Leute strömten heraus, lachten und lärmten. Taxis warteten am Straßenrand, und ein Mann rief: »Noch jemand nach Kensington?« Er trug Uniform – ein Captain, wie sie an den Sternen auf den Schulterklappen erkannte –, und er hatte zwei Frauen bei sich. Die Frauen kicherten zusammen, lehnten sich aneinander, um sich gegenseitig zu stützen.

Marian lief zu ihnen. »Könnten Sie mich unterwegs absetzen?«

»Mit Vergnügen, meine Liebe.«

Zu Ned sagte sie: »Wünsch mir Glück.«

»Nun kommen Sie schon«, rief der Captain. »Der Taxameter läuft.«

Als sie ins Taxi steigen wollte, wechselte Ned ins Französische. »Weißt du, wann du nach Frankreich musst?«

Sie blickte sich zu ihm um, eine Hand an der Tür. »Keine Ahnung.«

»Beeilung, Miss. Wir wollen los.«

Sie stieg ein. »Melde dich«, rief er durchs Fenster. »Wie kann ich dich erreichen?«

»Über die Eltern«, sagte sie. »Wie sonst?«

»Ich schick seine Adresse. Die von Clément, meine ich. Nur für alle Fälle.«

Das Taxi fuhr los. Sie blickte zurück und sah ihn auf dem Bürgersteig stehen, bis er kurz winkte und sich abwandte. »Sehr nett von Ihnen, dass Sie gewartet haben«, sagte sie zu den anderen im Taxi. »Entschuldigen Sie die Verzögerung.«

»Wo müssen Sie hin?«, fragte der Offizier. Die Frauen blickten sie an und kicherten. Wieso kicherten die beiden? Waren sie betrunken, oder hatte sie irgendwas Komisches an sich?

»In die Nähe der Regent Street. Das ist doch kein Umweg für Sie, oder?«

»Haben Sie eben nicht Französisch gesprochen?«, fragte eine von den Frauen. »Sind Sie Französin? Meine Güte, für eine Französin klingen Sie aber ganz schön englisch.«

Marian wandte sich ab und sah aus dem Fenster. Es tröpfelte noch immer. Sie dachte an Ned, der jetzt durch den Regen nach Hause ging. »Ich bin beides«, sagte sie. »Oder keins von beidem, wie man's nimmt.«

SCHOTTLAND

I

Die Reise war eine dieser für Kriegszeiten typischen Odysseen, bei denen Zeit und Vernunft außer Kraft gesetzt schienen. Hin und wieder fuhr der Zug mit entschlossener Geschwindigkeit. Oftmals blieb er aus Gründen, die weder erklärt wurden noch offensichtlich waren, einfach stehen. Die meiste Zeit kroch er im Schneckentempo durch eine Landschaft so grau und feucht wie das Bettzeug der Army – kahle Felder, flache Hügel, kleine, geduckte Wälder.

Das Abteil, in dem sie saß, war reserviert. *Inter-Services Research Bureau* stand auf dem Zettel an der Tür. Die Begleitoffizierin war eine Schottin namens Janet. Ihre Schützlinge bildeten eine seltsame bunte Gruppe, zu der ein Mann im mittleren Alter gehörte, der sich Emile nannte, und ein Kanadier, der behauptete, Französisch zu sprechen, aber in Wahrheit nur ein gebrochenes und unsicheres Québécois von sich gab. Maurice wurde er genannt. Marian vermutete, dass die richtige Aussprache »Morris« war, aber er hatte dem Namen einen französischen Beiklang gegeben: Moriiis. Die Dritte im Bunde war eine Frau namens Yvette. Sie wirkte so klein und grau und ängstlich wie eine Maus. Vor der Abfahrt in Euston hatte sie Marian auf dem Bahnsteig zugeflüstert, wie froh sie sei, dass noch eine Frau mit von der Partie war, und vielleicht könnten sie ja Freundinnen werden, und fand sie das alles nicht auch *vachement bizarre*? Jetzt saß sie ihr gegenüber am Fenster, las ein Buch oder sah zu, wie die eintönige Landschaft vorbeizog. Einmal sagte sie: »*Ce pays de merde*«, blickte sich dann mit hochrotem Kopf um, eine Hand vor dem Mund, als wäre ihr die Bemerkung unabsichtlich rausgerutscht. Emile lachte. »Ich hab schon Scheiße gesehen, gegen die das hier ein echter Rosengarten ist«, sagte er.

Die Fahrt ging weiter, die graugrünen Flächen der Midlands wichen Industriegebieten und dann einer trostlosen bergigen Moorlandschaft. Ein England, das sie nicht kannte. Passagiere stiegen ein und aus, in der Mehrzahl Soldaten, die ihre Seesäcke auf den Schultern schleppten und einander mal gutmütig, mal boshaft beschimpften. Sie döste und las, wobei die beiden Zustände ineinander übergingen, sodass sie unsicher war, ob sie etwas gelesen oder es nur geträumt hatte. Selbst die abgeschlossene Welt ihres Abteils mit der zusammengewürfelten kleinen Reisegruppe kam ihr vor wie das Produkt einer verzerrten Fantasie. Wohin fuhren sie, und was erwartete sie, wenn sie da waren? War das alles ernst oder bloß ein absurder Witz, ein Schabernack, der mit vier naiven Menschen getrieben wurde, die alle den lachhaften Glauben hegten, sie könnten einen Beitrag zu den Kriegsanstrengungen leisten? Vielleicht, dachte sie, und ein leises Lachen sprudelte ihr in der Kehle hoch, vielleicht war sie ja durch die langen Nächte im Filterraum verrückt geworden und wurde jetzt zu irgendeiner Klapsmühle im hohen Norden des Landes gebracht, weit weg vom Krieg, weit weg von der Gefahr fallender Bomben, wo sie alle zusammen, harmlose Irre, die sie waren, ihre jeweiligen Wahnvorstellungen ausleben konnten.

Kurz vor Carlisle wartete der Zug eine halbe Stunde lang auf irgendetwas, das nie geschah, ehe er weiter über die Grenze nach Schottland zuckelte. Regen fiel.

II

In Glasgow übernachteten sie in einem Hotel am Bahnhof. Marian teilte sich ein Zimmer mit Yvette. Als sie im Dunkeln im Bett lagen, taten sie etwas, was sie vermutlich nicht tun sollten: Sie unterhielten sich über ihr Privatleben, auf Französisch, als wäre die Sprache ein Geheimcode, der es ihnen ermöglichte, ehrlich zueinander zu sein. »Ich will nach Hause«, gestand Yvette. »Ist mir egal, ob die Deutschen da sind oder nicht, ich will einfach nach Hause.« Sie war sicherlich älter als Marian, wirkte aber jünger, verloren auf dieser seltsamen, nebulösen Reise und unsicher in einem Land, wo ihr holpriges Englisch sie als jemand verriet, der zu bemitleiden war, zu den Vertriebenen Europas zählte. Zusammen mit ihrem englischen Mann war sie kurz vor dem Einmarsch der Deutschen in Paris nach Süden geflohen. Sie hatten sich bis zum Mittelmeer durchgeschlagen und in Höhe von Montpellier ein Boot gefunden, das sie nach Spanien brachte. Es war eine mutige und beinah tollkühne Fahrt gewesen, aber irgendwie hatten sie es geschafft. »Wo ist dein Mann jetzt?«, fragte Marian.

Die Frau lag auf dem Rücken in der Dunkelheit, ein Schatten mit einer Stimme. »Er ist tot.«

»Oh. Das tut mir leid. Wie furchtbar.«

»Er ist zur Armee, weißt du, und nach Ägypten geschickt worden. Das Schiff wurde irgendwo vor Sizilien torpediert. Er hieß Bill. Bill Coombes. Ich habe ihn geliebt.«

Schweigen trat ein. Weinte sie leise im Dunkeln? Vielleicht nicht. Sie hatte etwas Kühles und Berechnendes an sich, als wäre tief in ihrem Innern ein wichtiges Teil des Menschenapparats kaputtgegangen. Später verriet sie, dass sie ihre kleine Tochter bei den Schwiegereltern zurückgelassen hatte.

»Du hast eine *Tochter?*«

Die zarte Stimme plapperte im Dunkeln weiter, ohne Kummer, ohne Angst, eine seltsame, charakterlose Landschaft aus Worten. »Sie heißt Violette. Die Engländer nennen sie Violet. Oder Vi. Sie ist zwei. Ein goldiges kleines Mädchen, aber weißt du, ich vermisse sie nicht. Ist das nicht schrecklich? Ich vermisse sie kein bisschen.« Und dann fing sie plötzlich doch an zu weinen, nicht um ihr Kind, sondern weil sie nicht in der Lage war, es zu vermissen. »Entschuldige«, sagte sie leise. »Ich höre mich bestimmt herzlos an. Das ist das Problem, denke ich. Ich *bin* herzlos. Mein Herz hat sich in Stein verwandelt.«

Am nächsten Morgen verließ der Zug Glasgow bei unerwartet sonnigem Wetter, fuhr an der Küste entlang, wo starre Kriegsschiffe vor Anker lagen, rollte dann ganz langsam landeinwärts, als müsste er sich in die Wildnis hineintasten. Wie weit nördlich ging es denn noch? Und wie weit entfernt von Frankreich? Die Landschaft wurde rauer, die Namen der Bahnhöfe klangen fremdartig: Ardlui, Crianlarich, Bridge of Orchy. Sie durchquerten eine trostlose Moorlandschaft und fuhren dann durch die Hügel, vorbei an vereinzelten Bahnsteigen, auf denen niemand wartete, durch Täler ohne eine einzige Straße. Schließlich kamen ein paar Häuser in Sicht, und sie hielten an einem namenlosen Bahnhof, der plötzlich zum Schauplatz militärischer Aktivitäten wurde. Türen entlang des Zugs flogen auf, und Fahrgäste stiegen aus, ein paar unauffällige Zivilisten, aber in der Mehrzahl Männer in Uniform mit diversen Regimentsabzeichen. »Ein Transporter bringt uns weiter zum See«, erklärte Janet ihnen, »aber wir bleiben noch ein Weilchen hier drin. Wir wollen doch nicht, dass die Soldaten in diesem Teil der Welt Ladys zu Gesicht bekommen.«

Und dann entdeckte Marian eine vertraute Gestalt. Als sie durchs Fenster zuschaute, wie der zusammengewürfelte

Haufen von Passagieren aus dem Zug stieg, ging er direkt unter ihrem Fenster vorbei. Es konnte kein Zweifel bestehen. Er war höchstens einen halben Meter entfernt, gleich hinter der Scheibe – der junge Franzose namens Benoît.

Rufe ertönten. Army-Laster ließen ihre Motoren aufheulen und fuhren davon. Janet führte ihre kleine Schar zur Waggontür und hinaus auf den Bahnsteig. Marian fröstelte in dem kalten Wind und fragte sich, wo der Franzose hin war, wer er war und was er hier machte. Ihr fiel nur eine einzige Erklärung ein: Er hatte nicht geprahlt, sondern die Wahrheit gesagt. Er ging wirklich zurück nach Frankreich.

Sie stiegen in einen Lastwagen, der sie ans Seeufer brachte, wo ein Motorboot wartete. Sie gingen an Bord und setzten sich auf schmale Sitze, ihre Koffer fest umklammert. Der Motor röhrte, die Besatzung löste die Leinen, und das Boot steuerte hinaus aufs Wasser. Ein erkennbares Ziel war nicht in Sicht – sie fuhren einfach über den einsamen See zwischen den leeren Hügeln, die das Ufer säumten. Sie dachte an den See von Annecy mit seinem dramatischen Alpenpanorama. Würde es irgendwann in ferner Zukunft dort auch so aussehen wie hier, wenn die Alpen so weit erodiert waren, dass sie diesen niedrigen, müden Hügeln glichen, und von der Menschheit nur noch ein kümmerlicher Rest Überlebender übrig war? Das Boot tuckerte schier endlos lange dahin, das Wasser schwappte mattgrau gegen die Seiten. Dann und wann wurde ein wenig gesprochen, mal auf Französisch, mal auf Englisch. Yvette und Marian drückten sich aneinander, um sich gegenseitig zu wärmen. »Das hier ist die Hölle«, flüsterte Yvette. »Die Hölle ist nicht heiß, sie ist kalt. Und kahl und öde. Das hier ist die Hölle.«

Schließlich legte das Boot an einem verlassenen Steg am Südufer des Sees an. Es waren zwei oder drei Hütten zu sehen, und auf einem großen Schild stand in roten Lettern: MILITÄRISCHES SPERRGEBIET. KEIN ZUTRITT. Dahinter durchschnitt ein schmales Tal die Hügel. Sie kletterten auf den Steg und schauten sich um wie Menschen, die vor irgendeiner namenlosen Katastrophe geflohen waren und sich nun fragten, ob sie tatsächlich entkommen waren. Mückenschwärme fielen über sie her. »Wir haben leider noch einen kleinen Fußmarsch vor uns«, sagte Janet. »Aber immerhin regnet es nicht.«

Sie schleppten ihre Koffer einen Pfad entlang, der dem Lauf eines Flüsschens folgte. Übers Tal verstreut standen ein paar Hütten und Cottages, die Überbleibsel einer Bauernsiedlung, die längst verlassen worden war. Es war unmöglich, sich einen Ort vorzustellen, der Frankreich ferner war als dieser.

»Wo bringen die uns hin?«, fragte Yvette.

»In die Pampa.«

Yvette sah sie verwundert an. »Wohin?«

»Das sagt man so. Das heißt so viel wie *en pleine cambrousse*.«

Der Pfad wand sich um eine Biegung am Hang, und ihr Ziel kam in Sicht, inmitten von Tannen und mit Efeu bewachsen, wie eine Vorstadtvilla. Sie blieben stehen. Vor dem Haus lag ein weitläufiger Rasen, der das unwirtliche Flair aber keineswegs abmilderte, und dahinter wuchs ein steiler Hang hoch in die Wolken. Überall waren Wind und Wasser zu hören, es herrschte eine trostlose Stimmung. Wildnis, dachte Marian: ein seltsames, ungezähmtes Wort, in dem Verwirrung mitschwang. Wer hatte hier mal gelebt, und was hatten sie mit ihrem Leben angefangen? Es war unvorstellbar.

»Willkommen in der Meoble Lodge«, begrüßte ein junger Offizier sie, als sie durch den Haupteingang ins Foyer wankten. Mit seinem schottischen Akzent klang es wie »Mabel« Lodge, wie der Name einer Pension, die sich eine unverheiratete Tante als Ferienquartier aussucht, ein Haus mit durchgesessenen, verschlissenen Sesseln und Sofas und veralteten Ausgaben von Zeitschriften wie *The Tatler* und *The Lady*. »Ich bin Lieutenant Redmond und werde Ihren Lehrgang betreuen. Wir hoffen, Sie fühlen sich wohl bei uns.«

III

Die Lodge war eine eigentümliche Mischung aus Militärlager und Männerzirkel, eine Welt, in der viel geschnauft und gekeucht, Pfeife geraucht und Whisky getrunken wurde und in der es nach feuchtem Tweed roch. Draußen regnete es. Drinnen loderte ein Feuer im Kamin, und nach dem Abendessen ging man an die Bar, wo der Ausbildungsstab, so wurde erzählt, darauf achtete, wie trinkfest man war. Vieles von dem, was die Auszubildenden wussten, war das Produkt von Gerüchten und Spekulationen, von Fantasien, die das Vakuum der Geheimhaltung auffüllten. Was genau war das für eine Organisation, die sie rekrutiert hatte? Die Special Operations Executive, sagte Emile, aber woher wusste er das? Und was waren die Ziele dieser Organisation? Und warum um alles in der Welt hatte man sie in die Wildnis von Schottland verfrachtet, in diese feuchte, mückenverseuchte Gegend? Die Ahnungslosigkeit vereinte die Auszubildenden und schweißte sie zu einer Art Kameradschaft zusammen, so wie Gefängnisinsassen sich gegen ihre gemeinsamen Feinde, Entbehrung und Unbehagen, zusammentun.

Am ersten Tag und an allen Tagen danach mussten sie gleich nach dem Wecken auf dem Rasen vor dem Haus zum Frühsport antreten. Anschließend gab es Frühstück, immer mit Speck und Eiern, ein Luxus, den die meisten Menschen vergessen hatten. Der Lehrgang selbst war dagegen alles andere als luxuriös. Gemeinsam kletterten sie Hügel hinauf und krochen über sumpfigen Heideboden, paarweise quälten sie sich über den Hindernisparcours, gruppenweise wateten sie durch angeschwollene Flüsse und bauten Flöße, mit denen sie über das unruhige Wasser des Sees fuhren. Die zwei Frauen schlugen sich so gut sie konnten. Yvette brachten die Übungen an den Rand der Erschöpfung. Nachts weinte sie lautlos in der Dunkelheit des Zimmers, das sie sich mit Marian teilte. Wenn sie sich unterhielten, dann nur in Andeutungen und mit leiser Stimme. Innerhalb der Gruppe kursierte das Gerücht – anscheinend von Emile in die Welt gesetzt –, dass in ihren Zimmern Mikrofone versteckt waren, hinter den Fußleisten oder in den Lampenfassungen, damit die Ausbilder Privatgespräche belauschen konnten, um herauszufinden, wer von ihnen schwach und wer stark war. Einmal kroch Yvette wie eine Maus zu Marian ins Bett, lag dann in ihren Armen wie ein Kind, die warmen, feuchten Lippen an Marians Wange, und sprach im Flüsterton, damit niemand mithören konnte.

Marian hegte mütterliche Gefühle für sie. Dabei war dieser Beschützerinstinkt absurd. Yvette war acht Jahre älter und Witwe. Sie hatte ein Kind zur Welt gebracht. Sie war in einem offenen Boot aus Frankreich geflohen und bis zur Landung an der spanischen Küste tagelang auf See unterwegs gewesen. Sie war eine Frau, und Marian im Vergleich zu ihr noch ein junges Mädchen, und doch hatte ihr Verhältnis die Dynamik von Tochter und Mutter, Beschützter und Beschützerin.

»Die finden, ich bin miserabel«, flüsterte Yvette. »Ich will doch bloß zurück nach Frankreich, wieso müssen die mir das alles antun? Was ist das denn für eine Ausbildung? Ich will bloß nach Hause. Ich sollte lieber gleich aufgeben. Die lassen mich sowieso durchfallen.«

In der nächsten Nacht wurde Marian von den Schreien ihrer Zimmergenossin aus dem Schlaf gerissen. *»Va-t'en!«*, brüllte Yvette. »*Va-t'en!*« Aber wer da verschwinden sollte, war nicht klar. Als sie aufwachte, im Dunkeln vor sich hinmurmelnd, hatte sie keine Erinnerung mehr an den Traum.

Die Nächte waren beängstigend und leer, die Tage dagegen ausgefüllt mit Aktivitäten. Sie absolvierten Gewaltmärsche, um die Ausdauer zu stärken, und Hindernisläufe, um fitter und wendiger zu werden. Sie schwangen sich an Seilen über imaginäre Flüsse, kletterten Mauern hoch und krochen bäuchlings unter Stacheldrahtzäunen hindurch, während ein fest montiertes Maschinengewehr Salven über sie hinwegfeuerte und ihnen die Kugeln ohrenbetäubend laut über den Rücken zischten. Vorträge und Übungen gingen ineinander über, die Theorie verschmolz so unmittelbar mit der Praxis, dass ihnen dieses Lernen und Handeln schließlich ganz normal vorkam und das untätige und bequeme Leben, das sie früher geführt hatten, wie eine unvollständige Erinnerung. Nur abends, nach dem Essen, konnten sie tun und lassen, was sie wollten, und selbst dann war immer jemand vom Ausbildungsstab in der Nähe, der sie beobachtete. »Natürlich beurteilen sie uns«, sagte Emile. »Das ist ein alter Trick. Mach einen auf guten Kumpel, und du erfährst mehr als bei jedem offiziellen Vorstellungsgespräch. Hab ich selbst auch so gemacht, wenn ich Leute eingestellt habe. Am besten war, mit ihnen was trinken zu gehen. Ihnen ein paar Whisky einflößen und schön lustig sein. So erfährst du die Wahrheit über einen Mann. *In vino veritas*, wie schon die alten Römer gesagt haben.«

»Wann hast du denn Leute eingestellt?«, fragte Marian und bedauerte die Frage gleich wieder, weil sie eine langatmige Erklärung befürchtete.

»Als ich im Kongo war. Im Bergbau. War ein hartes Leben. Dagegen ist das hier das reinste Dolce Vita.«

Die seltenen Erholungspausen nutzten einige Auszubildende zum Lesen – im Haus befand sich eine kleine und abgegriffene Sammlung französischer Romane: ein paar von Colette, ein paar Krimis von Gaston Leroux, eine zerlesene Ausgabe von *Madame Bovary*. Maurice und Emile spielten fast unablässig Schach, während andere die Merkblätter studierten, die sie erhalten hatten. Darin ging es um Tarnung im Gelände und Kampftechniken ohne Waffen und das einhändige Abfeuern einer Pistole, wie aus dem Lehrbuch der Nahkampfausbilder W. E. Fairbairn und E. A. Sykes.

Marian schrieb Briefe an ihre Eltern, an ein paar Frauen, mit denen sie zusammen bei der WAAF gearbeitet hatte, an Ned. Gelegentlich wurde sie von einem der Ausbilder in Gespräche verwickelt. Er sprach fließend Französisch, wenn auch mit englischem Akzent. Er ging nacheinander alle Auszubildenden durch, fragte sie nach ihrer Vergangenheit, ihren Verbindungen zu Frankreich, ihren Ansichten über die Vichy-Politik und die Probleme des Widerstands. »Was glauben Sie, wo die Loyalitäten der französischen Kommunisten liegen?«, fragte er Marian. »Beim französischen Volk oder bei Stalin?«

»Besteht denn zwischen diesen Positionen ein Widerspruch?«

»General de Gaulle denkt das jedenfalls.«

»Und was denken Sie?«

»Das frage ich *Sie*.«

Er fragte sie nach den anderen im Lehrgang, nach dem Frankokanadier mit dem grauenhaften Akzent und nach Emile.

»Ich wünschte, er würde nicht immer über alles Bescheid wissen.«

Der Ausbilder lächelte verständnisvoll. »Und finden Sie, dass Yvette Fortschritte macht?«

»Ich finde, sie kommt gut klar.«

»Glauben Sie, sie hält bis zum Schluss durch? Hat sie das Zeug dazu?«

»Ich glaube, sie ist zäher, als sie aussieht.«

»Und wenn sie Ihnen sagen würde, dass sie nicht weitermachen will, was würden Sie ihr dann sagen?«

»Sie hat mir aber nichts dergleichen gesagt, daher kann ich das auch nicht beantworten.«

»Rein hypothetisch.«

»Ich glaube, sie zieht das durch. Sie hat richtig Schneid.«

»Betrachten Sie sie als Freundin?«

»Was geht Sie das an?«

»Mich geht alles was an. Alles, was sich auf Ihre Mission auswirken könnte. Wo liegen Ihre Loyalitäten, Miss Sutro? Bei Ihren Freunden oder bei der Organisation?«

Sie musste lachen. »Ich weiß ja nicht mal, was für einer Organisation ich überhaupt angehöre. Es fällt mir schwer, gegenüber etwas loyal zu sein, das so nebulös ist.«

»Was glauben Sie denn dann, was Sie hier machen?«

»Ich fürchte, die Frage können Sie besser beantworten als ich.«

Wenn sie einmal den wachsamen Augen und aufmerksamen Ohren entkommen wollte, machte sie allein Spaziergänge in der Natur, genoss deren leere Einsamkeit in der lang währenden Dämmerung und nahm sogar die Mücken in Kauf. Wenigstens bin ich hier draußen allein, dachte sie. Wenigstens kann ich hier in Ruhe nachdenken.

IV

Die Zeit verstrich mit jener merkwürdigen Relativität, die an Neds Physik erinnerte: relative Zeit, elastische Zeit. Die Stunden des Unbehagens streckten sich dahin wie Tage, doch der

Zeitraum des Lehrgangs verdichtete sich von Tagen zu scheinbar bloßen Stunden. Sie absolvierten ein Waffentraining – alle möglichen Typen von Pistolen, Gewehren, leichten Maschinenpistolen. Sie lernten, eine Waffe zu testen, sie auseinanderzunehmen und wieder zusammenzusetzen, ein Magazin zu füllen und einzuführen, aus der Hüfte und von der Schulter und auf dem Bauch liegend zu feuern. Der Schießplatz war eine nachgebildete Kleinstadtstraße, die zwischen den Nebengebäuden errichtet worden war, als Ziele dienten die Silhouetten böser Buben, die für einen kurzen Moment und nach dem Zufallsprinzip auftauchten, mithilfe von Hebeln und Flaschenzügen. Die Auszubildenden duckten sich und liefen im Zickzack, sprangen mal hierhin, mal dorthin, feuerten aus der Körpermitte, die Arme vor sich ausgestreckt.

»Nicht zielen«, wiesen die Ausbilder sie an. »Euer Instinkt ist gefragt. Als würdet ihr mit dem Finger zeigen.« Sie sprachen über Fairbairn und Sykes, Zwillingsgötter in dieser seltsamen Welt des Tötens. Die Fairbairn-Sykes-Position: »Frontal zum Ziel, Beine auseinander, Knie gebeugt. Waffe auf Gesichtshöhe heben, beide Augen öffnen, die Waffe verdeckt das Ziel. Dann zwei Schüsse in rascher Folge. Peng, peng! Wenn der erste Schuss nicht tötet, dann der zweite.«

Marian stellte fest, dass sie es konnte, das war das Seltsame. Mit der Pistole in der Hand lief sie Haken schlagend über den Schießplatz und traf die Ziele mit unfehlbarer Genauigkeit. »Bravo!«, rief der Ausbilder. »Zeig den Gentlemen, wie's geht.«

Emile erklärte, einmal ein hervorragender Schütze gewesen zu sein – er hatte sogar an Wettbewerben teilgenommen –, doch in Afrika war irgendwas Mysteriöses passiert, wonach er mit der Konkurrenz nicht mehr hatte mithalten können. »Aber du bist nicht schlecht«, räumte er widerwillig ein. »Wirklich nicht schlecht.«

Nach dem Waffentraining erfolgte eine Unterweisung im Umgang mit Sprengstoffen durch einen Mann mit dem fröhlichen Ausdruck eines Kindes, das mit Feuerwerkskörpern spielt. *»Plastique«*, sagte er und zeigte ihnen einen Klumpen aus öliger Knetmasse. »So fest wie Kaugummi, so explosiv wie TNT.« Sie reichten den Klumpen untereinander weiter. Er roch nach Mandeln. »Wenn ihr das Zeug an der richtigen Stelle detonieren lasst, bringt ihr Brücken zum Einsturz. Der beste Freund des Widerstandskämpfers: *plastique*.« Warum er das französische Wort benutzte, blieb ein Rätsel. Kam das seltsame Zeug ursprünglich aus Frankreich? So als wollte er die Frage indirekt beantworten, nahm er den Klumpen wieder an sich und knetete daraus eine Form, die die Männer zum Lachen brachte und die beiden Frauen erröten ließ. Und dann warf er das Ding zum Beweis seiner Stabilität ins Feuer, wo es mit einer munteren Flamme loderte und zischte. Dann führte er sie nach draußen zu einem Bunker zwischen den Nebengebäuden und zeigte ihnen, wie man den Sprengstoff richtig anbrachte, wie man den Zünder verkabelte und schließlich, mit einem freudigen Aufschrei, während er die Induktionsspule aufwickelte, wie ein paar Unzen Plastik die Radachse eines Autos in Stücke sprengen konnten.

»Dann gibt es noch die chemischen Zeitzünder, die Bleistiftzünder.« Er hielt sie hoch, wie ein Kind seine Sammlung Knallfrösche zeigt. »Fünf Minuten, zehn Minuten, zwanzig, dreißig, ihr habt die Wahl. Einmal kräftig am Stift drehen, damit die Kapsel zerbricht, und fertig ist die Laube.«

Bleistiftzünder mit Zeiteinstellung. Ein Zeitbleistift? Sie musste wieder an Ned denken. Das hörte sich an wie etwas, das er hätte erfinden können, ein Bleistift, an dem sich die Zeit ablesen ließ, ein Füller, der sich an die Vergangenheit erinnern konnte und die Zukunft vorhersah, eine Schreibfeder, die die Gegenwart dem Vergessen anheimstellte.

Lieber Ned, schrieb sie. *Ich hoffe, es geht Dir gut. Wir werden hier ganz schön geschleift, aber merkwürdigerweise macht es mir Spaß. Wenn wir nach dem Lehrgang ein paar Tage freihaben, kann ich Dich vielleicht in London besuchen kommen.*

Aber sie hatte kaum Zeit, an ihn zu denken. Hier waren Leute, die sehr viel seltsamer waren als ihr Wissenschaftsbruder, Männer, die wussten, wie man tötete und zerstörte. Zum Beispiel der Nahkampfausbilder, ein Mann im mittleren Alter mit fuchsrotem Bürstenhaarschnitt und der düsteren Ausstrahlung eines Bestatters. Er erteilte einen Erste-Hilfe-Kurs in umgekehrter Richtung – wie man einem Gegner die Oberarmschlagader mit dem Messer aufschlitzte, wie man ihm mit einem einzigen Fußtritt das Knie auskugelte, wie man ihm das Rückgrat brach, indem man ihn übers Knie fallen ließ, wie man jemandem in kürzester Zeit den größten Schaden zufügte. Man konnte einen Mann mit einem Schlag auf beide Ohren außer Gefecht setzen, ihn mit einer Streichholzschachtel bewusstlos schlagen, mit einem Regenschirm töten.

»Merkt euch: Ihr wollt nicht in einen Kampf geraten, aber wenn ihr keine andere Wahl habt, dann wollt ihr die Sache so schnell wie möglich erledigen. Und die schnellste Möglichkeit ist die, euren Gegner zu töten. Es tut mir leid, wenn es das Zartgefühl der Ladys verletzt, aber so ist es nun mal.«

Es verletzte Yvettes Zartgefühl nicht: Sie liebte das lautlose Töten mit der Hingabe einer Ministrantin, die sich für eine neue Religion begeisterte. Sie liebte das Heft eines Messers in der Hand, die böse schimmernde Stahlzunge mit der Aufschrift The F-S Fighting Knife am Klingenansatz, die unverblümte Wahrheit ohne Beschönigung eingraviert. Wieder Fairbairn und Sykes. Der Griff lag sanft in ihrer Hand, ausbalanciert zwischen Daumen und Zeigefinger wie ein Dirigentenstab. »Damit könnte ich töten«, murmelte sie.

Sie übten aneinander mit Waffenattrappen, und was als gehemmtes Schauspielern begann, war schon bald kaum noch von echtem Kämpfen zu unterscheiden, spannungsgeladen und fürchterlich, als hinge ein Leben davon ab. Und Yvette machte vor, wie es ging, näherte sich ihrem Opfer von hinten, so leise wie eine Katze. Die Übrigen im Kurs schauten atemlos zu, was sich da vor ihren Augen abspielte, fesselnd und obszön zugleich: die kleine Frau, die sich anschleicht, plötzlich vorspringt und zusticht, das Messer, das in die Schulter dringt, direkt hinter dem Schlüsselbein, wo die Schlagader tief eingebettet zwischen Muskel und Bindegewebe liegt, wodurch das Opfer, wenn man es richtig machte, binnen vier Sekunden sterben würde.

V

Marian lag wach und dachte übers Töten nach. Töten im abstrakten Sinne war in Ordnung. Töten mit Abstand betrachtet, Töten in der Theorie. Sie dachte an den Filterraum, wo sich ein Dutzend Frauen am frühen Abend um den Kartentisch scharten, wenn die Signale von den Radarstationen hereinkamen. Ein einziges Gedränge, wenn sie übereinandergriffen, um Markierungen auf die Karte zu setzen, wie Glücksspieler am Roulettetisch ihre letzten Jetons legen. Die Aufregung, wenn aus einzelnen Positionsortungen Dutzende wurden, Hunderte, wenn Flugbewegungen erkannt und weitergegeben wurden, wie sie über die runde Ausbuchtung East Anglias hinaus in Richtung See strebten. Jede einzelne Ortung stand für sieben Männer, und das hieß sieben Leben. Sieben mal siebenhundert. Rund fünftausend Leben. Sie zogen lautlos über den Kartentisch und verschwanden über den Rand der bekannten Welt, und die Frauen warteten, rauchten, tranken Tee, plauderten halbherzig, während das Töten stattfand, fernes Töten, das weder zu sehen noch zu hören war, die Pulverisierung der deutschen Städte. Doch was der fuchsrote Ausbilder ihnen beibrachte, war etwas anderes: Töten, wenn du die Gurgel des Feindes unter dem Arm spüren konntest, seinen Atem an deiner Wange, sein Blut an deinen Händen. Wie schafft man das?

»Oh, damit hätte ich kein Problem«, versicherte Yvette ihr. »Ich glaube, ich würde es genießen.«

Wenn es nicht um Tod ging, ging es um Zerstörung. Wie man eine Tür sprengte, ein Auto außer Betrieb setzte, einen Zug in die Luft jagte. Sie musste mit Emile zusammen ein Team bilden. Er wusste schon immer alles, noch bevor der Unterricht begann. »Hab mal bei der Eisenbahn im Kongo gearbeitet«, erklärte er, während man ihnen beibrachte, wie man eine Bahnstrecke zerstörte.

»War das nach der Zeit in den Bergminen?«

»Das ist eine komplizierte Frage.«

»Nein, gar nicht. Es ist nicht mal eine, auf die ich eine Antwort möchte.« Aber sie erhielt dennoch eine Antwort, die präzise Chronologie seines Werdegangs als Bergwerksingenieur, Eisenbahningenieur, Bauingenieur, jede Sorte Ingenieur, die man sich vorstellen konnte. »War ganz schön hart, den Schwarzen den Fortschritt nahezubringen.«

»Für dich und Mr Kurtz, meinst du?«

Das verwirrte ihn. Es war immer ein Triumph, Emile zu verwirren. »Kurtz? Ich hab nie jemanden gekannt, der Kurtz hieß.«

Sie hasste ihn. Es kam nicht oft vor, dass sie jemanden hasste, aber Emile hasste sie. *Einer von den Leuten in unserem Lehrgang ist ein aufgeblasener Besserwisser*, schrieb sie ihrem Vater am nächsten Tag. *Die Sorte, die Du nicht ausstehen kannst.*

Sie übten regelmäßig drahtlose Telegrafie und Morsecode, tippten mit nervösen Fingern auf der Taste und versuchten, dem irritierenden Piepsen eine zusammenhängende Abfolge von Punkten und Strichen abzuringen. *Das Boot legt am Fünfzehnten in Dover an. Das Testspiel wird mit einem Sieg für Australien ausgehen.* Solche und ähnliche Nonsensnachrichten.

»Jeder Funker hat seinen eigenen Stil. So individuell wie die Handschrift.«

Finger hackten auf die Bakelitknöpfe. »Arthritis«, so nannten sie die Morsetastung: Genau wie Arthritis verursachte sie eine unangenehme Spannung im Handgelenk, schmerzende Handwurzel- und Mittelhandknochen, steife und unbewegliche Finger. »Genauigkeit ist alles. Genauigkeit und Tempo. Davon könnten Menschenleben abhängen. Vielleicht sogar euer eigenes.« Durchschläge wanderten zwischen Ausbildern und Auszubildenden hin und her, Fehler wurden blau unterstrichen.

Sie morste fehlerfrei:

• —— •• •—•• •   •• ••• —   • •• —•   —• • •—• •••—
•• ——• • •—•   —••• • ••• ••• • •—• •—— •• ••• ••• • •—•

Emile ist ein nerviger Besserwisser.

Häufig dachte Marian an Clément. Sie kämpfte dagegen an, aber es half nichts. Es kam ihr lächerlich vor, einer kindischen Schwärmerei nachzuhängen, aber die Erinnerungen waren stark und verwirrend, etwas, das die ganze Persönlichkeit aushöhlen konnte, das Gleichgewicht stören, das sie als Erwachsene erreicht hatte. Sie erinnerte sich an ihn in Paris, während des Besuchs mit ihrem Vater kurz vor Kriegsbeginn. Sie erinnerte sich an ihren gemeinsamen Spaziergang im Englischen Garten in Genf. Sie erinnerte sich an andere Zeiten und andere Orte. Skilaufen in Megève. Segeln in Annecy. Manchmal tat sie sich schwer mit der Chronologie. Was war wann passiert? Er und Ned spielten öfter ein Brettspiel, das sie Blindschach oder Kriegsspiel nannten, mit zwei Brettern, bei dem jeder Spieler nur sein eigenes sehen konnte. Sie brauchten dazu einen Schiedsrichter, der ihnen sagte, ob ein geplanter Zug zulässig war oder nicht. Da Madeleine sich jedes Mal weigerte, wurde Marian rekrutiert. Und sie sagte natürlich Ja, freute sich, einfach nur in Cléments Gegenwart zu sein. Ihre Aufgabe war es, beide Bretter im Auge zu behalten, während jeder Spieler nur seine eigenen Schachfiguren sah und raten und abschätzen musste, was sein Gegner vorhatte. Das Spiel war seltsam unzusammenhängend gewesen, da jeder der beiden nur unvollständige Informationen hatte und sozusagen im Dunkeln tappte. Genau wie die Physikforschung, sagte Clément gern. Superposition und Ungewissheit. Eine Quantenwelt.

Vor allem erinnerte sie sich an jenen Tag am See. An den dachte sie immer. Ein Tag, der erfüllt war von Sonne und Wind und einem seltsamen, flirrenden Licht. Ein traumähnlicher Tag, der sich von allen anderen abhob, an dem Erschütterungen normal schienen.

VI

Sie bekamen einen Tag frei. Ausnahmsweise schien mal die Sonne, und eine leichte Brise wehte, daher beschlossen Marian und Yvette, auf den Berg zu steigen, den sie zu Beginn ihres Aufenthaltes kaum hatten bezwingen können. Meith Bheinn hieß er, ein schroffer Koloss, der hinter der Lodge aufragte, bewacht von Felsen und den allgegenwärtigen schottischen Sümpfen. Sogar Yvette war stärker geworden, hatte sich von dem Stadtmenschen der ersten Tage in jemanden verwandelt, der diese einsame Landschaft fast mit Leichtigkeit durchwandern konnte. Und so stapften sie die Hänge hinauf, kletterten über Felsen, platschten lachend durch die morastigen Wiesen. »Sieh mal da!«, rief Marian, als sie etwas durchs Heidekraut huschen sah.

Yvette blickte in die Richtung. »Was? Wo?« Aber das Tier war verschwunden. Ein Moorhuhn vielleicht, das sicher auf dem Boden blieb, statt aufzufliegen und erlegt zu werden, ein Leben im Verborgenen.

Der Aufstieg dauerte zweieinhalb Stunden, und oben angekommen, konnten sie die Inseln überblicken: Rum, Eigg und Muck nicht weit vor der Küste und Skye wie ein Schutzschild am Rande des Atlantiks. Hier waren sie zu hoch für die Mücken. Der Wind wehte kühl, aber sie fanden Deckung hinter einem Felsbrocken, wo sie sich in den schwachen Sonnenschein legten, die mitgebrachten Sandwiches aßen und darüber sprachen, was alles passieren könnte.

»Ich glaube, die lassen mich durchfallen«, sagte Yvette. »Ich glaube, die werden mir sagen, ich eigne mich nicht für ihre Zwecke.«

»Sei nicht albern. Du machst das gut.«

»Nein, gar nicht. Die wollen Leute, die über Berge laufen und durch Flüsse waten können und so Sachen. Aber was ist mit den Städten? Da sind doch die meisten Menschen. Da muss der Widerstand stattfinden.«

»Vielleicht schicken sie uns ja ins Massif Central.«

»Ich tippe eher auf Paris, und dann fragen wir uns, wieso um alles in der Welt wir diese Ausbildung absolvieren mussten.«

Es war seltsam, dass sie das Kollektivpronomen benutzten. *Nous*. Als ob sie zusammenbleiben würden. Aber es würde garantiert kein »Wir« geben. Sie würden auf sich allein gestellt sein.

»Was hast du vor, wenn das alles vorbei ist?«, fragte Marian.

Yvette antwortete mit einem fatalistischen, typisch französischen Achselzucken. »Mir wieder einen Mann suchen, schätze ich. Einen Vater für mein kleines Mädchen.«

»In Frankreich?«

»Natürlich in Frankreich. Wo sonst? Vielleicht habe ich eine große Wohnung, und du kommst mit deinem Mann übers Wochenende zu Besuch ...«

»Meinem Mann!«

»Dieser Clément, von dem du gesprochen hast.«

»Clément ist zu alt für mich.«

»Das war er vielleicht mal, aber Altersunterschiede sind nicht mehr so wichtig, wenn man älter wird. Schau dich doch an. Du bist kein kleines Mädchen mehr, oder? Du bist eine Frau. Du holst ihn ein. Und ein deutlich älterer Mann hat einen großen Vorteil.«

»Und der wäre?«

»Wenn er stirbt, bist du noch jung genug für einen anderen.« Sie lachten über die Vorstellung, den Gedanken, dass Männer ihre Opfer waren, sie begehrten und sich ihrem Willen beugten.

Nach einer Weile frischte der Wind auf, und sie beschlossen, sich wieder an den Abstieg zu machen, doch als sie gerade aufbrechen wollten, hörten sie von weiter unten am Hang Stimmen. Jemand aus der Lodge? Sie duckten sich im Schutz ihres Felsens und warteten flüsternd.

Die Stimmen näherten sich. Männerstimmen. Lautes Lachen. Sie kamen aus nördlicher Richtung, direkt auf sie zu.

»Komm«, sagte Marian im Flüsterton zu Yvette, »wir umgehen sie.« Sie schlich voraus in östlicher Richtung vom Gipfel, gebückt, von Deckung zu Deckung, wie es ihnen beigebracht worden war. Sie krochen über Grasflächen und um vereinzelte Felsen herum. Und dann sahen sie den Trupp: Ein halbes Dutzend Männer in Kampfanzügen und Wollmützen stiegen rasch den Hang hinauf, stießen immer wieder mit ihren Stiefeln gegen Steine.

»Kommandokämpfer«, flüsterte Marian. Sie hatten von den Kommandotruppen gehört. Emile hatten es ihnen erzählt. »Die trainieren auch hier in der Gegend«, hatte er gesagt, »Lochailort.« Aber er verriet nicht, woher er das wusste, hatte bloß sein selbstgefälliges Besserwisserlächeln aufgesetzt. Und so kauerten die beiden Frauen hinter einem Felsen, während die sechs Männer vorbeikletterten. Sie bewegten sich schnell, fast so, als würden sie ein Rennen veranstalten. Sie trugen Waffen, Sten Guns, vor die Brust gehängt, schweres Gepäck auf dem Rücken.

Marian sprang unvermittelt auf. Es geschah ganz impulsiv, ohne es vorher mit Yvette besprochen zu haben. Dann stand sie plötzlich da, am Hang, im Wind und in der Sonne. »Peng! Peng!«, rief sie. »Ihr seid tot!«

Die Männer blieben stolpernd stehen und griffen nach ihren Waffen, und als sie sich umblickten, sahen sie Marian da auf einem Felsen stehen, die Haare flatternd im Wind, wie eine Walküre oder so. »Was soll der Scheiß?«, rief einer von ihnen und blickte dann verlegen drein.

»Eine Frau«, sagte ein anderer. »Was zum Teufel hat denn eine *Frau* hier zu suchen?«

Und die anderen lachten. Einer hob die Hände über den Kopf. *»Je me rends«*, rief er. *»Je suis votre prisonnier.* Machen Sie mit mir, was Sie wollen.« Es wurde noch mehr gelacht und noch mehr Französisch gesprochen. Der Mann, der zum Spaß die Hände gehoben hatte, als wollte er sich ergeben, war der Franzose namens Benoît.

Der Gruppenführer kam herüber. Yvette hatte sich jetzt ebenfalls gezeigt und trat näher neben Marian, wie zum Schutz.

»Auch noch im Doppelpack?«, rief der Mann. Er trug die Schulterabzeichen eines Captain, und sein Gesicht hatte sich vor Wut verdunkelt. »Wer zum Teufel sind Sie? Was machen Sie hier? Wissen Sie nicht, dass das militärisches Sperrgebiet ist? Wo kommen Sie her, verdammt noch mal?«

»Aus Edinburgh«, sagte Marian. »Wir verbringen das Wochenende hier.«

»Das Wochenende? *Hier?* Können Sie sich ausweisen? Wo sind Ihre Papiere?«

»Die haben wir im Auto gelassen. Wir haben nicht damit gerechnet, hier oben einen Polizisten zu treffen.«

»Ich bin kein Polizist, verdammt!« Der Captain hatte sichtlich Mühe, sich auf die Situation einen Reim zu machen, und überlegte, was er tun sollte. Sein Gesicht war rot, vielleicht von der körperlichen Anstrengung oder vor Wut oder vor Verlegenheit, an so einem Ort gleich zwei Frauen zu begegnen. »Wo in Gottes Namen haben Sie sich einquartiert?«

»In einem Hotel.«

»Ein Hotel? Hier in der Gegend?« Er schüttelte verwirrt den Kopf. »Das darf nicht wahr sein. Sie haben hier nichts zu suchen. Wir müssen Sie nach unten eskortieren.«

»Heißt das, wir sind verhaftet?«

»Das heißt, ich behalte Sie im Auge, bis ich von Ihrer Geschichte überzeugt bin. Sie könnten schließlich Spione sein.«

»Wir sind keine Spione. Ehrlich.«

»Ist doch klar, dass Sie das sagen. Genau das würden Spione ja wohl auch sagen, oder?«

»Vermutlich. Aber wir sind Sekretärinnen, im Office for Inter-Services Liaison in Edinburgh. Sie können das überprüfen, wenn Sie wollen.«

»Inter-Services Liaison? Nie gehört.«

»Wir sind furchtbar wichtig. Die Nahtstelle zwischen den Geheimdiensten.«

»Wichtig hin oder her, Sie haben hier nichts zu suchen. Sie kommen jetzt mit.«

Und so machten sie sich auf den Weg nach unten, der Captain vorneweg, die beiden Frauen hinterdrein, eskortiert von den Männern.

»Kriegen wir Schwierigkeiten?«, fragte Yvette im Flüsterton.

»Unsinn.«

Benoît schloss zu ihnen auf. Er betrachtete Marian mit einem neugierigen Seitenblick, als versuchte er, sich zu erinnern. Dann leuchteten seine Augen auf. »Sie sind Anne-Marie! *La belle* Anne-Marie, die nicht mit mir tanzen gehen wollte. *Mais qu'est-ce que vous faites là?*«

»Geht Sie das was an?«

Er lachte. Er sah ganz anders aus als der angetrunkene junge Mann, der sie zum Tanzen hatte überreden wollen. Jünger, keine Frage, aber ernst und nachdenklich. »Sie ist eine Überraschung, unsere Anne-Marie. Ich hab nicht damit gerechnet, sie hier wiederzusehen. Hier, in diesem beschissenen Teil der Welt, rechne ich höchstens mit Schafen, nicht mit schönen Frauen. Und nicht mit Londonerinnen, die sich plötzlich als Französinnen entpuppen. Sie haben mich reingelegt, wissen Sie. Ich hab nicht gemerkt, dass Sie Französin sind. Erst ganz zum Schluss, als Sie gegangen sind. *Emmerdeur* haben Sie mich genannt.«

»Waren Sie ja auch.«

»Es war mein letzter Abend, bevor ich hergekommen bin.«

»Meiner auch.«

»Wir hätten ihn zusammen verbringen sollen.«

»Sie hätten nüchtern sein sollen.«

Der Captain blickte über die Schulter, hatte plötzlich mitbekommen, welche Sprache da hinter ihm gesprochen wurde. »Sind die Frauen *Französinnen? Est-ce que vous êtes françaises?*«

Die Gruppe blieb abrupt stehen. Wieder wurden Fragen gestellt. Was machten zwei Französinnen hier? Bei dem Offizier regte sich der leise Verdacht, dass er verschaukelt wurde. »Kommt ihr vom Meoble?«, fragte er.

Marian lächelte, als wäre der Augenblick der Wahrheit gekommen. »Meoble Hotel, ja genau. Dort sind wir untergebracht. Eigentlich kein richtiges Hotel, eher ein Arbeitslager.«

»Hören Sie, wollen Sie mich auf den Arm nehmen?«

»Tja, das konnte ich Ihnen doch nicht gleich verraten, oder? Ist schließlich alles geheim. Das binde ich doch nicht jedem dahergelaufenen Wandervogel auf die Nase.«

Der Blick, mit dem der Offizier sie musterte, grenzte an Wut. »Ich bin kein dahergelaufener Wandervogel. Ich bin ein erfahrener Bergsteiger. Ich habe mit F. S. Smythe den Everest bestiegen. Ich bin bis zum Basislager des Kanchenjunga gestiegen. Und ich muss mir keine Unverschämtheiten von einer jungen Göre auf einem Wanderausflug bieten lassen. Also, ihr zwei kommt jetzt mit, und dann sehen wir weiter.«

Er drehte sich auf dem Absatz um und stürmte voraus den holprigen Hang hinunter. Seine Leute folgten ihm, rutschend und schlitternd an den steileren Stellen, die beiden Frauen in ihrer Mitte. Benoît ging noch immer neben Marian. Er sprach möglichst leise, damit der Captain nichts aufschnappte. »Dann sind Sie also wirklich in der Ausbildung.« Er schüttelte den Kopf vor Erstaunen. Und Bewunderung. »Sie sind eine richtige *casse-cou!* Wo kommen Sie her?«

»Genf.«

»Ah, *une Genevoise*. Jetzt erkenne ich Ihren Akzent.«

»Mein Vater hat beim Völkerbund gearbeitet.«

»Vornehm!«

»Quatsch. Er ist ein ganz normaler Mann. Er ist mein Vater.«

»Und hat die Tochter aus vornehmem Hause Spaß an dem Lehrgang?«

»Ich hab doch gesagt, dass wir nicht vornehm sind.« Aber sie gab zu, dass die Ausbildung ihr Spaß machte, auf eine masochistische Art und Weise. Es war wie ein besserer Ausflug mit ihrem Onkel Jacques, der sie früher oft zum Bergsteigen in den Alpen mitgenommen hatte.

»Bis auf das Wetter.«

»Bis auf das Wetter.« Sie lachten. Über das Wetter musste man einfach lachen. Die einzige Alternative war weinen, und das nutzte nichts, weil ohnehin keiner die Tränen bemerken würde. »Wir sind mit dem Kanu über den See gepaddelt«, erzählte er ihr und korrigierte sich dann rasch mit übertriebenem Sarkasmus: »Über den *Loch*. Die regen sich hier furchtbar auf, wenn man See sagt. Und dann sind wir so schnell wir konnten hoch zum Gipfel. Das ist so eine Art Wettkampf. Die Briten sind ganz verrückt auf Wettkämpfe. Offenbar gibt's eine Ligatabelle, wie beim Fußball. Ich glaube, so sehen die auch den Krieg – wie einen Wettkampf, und wer gewinnt, kriegt die ›Asche‹. Wissen Sie, was ich meine?«

»Natürlich, Sie meinen die *Ashes*, das nationale Cricketturnier.«

»Wer würde schon um ›Asche‹ kämpfen? Nur die Briten.«

Er war in der Swordland Lodge am anderen Seeufer untergebracht. Swordland, das klang magisch und fantastisch, wie aus den Geschichten um die Ritter der Tafelrunde. »Schon seltsam, dass wir uns hier wiedertreffen«, sagte sie. Aber war es wirklich seltsam? In diesen Zeiten schien so vieles seltsam, dass sie gar nicht mehr wusste, was der Begriff früher mal gemeint hatte. Noch vor wenigen Wochen war sie eine gelangweilte WAAF-Mitarbeiterin gewesen, die im Filterraum in der Bentley Priory Schichten schob, umwabert von Zigarettenqualm und dem Geruch nach Achselschweiß. Und jetzt war sie hier in dieser entlegenen Landschaft, mit der vagen Verheißung, bald nach Frankreich zu kommen, und mit einer ganzen Sammlung neuer Fertigkeiten, von denen sie nie gedacht hätte, sie jemals zu beherrschen. Sie wusste, wie man einen Mann mit einem Schlag gegen den Hals tötete und wie man mit ein paar Pfund Sprengstoff einen Zug zum Entgleisen brachte. Sie konnte morsen und mit einer Thomson-Maschinenpistole schießen. Sie konnte sich nachts still und leise bewegen, lautlos einen Stacheldrahtzaun durchschneiden und einen Fluss durchqueren, indem sie sich an einem Seil entlangzog. Gemessen daran war eigentlich gar nichts mehr seltsam.

»Vielleicht können wir uns treffen, wenn wir Urlaub haben?«, schlug er vor.

»Vielleicht.«

»Wo sind Sie zu Hause?«

»Oxford.«

Er blickte enttäuscht. Es war seine Enttäuschung, die ihr Mut machte. »Und Sie wohnen in London?«

»Natürlich. Die haben mich in einem Hotel einquartiert.«

Sie wollte ihm gerade weitere Fragen stellen – woher er stammte, wo seine Familie war, wie er nach Großbritannien gekommen war und dergleichen mehr –, als der Captain sich zu der Gruppe umdrehte. »Was soll das viele Gerede? Denkt denn hier keiner mehr an die Sicherheitsvorschriften? Bérard, Sie kommen hier zu mir nach vorne.«

Sie lachte. »Nun gehorchen Sie schon.«

Benoît verzog das Gesicht und eilte zu seinem Captain. »Oxford *trente-deux, quatre-vingt-neuf*«, rief sie ihm hinterher. Er blickte sich um und lächelte. Er hatte ein einnehmendes Lächeln, das Lächeln eines kleinen Jungen, der Soldat spielte.

Zurück in der Lodge, wurden Marian und Yvette wie zwei ungezogene Kinder in den Aufenthaltsraum zitiert. Während der Captain und Lieutenant Redmond auf dem Rasen vor dem Haus beratschlagten, stand Marian am Fenster, aber mit genügend Abstand, sodass sie sehen konnte, ohne gesehen zu werden. Es wurde viel gestikuliert und finster dreingeblickt.

»Die behandeln uns wie Kleinkinder«, sagte Marian. »Ich verschwinde. Die können mich nicht aufhalten. Ich fahr einfach nach Hause, dann können sie sich ihre Pläne Gott weiß wohin stecken.«

Yvette schniefte. »Die werfen mich raus.«

»Blödsinn. Ich bin diejenige, die sie auf dem Kieker haben.«

»Die halten mich für unfähig.«

»Hör endlich auf, das zu sagen. Das sind Idioten. Die nehmen sich viel zu ernst. Und sie machen genauso viele Fehler wie jeder andere auch. Ich meine, sie sind nicht besonders schlau oder so, sie halten sich bloß dafür.«

»Aber sie haben nun mal das Sagen.«

Die beiden Offiziere verschwanden aus Marians Blickfeld. Jetzt saßen nur noch die Auszubildenden von Swordland vor dem Haus auf dem Boden, sechs anonyme Männer in Kakimontur, umringt von Rucksäcken und hässlich aussehenden Waffen, und dieser junge Bursche namens Benoît, der amüsiert und unabhängig gewirkt hatte und sie anscheinend auf eine seltsam vertraute Art akzeptierte, als ob sie einander schon sehr viel besser kannten als nur durch jene Zufallsbegegnung in einer Bar.

»Ich will nach Frankreich«, sagte Yvette. »Mehr will ich nicht.«

»Du kommst nach Frankreich. Ich bin sicher, du kommst nach Frankreich.«

Die Swordlander sammelten jetzt ihre Ausrüstung ein. Sie hatten bestimmt Befehl erhalten, sich fertig zum Abmarsch zu machen. Marian sah, wie Benoît seinen Rucksack aufhob und ihn sich über die Schulter hängte. Vielleicht sollte sie einfach ganz unbekümmert nach draußen spazieren und sich von ihnen verabschieden und allen zeigen, dass sie den ganzen Vorfall für einen kolossalen Witz hielt. Das würde ganz schön viel Wirbel machen. Und dann ging die Tür auf, und der ernste Lieutenant Redmond rief sie beide in sein Büro, genau wie die Mutter Oberin sie in ihr Büro zitiert hatte, wenn Marian mal wieder eine demütigende Standpauke über sich ergehen lassen musste.

»«Was sollte das da draußen? Für wen halten Sie sich eigentlich?«, fragte er. Er saß hinter seinem Schreibtisch und ließ die beiden Frauen davor stehen.

»Soldaten«, erwiderte Marian.

Der Lieutenant blickte finster. »Das ist kein Witz, Sutro. Das war ein haarsträubender Verstoß gegen die Sicherheitsbestimmungen und noch dazu verdammt bescheuert. Den Trupp so zu überrumpeln. Wie zwei Schulmädchen aus dem Versteck zu springen und … was haben Sie noch mal gerufen?«

»Peng, peng, ihr seid tot.«

»Peng. Peng. Ihr seid tot.« Er wiederholte die Worte langsam, ließ sie sich auf der Zunge zergehen. »Wie immer Sie das auch sehen mögen, wir spielen hier nicht Cowboy und Indianer, Sutro. Ist Ihnen nicht klar, in welche Gefahr Sie sich begeben haben? Die hätten Sie erschießen können.«

»*Erschießen*? Soll das heißen, die laufen durch die Gegend und schießen wahllos auf unschuldige Zivilisten? Wir hätten doch tatsächlich die sein können, als die wir uns ausgegeben haben – zwei Sekretärinnen aus Edinburgh auf einem Wochenendausflug. Und ich fand unsere Tarngeschichte eigentlich gar nicht schlecht, ehrlich gesagt.«

Er machte *hmpf*. Wie ein alter Colonel, dachte sie. *Hmpf*. Colonel *Hmpfrey* Redmond.

»Sie scheinen das alles für ein Spiel zu halten, Sutro. Den Lehrgang, die Organisation, alles.«

»Nein, das stimmt nicht. Das ist einfach nicht wahr.«

»Sie geben ständig irgendwelche oberschlauen Bemerkungen von sich. Sie nörgeln herum. Sie glauben offenbar, alles zu wissen. Aber eins kann ich Ihnen versichern: Ich werde nicht zulassen, dass es zu Verstößen gegen die Sicherheitsvorschriften und irgendwelchen Beschwerden nach oben kommt, bloß weil wir hier eine hochnäsige junge Frau mit einem provokanten Lächeln und unverschämten Manieren haben.«

Ihre Augen brannten. »Das ist nicht fair.«

»Es geht hier nicht um fair oder unfair. Hier geht es darum, dass wir Leute für den Kampfeinsatz ausbilden. Ob Ihnen das nun gefällt oder nicht, wir sind eine militärische Einrichtung, und in militärischen Einrichtungen lassen sich Offiziere nun mal nicht gern zum Affen machen. Der Captain war fuchsteufelswild, das ist Ihnen doch wohl klar, oder? Sie haben ihn sogar als Polizisten bezeichnet!«

»Ich hab mich nur an meine Tarngeschichte gehalten. Naive Sekretärin. Hören Sie, wenn es bloß um verletzte Gefühle geht, ist das Ganze doch ein bisschen albern.«

»Und dann haben Sie ihn als ›dahergelaufenen Wandervogel‹ bezeichnet.«

»Na ja, ich konnte doch nicht ahnen, dass er in seiner Freizeit den Mount Everest hochklettert.«

Die Miene des Lieutenant schwankte einen Moment lang zwischen Wutausbruch oder Lachanfall. »Er hat sich tatsächlich als Bergsteiger einen Namen gemacht.«

»Und wie heißt dieser namhafte Bergsteiger?«

»Captain Thomas Birdie.«

Die sich anbahnenden Tränen hatten sich in ein sich anbahnendes Lachen verwandelt. Sie nickte nachdenklich und versuchte, dem Blick des Mannes auszuweichen. Er hatte, wie ihr jetzt klar wurde, einen klitzekleinen Funken Anarchie in den Augen, und außerdem pulsierte zwischen ihnen beiden eine gewisse erotische Spannung. »Aber ein komischer Vogel ist er auch«, sagte sie.

Zwei Tage später wurde Yvette mitgeteilt, dass sie versetzt würde. Sie sollte ihre Sachen packen und sich für die Abreise am nächsten Morgen in aller Frühe bereit machen.

»Ich bin durchgefallen«, sagte Yvette. »Hab ich dir doch gesagt.« Ihr Gesicht war verhärmt vor Verzweiflung. Sie wirkte plötzlich alt, klein und eingefallen wie jemand, der einen schmerzlichen Verlust erlitten hatte: die heruntergezogenen Mundwinkel, die verkrampften Wangenmuskeln, die trockenen, starren Augen. »Diese blöde Sache auf dem Berg hat das Fass zum Überlaufen gebracht. Das ist deine Schuld.«

»So ein Quatsch. Wenn das der Grund wäre, hätten sie mich auch rausgeschmissen. Außerdem hat Redmond die komische Seite gesehen. Und sie schmeißen dich nicht raus. Du wirst in ein anderes Ausbildungslager versetzt. Hast du doch selbst gesagt.«

»Die tun nur so, als ob, um den Schock etwas abzumildern.«

»Wo soll's denn hingehen?«

»Thame Park oder so. Wo zum Teufel ist das denn?«

»Thame? Nicht weit von Oxford. Vielleicht können wir uns mal treffen, wenn wir Urlaub kriegen.«

Yvette zuckte die Achseln. »Wer weiß? Ich glaube, die schicken mich nach Hause. Ich glaube, ich bin untauglich. Ich wette, Thame ist – wie nennen die das noch mal? Das Kühlhaus, wo sie Leute ausmustern.«

Emile kam herüber, in der Hand ein Glas Whisky und im Gesicht ein süffisantes Lächeln. »Du kannst gleich wieder gehen«, sagte Marian zu ihm, doch er blieb stehen, gegen Ablehnung immun.

»Die schicken mich nach Thame Park«, sagte Yvette. »Was ist Thame Park? Bringen sie da die Leute unter, die nicht geeignet sind? Du hast gesagt, es gäbe einen speziellen Ort dafür. Das Kühlhaus, hast du gesagt.«

Er wusste es, natürlich. Seine Kenntnisse über die Organisation waren schier unerschöpflich. Er kannte Namen und Abkürzungen und Codenamen. »Thame Park ist nicht das Kühlhaus. Thame Park ist STS 52.«

»STS 52. Was zum Teufel bedeutet das denn jetzt schon wieder?«

»Das ist die Morseschule. Sie machen eine Pianistin aus dir.«

»Une pianiste?«

»Ein Pianist ist ein Morsefunker«, sagte er ungeduldig. »Kennt ihr den Fachjargon denn noch immer nicht?«

Marian war jetzt allein. Es war ein seltsames Gefühl, die einzige Frau unter acht Männern zu sein. Es verlieh ihr Kraft – sie wusste instinktiv, was für eine Macht Frauen über Männer ausüben –, machte sie aber auch verwundbar, so als wäre sie ohne Yvette an ihrer Seite das nächste auserkorene Opfer. Aber sie würde nicht durchfallen. Das wusste sie. Der Lehrgang war Training und Prüfung zugleich, und sie würde nicht gewogen und zu leicht befunden werden.

Lieber Ned,

es geht das Gerücht, dass wir Urlaub bekommen, wenn die ganze Sache hier vorüber ist. Vielleicht kann ich Dich besuchen kommen? Vielleicht sogar bei Dir wohnen, falls Dich das nicht stören würde. Hast Du die Eltern mal besucht? Ich weiß, wie viel Du um die Ohren hast, aber dafür musst Du Dir wirklich mal die Zeit nehmen.

An einem unserer wenigen freien Tage war ich mit einer Freundin in den Bergen wandern. Die Sonne schien, was hier selten ist, und wir konnten vom Gipfel aus meilenweit über die einsamen Berge schauen. Und die Inseln. Die Hebriden, bei dem Wort muss ich immer an Wind und Regen denken. Steckt das in dem Namen drin? Er klingt irgendwie windig und kühl, findest Du nicht? Hebriden. Sprich das mal laut aus. Ich weiß, Du hast nichts übrig für Wörter. Zahlen haben keine versteckten Bedeutungen, sagst Du. Aber gerade die versteckten Bedeutungen in Wörtern machen sie so wunderbar. Wenn die Sonne scheint, wie an dem Tag, ist die Gegend hier richtig schön, aber es regnet einfach zu oft. Und außerdem gibt's hier grässliche Mücken. Die sollten sie in Flaschen abfüllen und von der RAF über deutschen Städten abwerfen lassen. Dann wäre der Krieg in ein paar Tagen zu Ende, obwohl man den Alliierten dann wahrscheinlich vorwerfen würde, gegen die Genfer Konvention verstoßen zu haben.

ENGLAND

I

»Was ist das für eine Uniform?«, fragte ihr Vater, als sie zur Haustür hereinkam.

Sie zuckte die Achseln, stellte ihren Koffer auf den Boden und ließ sich von ihm mit Küsschen begrüßen. »Ich bin zur FANY versetzt worden.«

»Um Himmels willen, was ist das denn?«

»Sanitätskorps. First Aid Nursing Yeomanry. Das ist wie ein Armeekorps für vergnügte junge Hüpfer, die nichts Besseres zu tun haben. Das sagen jedenfalls die Leute. In der FANY sind jede Menge Adelige.«

»Wirst du Sanitäter? Ich dachte, du hast gesagt …«

»Das ist nicht bloß ein Sanitätsdienst, die machen alles Mögliche.«

»Alles Mögliche? Also wirklich, kannst du dich nicht genauer ausdrücken?«

»Frag lieber nicht, Daddy.«

»Na schön. Wie war der Lehrgang?«

»Ziemlich anstrengend.«

Ihre Mutter kam aus der Küche und stieß einen kleinen Freuden- und Überraschungsschrei aus. »Du siehst schrecklich dünn aus, Schätzchen.«

»Ich bin nicht dünn, *Maman*. Ich bin fit.«

»Und diese Uniform steht dir überhaupt nicht.«

»Sie sagt, sie ist jetzt in einem Sanitätskorps«, warf ihr Vater ein.

»Sanitätskorps? Das ist vermutlich was Nützliches. Wie war's in Schottland? Wie geht's jetzt weiter? Wo schicken sie dich als Nächstes hin?«

Sie hätte es ihnen gern erzählt. Sie gern mit der Wahrheit schockiert: Fallschirmspringerschule, wollte sie sagen. Danach auf die B-Schule, was immer das sein mochte, und dann in den Einsatz. Aber stattdessen tat sie die Frage mit einem Achselzucken ab. »Noch mehr Ausbildung, irgendwo anders. Ich weiß es gar nicht. Die erzählen einem nicht viel.«

»Richtig so«, sagte ihr Vater zustimmend, wie jemand, der sich mit solchen Dingen auskannte.

»Übrigens, Ned hat dir einen Brief geschrieben«, sagte ihre Mutter. »Du kannst dich geehrt fühlen, uns schreibt er nämlich nie.«

Sie öffnete den Umschlag erst, als sie allein in ihrem Zimmer war. Ned hatte den Brief – in seinem vertrauten Gekrakel – auf die Rückseite irgendeines Formulars des Ministry of Supply geschrieben, als hätte er sich das erstbeste Blatt Papier gegriffen, das ihm in die Finger kam. Er erzählte natürlich sehr wenig. Erst kam die übliche Begrüßung und dass er hoffte, ihr Lehrgang sei gut verlaufen, und dann »das, worüber ich mit Dir gesprochen habe …«, und eine Adresse, eine Pariser Adresse an der Place de l'Estrapade im 5. Arrondissement. *Numéro 2, appartement* G. Und der Name, Clément.

»Was schreibt Ned denn?«, fragten ihre Eltern, als sie zum Abendessen nach unten kam.

Sie zuckte mit den Schultern. »Nicht viel. Typisch Ned. Habt ihr ihn in letzter Zeit mal gesehen?«

Nein, hatten sie nicht. Er meldete sich fast nie. Marian wartete, bis sie auf andere Dinge zu sprechen kamen – Familie, Freunde, die Entbehrungen des Krieges –, ehe sie ihre

Frage stellte. »Die Pelletiers. Was ist eigentlich aus denen geworden, wisst ihr das?« Sie sagte das beiläufig, als wäre es nicht wichtig, ob sie es wüssten oder nicht. Aber ihr Vater wusste es natürlich. Gustave Pelletier hatte als Mitarbeiter des französischen Außenministeriums in irgendeiner Abteilung des Völkerbundes gearbeitet. Kurz vor Kriegsbeginn war er wieder zurück zum Quai d'Orsay beordert worden, um unter Bonnet zu arbeiten, war aber mit seinem Dienstherren nicht klargekommen und wieder ins Ausland geschickt worden. »Als Botschafter in Nordafrika oder so. Dann hat er den Posten hingeschmissen und sich den Freien Französischen Streitkräften angeschlossen, soweit ich gehört habe. Hat sich auf Darlans Seite geschlagen, was nicht so eine gute Idee war. Ich glaube, er ist jetzt in Algier. Vielleicht triffst du ihn ja …«

»Clément hat dir früher auch geschrieben, nicht?«, fragte ihre Mutter. »Ich glaube, er hatte eine Schwäche für dich.«

Marian wurde rot und ärgerte sich über sich selbst. »Er hat ab und zu mal geschrieben, ja. Irgendwie seltsam, dass Ned und er sich so gut verstanden haben. Die beiden waren doch eigentlich ganz unterschiedlich.«

»Gegensätze ziehen sich an«, meinte ihre Mutter. »Und dann hatten sie ja schließlich auch ihr Studienfach gemeinsam, oder?«

»Ihre Forschung, ja.«

»Dieser ganze Atomkram. Ich hab kein Wort verstanden.« Und dann sprachen sie über andere Dinge, andere Leute, die Welt, in der sie einst in Genf gelebt hatten – eine internationale Welt, die jetzt so fern schien, wo alles so eng und geballt und britisch war.

Die restlichen Tage von Marians Urlaub schleppten sich dahin, träge im Vergleich zu den hektischen sechs Wochen in Schottland. Der langweilige Alltag, bestehend aus Essensrationen und Schlangestehen am Lebensmittelladen und Zeitungen lesen und sich Gedanken über Sachen machen, die ihren Horizont überstiegen und auf die sie ohnehin keinen Einfluss hatte. Sie hatte keine Freunde in Oxford. Die Universitätsstadt – introvertiert, hochnäsig, nur mit sich selbst beschäftigt – war für die Familie Sutro bloß ein vorübergehender Zufluchtsort.

Eines Abends, als sie im Wohnzimmer saßen und lasen, klingelte das Telefon. Marians Mutter war in irgendeinen schwülstigen französischen Roman vertieft, den sie sich in der Stadtbibliothek ausgeliehen hatte. Ihr Vater löste das Kreuzworträtsel in der *Times*, grübelte gerade über einen Begriff nach. Prosaschmied, neun Buchstaben. »Ich geh schon«, sagte Marian und eilte Richtung Diele, ehe sich einer von ihnen aus dem Sessel hieven konnte. Sie schloss sogar die Wohnzimmertür, ehe sie den Hörer abnahm.

»Anne-Marie?«, fragte eine Stimme. »*C'est toi?*«

Es war Benoît. Benoît Bérard. Sie erinnerte sich sogar an seinen Nachnamen. »Ich hab gerade an dich gedacht«, sagte sie und bedauerte es gleich wieder. »Was machst du so?«

»Nichts. Ich hab mich schrecklich gelangweilt und mir gedacht, ich mache einen *coup de bigo*, um zu sehen, ob du zu Hause bist.«

»Was ist das? *Un coup de bigo?*«

»Ein Anruf. *Le bigophone*. Du kennst *bigophone* nicht?«

Sie konnte ihn am anderen Ende der Leitung lachen hören. »Das hast du dir bloß ausgedacht«, warf sie ihm vor. »Das ist blanker Unsinn.«

»*Bigo* ist kein Unsinn, das Wort gibt es. Sagt die Crème de la Crème von Genf etwa nicht *bigo*? Hierzulande sagt man wohl ›Ich klingle mal durch‹. Also, erzähl schon, was machst du zu Hause? Hat die Organisation dich rausgeschmissen?«

»Noch nicht.« Und auf einmal wurde ihr klar, dass dieser junge Mann der einzige Mensch war, mit dem sie offen über ihre Ausbildung sprechen konnte, dass dieses Telefonat, mit leiser Stimme, damit ihre Eltern auch nichts aufschnappten, eine Art Rettungsanker war, fast wie ein Beichtstuhl. »Ich fange am Montag an der Fallschirmspringerschule an. Kannst du dir das vorstellen? Aus einem Flugzeug springen.«

»Ich sollte schon vor einer Woche dort anfangen. Und dann gab es eine Planänderung. Es gibt immer eine Planänderung. Sie arbeiten wahrscheinlich schon an einer Planänderung, mit der sie sich aus dem Krieg rausmogeln können.« Er wechselte ins Englische und sagte mit übertriebenem Akzent: »'allo Jüngs, es gibt leidär ein Planänderung. Wir niischt mehr kämpfen gegen 'itler, wir jetzt kämpfen gegen Stalin.«

Sie lachte. »Und was machst du stattdessen?«

»Ich bin wieder in so einem bescheuerten Lehrgang. Wie man tote Ratten mit Sprengladungen füllt oder so. Ich will doch nur endlich zurück nach Frankreich, aber die schicken mich von einem Lehrgang zum nächsten.«

»Vielleicht ...«, sagte sie.

»Vielleicht was?«

»Vielleicht können wir uns mal treffen?«

»Aber dazu ist keine Zeit. Vielleicht in London.«

»Vielleicht.«

Und dann war der Anruf zu Ende, und der Hörer lag stumm in ihrer Hand, und sie fühlte sich einsam und verlassen.

In derselben Nacht hatte sie einen Traum. Es war einer, den sie schon in der Kindheit gehabt hatte, ein Traum, in dem sie fiel, mal schnell, mal langsam, wie Alice im Wunderland das Kaninchenloch hinab. Während sie fiel, wurde sie von Leuten beobachtet. Sie kannte sie alle, aber sie *er*kannte sie nicht, das war das Seltsame. Bis auf ihre Eltern. Sie waren unter den Zuschauern. Und der Franzose, Benoît. Er lachte über sie.

Am Sonntag ging sie mit ihrer Mutter zur Messe in St Aloysius auf der Woodstock Road. Die Kirche war voll, als hätten die Katholiken sich in den Kriegsjahren vermehrt.

Dass dich des Tages die Sonne nicht steche, sang der Chor, *noch der Mond des Nachts.*

Maman betete lang und inbrünstig nach dem Segen, und als sie schließlich aufstand, hatte sie Tränen in den Augen. »Ich habe gebetet, dass dir nichts zustößt«, sagte sie, als sie die Kirche verließen. »Wo immer du auch hingehst.«

II

Die Fallschirmspringerausbildung war eine rasende Achterbahn der Gefühle. Sie lernten, von einer drei Meter hohen Mauer zu springen, sie sausten Rutschen hinunter und schwangen in Gurten von einem Gerüst in einem Hangar, sie landeten unsanft auf Matratzen und Kokosmatten, sie stiegen in einem per Leine gesicherten Fesselballon auf und sprangen aus hundertfünfzig Metern ab. Der Rausch dabei war vergleichbar mit dem beim Skilaufen – derselbe Kitzel, wenn du dich der Schwerkraft hingabst, dieselbe erschreckende Atemlosigkeit, die für einen Moment erahnen ließ, wie es war zu sterben. Am Ende der Woche gurteten sie sich Fallschirme um, kletterten in einen betagten Whitley-Bomber und flogen über Tatton Park, wo sie sich im Rumpf in einer Reihe hintereinander aufstellten, um hinaus in die Leere zu springen. »Los! Los! Los!«, rief der Absetzer, der sie antrieb wie ein Trainer Athleten antreibt, damit sie schneller laufen, höher springen, weiter werfen. Und sie stürzte hinaus in die Luft, und der Wind schlug ihr ins Gesicht und raubte ihr den Atem, und der Traum vom Fallen wurde Wirklichkeit, Menschen unten auf der Erde blickten hoch zu ihr, und eine körperlose Stimme rief ihr zu, sie solle die Füße zusammenhalten und die Knie beugen, ehe der Boden plötzlich auf sie zukam und sie holterdiepolter übers Gras purzeln ließ.

Nach drei Sprüngen wurde das Springerabzeichen verliehen, aber Frauen durften es nicht an der Uniformjacke tragen, damit keine Fragen gestellt wurden. »Wieso zum Teufel meinen die immer, dass nur bei *Frauen* Fragen gestellt werden?«, murrte Marian, aber niemand schenkte ihr Gehör. Gleich nach der Verleihung brachte ein Lastwagen alle von ihrem Lehrgang zum Bahnhof in Ringway, wo sie in den Zug nach London stiegen. Die Ausbildung in der B-Schule begann am nächsten Tag in der Nähe von Beaulieu in Hampshire.

III

In Beaulieu wurde kein Hehl mehr daraus gemacht, wozu sie einmal eingesetzt werden sollten: Hier bildete man sie gezielt für das Leben im Untergrund aus. Eine Schule für Spione, sagte jemand. Sie hatten ihr einen Decknamen gegeben, den sie auch im Einsatz tragen sollte. *Alice*. Sie fand ihn passend. Die Schule war in einem großen Landhaus untergebracht, das versteckt mitten im New Forest lag, aber alles war französisch, alle sprachen Französisch, sogar die Lesematerialien waren auf Französisch. Es war, als wäre Marian wie die fiktive Alice durch einen Spiegel hindurchgetreten und irgendwo in der französischen Provinz auf einer Hausparty in einem einsamen und ziemlich heruntergekommenen Château gelandet. Bewohnt wurde dieses Château von einer zusammengewürfelten Gruppe Menschen, die lediglich wussten, dass niemand sie kennen sollte, und die verstanden, dass sie nicht unbedingt alles verstehen sollten.

»Merkt euch«, erklärte ihnen ein ziemlich windig aussehender Mann mit pomadigem Haar, »die kleinste Kleinigkeit, die ihr hier lernt, könnte euch eines Tages das Leben retten.« Der Herzbube aus *Alice im Wunderland*, dachte Marian. Er war frisch aus Frankreich eingetroffen und erläuterte ihnen das dortige System der Lebensmittelrationierungen, beschrieb die alltäglichen Probleme. »Frankreich ist nicht mehr das Land, das ihr vor dem Krieg kanntet. Wenn ihr dort ankommt, seid ihr Fremde in eurer Heimat. Geht nicht forsch in ein Café und bestellt einen *café au lait*. Wahrscheinlich gibt's keine Milch, und es gibt garantiert keinen Kaffee. Und wenn ihr bekommt, was sie stattdessen dahaben – Ersatzkaffee aus gerösteten Eicheln oder Zichorien wahrscheinlich –, bittet nicht um Zucker. Es gibt nämlich keinen Zucker. Höchstens Saccharin. Wenn ihr um Zucker bittet, fragen sie sich vielleicht, wo ihr die letzten zwei Jahre gewesen seid.«

Sie erhielten Tipps, wie sie sich in einem Land zu verhalten hatten, das von verabscheuten Machthabern mit verhassten Ansichten unterjocht wurde, wie sie sich unauffällig bewegen und wieder verschwinden konnten, wie sie mit wachen Augen sehen konnten, ohne gesehen zu werden.

»Pour vivre heureux, vivons cachés«, zitierte der Ausbilder einen französischen Dichter. Wer glücklich leben will, lebe verborgen.

Sie hörten Vorträge über die deutschen Streitkräfte und Sicherheitskräfte, über ihre Uniformen, ihre Ränge und ihre typischen Verhaltensweisen – die Wehrmacht und die SS, den Sicherheitsdienst und die Geheime Staatspolizei, das ganze System der Besatzung und des Terrors. »Die Abwehr hasst den SD, der SD verachtet die Abwehr. Der Kampf zwischen den beiden ist fast genauso heftig wie der Kampf zwischen ihnen und uns.«

Man brachte ihnen bei, wie sie vor Ort Agenten anwarben und wie sie ein Treffen vereinbarten, wie sie tote Briefkästen einrichteten und einen geheimen Unterschlupf organisierten, wie sie denken und vorausplanen mussten. Sie lernten, jemanden zu beschatten, und woran man merkte, dass man selbst beschattet wurde. Das Knacken von Schlössern und das Einbrechen in Wohnungen wurde ihnen von einem wieselgesichtigen Mann beigebracht, der als Einziger mit ihnen Englisch sprach und angeblich über zehn Jahre im Londoner Gefängnis Wormwood Scrubs gesessen hatte.

»Wenn er so ein mieser Einbrecher war, dass er geschnappt wurde«, fragte einer der Teilnehmer, »wieso zum Teufel soll er uns dann was beibringen?«

Sie erhielten Unterricht im Verschlüsseln von Nachrichten und im Morsen. Ein junger Mann mit vorspringendem Adamsapfel erklärte die Tücken des B2-Funkgeräts in Worten, aus denen niemand schlau wurde, und dann lernten sie stundenlang, wie man eine Nachricht schrieb und mithilfe einer doppelten Transpositionschiffre in vermeintlichen Wortsalat verwandelte. Man nahm ein Gedicht, das man auswendig kannte, und erstellte mit Wörtern daraus den Chiffrierschlüssel. Wenn die Person am anderen Ende das Gedicht kannte, konnte sie das Verfahren umkehren und die Nachricht wieder entschlüsseln. Marian suchte sich ein Sonett von Elizabeth Barrett Browning aus, das sie in der Schule gelernt hatte.

Wie ich dich liebe? Lass mich zählen wie.
Ich liebe dich so tief, so hoch, so weit,
als meine Seele blindlings reicht …

Die Worte trieben ihr fast die Tränen in die Augen, sentimentale Tränen, die aber schon bald wieder durch Lektionen darüber verdrängt wurden, was zu tun war, falls man geschnappt wurde, wie man Verhöre überstand, wie man Befragungen steuerte, wie man auf sich allein gestellt überlebte, voller Angst und Unsicherheit, überzeugt, keine Chance zu haben. Sie kamen sogar mitten in der Nacht zu dir und zerrten dich aus dem Bett und verfrachteten dich in einen Wagen und fuhren mit dir zu einem anderen Haus, wo du in einer kahlen Zelle von anonymen Männern in SD-Uniformen stundenlang verhört wurdest. Sie leuchteten dir mit grellen Lampen ins Gesicht, schrien dich an. Du standest da in deinen Nachtsachen, und sie drohten dir mit Gewalt. Es kursierten Geschichten, dass sie einen sogar nackt auszogen, aber Marian und die einzige andere Frau im Lehrgang beruhigten sich gegenseitig, indem sie solche Gerüchte als Unfug abtaten. Niemals würden sie eine Frau nackt ausziehen. Sie würden vielleicht versuchen, es möglichst realistisch aussehen zu lassen, aber das würden sie niemals tun. Dennoch, die Furcht saß ihnen die ganze Zeit im Nacken.

Die andere Frau hieß Marguerite. Sie wirkte durch und durch englisch und war ein bisschen übereifrig, die Sorte Frau, die man sich gut als Haushälterin oder Gemeindeschwester vorstellen konnte, aber ihr Französisch war tadellos, und sie hatte einen belgischen Akzent und benutzte typisch belgische Redewendungen.

»Ist dir mal eine Frau namens Yvette über den Weg gelaufen?«, fragte Marian. Sie benahmen sich wie Gefängnisinsassen, die Gerüchte austauschten, einander erzählten, was ihnen so alles zu Ohren gekommen war.

»Du meinst diese dumme Ziege, die einen Engländer geheiratet hat?«

»Vielleicht. Ihr Nachname war Coombes.«

»Sie war vor mir in dem Lehrgang in Thame. Wir sind uns kurz begegnet, weil da was mit dem Transport schiefgelaufen war. Hat auf mich einen ziemlich dümmlichen Eindruck gemacht.«

»Wir waren zusammen in Schottland. Ich hab versucht, ihr zu helfen.«

»Ach ja? Hat wohl nicht viel gebracht.«

Lieber Ned, schrieb Marian. *Die Ausbildung geht weiter. Merkwürdiger, als Du Dir vorstellen kannst. Bei diesem Tempo kann es passieren, dass der Krieg schon zu Ende ist, bis ich fertig ausgebildet bin. Hab versucht, Dich anzurufen, bin aber nicht durchgekommen. Vielleicht krieg ich ja mal ein bisschen Freizeit …*

IV

Der Lehrgang endete mit einem viertägigen Härtetest. »Der Härtetest«, so verkündeten sie unheilvoll, als ginge es um eine Art Feuerprobe, eine Einführung in geheime Glaubensriten. Für ihren Härtetest musste Marian eine eigene Deckidentität erfinden, nach Bristol fahren, sich eine Unterkunft suchen und dann eine Reihe von Aufträgen ausführen. Zuerst musste sie Kontakt zu einem Agenten aufnehmen, der in der Stadt operierte. Sobald das erledigt war, hatte sie die Aufgabe, mithilfe von Boten und toten Briefkästen Leute zu rekrutieren, die ihr Informationen über die Flugzeugherstellung in der Stadt verschaffen könnten. In dieser ganzen Farce – so nannte sie es für sich – sollte die britische Polizei ihr Feind sein. Die Polizei war angeblich darüber informiert, dass eine mutmaßliche feindliche Agentin in der Gegend war, und Marian hatte die Aufgabe, sich nicht erwischen zu lassen, so wie sie später versuchen würde, der *Milice* und der Gestapo ein Schnippchen zu schlagen.

»Und wenn sie mich schnappen?«

»Bleiben Sie so lange Sie können bei Ihrer Tarngeschichte. Wenn es blöd läuft …«

»Blöder, als die Sache sowieso schon ist, kann es gar nicht mehr werden.«

»Das ist kein Spaß, Sutro. Wir versuchen die Sache möglichst realistisch zu gestalten. In ein paar Wochen wird es real, und dann gibt es keine zweite Chance. Wenn es mit der Polizei richtig brenzlig wird, sagen Sie denen, sie sollen diese Nummer anrufen und nach Colonel Peters fragen. Der wird ihnen erklären, dass Sie eine Agentin in der Ausbildung sind, und Sie dann persönlich abholen. Diese Telefonnummer ist Ihre ›Komm aus dem Gefängnis frei‹-Karte, also gut merken.«

Und damit trat sie durch einen weiteren Spiegel, diesmal hinein in die Person von Alice Thurrock, Absolventin der University of Edinburgh und Französischlehrerin, eine recht unscheinbare Frau von achtundzwanzig, die flache Schuhe und einen schlichten Tweedrock trug und das braune Haar zu einem Knoten gebunden hatte. Sie schminkte sich nicht und hatte eine Hornbrille ein bisschen schief auf der Nase sitzen, sodass es aussah, als würde sie schielen. Sie war bis zum Sommer 1940 in Paris gewesen und eine Woche vor dem Einmarsch der Deutschen nach England zurückgekehrt. Danach war sie der WAAF beigetreten, doch letztes Frühjahr war sie aus gesundheitlichen Gründen entlassen worden und versuchte jetzt, wieder Tritt zu fassen, etwas Nützliches zu tun, auch wenn das Militär kein Interesse mehr an ihr hatte. Sie war allein. Ihre Eltern waren beide gestorben, der Vater 1918 an der Spanischen Grippe und die Mutter vor zwei Jahren an Krebs, somit war sie mehr oder weniger auf sich allein gestellt. Sie hatte einen Bruder in der Army, aber der war im Nahen Osten. Ihre sämtlichen Papiere – ihr Examenszeugnis und ihre Lehrbefugnis, Empfehlungsschreiben von früheren Arbeitgebern – hatte sie leider in Paris zurücklassen müssen.

Sie besaß praktisch nur das, was in ihren Koffer passte. Ein ganzes Leben.

Die nächsten paar Tage waren eine Art Brettspiel, wobei die stark zerstörte Stadt das Brett und die wenigen Leute, die sie traf, die Figuren darstellten. Aber wer schaute zu? Sie fuhr mit Bussen und war viel zu Fuß unterwegs. Sie traf sich in einer Buchhandlung mit einem zwielichtigen Mann, der ihr verschiedene Botschaften für Agenten mitgab, die nicht existierten. Sie wählte Wohnungen aus, um Funkmeldungen abzusetzen, und suchte geeignete Orte für tote Briefkästen. Sie ergatterte eine Stelle als Aushilfslehrerin an einer Mädchenschule in Filton und bestimmte die ahnungslose Schulsekretärin als Kontaktperson. Auch ein Zeitungsverkäufer auf der Queens Road wurde ihr Kontakt. Einen Nachmittag verbrachte sie damit, mögliche tote Briefkästen zu identifizieren – ein lockerer Stein in der Treppe der Bethesda Chapel auf der Great George Street und die Nische hinter einem Verteilerkasten neben einem Kino auf der Whiteladies Road – und geeignete Orte für Treffen mit hypothetischen Agenten auszuwählen. Sie wusste nicht, welchen Bezug das alles zur Realität hatte, aber sie schob ihren angeborenen Zynismus mal für eine Weile beiseite und spielte das Spiel mit Begeisterung.

Lieber Ned, es macht ungeheuer viel Spaß, wie ein kunstvoll geplantes Versteckspiel, bei dem einem die ganze Stadt zur Verfügung steht. Bin ich eine Spionin oder eine mysteriöse Verbrecherin? Oder bin ich bloß Alice, die durch den Spiegel gegangen ist? Ich weiß noch, wie Du mir erklärt hast, die Zwillinge Zwiddeldum und Zwiddeldei stünden für reale Materie und eine neue Art von Stoff, der das genaue Gegenteil ist. Terrestrisch und kontraterrestrisch, war es das? Vielleicht bin ich ja so. Alle um mich herum sind real, und ich bin irreal. Vielleicht nehmen sie mich deshalb nicht wahr …

Das tägliche Abendessen war eine traurige Angelegenheit in einem düsteren Esszimmer mit der anderen Mieterin, einer jungen Frau namens Maisie. Die Pensionswirtin kochte ihnen einen wässrigen Eintopf mit vielen Kartoffeln und wenig anderem. Ein Rinderbrühwürfel sorgte für einen Anflug von Fleischgeschmack. »Kann im Knast nicht schlimmer sein«, murrte Maisie, als die Wirtin außer Hörweite war. Abgesehen von diesem kurzen Moment des Aufbegehrens sprachen sie über unverfängliche Dinge, welche Filme sie gesehen, welche Bücher sie gelesen hatten, welche Filmstars sie mochten. Und Männer. »Hast du einen Freund?«, fragte Maisie.

Marian dachte an Clément, an das, was gewesen war und was hätte sein können. »Eigentlich nicht.«

»Mach dir nichts draus. Lohnt sich zurzeit sowieso nicht. Ich hatte einen Freund, aber den haben sie eingezogen, und jetzt ist er irgendwo im Nahen Osten oder so. Hör so gut wie nichts von ihm. Muss ich mir eben selbst Trost verschaffen, wenn du verstehst, was ich meine.« Die junge Frau lachte und wurde rot. »Na ja, was ist heutzutage sonst schon sicher, hä?«

»Nichts, schätz ich.«

»Jeder muss sehen, wo er bleibt, oder?«

»Seh ich auch so.«

In dieser Nacht lag Marian im Bett und dachte über Maisies Geständnis nach. Früher einmal hatte sie geglaubt, dass so eine Handlung gegen den Willen Gottes war, der über sie wachte und sie wegen Dingen ermahnte, die sie getan oder unterlassen hatte. Obwohl sie diesen Glauben mittlerweile abgelegt hatte, war doch ein schmuddeliger Rest Schuld zurückgeblieben, ein Gefühl, dass es unanständig und verboten war, so etwas zu tun. Aber Alice Thurrock beschloss, dass ihr derlei Hemmungen fremd waren. Sie war ein praktischer Mensch. Wenn du ein paar Augenblicke intensiver und sorgloser Ekstase erleben wolltest, dann nur zu. Es war dein Körper, mit dem du tun und lassen konntest, was du wolltest. Du musstest für dich selbst sorgen, weil es sonst niemand tat. Und so lag sie im Bett, ohne die geringsten Gewissensbisse, die Beine gespreizt und die Knie angezogen, und ließ die Finger mit den weichen Falten ihrer Vulva spielen. Sie versuchte, nicht an Clément zu denken. Sie versuchte, an niemanden zu denken außer an sich selbst, dieses Wesen aus Fleisch und Blut und Knochen, aus ungelenken Gliedern und sterilen, aber sensiblen Brüsten, diese sterbliche Hülle, die sich zu einem Höhepunkt streichelte, der ihren Körper aufwühlte und durch ihren Verstand brandete, bis sie friedlich und hundemüde in den Schlaf sank. Aber sie dachte noch immer an Clément.

»Alice Thurrock«, sagte sie am nächsten Morgen zu ihrem Gesicht in dem gesprungenen Spiegel, »du bist eine schamlose Frau.«

V

Am letzten Tag der Übung holten sie sie. Sie kamen mitten in der Nacht, als alle in der Pension schliefen und der Mut auf dem Tiefststand war, ein halbes Dutzend Männer, die gegen die Haustür hämmerten und an der Wirtin vorbeidrängten, die einen schwachen Versuch unternahm, sie aufzuhalten. Sie stürmten in Marians Zimmer, die sich gerade noch rasch ihren Mantel überzog, und schleppten sie vor den Augen von Maisie und der Wirtin nach unten zu einem wartenden Wagen. Von dort fuhren sie mit ihr zu einem unbekannten Haus in der Umgebung von Clifton, wo sie unter grellen Lampen mit Handschellen an einen Stuhl gefesselt und stundenlang verhört wurde.

»Wie heißen Sie?«

»Alice Thurrock.«

»Zweiter Vorname?«

»Eileen.«

»Geburtsdatum.«

»Achtzehnter Oktober neunzehnhundertfünfzehn.«

Sie hatten ihr den Mantel weggenommen, und unter ihrem Nachthemd trug sie nichts. In dem blendenden Licht konnte sie die Männer nicht sehen, aber sie fühlte sich wie vergewaltigt unter ihren Blicken, als wären nicht nur ihre Augen, sondern auch ihre Hände auf ihrem Körper.

»Ich will meinen Mantel«, sagte sie, aber die Männer übergingen die Bitte.

»Wo sind Sie geboren?«

»Oxford, ich bin in Oxford geboren.«

»Was machen Sie in Bristol?«

»Ich will meinen Mantel.«

»Vergessen Sie Ihren Mantel. Was machen Sie in Bristol?«

»Ich habe Arbeit gesucht. Ich war in der WAAF, aber sie haben mich aus gesundheitlichen Gründen entlassen.«

»Sie lügen!«

»Nein, ich lüge nicht. Glauben Sie mir, ich sage die Wahrheit. Meine Eltern sind beide tot, und mein Bruder …«

»Ihr verdammter Bruder interessiert uns nicht. Was haben Sie gestern gemacht? Sie sind in der Stadt rumgelaufen, haben Orte ausgekundschaftet, mit Leuten geredet, versucht, ihnen Informationen zu entlocken. Was haben Sie in Filton gemacht?«

Es war wie beim Tauchen, als würde sie die Luft anhalten und gegen den Wasserauftrieb nach unten in die Tiefe schwimmen, mit angehaltenem Atem, die Lunge kurz vorm Bersten, wohl wissend, dass sie jederzeit durch die Oberfläche an die Luft stoßen, ihnen die Telefonnummer geben konnte, damit sie anriefen. Die »Komm aus dem Gefängnis frei«-Karte.

»Ich habe mich an der Mädchenschule in Filton vorgestellt. Dort wurde eine Französischlehrerin gesucht.«

»Wo haben Sie Französisch gelernt?«

»Ich hab Französisch studiert.«

»Aber Sie waren auch in Frankreich?«

»Oft. Als Kind war ich in den Ferien als Austauschschülerin bei einer französischen Familie.«

»Wie hieß die Familie?«

»Perrier.«

»Wo haben sie gewohnt?«

»In Paris.«

»Wo in Paris?«

»Im fünften Arrondissement. In der Nähe vom Panthéon.«

»Die genaue Adresse?«

»Hören Sie, ich will meinen Mantel haben. Mir ist kalt, und ich will meinen Mantel haben. Sie können mich nicht so behandeln!«

»Wir können Sie behandeln, wie wir wollen. Wir können Sie nackt ausziehen, wenn wir wollen. Also, wie lautet die Adresse?«

Es war wie ein Maskenball, bei dem das Rollenspiel seinen Reiz verloren hat und die Gemüter erhitzt sind. Aber sie spielte mit, wusste sie doch, dass es eines Tages vielleicht kein Spiel mehr wäre und sie keine »Komm aus dem Gefängnis frei«-Karte mehr hätte und die Fragesteller hinter den Lampen Gestapomänner wären.

VI

Miss Atkins blätterte eine Seite um. »Sie haben in Beaulieu offenbar gut abgeschnitten. ›Verhaftung und Verhör durchgestanden. Konsequent bei ihrer Tarngeschichte geblieben, ohne sich zu verraten‹, steht hier.« Sie blickte auf, lächelte freudlos. »Ich werde Ihren unverzüglichen Einsatz befürworten. Sie werden beim nächsten Vollmond eingeschleust. Sie werden dem Ring WORDSMITH zugeteilt, im Südwesten.«

Marian spürte eine kleine Gefühlsaufwallung, eine Mischung aus Furcht und Erregung, ohne dass sie hätte sagen können, was von beidem überwog. Der Südwesten. Toulouse, vielleicht. Oder Biarritz an der Küste. Oder vielleicht Montpellier und das Mittelmeer. Sie durchforstete ihr Gedächtnis vergeblich nach weiteren Orten. Nicht Paris. Neds Idee, dass sie Clément besuchen könnte, löste sich in einer Wolke aus Erleichterung und Enttäuschung auf.

»Der Leiter des Rings ist einer unserer erfolgreichsten Agenten«, sagte Atkins. »Deckname Roland. Vielleicht haben Sie schon von ihm gehört? Ich weiß, wie schnell sich Dinge herumsprechen, trotz unserer strengen Sicherheitsvorkehrungen. Er ist seit über einem Jahr im Einsatz.«

Über ein Jahr! Das war unvorstellbar für sie. Ein Jahr im Untergrund. Da musste die Tarngeschichte ja realer werden als die eigene, wahre Geschichte. Aus Lügen würden Wahrheiten und aus Wahrheiten Lügen.

»Der Ring ist weit verstreut. Er deckt ein riesiges Gebiet ab – von Limoges bis runter nach Toulouse –, und Roland hat Mühe, alles unter Kontrolle zu halten. Er hat eine Pianistin, die seit Wochen bei ihm ist, aber er braucht dringend einen Kurier. Für einen Mann allein ist das Gebiet zu groß. Sie werden mit César abspringen. Er geht in denselben Ring, als Waffen- und Sabotageausbilder. Sie werden im Einsatz nicht viel mit ihm zu tun haben, aber Sie sollten einander kennenlernen. Ich habe ihn hergebeten. Er müsste jeden Moment hier sein.«

Aber César verspätete sich. Sie warteten, unterhielten sich verkrampft, schielten immer wieder zu der Uhr auf dem Schreibtisch. Fünfzehn Minuten nach der vereinbarten Zeit ertönte ein flüchtiges Klopfen, die Tür flog auf, und da war er, mit einem zaghaften Lächeln im Gesicht und wortreichen Entschuldigungen auf den Lippen und einer Art kindlicher Frechheit im Auftreten, die allem Anschein nach sogar Miss Atkins besänftigte. Offenbar hatte es eine Terminüberschneidung gegeben, ein Treffen mit jemandem von der RF-Sektion. Es tat ihm schrecklich leid, weil er wusste, wie viel Wert ihr Briten auf Pünktlichkeit legt, aber jetzt war er ja da, besser spät als nie, sagt ihr das nicht bei euch?

»Das ist César«, verkündete Atkins steif. »Wie Sie sehen, hat er ein flottes Mundwerk.«

»Wir hatten schon das Vergnügen.«

»Ach ja?«

»Wir sind uns in einer Bar in London begegnet.«

Atkins verzog den Mund. »In einer *Bar*?«

»Und dann noch einmal in Schottland. Auf einem Berg.«

»Auf einem Berg? Das klingt äußerst ungewöhnlich.«

»Pure Chance«, sagte er.

»Chance?«

»Sagt man das nicht so?«

Marian kicherte. »Er meint *pure chance*. Reiner Zufall.«

Atkins starrte die beiden an, als hätte sie den Verdacht, Zielscheibe eines Scherzes zu sein, den sie nicht verstand. »Ich halte nicht viel von Zufällen dieser Art«, stellte sie klar. »Wie ich bereits sagte, wird César als Waffenlehrer eingesetzt. Ihr werdet im Einsatz nicht viel miteinander zu tun haben.«

Marian versuchte, Benoît zu ignorieren. Er versuchte, Blickkontakt zu ihr herzustellen, sie zum Lachen zu bringen. »Wann geht es los? Sie sagten, beim nächsten Vollmond.«

»Das hängt vom Wetter ab. Aber wir haben Sie für Mitte kommender Woche eingeplant. So haben Sie noch Zeit, einiges zu regeln, sich mit der Geografie vertraut zu machen und dergleichen. César wird Ihnen nützliche Tipps geben können.

Er war vor gar nicht langer Zeit in Frankreich und weiß daher, wie die Situation in dem Land ist. Vielleicht« – sie signalisierte mit einer knappen Handbewegung, dass sie gehen konnten – »können Sie das irgendwo in Ruhe besprechen.«

Sie suchten sich ein stilles Eckchen in dem ehemaligen Wohnzimmer. »Meine kleine Anne-Marie«, sagte Benoît. »Du siehst, das Schicksal führt uns immer wieder zusammen.«

»Ich bin *nicht* deine kleine Anne-Marie«, sagte sie, aber der Gedanke amüsierte sie. Obwohl er nicht älter als sie wirkte, legte er seine überlegene Haltung nicht ab, diese typisch französische Arroganz. »Ich finde, wir sollten ohnehin lieber unsere Decknamen benutzen. Ich bin Alice.«

»Aber ich *hasse* César. Du hast Glück. Alice ist hübsch. Aber César! Nicht mal ein Franzose. Und noch dazu ein Imperator.«

»Das war Napoleon auch. *Empereur.*«

»Das macht es noch schlimmer. Ich bin weder Bonapartist noch Monarchist oder irgendwas in der Art. Ich bin Republikaner! Komm, lass uns von hier verschwinden. Einen Spaziergang machen. Wir müssen ja nicht hier herumsitzen, nur damit die uns im Auge behalten können.«

Sie büxten aus wie Kinder, die die Schule schwänzen, amüsiert darüber, plötzlich so zusammengeworfen worden zu sein. Irgendwo oben am Himmel nahm der Mond zu, aber das war nicht zu sehen; zu sehen waren nur Wolken und Blau und die Sonne, mal hell, mal verdunkelt, und Sperrballons, die wie riesige luftige Maden dahinschwebten. Der Mond schien sehr weit weg. Plaudernd schlenderten sie zum Marble Arch und in den Hyde Park. Sie redeten ungezwungen miteinander, obwohl sie sich kaum kannten und ganz unterschiedliche Vorgeschichten hatten. Benoît war ein *colon* aus Algerien, mit einem Schuss heißem südländischem Blut in den Adern und einem Gefühl von Entfremdung. »Sie nennen uns »Schwarzfüße«, weißt du das? Was soll das heißen? Dass wir halbe Araber sind? Dass wir nicht so gut sind wie der Rest von ihnen? Vielleicht soll das heißen, dass wir in Scheiße getreten sind.«

Er war bei der Generalmobilmachung 1939 eingezogen worden, und nach dem Fall von Paris hatte sich seine ganze Einheit ergeben. In der Nacht, als sie in ein Kriegsgefangenenlager in Deutschland transportiert werden sollten, war er zusammen mit einem Freund aus dem Zug gesprungen. Er tat es mit einem Achselzucken als nichts Besonderes ab. »Du packst einfach die Gelegenheit beim Schopfe. Du kannst nicht zu lange drüber nachdenken, sonst ist die Gelegenheit vertan. Du musst einfach handeln, und wenn es klappt …« – wieder ein Achselzucken –, »… Schwein gehabt!« Er zuckte viel die Achseln oder grinste, als wäre das, was er getan hatte, bloß ein Dummejungenstreich. Mit seinem Freund hatte er es über die Demarkationslinie in die nicht besetzte Zone geschafft, wo sie sich eine Weile als Landarbeiter durchgeschlagen hatten, ehe sie weiter nach Süden zogen. Schließlich waren sie über die Pyrenäen nach Spanien gelangt, wo man sie ins Gefängnis steckte.

»Wir haben so einen Aufstand gemacht, dass sie uns nach einer Woche wieder laufen ließen. Pamplona hieß die Stadt. Halt dich bloß von Pamplona fern. Scheißstadt. Von da bin ich zurück nach Algerien und hab mich der Résistance angeschlossen. Dann hat mich so ein Bursche angesprochen und gesagt, ich könnte zurück nach Frankreich, ich müsste ihm dafür bloß meine Seele verkaufen …«

Marians eigene Geschichte, die sie zu der Zeit als so dramatisch empfunden hatte, kam ihr gemessen an Benoîts auf einmal banal vor. Als sie ihm, fast entschuldigend, von Genf vor dem Krieg erzählte – dem großen Haus, den Bediensteten, den Privilegien, die der Familie eines internationalen Diplomaten zukamen –, zuckte er wieder bloß die Achseln. »Du kannst nichts dafür. Ich kann nichts dafür, dass ich ein *pied-noir* bin. Du kannst nichts dafür, dass dein Vater ein hohes Tier ist. Immerhin bist du keine verwöhnte Göre geworden. Immerhin bist du nicht zimperlich.«

Er grinste sie an. »Komm, wir gehen einen Tee trinken. Das ist für Engländer doch der höchste Genuss, nicht wahr? Eine schöne Tasse Tee.« Er sagte das auf Englisch und bemühte sich, seinen französischen Akzent mit unbeholfenem Cockney zu kaschieren, was ihm nur mäßig gelang. Sie musste lachen.

Beim Tee sprachen sie darüber, wie sie diese öden, angespannten Tage des Wartens verbringen könnten. Benoît war von der Organisation in einem Hotel untergebracht worden. Sie wollten nicht, dass er mit anderen Angehörigen der Freien Französischen Streitkräfte zusammenwohnte. »Sie wachen eifersüchtig über mich, weil ich eigentlich für die Gaullisten arbeiten sollte und sie mich für sich behalten wollen.«

Sie betrachtete ihn nachdenklich, den Kopf zur Seite geneigt. »Wie wär's, wenn du mich in Oxford besuchst? Ich fahre heute Abend zurück. Komm doch übers Wochenende.«

Es war eine spontane Idee. Sie könnte doch diesen Franzosen *Maman* vorstellen. Die wäre bestimmt hin und weg von ihm. So etwas hatte Marian noch nie gemacht, aber sie war auch nicht mehr der Mensch, der sie immer gewesen war. Sie würde nicht mal fragen. Sie würde einfach zu ihrer Mutter sagen: »Übrigens, *Maman,* ich hab so einen französischen Burschen übers Wochenende eingeladen.« *C'mec français,* würde sie sagen. Ihre Mutter konnte diesen Jargon nicht ausstehen. »Er weiß in London nicht so richtig was mit sich anzufangen, und da hab ich gedacht, es wäre doch nett für ihn, mal ein bisschen Familienleben zu schnuppern.« Familienleben. Damit würde sie ihre Mutter herumkriegen.

Am Nachmittag erfuhr sie, wer sie sein sollte. »Anne-Marie Laroche«, so teilte ein ernster, bebrillter Franzose ihr mit. »Anne-Marie, wie Sie selbst vorgeschlagen haben. Laroche, weil der Name verbreitet ist. Sie haben also einen schlichten Namen, einen gewöhnlichen Namen, einen Namen, der ebenso unauffällig ist, wie Sie es sein sollten.« Dann legte er in der Manier eines Bridgespielers, der sein Blatt zeigt, um alle restlichen Stiche zu kassieren, die Ausweise und Lebensmittelkarten dieser fiktiven Frau auf den Tisch.

»Anne-Marie Laroche. Ich mag den Namen.«

Er zuckte mit den Schultern, als wäre es belanglos und nur für Frauen wichtig, den eigenen Namen zu mögen. »Wie Sie sehen, habe ich sie sechsundzwanzig Jahre alt gemacht. Dieselbe Haarfarbe wie Ihre natürlich. Aber ich fürchte, Sie sollten sie nicht ganz so, ähm … *attraktiv* machen, wie Sie es sind. Gutes Aussehen ist bei einer Agentin nicht von Vorteil – Sie wollen doch nicht, dass die Männer sich nach Ihnen umdrehen.« Er blickte kurz zu ihr hoch, wurde rot und schob die Papiere auf dem Tisch hin und her. »Jetzt müssen Sie Mademoiselle Laroche so gut kennenlernen, wie Sie sich selbst kennen.«

Anschließend wurde sie von einem charmanten jungen Mann namens Marks in der Verwendung von Chiffriercodes unterwiesen. Er stellte sich als »eher Groucho als Karl« vor und fragte sie, ob sie nach ihrem Lehrgang in Beaulieu noch wusste, wie eine doppelte Transpositionschiffre funktionierte, und lachte laut auf, als sie ihm erzählte, welches Gedicht sie als Schlüssel benutzt hatte. »Sie und ein halbes Dutzend andere Agentinnen«, sagte er. Sie brauchte irgendwas Originelles, etwas, das kein deutscher Chiffrierexperte kennen konnte. Hatte sie selbst schon mal Gedichte geschrieben?

»Ein paar.«

»Lassen Sie mal sehen.« Sie nahm einen Bleistift und schrieb ein Gedicht auf, das sie vor Jahren verfasst hatte:

Ich frage mich ob du
Mich jemals
Wirst lieben
Für immer
Oder ob
Auf ewig
Wir bleiben entzweit

Auch wenn uns vielleicht
Die Liebe
Wird niemals
Vereinen
Mein Herz ist
Allezeit
Nur für dich bereit

»Wer war er?«, fragte Marks.

Sie lächelte und wurde leicht rot. »Ein alter Freund. Ich habe seit einer Ewigkeit nichts von ihm gehört. Ich dachte, ich wäre in ihn verliebt, aber es war vielleicht bloß eine Mädchenschwärmerei.«

Er zuckte die Achseln. »Schwärmerei und Liebe, der einzige Unterschied ist die Dauer. Dann wollen wir doch mal sehen, ob er Ihnen Glück bringt.« Er gab ihr eine Übungsaufgabe, um zu testen, wie viele Fehler sie bei der Verwendung ihres Gedichts als Verschlüsselungstext machte, und sie konnte sich ein kleines triumphierendes Lächeln nicht verkneifen, als er keinen einzigen Fehler fand.

»Ganz mein Geschmack«, sagte er anerkennend und schickte sie mit sichtlichem Widerwillen weiter zu ihrem nächsten Termin, diesmal bei einem jüdischen Schneider auf der Clifford Street, der für sie zwei Kostüme und einen Mantel aus französischem Tuch und nach bester französischer

Manier anfertigen würde. Die Nähte, die Futterstoffe, der Schnitt, alles war anders, erklärte er, während er murrend und knurrend bei ihr Maß nahm und über die englische Mode schimpfte. Aber es würde einige Zeit dauern. Solche Dinge durfte man nicht überstürzen. Für diese Leute musste ja immer alles gleich am nächsten Morgen fertig sein.

VII

Am Abend fuhr sie mit dem Zug zurück nach Hause. Das ständige Auf und Ab ihrer derzeitigen Existenz brachte sie ganz durcheinander. Eben noch war sie in der Welt der Organisation mit ihren Tricks und Rätseln, ihren Wahrheiten und Halbwahrheiten und glatten Lügen, im nächsten Moment war sie zu Hause, umgeben von den Gewissheiten ihrer Kindheit. Das Einzige, was sie von der einen Welt in die andere mitnahm, war die Fähigkeit zu lügen.

»Ich soll mich auf einen Einsatz im Ausland einstellen«, erklärte sie ihrer Mutter. »Algier, schätze ich, aber vielleicht auch Marokko. Die drücken sich ziemlich vage aus. Ich brauch ein paar Sachen, mit denen ich nicht auffalle, Kleidung und so. Darf ich mal nachsehen, was du so hast? Ach ja, und Benoît kommt uns wahrscheinlich besuchen.«

»Wer ist Benoît?«

»Hab ich dir doch erzählt. Der französische *mec*, den ich im Lehrgang kennengelernt hab. Er kommt übers Wochenende.«

»Was in aller Welt meinst du mit *mec*?«

»Dann eben junger Mann. Was soll ich denn sonst sagen? Bursche? Oder ist dir Kerl lieber?«, fragte sie spöttisch.

»Na, egal wie du ihn nennst, wir kennen ihn nicht. Wir können doch niemanden bei uns wohnen lassen, den wir nicht kennen.«

»Aber wenn er uns nicht besuchen kommt, lernst du ihn nie kennen.«

Ihre Mutter verzog das Gesicht, setzte ihre Schmollmiene auf, wie immer, wenn eines ihrer Kinder bei einer Diskussion das letzte Wort behielt. »Wie dem auch sei, es hat jemand für dich angerufen und eine Nachricht hinterlassen. Es geht wohl wieder um deine Arbeit. Ein Colonel, hat er gesagt.«

»Ein *Colonel?*«

»Genau.«

Sie dachte: Buckmaster. Sie dachte: Katastrophe, irgendeine Planänderung, irgendeine andere Behörde hatte das ganze ausgeklügelte Konstrukt verworfen, ein dummer Zufall oder irgendwelche unglücklichen Umstände. Vielleicht war in Bristol etwas schiefgelaufen, oder vielleicht irgendwo anders. Der Leiter von WORDSMITH wollte keine Frau. Vielleicht ging es darum. Oder Buckmaster und Atkins hatten in letzter Minute ihre Meinung geändert und beschlossen, dass sie doch nicht für einen Einsatz in Frankreich taugte, nein. Stattdessen wartete die Zwischenhölle des Kühlhauses auf sie, wo sie untätig herumhocken und frustriert Däumchen drehen würde, nur weil sie wusste, was sie wusste, wie ein radioaktives Material, das man nicht anfassen konnte, weil es zu gefährlich war und deshalb isoliert von allem aufbewahrt werden musste.

Aber ihre Mutter hatte die Nachricht auf dem Schreibblock neben dem Telefon notiert, und der Name war nicht Buckmaster, sondern Peters: Ob Marian sich wohl am nächsten Morgen um zehn Uhr am Brasenose College mit Colonel Peters treffen könnte? Marian brauchte einen Moment, bis sie den Namen des Mannes erkannte – ihre »Komm aus dem Gefängnis frei«-Karte bei der Praxisübung in Bristol, die Nummer, die sie nicht hatte anrufen müssen.

VIII

Das College war wie alles andere vom Militär in Beschlag genommen worden. Statt Talar tragenden Studenten, die in den Innenhöfen herumwandelten, herrschte jetzt ein ständiges Kommen und Gehen von Männern in Uniform und dieses Gefühl schäbiger Vorläufigkeit, das militärische Einrichtungen durchdringt, als ob der Feind im Anmarsch wäre und die Verwaltung jeden Moment die Akten verbrennen müsste. Im Schatten des Haupttors ermahnte ein Schild vom Kommandanten, Stabsoffiziere *möchten sich doch bitte bei hausinternen Problemen an den Adjutanten wenden und nicht an die Collegeverwaltung*. Irgendwer hatte das Wort *möchten* rot umkringelt.

Sie stand unsicher vor dem Tor, fragte sich, warum sie gekommen war. Alice, dachte sie, in irgendeinem exzentrischen Wunderland. Aber kein weißes Kaninchen hoppelte über den grünen Samt des Rasens; stattdessen trat eine Gestalt in Sportjackett und Flanellhosen aus dem Schatten des Pförtnerhauses, streckte ihr die Hand hin und deutete eine Verbeugung an. »Wie schön, Sie wiederzusehen, Miss Sutro, und noch dazu vollständiger *habillée* als bei unserer letzten Begegnung. Mein Name ist Peters.«

Er hatte etwas greisenhaft Professorales an sich und wirkte zu alt, um noch im aktiven Dienst zu sein. Sie runzelte die Stirn. »Entschuldigen Sie. Ich glaube, da liegt ein Missverständnis vor …«

»O nein, es handelt sich keineswegs um ein Missverständnis. Aber unsere letzte Begegnung war ein wenig einseitig, fürchte ich. Ich war bei Ihrem Verhör in Bristol zugegen.«

Diese Enthüllung war ein Schock. Sie erinnerte sich an Schatten hinter den Lampen, Männer, die ihr Fragen stellten, sie anbrüllten, ihr schmeichelten und drohten, Männer, deren

Interesse an ihrer Person fast lasziv wirkte. Wieso war es ihr peinlich zu wissen, dass dieser Mann einer der Zuschauer gewesen war?

»Ich muss sagen«, fügte er hinzu, »Sie haben sich vorbildlich gehalten, wie dafür geschaffen. Ich hatte immer meine Zweifel, ob es gut wäre, junge Frauen für derlei Dinge zu rekrutieren – darüber wurden erbitterte Debatten geführt, wussten Sie das? –, aber Frauen wie Sie beweisen, dass meine Zweifel unbegründet waren.«

»Ist das ein Kompliment?«

»Es ist keine Beleidigung.« Er fasste sie am Ellbogen und führte sie in das goldene Licht des Innenhofes. »Ich habe Sie in meinem Bericht an Colonel Buckmaster äußerst lobend erwähnt. Habe ihm erzählt, dass ich mir eine Mitarbeiterin wie Sie gewünscht hätte, als ich noch selbst im Geschäft war. Sie wären genau richtig gewesen.«

Männer in Uniform gingen an ihnen vorbei, junge Offiziere, die lachten und über irgendetwas scherzten. Durch einen schattigen Bogengang war ein weiterer Innenhof zu sehen, in dem man auf dem Rasen ein militärisch anmutendes Zelt aufgeschlagen hatte. Unter den Augen eines Corporal pinselte ein Soldat sorgfältig Pflastersteine weiß an. Marian musste wieder an *Alice im Wunderland* denken, an die drei Gärtner, die weiße Rosen rot anmalten. »Worum geht's denn eigentlich?«, fragte sie, und Peters nickte nachdenklich, als hätte sie eine überaus tiefschürfende und scharfsinnige Frage gestellt. »Natürlich sind Sie neugierig«, sagte er. »Selbstverständlich. Und wir werden Ihre Neugier beizeiten stillen.«

Er führte sie in eines der umliegenden Gebäude und eine schmale Treppe hinauf. Oben betraten sie einen Raum mit Blick auf den kleinen Innenhof und die Stirnwand der College-Kapelle. Das Mobiliar bestand aus einem Sofa mit zwei Sesseln und einem niedrigen Tisch dazwischen. Und aus einem der Sessel erhob sich ein zweiter Mann, der deutlich jünger war als Peters. Er trug einen dunkelblauen Nadelstreifenanzug, und aus seiner Brusttasche lugte ein weißes Seidentaschentuch. Sein Name war Fawley, wie Colonel Peters sagte. Major Fawley.

Sie gaben sich die Hand. Der Mann brachte eine Art Lächeln zustande. Ob sie Tee wolle? Oder vielleicht, wo sie doch halb Französin sei, lieber Kaffee?

»Ich möchte gar nichts, danke, Major Fawley. Ich möchte nur wissen, warum ich hier bin.«

»Selbstverständlich. Und ich werde es Ihnen gleich sagen, aber zuvor muss ich Sie darauf hinweisen, dass alles, was wir hier erörtern werden, äußerst vertraulich ist. Unsere Unterhaltung muss als streng geheim betrachtet werden. Sie dürfen nichts, was hier gesagt wird, irgendwem erzählen, weder innerhalb Ihrer Organisation noch außerhalb.«

»Auch nicht Colonel Buckmaster?«

»Weder Colonel Buckmaster noch Miss Atkins. Niemandem.«

»Aber sie sind meine Vorgesetzten.«

Fawley nickte. Er hatte etwas Gemessenes an sich, etwas von der Ruhe eines Priesters, der jede Art Verwirrung verstand und stets die spirituelle Antwort parat hatte. »Ich verstehe Ihr Problem, Miss Sutro. Selbstverständlich. Wenn alles gut läuft, wird Colonel Buckmaster zu gegebener Zeit über unser Gespräch unterrichtet, aber fürs Erste sagen wir doch einfach, dass unser Treffen gar nicht in seinen Zuständigkeitsbereich fällt.«

War das wieder ein Test? Irgendeine dumme Posse, mit der die Organisation feststellen wollte, wie gut sie Geheimnisse bewahren konnte? »Ich verstehe wirklich nicht …«

»Sie müssen wissen, ich arbeite bei einer anderen Dienststelle als die, die Sie rekrutiert hat …«

»Einer anderen? Welcher anderen?«

»In meines Vaters Hause sind viele Wohnungen, Miss Sutro. Leider darf ich Ihnen die Dienststelle nicht nennen, ich kann nur sagen, dass sie äußerst geheim ist. Geheimer noch als die, die so …«, er zögerte, »so *vortrefflich* von Colonel Buckmaster geleitet wird.«

»Ich kann Ihnen nicht ganz folgen.«

»Das ist verständlich. Sagen wir einfach, wir stehen alle auf derselben Seite, arbeiten alle für dieselben Ziele, bloß mit unterschiedlichen Mitteln.« Er griff in die Innentasche seines Jacketts und holte ein Zigarettenetui hervor. »Rauchen Sie?«

Rauchte sie? Die Frage erschien ihr genauso kompliziert wie all die anderen, die sich in ihrem Kopf überschlugen. Sie dachte an die Frauen im Filterraum während der Nachtschicht, den blauen Dunst über ihren Köpfen, das zwanglose Geplauder, wenn nichts passierte, die plötzliche Hektik, wenn von den Radarstationen Signale reinkamen und immer mehr Flugbewegungen auf dem Kartentisch markiert wurden. Eine explosive Spannung wie bei einem Fallschirmsprung, nicht diese nagende Unruhe, diese Verwirrung. Sie nahm die angebotene Zigarette, beugte sich vor, und er gab ihr Feuer. Als sie sich in ihrem Sessel zurücklehnte, sagte Fawley: »Wie ich höre, fliegen Sie beim nächsten Vollmond nach Frankreich.«

Sie versuchte, sich ihren Schock nicht anmerken zu lassen. In Beaulieu hatte man sie gewarnt – die werden euch mit unerwartetem Wissen überraschen. Die werden von anderen Gefangenen Dinge über euch erfahren und dann versuchen, euch mit dem, was sie alles wissen, zu schockieren. Aber ihr dürft keine Reaktion zeigen, so als hättet ihr keine Ahnung, worüber sie da reden. Ihr wisst nichts, denkt immer daran. Gar nichts. Und so versuchte sie, den Schock zu kaschieren, versuchte, nicht zu Peters hinüberzuschauen, versuchte, gleichmütig zu wirken. »Ich weiß nicht, was Sie meinen.«

»Ich denke, das wissen Sie sehr wohl, Miss Sutro. Vorläufig möchte ich lediglich sagen, wenn Sie nach Paris kommen …«

»Major Fawley, ich darf über derlei Dinge nicht reden.«

Er nickte. »Natürlich nicht. Lassen Sie es mich so formulieren: Falls sich Ihnen die *Gelegenheit* bieten sollte, nach Paris zu kommen, möchten wir, dass Sie etwas für uns erledigen.«

»Etwas?«

»Wir möchten, dass Sie Kontakt zu Ihrem Freund Dr. Clément Pelletier aufnehmen. Würden Sie das für uns tun?«

Die beiden Männer schienen in einer immensen Reglosigkeit gefangen. Marian nahm Geräusche von draußen aus dem Innenhof wahr, das Getrappel von Soldatenstiefeln auf Pflastersteinen, das Gelächter von Männern, jemand, der laut über den Hof brüllte.

»Clément Pelletier?«

»Ganz genau.«

Das Denken fiel ihr schwer, als verlangte es mehr Kraft, als sie besaß. Als würde sie versuchen, durch Wasser zu laufen, das ihr bis zur Taille ging. »Woher wissen Sie von Clément Pelletier?«

»Dr. Pelletier ist uns schon lange bekannt.«

»Aber woher wissen Sie, dass *ich* ihn kenne?«

»Darüber haben wir frühzeitig Kenntnis erlangt.«

»Aber *wie*, Major Fawley? Wie genau haben Sie darüber Kenntnis erlangt?«

Der Mann lächelte milde. »Wir haben Sie genau durchleuchtet, Miss Sutro. Wir haben Nachforschungen über Sie angestellt, Ihre Vorgeschichte, Ihre Kontakte, wen Sie kennen und gekannt haben. Die Sicherheitsbehörden können sehr gründlich sein. Das müssten Sie ja inzwischen begriffen haben.«

»Vielleicht fange ich gerade erst an, es zu begreifen. Und was genau wäre der Zweck meiner Kontaktaufnahme zu Dr. Pelletier? Gesetzt den Fall, ich sollte nach Paris kommen?«

»Wir möchten, dass Sie ihm einen Brief überbringen. Natürlich erwarten wir nicht, dass Sie einen gewöhnlichen Brief in einem Umschlag bei sich tragen. Nein, wir haben einen ganz besonderen Brief.« Er holte ein Ledertui aus der Tasche und nahm einen Schlüssel heraus, einen ganz gewöhnlichen Schlüssel, der zum Schloss einer Haustür hätte gehören können. Er reichte ihn ihr. »Ich nehme an, Sie tragen einen Schlüsselbund bei sich? Sorgen Sie dafür, dass dieser Schlüssel daran hängt, wenn Sie nach Frankreich kommen.«

Sie hielt das Ding zwischen Daumen und Zeigefinger. »Es ist bloß ein Schlüssel.«

Fawley schüttelte den Kopf. »Nicht *bloß* ein Schlüssel. Sehen Sie den Herstellernamen? Lapreche?«

»Ja, natürlich.«

»Also, wenn man an dem Buchstaben ›r‹ das Metall wegfeilt, findet man einen kleinen Hohlraum. Im Auge des Buchstaben. Man muss dabei äußerst vorsichtig zu Werke gehen, aber ich bin sicher, jemand mit solchem Erfindergeist wie Dr. Pelletier ist dazu durchaus in der Lage. Im Innern des Hohlraums – er hat einen Durchmesser von weniger als zwei Millimetern – befindet sich ein sogenannter Mikropunkt. Vielleicht haben Sie schon davon gehört? Ein winziger fotografischer Film kaum größer als ein mit einer Schreibmaschine getippter Punkt.«

Sie drehte und wendete den Schlüssel in der Hand. Er glänzte im Licht, ein helles Silber. *Lapreche*. So genau sie auch hinsah, es war nicht zu erkennen, dass er manipuliert worden war.

»Unter dem Mikroskop entpuppt sich der Mikropunkt als ein Brief von einem gewissen Professor Chadwick. Ich kann Ihnen versichern, dass Professor Chadwick in der wissenschaftlichen Welt ein großer Name ist.«

Sie blickte von einem Mann zum anderen. »Ich weiß sehr wohl, wer Professor Chadwick ist.«

»Selbstverständlich.«

»Aber warum ich? Wenn es nur darum geht, einen Brief von Professor Chadwick zu überbringen, könnte das doch jeder x-beliebige Agent erledigen. Bestimmt haben Sie Leute in Paris, die für Sie arbeiten.«

»Vielleicht haben wir das. Dennoch, der Brief bittet Dr. Pelletier, nach England zu kommen …«

»Er tut *was?*«

»… und da kommen Sie ins Spiel. Wir dachten, Sie könnten vielleicht überzeugender sein als ein bloßer Brief. Ich glaube – verzeihen Sie, wenn ich mich irre –, dass zwischen Ihnen und Dr. Pelletier eine gewisse Zuneigung besteht.«

Sie spürte, wie ihr das Blut in die Wangen stieg. »Wie meinen Sie das?«

»Genau, wie ich es gesagt habe. Zuneigung eben.«

»Ja, er mochte mich. Wie eine Schwester.«

Der Mann fuhr in seinem gelassenen, inquisitorischen Stil fort. Er hatte etwas von einem Anwalt an sich, der einen Zeugen seelenruhig ins Kreuzverhör nahm, sich mit seinen Fragen alle Zeit der Welt ließ, durch nichts von seinem Ziel abzulenken war. »Dr. Pelletier hat Ihnen geschrieben, als Sie im Internat waren, nicht wahr?«

»Woher zum Teufel wissen Sie das?«

»Äußerst liebevolle Briefe.«

»Ich habe gefragt, woher Sie das wissen.« Sie spürte, wie Wut in ihr aufstieg. Ned, dachte sie. Ihr eigener Bruder hatte ihr Vertrauen missbraucht. Und dann kam ihr eine weitere Möglichkeit in den Sinn. »Die Nonnen. Sie haben mit den Nonnen gesprochen.«

Colonel Peters rutschte unbehaglich in seinem Sessel hin und her. Er sah aus wie ein widerwilliger Zuschauer bei einem unangenehmen chirurgischen Eingriff. Fawley beugte sich vor und drückte seine Zigarette aus. »Ich glaube, die braven Schwestern dachten, Dr. Pelletier wäre Ihr Onkel. Das haben Sie ihnen offenbar gesagt. Als sie sich allerdings an Ihre Eltern wandten …«

»Die haben *was*?«

Der Mann erlaubte sich ein mitfühlendes Lächeln. »Wir sind anscheinend nicht die Einzigen, die Nachforschungen über Sie angestellt haben, Miss Sutro.«

»Wollen Sie behaupten, dass die Nonnen bei meinen Eltern nachgefragt haben?«

»Wenn der gute *Oncle* Clément seiner geliebten Nichte Küsse sendet, ist das etwas ganz anderes, als wenn ein nicht verwandter Mann, der nur ein paar Jahre älter ist, dasselbe tut. Nicht wahr?«

Je t'embrasse. Sie erinnerte sich an den Kitzel beim Lesen seiner Worte und an das Bild, an das sie sich in der abgeschiedenen Welt der Klosterschule klammerte. »Irgendwann kamen keine Briefe mehr von ihm. Ich dachte, er hätte keine Lust mehr gehabt, mir zu schreiben.«

»Kann ich mir vorstellen.«

Auf einmal begriff sie, es war wie eine Offenbarung: »Die Nonnen haben mir die Briefe vorenthalten. Sie haben sie gestohlen.«

Fawley nahm seine Brille ab und putzte sie mit einem großen weißen Taschentuch. »Miss Sutro, was die Nonnen bezüglich eines ihrer Schäfchen getan oder nicht getan haben, interessiert mich nicht. Und glauben Sie mir, in welcher Art von Beziehung Sie vor drei Jahren zu Dr. Pelletier standen, interessiert mich nur insofern, als es uns helfen könnte. Aber Sie scheinen eindeutig am besten geeignet, uns dabei behilflich zu sein, Dr. Pelletier nach England zu holen, oder sehe ich das falsch?«

Sie wusste nicht, ob sie wütend werden sollte oder nicht. Sie wusste nicht, was sie sagen sollte. Sie war zutiefst verunsichert, fühlte sich fast vergewaltigt, als wären Leute dabei ertappt worden, wie sie ihr Zimmer durchwühlten, in ihren Habseligkeiten stöberten. Diebe in der Nacht. »Woran arbeitet Clément denn? Warum in Gottes Namen ist das so wichtig?«

Fawley blickte mitleidig. »Selbst wenn ich das wüsste, Miss Sutro, dürfte ich es Ihnen auf keinen Fall sagen.«

IX

»Die Nonnen, *Maman*.«

»Welche Nonnen, Liebes?« Als wären sie in der Stadt in Scharen unterwegs. Krähen. So hatten sie sie damals genannt. »Achtung, Krähe im Anflug«, sagten sie und versteckten hastig das, womit sie unerlaubterweise gerade beschäftigt waren, meistens irgendein verbotenes Buch. Oder einen heimlichen Brief, an dem sie schrieben.

Liebster Clément, ich habe seit einer Ewigkeit nichts mehr von Dir gehört …

»Die Nonnen im Internat natürlich.«

»Was ist mit ihnen?«

»Haben sie sich an euch gewandt wegen Clément? Wegen der Briefe, die er mir geschrieben hat?«

Ihre Mutter blickte uneindeutig. Marian kannte diesen Blick, den Ausdruck von jemandem, der sich fragte, ob er sich erinnern sollte oder lieber nicht. »Ich glaube ja. Ich habe einen ziemlich besorgten Brief von Schwester Mary Joseph bekommen. Sie wollte wissen … ach, ich weiß nicht mehr genau. Sie hat gefragt, ist er Marians Onkel? Oder so ähnlich. Und ich habe geantwortet, nein, natürlich nicht, wie kommen Sie denn darauf? Er *ist* aber ein Freund der Familie, und was denn daran auszusetzen wäre, wenn ein Freund der Familie dir schreibt? Das habe ich gesagt.«

»Das hast du gesagt?«

»Natürlich, mein Schatz. Wieso in aller Welt willst du das alles wissen? Das ist ewig her, du warst doch noch ein halbes Kind. Das bist du aber weiß Gott nicht mehr. Heutzutage werden die Kinder so schnell erwachsen. Das liegt am Krieg, vermute ich.«

»Sie haben die Briefe gestohlen, die er mir geschrieben hat, weißt du das? Die verfluchten Nonnen haben meine Briefe gestohlen!«

»Bitte nicht solche Ausdrücke, Schatz. Dieser Militärdienst hat dich ungehobelt gemacht. Und was die Schwestern getan haben oder nicht, war sicher nur zu deinem Besten.«

Sie wusste nicht, ob sie sich mit ihrer Mutter streiten sollte. Vor einem Jahr hätte sie es getan. Vor einem Jahr wäre sie vor Wut an die Decke gegangen. Jetzt zuckte sie lediglich mit den Schultern. »Ich fahre morgen nach London«, sagte sie.

»Aber du bist doch gerade erst nach Hause gekommen. Immer diese Herumhetzerei. Ich weiß nicht, was mit dir los ist. Hat es was mit diesem Franzosen zu tun?«

»Es hat nichts mit ihm zu tun. Es geht um Ned. Ich will Ned besuchen.«

X

»Fawley.«

Ned trat halbherzig gegen einen Stein. »Was ist mit ihm?«

Sie waren in den Park auf dem Russell Square gegangen. Sie wollte nicht in seiner Wohnung sein. Sie wollte nicht eingepfercht sein, gefangen, wie ein Kaninchen in der Falle.

Sie wollte draußen im Freien sein, wo sie frische Luft atmen konnte. Sie musste tief atmen, die Wut hinauslassen, damit so etwas Ähnliches wie Ruhe sie ersetzen konnte.

»Dann kennst du ihn also?«

»Ich bin ihm mal begegnet.«

»Wie? Wann?«

»Er war daran beteiligt, Kowarski und von Halban aus Frankreich rauszuschaffen, 1940.«

»Und wer ist er? Und wieso interessiert er sich so für Clément?«

»Es hat mit den Kriegsanstrengungen zu tun.«

»Alles hat mit den Kriegsanstrengungen zu tun, Ned. Du hast mit den Kriegsanstrengungen zu tun, ich hab mit den Kriegsanstrengungen zu tun. Du musst entweder ein Kind oder vergreist sein, um nichts damit zu tun zu haben.« Sie sah sich im Park um. Das umlaufende Gitter war entfernt worden, und man hatte den Rasen umgegraben, um Gemüse anzupflanzen. »Selbst dieser verdammte Park hat mit den Kriegsanstrengungen zu tun.«

»Äffchen, du hast ja richtig fluchen gelernt. Das ist nicht sehr damenhaft.«

»Ich bin nicht damenhaft. Das Damenhafte haben sie mir in Schottland ausgetrieben. Sie haben mir beigebracht, wie man tötet, Ned. Ist dir das eigentlich klar?« Ihre Stimme wurde lauter. »Ja?«

»Ich schätze, das gehört nun mal zur Ausbildung dazu. Wieso sollten nur Männer töten lernen?«

Sie sah ihn an. Früher einmal hätte sie ihm ihr Leben anvertraut; inzwischen waren die Dinge nicht mehr so eindeutig. Sie kannte ihn nicht mehr, das war das Problem. Der Ned von früher war eine Kindheitserinnerung – unscharf, verzerrt durch die Zeit. »Dieser Fawley hat sich mit mir getroffen und nur über Clément gesprochen. Was ist so wichtig an Clément,

Ned? Ich will das wissen. Verdammt noch mal, Fawley und sein Handlanger sind extra nach Oxford gekommen, um mir ein Angebot zu machen. Sie haben sich als Alternative zu der Organisation, die mich rekrutiert und ausgebildet hat, vorgestellt.« Sie merkte, dass sie zwischen Tränen und Wut schwankte, wie eine Wippe auf dem Kipppunkt, doch in welche Richtung sie auch ausschlug, die Folge war unweigerlich ein Sturz. »Ich hab keine Ahnung, was zum Henker da vor sich geht, und keinerlei Möglichkeit, es rauszufinden. Diese Leute wollen, dass ich etwas für sie tue, und ich will wissen, worum es dabei geht. Du weißt es, und du verrätst es mir nicht. Himmelherrgott, ich bin deine Schwester, Ned.«

Er blickte sie nachdenklich an. »Ich fürchte, ich kann es dir nicht sagen. Es würde dich in Gefahr bringen, wenn du es wüsstest.«

»Was für ein blöder, wichtigtuerischer Spruch! Ich bin kein Kind mehr, Ned. Ich stecke bis zum Hals in Sachen, die genauso geheim sind wie das, was du treibst. Und wieso ist es für dich nicht gefährlich, Bescheid zu wissen, für mich aber schon? Typisch Mann. Das liebe kleine Frauchen darf es nicht wissen, aber ich.«

»Blödsinn. Du gehst nun mal nach Frankreich. Du weißt, wie riskant das ist.« Er schüttelte den Kopf. »Du darfst es einfach nicht wissen, Äffchen. Ehrlich.«

»Aber du schon?«

»Ich hatte keine Wahl. Ich hab dem Team angehört, das Kowarski und von Halban befragt hat, als sie 1940 aus Frankreich kamen. Ich hatte doch vor dem Krieg ein Jahr am Collège verbracht. Ich weiß alles über ihre Arbeit.«

Sie sah ihren Bruder plötzlich ganz klar, in einem hellen, weißen, enthüllenden Licht. »Du hast Anweisung, mir das alles zu erzählen, nicht? Du arbeitest mit denen zusammen, nicht?«

Er zögerte kaum. »Selbstverständlich.«

Sie sah sich in dem zerstörten Park um. Was hatte Neds Antwort zu bedeuten? Waren sie nicht mehr Bruder und Schwester? Musste sie nun sogar ihre Beziehung zu ihrer eigenen Familie durch das verzerrende Prisma aus Geheimhaltung und Mitwisserschaft betrachten? »Du warst derjenige, der es ihnen erzählt hat, stimmt's? Das mit mir und Clément.«

»Natürlich hab ich es ihnen erzählt.«

»Aber wieso? Verdammt noch mal, wieso?«

»Vor ein paar Wochen sind sie zu mir gekommen. Kurz nachdem du zuletzt bei mir warst. Ich dachte, es wäre eine reine Sicherheitsüberprüfung. Du weißt ja, wie das ist. Jede Menge Fragen.«

»Was für Fragen?«

»Über dich. Verwandte und Bekannte, unser Leben in Genf vor dem Krieg, solche Sachen. Und dann fragten sie: Was ist mit Clément Pelletier?«

»Woher wussten sie von ihm?«

»Sie wussten, dass ich mit ihm gearbeitet habe. Das ist schließlich kein Geheimnis. Und dann haben sie gefragt: Wie gut kennt Ihre Schwester ihn?«

»Und du hast es ihnen *erzählt*?«

»Ja klar. Wieso denn nicht?«

Zorn war etwas Organisches, besetzte Teile ihres Körpers. Das Gehirn natürlich, aber auch die Brust und den Bauch, ein Tumor aus Zorn, eine Metastase aus Wut. Sie sprach Französisch. Französisch war eine Waffe, die sie benutzen konnte, ein rasches, gallebitteres, leichtes Flattern der Wut. »Weil es sich für mich ganz nach Verrat anhört.«

»Ach, sei nicht so melodramatisch. Ich hab lediglich gesagt, dass ihr euch ziemlich nahegestanden habt.« Er blickte weg, wich ihren Augen aus. »Das ist lächerlich, Äffchen. Wie Bruder und Schwester, hab ich gesagt, mehr nicht. Du und ich,

Madeleine und Clément. Ich hatte doch keine Ahnung, worauf das hinauslaufen würde.«

»Das ist das Problem, nicht wahr? Ich hab nämlich auch keine Ahnung, worauf das hinausläuft. Und du bist keine Hilfe, weil du mir nicht mal verraten willst, warum sie sich so für Clément Pelletier interessieren. Verdammt, du bist ein Feigling, Ned. Ich hab immer zu dir aufgeschaut, hab gedacht, du wärest mein großer, schlauer, tapferer Bruder. Aber jetzt sehe ich, was du wirklich bist.«

Endlich kam eine Reaktion von ihm, ein Hauch von Scham und Wut in seinem Blick. »Und was bin ich, bitte schön?«

»Du bist kalt wie ein Fisch, Ned. Du verstehst nicht mal die grundlegenden menschlichen Anstandsregeln. Du weichst den Eltern aus, und jetzt weichst du mir aus. Bald bleibt dir nichts mehr, bis auf deine blöde, verdammte Physik.«

Schweigen. Sie standen im Park, zwischen ihnen die Trümmer ihrer Beziehung, wie zwei Kinder, die auf ein kaputtes Spielzeug hinabschauen. Ned warf einen Blick über die Schulter, als ob das alles seine Schuld wäre, als ob er das Spielzeug im Jähzorn zerschlagen hätte und die Erwachsenen jetzt herauskämen, um nachzusehen, was denn los sei. Aber es waren keine Erwachsenen in der Nähe, es war niemand da, bloß die Bäume im Park und die leeren Fenster der Häuser rings um den Platz.

»Also schön, ich erzähl's dir«, sagte er. »Wenn das die einzige Möglichkeit ist, dir zu zeigen, wie wichtig das alles ist. Ich bringe dich damit in Gefahr, in noch größere Gefahr als vorher, aber ich erzähl's dir. Clément war in Fred Joliots Team am Collège de France, das weißt du ja. Nun – die haben an der Idee einer Atombombe gearbeitet.«

Die Zeit, diese flexible Dimension, blieb stehen. Sie dachte an Neds Scherze – Todesstrahlen, Geräte, die im Dunkeln sehen konnten, Bomben, die ganze Städte in Schutt und Asche legen konnten. Und die albernen Spiele, die sie gespielt hatten – Schweinchen in der Mitte, Kriegsspiel, *cadavre exquis*. »Eine *Atombombe*? Ist das dein Ernst?«

Er lachte sein kleines, schnaubendes, abschätziges Lachen, das sie immer so reizte. »Natürlich ist das mein Ernst.«

»Clément hat an einer Atombombe gearbeitet?«

»Das hab ich doch gesagt, oder? Er ist noch immer da, noch immer in Paris, und soweit ich weiß, arbeitet er noch immer am Collège de France.«

»Und arbeitet an einer *Bombe*?«

»Wer weiß, ob er noch immer damit befasst ist? Aber damals ja.«

»Du meinst, es könnte wahr werden? Eine Art Superbombe?«

»Es ist ganz einfach. Das ist ja das Erschreckende daran.«

»Ganz einfach?«

»Uran. Du hast doch bestimmt mitbekommen, wie ich darüber gesprochen habe, an Weihnachten vor dem Krieg. Damals haben alle darüber geredet. Wenn du ein Neutron auf einen Urankern feuerst, spaltet er sich in zwei neue Atome – verschiedene Elemente. Barium und Krypton.«

Sie erinnerte sich wieder. »Du bist mit Clément über die Ferien nach Hause gekommen, und wir sind alle zusammen in das Chalet in Megève gefahren. Wir wollten Ski laufen, aber ihr habt immer nur über wissenschaftliche Themen geredet. Ich weiß noch, dass keiner ein Wort verstanden hat. Daddy hat gesagt, es würde sich anhören wie Alchemie, die Verwandlung von unedlem Metall in Gold. Der Stein der Weisen. ›Was lasst ihr Physiker euch als Nächstes einfallen?‹, hat er gesagt. Du warst sauer auf ihn.«

»Er hat wie immer nicht verstanden, worum es ging. Er hat gedacht, es wäre ein Scherz, irgendein esoterischer Zaubertrick. Das ist das Problem mit Diplomaten. Die sind alle Humanisten. Keine Naturwissenschaftler unter ihnen. Jeder Naturwissenschaftler hätte begriffen, wie fundamental die Sache war.« Fundamental war ein typischer Ausdruck von ihm. Damit konnte er jeden mundtot machen. »Das war völlig überraschend, diese Spaltung, meine ich, richtig verblüffend. So erstaunlich, wie wenn man mit einem Pusterohr auf einen Diamanten schießen würde und – *pling!* – der Diamant bricht auseinander … und es werden zwei ganz neue Edelsteine daraus. Rubin und Saphir zum Beispiel. Und gleichzeitig wird Energie freigesetzt, eine gewaltige Menge Energie.«

»Aber ist das nicht alles in Deutschland passiert? Was hat Clément damit zu tun?«

»Hahn und Straßmann konnten die Kernspaltung erstmals mit einem Experiment nachweisen, im Dezember '38. Ja, das war in Berlin. Aber Irène Curie und Pavel Savitch waren ein Jahr früher in ihren Versuchen am Radium-Institut in Paris zu genau denselben Ergebnissen gelangt, hatten sie nur nicht richtig interpretiert. Das hab ich euch damals bestimmt auch erzählt.«

»Wir haben nicht richtig zugehört, und wenn doch, haben wir nicht richtig verstanden, was du da erzählt hast.«

»Dabei ist es gar nicht so schwer.« Er sah ungehalten aus, fast erbost. »Das ist das Problem mit den meisten Leuten. Sie versuchen gar nicht erst, etwas zu verstehen. Du musst wissen, Atomkerne werden durch gewaltige Kräfte zusammengehalten, und damals dachte jeder, sie könnten nicht einfach so auseinanderbrechen. Aber das können sie. Wenn sie groß genug sind, können sie das. Und wenn sie das tun, wird eine Energie freigesetzt, die diesen Kräften entspricht. Dann hat Freds Labor noch etwas nachgewiesen: Wenn diese Spaltung stattfindet, wird nicht nur Energie freigesetzt, es entstehen auch Neutronen. Diese Neutronen treffen dann auf *weitere*

Uranatome und bewirken, dass auch diese sich spalten. Wenn jedes zerfallende Atom wenigstens *zwei* Neutronen freisetzt, dann könnten diese Neutronen auf zwei weitere Uranatome treffen, die sich wiederum spalten. Verstehst du den Gedanken? Wie beim Billard, nur dass jede einzelne Kollision die Möglichkeit von zwei weiteren Kollisionen schafft. Die Folge wäre eine Kaskade von Uranatomen, die sich spalten, aus einem werden zwei, aus zwei werden vier, aus vier acht und so weiter. Eine exponentielle Steigerung. Das nennt man Kettenreaktion. Joliot und sein Team haben bewiesen, dass das passieren würde. Nicht dass es passieren *könnte* – es *würde* passieren.«

Sie war solche Gespräche gewohnt. Ned hatte schon oft versucht, ihr seinen Kosmos zu erklären. Für sie war das eine bizarre Welt, voll nebulöser Ideen und diffuser Realitäten. Denk dran, hatte er zu ihr gesagt, das Atom ist in der Hauptsache rein gar nichts, ein harter Kern, wo sich die Materie konzentriert, mit einem weiten leeren Raum drum herum. Wenn der Kern die Größe deiner Faust hätte – er hielt seine Faust hoch –, dann lägen die äußeren Grenzen dieses einen Atoms, der äußere Rand seiner Leere, ungefähr eine halbe Meile weit weg. Die Realität ist praktisch leerer Raum.

»Und diese Kettenreaktion ergibt eine Bombe?«

»Denk an die Energie«, sagte er. »Wenn sich ein Urankern spaltet, hast du auf einmal zwei Kerne gleich nebeneinander.« Er formte mit seinen Händen eine Kugel, Fingerspitzen aneinander, und ließ dann die Kugel zu beiden Fäusten auseinanderplatzen. »Aber Kerne sollten nicht so dicht zusammen sein. Sie sollten …«

Und auf einmal verstand sie es. »Eine halbe Meile auseinander sein! Nein, das mal zwei. Sie sollten eine Meile auseinander sein!« Sie hätte fast aufgelacht. Zum ersten Mal blickte sie in seine Welt: Zwei Atomkerne so dicht zusammen, das war geradezu empörend, schockierend, wider die Natur.

Er nickte, als wäre das das Selbstverständlichste von der Welt. »Sie sollten eine Meile auseinander sein, und stattdessen *berühren* sie sich. Und deshalb fliegen sie mit gigantischer Geschwindigkeit auseinander, um wieder ihre korrekte Entfernung herzustellen. Wir wissen nicht genau, wie schnell sie sich bewegen. Vielleicht mit einem Zehntel der Lichtgeschwindigkeit. Die damit einhergehende Energie ist riesig. Wir sprechen von Elektronenvolt. Jedes Uranatom, das sich so spaltet, setzt zweihundert Millionen Elektronenvolt Energie frei. Das ist …« Er schien zu überlegen, wie er es am besten ausdrücken sollte. »Ach, winzig, nutzlos, reicht gerade mal, um ein Sandkorn zu bewegen. Du kannst nichts damit anfangen, das heißt in praktischer Hinsicht. Aber jedes Kilogramm Uran enthält eine gewaltige Zahl von Atomen – stell dir eine Fünfundzwanzig vor mit dreiundzwanzig Nullen dahinter, das ist die Zahl. Wenn alle Atome sich in dieser Kettenreaktion nacheinander spalten, musst du die Energiemenge, die jeder Kern freisetzt, mit der Gesamtzahl von Atomen multiplizieren. Du hast schlagartig eine ungeheure Energiemenge. Verstehst du, was ich meine? Sie ist potenziell unbegrenzt.«

Sie dachte daran, wie Clément versucht hatte, ihr seine Arbeit zu erklären. Das ist genau wie bei unserem Kriegsspiel, hatte er gesagt: mit unvollständigen Informationen im Unsichtbaren herumtasten und hoffentlich herausfinden, was möglich ist. Und möglich war eine Art Bombe. Sie dachte an das allerletzte Mal, das sie zusammen gewesen waren, an Ostern in Paris, mit ihrem Vater und Ned, kurz nach ihrem siebzehnten Geburtstag. Sie waren eng nebeneinander spazieren gegangen. Dann und wann hatten sich ihre Hände berührt. Du musst keine Angst haben, hatte er gesagt.

»Du hörst nicht zu, stimmt's?«, sagte Ned. »Du passt nicht auf.«

»Doch, tu ich.«

»Entscheidend ist, dass du eine ausreichend große Menge Uran hast. Darauf kommt's an. Erinnere dich, was ich vorhin gesagt habe: Atome sind in der Hauptsache rein gar nichts. Die Kerne sind wie Staubpartikel in einem leeren Raum, schwer zu treffen und zu weit auseinander. Neutronen können lange rumfliegen, bis sie mit einem zusammenstoßen, und wenn du nicht genug Masse hast, verschwinden die Neutronen einfach, ehe sie wirklich andere Atome treffen. Francis Perrin, der auch zu Joliots Team gehörte, hat eine Schätzung aufgestellt, wie viel Uran nötig wäre, um eine Kettenreaktion auszulösen. Er nannte das die *masse critique*. Er schätzte diese kritische Masse auf vierundvierzig Tonnen. Oder mit einer Ummantelung, durch die die verschwindenden Neutronen wieder in die Masse zurückgeworfen werden, bloß dreizehn. Er hat seine Berechnungen in den *Comptes Rendus* veröffentlicht, also für jedermann zugänglich. Alles, was ich dir erzählt hab, ist vor dem Krieg veröffentlicht worden, sodass jeder es lesen und selbst weiter daran forschen konnte. Aber kurze Zeit später hat Joliots Gruppe bei der Caisse Nationale de la Recherche Scientifique ein geheimes Patent mit dem Titel »Perfectionnements aux charges explosives« angemeldet. Es ist das Patent für die Herstellung einer Atombombe.«

Es war ein schöner Tag. Er hätte kalt und trist sein müssen, ein Unwetter erahnen lassen. Doch stattdessen schien die Sonne, und das Laub glänzte im Licht.

»Und diese ganze Arbeit wurde in Paris geleistet?«

»Ausschließlich in Paris. Am Collège de France und in ihrem anderen Labor in Ivry. Du bist mal mit *Papa* ins Collège gekommen, weißt du noch?«

»Natürlich. Wir haben dich und Clément zum Mittagessen abgeholt.«

»Die Stimmung beim Essen war nicht die beste.«

»Du hast dich wegen jeder Kleinigkeit aufgeregt.«

»Ich hab mich darüber aufgeregt, wie Clément um dich rumscharwenzelt ist.«

Damals hatte sie nicht gewusst, wie ihr geschah, aber jetzt verstand sie Neds komplizierte und verschachtelte Eifersuchtsgefühle. Nach dem Essen hatten sie einen Spaziergang am *quai* gemacht, wo Künstler Bilder mit den üblichen Motiven verkauften: die Kathedrale direkt gegenüber am anderen Ufer der Seine und der Eiffelturm und nostalgische Ansichten von den Gassen in Montmartre. Clément war ihr nicht von der Seite gewichen, während Ned dazu verdonnert gewesen war, mit ihrem Vater vorauszugehen. Er hatte sich zu ihnen umgedreht und ärgerlich »Beeilt euch!« gerufen. »Wir müssen zurück ins Labor.«

Clément hatte ihn nicht beachtet, sich nah zu ihr gebeugt, um mit ihr zu reden, hatte mit ihr gelacht, sie geneckt. »Ich nehm dich gern auf den Arm«, sagte er, und sie hatte verschämt gedacht, wenn er sie doch nur mal *in* den Arm nehmen würde.

»Und welche Rolle hat Clément bei alldem gespielt?«

»Er hat an dem Problem mit der kritischen Masse gearbeitet. Natururan besteht aus zwei verschiedenen Sorten, verschiedenen Isotopen. Fast ausschließlich, nämlich zu über 99 Prozent, aus dem Isotop Uran-238 und bloß zu 0,7 Prozent aus der anderen Sorte, genannt Uran-235. Clément hat mit den Berechnungen gearbeitet, die Perrin aufgestellt hatte. Mittlere freie Weglängen und Wirkungsquerschnitte und Wahrscheinlichkeiten, jede Menge Zeug. Thermische Neutronen und langsame Neutronen. Und dann hat er etwas ungemein Wichtiges festgestellt: Wenn nur das Uran-235 zur

Kernspaltung fähig ist und wenn du eine relativ reine Probe 235 erhalten könntest, dann würden die Berechnungen zu anderen Ergebnissen führen. Eine vierundvierzig Tonnen schwere Atombombe, sogar schon eine dreizehn Tonnen schwere, ist eine Riesenbombe. Ein Flugzeug könnte sie nicht transportieren. Aber wenn du den Anteil von Uran-235 in deiner Probe erhöhen kannst, dann verringert sich der Wert für die kritische Masse dramatisch.«

»Wie dramatisch?«

»Das hängt vom Grad der Anreicherung ab, und selbst dann sind die Ergebnisse ungenau. Clément hat seine überarbeiteten Berechnungen auf der Grundlage von Pfunden angestellt, nicht Tonnen. Sagen wir zehn, vielleicht noch weniger. Überhaupt keine Masse.« Zwischen den Sträuchern um die kleine Lichtung herum, auf der sie standen, war ein kleiner Steingarten. Ned ging hin, hob zwei große Steine auf und kam mit ihnen zurück. »Stell dir vor, das hier sind Klumpen Uranmetall, jeder von beiden knapp unter der kritischen Masse.« Er reichte sie ihr. »Stell dir vor, es ist Uran. Es ist gräulich und glänzt. Eigentlich ganz dekorativ. Jetzt schlag die beiden zusammen.«

Sie tat wie geheißen. Ein Kinderspiel. Rums! Und ein leicht schwefliger Geruch nach Funken stieg auf.

»Na bitte! Mehr ist nicht erforderlich. Du hast gerade London von der Landkarte radiert und aus der Geschichte gesprengt. In Luft aufgelöst.«

»Das allein reicht aus, um alles verschwinden zu lassen?«

»Das allein reicht aus. Wenn die beiden Klumpen unter der kritischen Masse liegen, passiert nichts, solange du sie getrennt hältst. Schlägst du sie zusammen, beginnt die Kettenreaktion, und zwar schnell, fast mit Lichtgeschwindigkeit. Die Atome spalten sich in einer Kaskade, wobei jedes wiederum die Spaltung der nächsten beiden bewirkt und alle jeweils ihre Energie freisetzen. Wenn das mit einem Kilo

Uran geschieht, entspricht die frei werdende Energie einer Detonation von zwanzigtausend Tonnen TNT.«

Sie kannte TNT. Sie kannte alle Sprengstoffe: Plastik, Nobel 808, Ammonal, Schießwolle. Sie wusste, wie eine Sprengladung modelliert, mit einer Zündschnur verbunden und zur Detonation gebracht wurde. Sie konnte eine Eisenbahnstrecke lahmlegen und einen Zug in die Luft jagen oder ein Auto. Sie hätte sich auch zugetraut, eine Brücke zu zerstören, obwohl man dafür Experte sein musste, wie Benoît. Aber nicht so was, nicht eine ganze Stadt, mit einem Schlag.

»Das ist doch alles Theorie, oder?«

»Es ist so sicher wie das Leben selbst.«

Sie warf die Steine wieder zwischen die Sträucher und klopfte sich den Sand von den Händen. »Ich glaube dir nicht.«

»Das spielt keine Rolle. Ob du es glaubst oder nicht, ändert nichts an den Tatsachen. Die hängen nicht von Glauben ab.«

Sie sah sich um. Betrachtete die alten Platanen im Park, mit ihren Tarnfarbenstämmen und zitternden Blättern, und dahinter die Häuser, die den Platz säumten, das eine oder andere nur noch ein hohles Gerippe, aber noch immer da; und die Stadt selbst, lädiert von den Bomben, aber noch unbestreitbar da. Es überstieg jedes Vorstellungsvermögen, dass das alles von einer Sekunde auf die andere durch das bloße Zusammenschlagen zweier Metallklumpen ausradiert werden könnte.

»Und jetzt wissen die alles über mich und Clément.« Es kam ihr unwirklich vor, als würde das zufällige Zusammentreffen von Umständen eine kleine, aber beängstigende Explosion auslösen. Sie sah ihren Bruder mit einem Ausdruck an, der um Entschuldigung für ihre vorherige Wut bat.

»Weißt du noch, wie wir Schweinchen in der Mitte gespielt haben, mit mir als Schweinchen?«

»Wir nannten es ›die Wellenfunktion kollabieren lassen‹.«

»Das hat mich immer richtig wütend gemacht.«

»Aber du hast weitergespielt, nicht? Wegen Clément.«

»Genauso fühle ich mich jetzt. Wie das Schweinchen in der Mitte.«

Er lächelte, ein bitteres kleines Lächeln. »Das warst du immer«, sagte er.

»Und muss ich jetzt weiterspielen?«

»Ich fürchte ja.«

XI

Der Zug nach Cambridge war voll. Alle Züge waren derzeit voll. Soldaten, Flieger, Männer in dunklen Anzügen mit wichtig wirkenden Aktentaschen, Akademiker in lockeren Tweedjacken und schlecht sitzendem grauem Flanell. IST IHRE REISE WIRKLICH NOTWENDIG?, fragten Plakate auf jedem Bahnsteig, aber halb England schien triftige Gründe zu haben.

»Wessen Idee war das?«, fragte sie, als der Zug durch die Londoner Vorstädte rollte, »deine oder ihre?«

»Von mir«, sagte er.

»Wissen die Bescheid?«

Er nickte. »Sie fanden die Idee gut. Die persönliche Note. Du wirst überzeugender sein, wenn du ihn kennengelernt hast.«

»Wer sind die, Ned?«

Er lächelte und schüttelte den Kopf, blickte dann durchs Fenster auf die vorbeiziehenden Gebäude. »Du weißt, dass ich dir das nicht sagen darf.«

Cambridge selbst wirkte kleiner als Oxford, zarter, verletzlicher, als wäre sein einziges Fundament, der brüchige Untergrund des Lehrens und Lernens, vom Krieg angefressen worden und als drohte die ganze Stadt einzustürzen. Vom Bahnhof fuhren sie mit dem Bus ins Zentrum und brauchten ein paar Minuten, um zu Fuß zur Free School Lane zu gelangen, die sich zwischen dicht an dicht stehenden mittelalterlichen Häusern schlängelte. Auf halber Höhe die Straße hinunter kamen sie zu einem Torbogen im gotischen Stil, der zu einem Kloster aus dem vierzehnten Jahrhundert hätte gehören können, aber tatsächlich der Eingang zum Cavendish-Laboratorium war. Der Portier hatte das Auftreten eines Butlers, servil und wissend zugleich. »Sie möchten sicherlich zu Dr. Kowarski, nicht wahr, Sir? Ich denke, Sie finden ihn in seinem Büro.«

»Danke, Dawkins.«

»Schön, dass Sie mal wieder da sind, wenn auch nur für einen kurzen Besuch.«

»Es ist schön, wieder hier zu sein, Dawkins. Wie läuft es denn so?«

»Alles ziemlich merkwürdig, Sir. Zurzeit nicht viele Studenten und jede Menge Heimlichkeiten, wenn Sie verstehen, was ich meine.«

»Und ob, Dawkins, und ob.«

Sie stiegen die Treppe hinauf und folgten langen Korridoren, die so kalt und freudlos anmuteten wie eine Besserungsanstalt. Eine offene Tür gewährte einen Blick in ein Labor, wo ein Mitarbeiter mit einem komplizierten Glasgerät hantierte. Ein Plakat erklärte das Verhalten bei Feueralarm und wo sich das Personal im Falle einer Evakuierung zu versammeln hatte. Fenster waren kreuz und quer mit Klebestreifen überzogen. Schließlich klopfte Ned an eine Tür, und eine barsche Stimme rief sie herein.

In dem Büro, das sie betraten, herrschte ein Durcheinander wie in einer Bärenhöhle. Die Fensterbank war übersät mit den Knochen und Sehnen elektrischer Apparaturen. Auf dem Schreibtisch verstreut lagen Akten und aufgeschlagene Bücher. Am Schreibtisch saß der Bär persönlich. Sein graues Haar war kurz geschnitten, sodass er aussah wie ein preußischer Armeeoffizier in den politischen Karikaturen von David Low, doch seine schroffe Herzlichkeit passte eher zu einem Russen als zu einem Deutschen. Aber er sprach Französisch, was eine Überraschung war – fließendes Französisch mit starkem slawischem Akzent. »*Mon cher Edward! Je suis ravi de vous voir!* Und diese reizende junge Dame ist…?«

»Meine Schwester Marian.«

»Natürlich, natürlich. Bezaubernd.« Der Bär nahm ihre Hand und hob sie an die Lippen. Die Geste war seltsam anmutig, als steckte in diesem groben Klotz ein zarter Dandy, der sich zeigen wollte.

»Das«, erklärte Ned, »ist Dr. Lew Kowarski.«

Kowarski räumte für Marian einen Stuhl frei, damit sie Platz nehmen konnte. »Ned hat mir viel von Ihnen erzählt. Er hat mir versprochen, dass Sie hübsch sind, und stattdessen sind Sie eine Schönheit, wie ich feststellen muss. Das ist der Engländer in ihm, der das eine mit dem anderen verwechselt. Ein echter Franzose würde nie und nimmer einen so schweren Fehler begehen.« Er schenkte ihr ein breites Lächeln. »Und ein Russe auch nicht.«

»Ich weiß nicht recht, was ich darauf sagen soll.«

»Am besten gar nichts. Nehmen Sie das Kompliment einfach an. Ned sagt, Sie besuchen vielleicht bald einen gemeinsamen Freund von uns.«

»Möglicherweise.« Sie fand das alles haarsträubend. Ihre Mission, ihre ganze Existenz sollte streng geheim sein, und doch wusste hier eine ganze Reihe von Leuten bestens Bescheid: der gesichtslose Fawley, der reuige Colonel Peters, der russische Bär Kowarski, ihr eigener Bruder. Wie viele denn wohl noch?

»Nun, Sie müssen ihm sagen, dass *ich* ihn hier brauche. Vergessen Sie Professor Chadwicks Einladung, vergessen Sie die verdammten Kriegsanstrengungen – Lew Kowarski braucht ihn!«

»Wird das genügen, um ihn zu überzeugen?«

Der Mann grinste, blickte sie schräg von der Seite an. »Er ist Franzose. Sagen Sie es ihm so: Ich brauche ihn, weil sonst die Angelsachsen das ganze Projekt beherrschen. Schlimmer noch, die Amerikaner. Frankreich war auf diesem Gebiet führend und wird jetzt ausgebootet, er wird also gebraucht, um der französischen Sache zu helfen. Sagen Sie ihm …« Seine Augen verengten sich. »Sagen Sie ihm, sie machen sich mit Freds Arbeit aus dem Staub. Sagen Sie ihm, von Halban und Perrin sind nach Kanada abgehauen und haben mich hier allein zurückgelassen. Sagen Sie, ich bin fast am kritischen Punkt – können Sie sich das merken? Am kritischen Punkt. Sagen Sie ihm …« Er blickte kurz zu Ned hinüber. »Sagen Sie ihm, ich bin dem Element 94 auf der Spur. Merken Sie sich das. Element 94.«

»Das ist leicht zu merken. Aber was bedeutet es?«

Kowarski lachte wieder. Es war ein typisch russisches Lachen, nach außen hin humorvoll, mit einer kalten, dunklen Strömung unter der Oberfläche. »Es bedeutet«, sagte er, »das Ende des Krieges. Vielleicht das Ende der Welt.«

XII

Sie wartete unter der Uhr im Bahnhof Paddington und dachte über Alice nach. Ein junges Mädchen, das auf einem Meer aus Träumen treibt, umgeben von Monstern. *Es bedeutet das Ende des Krieges. Vielleicht das Ende der Welt.* Sie war erleichtert, als sie Benoît durch das Menschengewimmel kommen sah, in der Uniform der Freien Französischen Streitkräfte, einen Seesack über der Schulter. Er hatte sie am Telefon vorgewarnt: »Ich trage meine Uniform. Vielleicht halten sie mich ja dann sogar für einen Gentleman.« Und es war ihr egal, ob er ein Gentleman war oder nicht, als sie den Bahnsteig entlang zum Zug nach Oxford gingen. Er war Franzose, eine Rettungsleine, die sie mit Frankreich verband, ein echter Franzose, verglichen mit der zweifelhaften Mischform, die sie als Anglofranzösin darstellte. Und ein unkomplizierter Mann, gemessen an der quälenden Verworrenheit dessen, was Clément für sie gewesen sein mochte oder nicht oder woran er in den Labors des Collège de France gearbeitet haben mochte oder nicht.

Er breitete die Arme aus und drückte sie, ohne sich um die Passagiere zu kümmern, die gönnerhaft lächelnd zuschauten. Wieso war sie wieder in London? Hatte sie ein Rendezvous mit einem anderen? Hatte sie Liebhaber im ganzen Land?

Sie lachte über seine absurden Ideen und fragte sich, ob sie ihm erzählen würde, was passiert war. »Ich hab meinen Bruder besucht. Wir haben einen Tagesausflug nach Cambridge gemacht. Die Kapelle vom King's College. Stechkahnfahren auf dem Cam. Das ganze Touristenprogramm.«

Er wusste nicht, was ein Stechkahn war. Sie erklärte es ihm – ein flacher Kahn, *une barque à fond plat*, der mit einer Stange angetrieben wird –, während die Leute gafften. Wenn sie in der Öffentlichkeit Französisch sprach, fühlte sie sich anders, als könnte schon allein ein Wechsel von Syntax und Vokabular die kühle Engländerin in eine temperamentvolle Französin verwandeln: Marian in Marianne. Sie unterhielten sich die ganze Fahrt über, redselig, unbekümmert, im Vertrauen darauf, dass keiner im Abteil in der Lage wäre, ihr französisches Geplapper zu verstehen. Hatte er etwas Neues über ihre Abreise erfahren?

»Von nächstem Mittwoch an kann es jederzeit losgehen, haben sie gesagt. Sobald der Mond im ersten Viertel ist. Aber bei diesem beschissenen englischen Wetter heißt das, dass die Leute Schlange stehen werden. Das ist wie bei der Londoner Rushhour im Regen, alle stehen Schlange an den Taxiständen.«

Am Bahnhof stiegen sie in einen Bus und kamen rechtzeitig zum Abendessen in dem Haus auf der Banbury Road an. Ihre Mutter war auf Anhieb hingerissen von Benoît. Er war groß und gut aussehend und vor allen Dingen Franzose, und er schien genau zu wissen, was bei ihr gut ankam. »Jetzt wird mir klar, woher Anne-Marie ihre Schönheit hat«, sagte er zu ihr, als sie einander vorgestellt wurden.

In ihren dankbaren Augen blitzte kurz Verwunderung auf. »Anne-Marie?«

Benoît errötete.

»*Marianne*«, sagte Marian. »Er spielt immer mit Namen herum. Manchmal nennt er mich auch Alice.«

»Aus dem Wunderland«, fügte Benoît hinzu, und selbst das klang nach einem typisch französischen Kompliment. Ihre Mutter lächelte, und der Fauxpas war vergessen, doch kaum waren sie allein, jammerte er: »Eine Frau lädt mich übers Wochenende zu sich nach Hause ein und sagt mir nicht mal, wie sie heißt! Du bist nicht Anne-Marie? Du bist *Marianne?* Du lässt mich dastehen wie einen Idioten.«

»Ich hab ganz vergessen, es dir zu sagen. Und Anne-Marie gefällt mir ziemlich gut. Das ist mein Deckname, wie du weißt. Anne-Marie Laroche.«

»Und wie heißt du nun richtig?«

Es hatte etwas Prickelndes, ihm die Wahrheit zu sagen. »Marian«, sagte sie. »Marian Sutro.«

»Sutro? Was ist das denn für ein Name?«

»Ein englischer. Wie du sehen kannst, ist mein Vater durch und durch englisch.«

»Englisch zu wirken hat nichts zu sagen. Die Hälfte der blöden Engländer *wirkt* englisch, obwohl sie's nicht sind. Sieh dir Churchill an. Der ist halb Amerikaner. Und sieh dir euren König an. Der ist größtenteils deutsch, zum Kuckuck noch mal.«

Am Abend gingen sie ins Kino, saßen in der stickig heißen Dunkelheit der hinteren Reihen, umgeben von anderen Paaren, die seufzten und stöhnten. Die Wochenschau von Pathé News brachte einen Bericht über Bombergeschwader, die am Himmel zwischen Großbritannien und Norddeutschland dröhnten. *Hamburg im Bombenhagel*, so der Titel. Flugzeuge zogen lange Kondensstreifen über den Himmel, amerikanische Flieger zielten mit Maschinengewehren auf unsichtbare Feinde. Und dann die Stadt bei Nacht, ein Flammenmeer. Die RAF in der Nacht, die USAAF am Tag. Rund um die Uhr, sagte der Sprecher. Sieben Quadratmeilen der Stadt seien in Schutt und Asche gelegt, so der Kommentar, zwölftausend Tonnen Bomben abgeworfen, achtundfünfzigtausend Tote. Eine schier unbegreifliche Zahl. Das Publikum bewegte sich unruhig und gab einen Laut von sich, irgendetwas Atavistisches, eine Mischung aus Entsetzen und Schadenfreude in einem.

Der Hauptfilm war eine Erleichterung, ein Machwerk aus Kabale und Liebesdrama mit Joseph Cotton. Wie sie in dreieinhalb Jahren Krieg gelernt hatte, verdrängte sie das Entsetzen und fühlte sich wieder wie sechzehn, verlegen wegen des noch fast unbekannten jungen Mannes neben sich, unsicher, was seine Motive und Absichten betraf und auch ihre eigenen. Als er seinen Arm um sie legte, regte sich etwas in ihr, eine Emotion, die Furcht ähnlich war – der gleiche Pulsschlag, der gleiche Angstschweiß –, doch als er ihren Kopf herumzog und sie auf den Hals küsste und dann auf den Mund, wandte sie sich ab. »Bitte«, flüsterte sie. »Nicht jetzt.«

Sie saß im Dunkeln mit Benoîts Arm um sie gelegt und fragte sich, was sie empfand. Und Clément, was sie für Clément empfand. Sie hatte noch immer seine Briefe, diejenigen, die bei ihr hatten ankommen dürfen. Seiten von Papier, die sie hegte und pflegte und immer wieder las, als wären sie rätselhafte Nachrichten mit verborgenen Bedeutungen, die in dem schlichten Text verschlüsselt waren.

Je t'embrasse. Der Sinn dieser Worte lag irgendwo zwischen Kuss und Umarmung und Liebe. Mein Onkel, hatte sie den Nonnen gesagt. Bloß mein Onkel. Und als ob die Briefe in einem seltsamen Code geschrieben gewesen wären, ahnten die Nonnen nie, was die Worte bedeuteten. Aber Fawley, der ruhige, nachdenkliche Fawley, hatte verstanden.

Nach dem Film gingen sie zu Fuß nach Hause, folgten der abgedunkelten Taschenlampe, die ein schwaches Licht auf den Bürgersteig vor ihren Füßen warf. Die Wolken hatten sich verzogen, und ein weißer Sichelmond hing tief über den Dächern. Der Mond entschied über ihr Leben. Er behielt sie hier, und er sagte ihnen, wann sie vielleicht wegmussten. Er bewahrte sie in Sicherheit oder stürzte sie in Gefahr. Die Vorstellung war irgendwie unglaublich romantisch und zugleich ziemlich bedrohlich, als würde die Bewegung der Himmelssphären darüber bestimmen, was in der sublunaren Welt geschah, genau wie die Astrologen behaupteten. »Günstlinge des Mondes«, sagte sie. »Dazu haben sie uns ausgebildet.«

Benoît verstand nicht, entweder die Quelle des Zitats oder die Bedeutung. Aber sie empfand ihr neues Leben wie ein sich entfaltendes Drama, von dem sie wusste, dass es darin Verrat und Hass geben würde, obwohl sie den genauen Ablauf der Handlung, die Motive und den Ausgang noch nicht kannte. Würde sie ihm von Paris erzählen? Wissen war eine Last. Sollte sie die Last erleichtern, indem sie die Sache mit Clément erklärte und dem Mann namens Fawley und dem russischen Bären Kowarski?

»Wovor hast du Angst, Marianne?«, fragte Benoît. »Vor dem, was wir machen, vor unserem Einsatz in Frankreich, vor alldem? Ich sage dir, du brauchst keine Angst zu haben! Das wirst du sehen, wenn du dort bist. Es ist bloß … Frankreich. Von Menschen besetzt, die wir hassen. Wenn du dort bist, wirst du mehr Wut als Angst empfinden.«

Sie schüttelte den Kopf. »Darum geht's nicht.«

»Worum dann? Ich glaube«, sagte er und zögerte. »Ich glaube, du hast einen anderen Mann.«

»Einen anderen Mann?« Sie lachte. »Nein, bestimmt nicht.«

»Ich glaube dir nicht.«

»Es hat da mal …«

»Na bitte«, sagte er, als würde er plötzlich verstehen, »meine kleine Marianne schmachtet nach einem Geliebten.«

»Sei nicht albern. Es hat mal einen Lieutenant gegeben, einen Kollegen in Stanmore. Wir sind zusammen ausgegangen, nur zwei Mal, ins Theater in London und das andere Mal tanzen. Mehr nicht. Er wurde versetzt. Und vor dem Krieg hat es jemanden in Frankreich gegeben. Er war älter als ich. Es war wohl nur eine Schulmädchenschwärmerei … aber er hat dasselbe empfunden wie ich. Ich denke manchmal noch an ihn.« Sie blickte Benoît an. »Das ist alles. Die Geschichte meines Lebens.«

»Und wo ist dieser ältere Mann jetzt?«

Sie kannte das Prinzip der Beichte, dass man sich seine Schuld von der Seele redete und erlebte, wie sie weggespült wurde. Beichte, Buße, Absolution, Dinge, die die Nonnen gelehrt hatten. »Irgendwo in Frankreich, schätze ich. Wir haben den Kontakt verloren, als der Krieg anfing.«

»Dann bist du also frei und kannst machen, was du willst …«

»Natürlich. Die Sache ist bloß, ich verstehe mich selbst nicht richtig.«

»Wieso solltest du? Das ist typisch für euch Engländer. Statt einfach euer Leben zu genießen, verschwendet ihr eure Zeit damit, euch selbst verstehen zu wollen. Deshalb sind so viele englische Frauen frigide.«

»Wie viele hast du denn ausprobiert?«

Sein Lachen rettete die Situation. »Albern«, sagte er. »Du bist albern.«

Sie schlichen sich leise ins Haus, um niemanden zu wecken. Vor ihrem Zimmer erlaubte sie ihm, sie zu küssen, aber sie legte ihm die Hand auf die Brust, als er Anstalten machte, mit reinzukommen. »Lass mir Zeit zum Nachdenken«, sagte sie.

»Doch nicht schon wieder über dich?«

»Nein, über dich.«

Am nächsten Morgen machten sie einen Spaziergang an der Themse. Die Nachdenklichkeit des Vorabends wurde von Sonne und Wind vertrieben. Weiden wiegten sich im Luftzug unter einem Himmel mit Wolkenfetzen und einer launischen Sonne. Sie hielten Händchen, und manchmal gingen sie so dicht nebeneinander her, dass ihre Körper sich berührten. Sie erzählte ihm eine Geschichte, die typisch englisch klang – von drei jungen Schwestern und zwei Oxforder Geistlichen, die an einem Sommertag vor knapp achtzig Jahren zusammen eine Bootsfahrt machten, auf der einer der Männer den Mädchen eine Geschichte erzählte. Vielleicht hatte ihr eigener Deckname sie daran erinnert. »Hier ist es passiert«, sagte sie. »Hier auf dem Fluss.«

»Was denn?«

»*Alice im Wunderland* natürlich. Charles Dodgson war sein richtiger Name, aber als Autor nannte er sich Lewis Carroll.«

»Selbst er hatte einen Decknamen.«

Ein derartiger Witz war mit niemandem sonst möglich. Es gab so vieles andere, was mit niemandem sonst möglich war. Das Gespräch am Frühstückstisch war ein vorsichtiger Hindernislauf gewesen, so schwierig wie ein Verhör in Beaulieu. »Aber was sollst du denn in Algier machen?«, hatte *Maman* gefragt. »Und was soll das mit dem Sanitätsdienst? Ich versteh das einfach nicht.«

»Es ist alles sehr vage, *Maman*«, hatte sie erwidert. »Ich glaube, die wissen es selbst nicht so genau.«

»Und Sie, Benoît? Wo kommen Sie hin?«

»Ich vermute, die stecken mich hinter einen Schreibtisch und lassen mich Bleistifte anspitzen. Französische Bleistifte natürlich.«

Anschließend lachten sie darüber, wie geschickt sie der Wahrheit ausgewichen waren, aber trotzdem konnte sie ihm die eine Sache nicht erzählen, die wichtig war: das mit Paris und Clément.

Gegen Mittag kamen sie zu einem Pub neben einem Stauwehr. Ihr war heiß vom Spaziergang, sie hatte Schweißflecken unter den Achseln, und ihr Körper kam ihr seltsam verletzlich vor in dem dünnen Baumwollkleid. Sie nahmen ihre Biergläser und Sandwiches mit nach draußen zu einem leeren Tisch am Rand des Wehrs, wo Sprühwasser im Sonnenlicht schillerte. In der Nähe saßen zwei RAF-Piloten und eine junge Frau mit vorstehenden Zähnen und einem lauten, schrillen Lachen. Trauerweiden bildeten einen flimmernden Hintergrund wie ein impressionistisches Gemälde und verwandelten sogar die Frau mit den vorstehenden Zähnen in eine Schönheit.

»Benoît«, sagte sie und stockte dann. Sie wusste, was sie sagen wollte, konnte aber nicht die Worte finden oder den nötigen Mut aufbringen.

»Raus mit der Sprache.«

Im Wasser schwammen Forellen unter der Oberfläche, schwebten auf der Stelle und ruderten mit den Schwänzen gegen die Strömung. Genau so musste ein Agent sein, hatte einer der Ausbilder in Beaulieu gesagt: ein Fisch im Wasser, ganz in seinem Element. Aber in der Meoble Lodge hatte sie gelernt, wie man Forellen fing, indem man die Hände im eisigen Wasser unter die Fische schob und sie dann blitzschnell ans Ufer schleuderte, wo sie hilflos zappelten.

»Ich weiß nicht genau, wie ich es sagen soll …«

»Gib dir einen Ruck«, sagte er.

Sie blickte zu ihm hoch. »Ich bin noch Jungfrau«, sagte sie. *Vierge*. Das Wort kam ihr albern vor. *La Vierge Marie*. Eine Gipsfigur in Blau-Weiß, mit Sternen um den Kopf und einer Mondsichel zu den Füßen. Hätte Benoît auch nur gelächelt, hätte sie nicht weitergesprochen. Hätte in seiner Miene auch nur ein Funke Belustigung gelegen, hätte sie ihm gesagt, er solle sich zum Teufel scheren. Aber nichts dergleichen. Er sah sie bloß an, als würde sie ihm etwas von feierlicher Wichtigkeit mitteilen, als wäre er ein Priester, der ihr die Beichte abnahm. Aber diese Beichte erfolgte über einen Holztisch neben einem Stauwehr, über zwei Gläser Bier und einen Teller mit Corned-Beef-Sandwiches hinweg.

»Ich will nicht als Jungfrau nach Frankreich gehen«, sagte sie. »Das ist alles.«

XIII

Sie wartete, bis das Haus still wurde, ihre Eltern im Bett waren und alle Lampen aus. Dann stand sie auf, öffnete ihre Zimmertür und schlich über den Flur zum Gästezimmer. Selbst das hatten sie in Beaulieu gelernt – wie man sich lautlos durch ein Gebäude bewegte, wie man Türen ohne ein Geräusch öffnete, wie man ungesehen und ungehört blieb.

Sie öffnete die Tür und trat hinein, in die Dunkelheit. »Bist du da?«, flüsterte sie.

»Natürlich bin ich da.«

Sie durchquerte ganz langsam den Raum, ließ ihre nackten Füße bei jedem Schritt erst die Dielenbretter und den Teppich erfühlen, ehe sie sie mit ihrem Gewicht belastete. Neben dem Bett zog sie sich das Nachthemd über den Kopf und ließ es zu Boden fallen, tastete dann nach der Bettkante und schlüpfte neben Benoît unter die Decke.

Sie lag ganz still, auf dem Rücken, spürte ihn neben sich, seine Wärme, nur wenige Zentimeter von ihrem Körper entfernt. *»Ma p'tite Marianne«*, sagte er, aber sie legte ihm einen Finger an die Lippen, damit er schwieg.

»Nicht Marian«, flüsterte sie. Sie wollte keine Erinnerung daran, wer sie beide waren. Sie wollte einfach nur, dass das hier passierte, nicht ihr, sondern jemand anderem. Alice Thurrock mit ihrer Brille und der langweiligen, praktischen Art. Anne-Marie Laroche. Egal wem, nur nicht Marian Sutro.

»Alice«, sagte er. »Meine Alice.« Seine Hand berührte zaghaft ihre Brust. Bewegte sich nach unten zu ihrem Bauch, verharrte am Nabel und glitt wie ein verirrter Tropfen warmes Wasser in das raue Haar. Die Berührung war ein Schock, fast wie ein Stromschlag, der durch ihren Körper nach oben lief. Sie lag da und ließ sich von ihm streicheln, sanft und methodisch.

»Ma belle«, flüsterte er. *»Ma fleur*. Gefällt dir das? Ist es gut so?«

»Ja, es ist gut. Genau so.« Und das war es auch, irgendwie. Lustvoll trotz der Scham, dieses sanfte Streicheln ihres Innersten, als ob er eine tiefe Wurzel ihres Nervensystems entdeckt hätte und sie zum Leben erwecken würde. Aber von ihrer Seite kam nichts. Sollte es nicht ein gegenseitiges Verschaffen von Lust sein, ein gleichzeitiges Geben und Nehmen? Aber sie hatte das Gefühl, nichts zu haben, was sie ihm geben könnte, verspürte nicht den Wunsch, ihn zu halten, wollte nichts mit der befremdlichen Tatsache zu tun haben, dass er im Dunkeln neben ihr lag. Vielleicht konnte es ja so weitergehen, wohltuend und gleichgültig. Doch dann legte er sich auf sie, sein unsichtbares Gewicht presste sie tief in die Matratze, seine Oberschenkel drückten ihr die Beine auseinander, sein Bauch an ihrem. Etwas Stumpfes und Blindes, wie ein Nachttier, drückte sich an sie. Ein Schrei entfuhr ihr, wie vor Schmerz oder vor Lust, und dann war sie voll von ihm, voller, als sie es je für möglich gehalten hätte, vollgestopft von ihm. Er gab einen Laut von sich, einen leisen überraschten Ton, während er in sie hineinstieß, als wollte er ihre Tiefen erkunden, wieder und wieder, beharrlich und zudringlich, und dann glitt er genauso plötzlich aus ihr heraus, und sein Penis lag zwischen seinem und ihrem Bauch, zuckend wie ein sterbendes Tier, das seinen Lebenssaft ergießt.

Er rollte sich von ihr runter und ein Stück weg. Sie spürte die Nässe unter ihrer Hand, etwas Zähflüssiges, das sie ihm entlockt hatte. Ein Geruch stieg ihr in die Nase, nach Humuserde und Pilzen, ziemlich ausgeprägt. »Ein Taschentuch«, flüsterte sie und tastete im Dunkeln nach dem Nachttisch.

»Soll ich das Licht anmachen?«

»Nein!« Sie rollte sich aus dem Bett und nahm ihr Nachthemd vom Boden. Hatte sie geblutet? Das gehörte doch dazu, oder? Blut und Schmerzen. Was ihre Mutter wohl sagen würde, wenn sie das befleckte Laken sah, von Blut oder Sperma oder beidem. »Ich muss gehen.«

»Warte. Warte, *ma p'tite*. Nicht so schnell. Du warst so schön.«

War sie das? Was hatte Schönheit damit zu tun? Sie war Marian Sutro, keine Jungfrau mehr. Sie streifte sich das Nachthemd über den Kopf. Die Scham, die sie bis jetzt ausgesperrt hatte, flutete herein. Sie verließ den Raum genauso, wie sie gekommen war, im Dunkeln, tappte mit vorsichtigen Schritten hinaus auf den Flur, aber diesmal ging sie ins Bad. Sobald sie die Tür sicher hinter sich verschlossen hatte, konnte sie das Licht anmachen und sich so sehen, wie sie war, die schlanke Gestalt eines pubertierenden Mädchens, die blasse Wölbung ihres Bauches, mit dem Nabel in der Mitte und darunter das mit Sperma verklebte Haarbüschel. Blut war nicht zu sehen, aber sie fühlte sich wund. Die Hähne zitterten, als sie das Wasser aufdrehte. Würde das Geräusch ihre Eltern wecken? Sie wusch sich und trocknete sich ab, kehrte dann in ihr Zimmer und zu ihren kühlen, sauberen Laken zurück. War sie jetzt eine Frau? Aber der Unterschied war rein körperlich: In ihrem Kopf hatte sich nichts verändert. Das Experiment, wenn es denn eins gewesen war, war gescheitert. Sie schlief ein, in Gedanken nicht bei Benoît, sondern bei Clément Pelletier und zwei Steinklumpen, die sie mit den Händen zusammenschlug.

Beim Frühstück am nächsten Morgen sah sie ihn kaum an. Vielleicht würde ihre Mutter denken, sie hätten sich gestritten; ihrem Vater würde es nicht mal auffallen. »Wir müssen zurück nach London«, erklärte sie ihren Eltern.

»So bald?«

»Ich hab euch doch gesagt, wir kommen nur übers Wochenende. Es kann jetzt sein, dass wir jederzeit wegmüssen.«

»Nach Algier?«

»Wahrscheinlich, Mutter. Wie gesagt, wir wissen es nicht genau, und außerdem ist alles streng geheim.«

Im Zug saßen sie mit deutlichem Abstand nebeneinander, eine Handbreit Platz zwischen ihnen. Benoît blickte gekränkt und verwirrt. »Was habe ich falsch gemacht, *mon chaton?*«, fragte er.

Nichts, beteuerte sie ihm, gar nichts. Aber sie wies seine Versuche ab, ihre Hand zu nehmen und auch nur ein schwaches Abbild ihrer Intimität in der Nacht zuvor wiederherzustellen. Und sie wusste nicht, warum, das war das Problem. Sie empfand seine Gegenwart neben sich im Zug als größere Zudringlichkeit als alles, was zwischen ihnen passiert war. »Und bitte, nenn mich nicht *mon chaton*«, sagte sie. »Ich mag das nicht.«

»Dann eben *Minou*. Ich nenn dich *Minou*.«

Sie wandte sich von ihm ab und schaute zum Fenster hinaus, wunderte sich über ihre Launenhaftigkeit, die sie irgendwie nicht beherrschen konnte, ein kindliches Verhalten, das ihre Frauwerdung anscheinend überlebt hatte.

Vom Bahnhof Paddington nahmen sie ein Taxi zum Portman Square. Die Tür des Orchard Court wurde ihnen geöffnet, und Parks, der Butler, neigte den Kopf und geleitete sie in die Welt, der sie für ein paar Tage entflohen waren.

ERSTER VOLLMOND

I

Colonel Buckmaster hatte einen Gast. Der Mann wurde Sir Charles genannt, war groß und elegant und auf Hochglanz poliert. »Sir Charles ist unser CD«, gab der Colonel als Erklärung an.

»CD?«

Der fragliche Mann schmunzelte. »Command Director. Heißt nichts anderes, als dass ich der Leiter der gesamten Organisation bin. Jedenfalls, ich bin entzückt, Sie kennenzulernen, Miss Sutro. Ich darf sagen, dass Ihr Name in den höchsten Kreisen erwähnt worden ist. In den allerhöchsten.«

Das »entzückt« verwirrte sie; »in den höchsten Kreisen« verwirrte sie. Sie hatte sich im Zug alles gut überlegt – sie würde aufhören. Ihr Privatleben wurde in den ganzen Schlamassel mit hineingezogen. Irgendwelche Leute hatten in ihrer Vergangenheit herumgeschnüffelt und ihre Briefe gelesen und mit anderen darüber gesprochen, was zwischen ihr und Clément gewesen war oder nicht, und jetzt reichte es. Sollten sie sie ruhig ins Kühlhaus schicken so lange sie wollten, das war ihr egal. Sie würde aufhören. Und jetzt wurde sie von jemandem begrüßt, der »entzückt« war, und man sprach in Kreisen über sie, die wie Heiligenscheine sogar über dem Kopf einer so hochrangigen Persönlichkeit wie Sir Charles schwebten.

»Jemand hat versucht, Sie abzuwerben«, sagte Buckmaster unvermittelt.

Ein gequälter Ausdruck glitt über Sir Charles' Gesicht. »Bitte, Maurice.« Er hatte die ruhige, selbstsichere Art eines Mannes, der im Leben sämtliche Vorrechte genießt. Sie kannte das von Leuten, denen sie in Genf begegnet war, britischen Diplomaten, die bei ihnen zu Hause aus und ein gingen, Männern, die überzeugt waren, dass ihnen ein Platz ganz oben in der Pyramide zustand, ganz gleich was auf der Welt geschah. »Eine Schwesterorganisation bittet uns in einer Angelegenheit um Hilfe«, erklärte er. »Mitunter ist ihre Vorgehensweise ein wenig selbstherrlich.«

»Eher verdammt rücksichtslos«, sagte Buckmaster. Er hatte die Hände auf dem Rücken verschränkt, als würde er strammstehen und zugleich einen entspannten Eindruck machen wollen. Eine Hand klatschte rhythmisch gegen die andere, als würde er im Kopf den Takt zu irgendeiner Melodie schlagen. »Aber das wundert uns mittlerweile nicht mehr.«

Sir Charles griff in seine Jacketttasche und holte ein Zigarettenetui hervor. »Rauchen Sie?«

Sie nahm die angebotene Zigarette, beugte sich vor und ließ sich mit einem goldenen Feuerzeug Feuer geben. »Sie kennen doch bestimmt das Kinderspiel Schweinchen in der Mitte. Genau so fühl ich mich«, sagte sie, aber in Wahrheit war es noch schlimmer – das hier war eine neue Variante, eine mit Elementen des Kriegsspiels. Das arme Opfer, das ratlos zwischen den beiden Werfern stand, hatte nämlich die Augen verbunden.

»Das kann ich mir gut vorstellen. Die Welt der Geheimdienste ist leider überlaufen, und mitunter treten wir uns gegenseitig auf die Zehen. Die wollen etwas von uns, wir wollen etwas von denen. Eine Hand wäscht die andere, gewissermaßen. Mehr kann ich unmöglich dazu sagen, aber ich möchte klarstellen, dass Sie weiterhin dieser Organisation unterstellt sind.«

»Dann lassen wir uns also darauf ein, was die vorgeschlagen haben?« *Wir* und *die*. Sie hatte sich bewusst so ausgedrückt. Sie und der Colonel zusammen. Und Miss Atkins und all die anderen Mitarbeiter der F-Sektion. Wir alle zusammen gegen *die*. Während Sir Charles Wer-auch-immer-er-war von den höchsten Kreisen gütig auf sie herablächelte.

»Wir haben beschlossen, dass Sie tun sollten, was unsere Freunde im Auge haben, egal was. Solange es Ihrem Einsatz für uns nicht schadet.«

Buckmaster sagte: »Meiner Meinung nach ist das typisch bürokratisches Chaos, wenn ich das so sagen darf. Der Plan sieht vor, Sie während des nächsten Vollmonds im Südwesten Frankreichs abzusetzen. Es ist viel zu spät, Sie einem anderen Ring zuzuweisen, und WORDSMITH schreit schon seit Monaten nach Unterstützung. Aber Sie müssen womöglich nach Paris fahren, um sich um diese Angelegenheit zu kümmern.«

»So habe ich es verstanden.«

»Paris ist eine gefährliche Stadt.«

»Natürlich ist es da gefährlich. Das weiß ich.«

»Ihre Loyalität muss vor allen Dingen Ihren Kollegen im Einsatz gelten. So sehe ich das. Egal was Sie tun müssen, es darf keinen von ihnen gefährden. In Paris befinden Sie sich im Bereich eines unserer wichtigsten Ringe.« Er blickte sie mit seinen kalten Augen an. »Haben Sie schon von PROSPER gehört?«

Sie sah vom einen zum anderen. PROSPER war ein Name, der Wunder wirkte, etwas, worüber nur Gerüchte kursierten, der größte Agentenring in Frankreich, mit Untergruppen, die sich über den ganzen Norden verteilten, von Lille bis Brest. Francis Suttill war der Leiter, der große Held, Buckmasters Goldjunge. Solche Dinge sollte eigentlich niemand wissen, aber man wusste sie. Das heimtückische Wirken von Gerüchten und Tratsch. »Ich hab das ein oder andere gehört.«

»Nun, Sie dürfen keinerlei Unterstützung von irgendeinem Angehörigen von PROSPER erwarten, haben Sie das verstanden? In Paris sind Sie ganz auf sich allein gestellt.«

»Ich bin sicher, Miss Sutro wird in der Lage sein, ihre Mission mit größtem Geschick auszuführen.« Sir Charles zog an seiner Zigarette und lächelte aufmunternd. »Wenn ich recht informiert bin, ist geplant, eine gewisse Person zu *exfiltrieren* – ich glaube, das ist der Begriff, den wir heutzutage verwenden –, eine ganz bestimmte Person. Dabei werden Sie selbstverständlich Unterstützung benötigen.«

»Gilbert ist unser Mann für Landeoperationen im Pariser Raum«, sagte Buckmaster. Er versuchte, den Namen französisch auszusprechen, doch es klang wie *Jill Bär*. Schwester von Rupert Bär, dachte Marian. Cousine von Teddy. Einen Moment lang sprudelte Lachen in ihr hoch, hysterisches, verbotenes Lachen. Wie Kichern in der Kirche. Sie hustete und blickte weg und dachte an Benoît, den ihr Unbehagen sicherlich entzückt hätte.

»Er sollte das regeln können«, sagte Buckmaster. »Und diese Lysander-Burschen – ganz hervorragend. Zuverlässig wie ein Uhrwerk, ohne Fehl und Tadel.« Er sagte es so, als würde er einen Flugdienst anpreisen: Croydon nach Le Bourget fünfmal wöchentlich. »Diese Operation ist für uns von größter Wichtigkeit. Sie sollten nichts tun, was ihre Arbeit gefährden könnte, verstehen Sie das?«

»Selbstverständlich.«

Sir Charles lächelte. »Dann wäre das geklärt. Ich bin sicher, Colonel Buckmaster kann Sie über die Einzelheiten der Operation ins Bild setzen, aber ich muss mich leider sputen.« Er stand auf. »Es war mir ein großes Vergnügen, mit Ihnen zu sprechen, Miss Sutro. Ich würde Ihnen gern Glück für Ihre

Mission wünschen, aber wie ich gehört habe, ist das in der F-Sektion nicht üblich, hab ich recht?«

»*Merde alors*«, entgegnete sie. »Das sagen wir.«

Sir Charles dachte kurz darüber nach. »Das bleibt wohl besser unübersetzt, was?« Er streckte ihr seine Hand hin. »Also dann, *merde alors.* Richtig?« Aus seinem Mund klang es ein bisschen wie *Mörder los*, und irgendwie fand sie das passend.

II

Das Zwischenlager war aus rotem Backstein, georgianische Architektur, ziemlich elegant – wie ein Landhotel, meinte jemand. Eingerichtet war es mit abgewetzten Sofas und ramponierten Sesseln, und es hatte eine Bar, die einfach immer geöffnet war. Schlechtes Wetter während der zwei letzten Mondphasen hatte zu einem Rückstau von Agenten geführt, die auf ihren Abflug warteten. Emile war einer von ihnen, hockte an der Bar und dozierte über Meteorologie und die Ursache von Nebel. »Temperaturinversion«, erklärte er jedem, der den Fehler beging, ihm zuzuhören. »Hat alles mit dem adiabatischen Temperaturgefälle zu tun.«

Die Leute mieden den Blickkontakt mit ihm, um bloß nicht in den Vortrag hineingezogen zu werden, aber Marian entkam ihm nicht. »Dann hast du's also geschafft?«, rief er, als er sie am anderen Ende des Raums entdeckte. »Du hast Beaulieu überstanden.«

»Hast du gedacht, ich schaff das nicht?«

»Eigensinnig, das hab ich gedacht.«

Sie goss sich einen Dubonnet ein. In einem Eimer war Eis, aber es gab keine Zitronen. »Ist eigensinnig schlecht?«

»Eigensinn braucht die Mäßigung durch Klugheit«, sagte er.

Eine Schallplatte lief, ein bittersüßes Chanson von Mireille und Jean Sablon. »Puisque vous partez en voyage« hieß es. Ein Paar, das auf einem Bahnsteig über den Abschiedsschmerz sprach, was durchaus passend war.

»Was ist mit Yvette?«, fragte sie. »Weißt du, was aus ihr geworden ist?«

»Ah, Mrs Coombes. Die gefürchtete Mrs Coombes, die unbedingt Deutsche töten wollte. Tja, behalt das bitte für dich, aber wie ich gehört habe, hat sie ihre Chance bereits bekommen. Sie brauchten ganz schnell jemanden, und da haben sie sie den Wölfen zum Fraß vorgeworfen.«

»Sie ist schon weg? Wohin?«

Er nippte an seinem Whisky und blickte sich um, als könnte ihn jemand belauschen. »Ich hab gehört, Paris. Die müssen nicht ganz bei Trost gewesen sein, dass sie sie überhaupt in den Einsatz geschickt haben – und dann auch noch Paris!«

»Sie kommt schon klar«, sagte Marian. »Sie ist zäher, als man meint.«

»Sie ist ein kleines Mädchen in einer Männerwelt, das ist sie.«

»Und ich? Was bin ich?«

Ehe er antworten konnte, erschien Benoît. Er wollte nichts trinken. Er rauchte, machte ein mürrisches, bedrücktes Gesicht und sah aus wie ein verwöhntes Kind. Er versuchte, Marian beiseitezuziehen. »Kann ich reden?«

»Wir machen doch nichts anderes hier«, sagte Emile. »Immer nur reden, reden, reden. Wird Zeit, dass sich mal was tut, hä? Ich habe keinen Schimmer, wann ich wegkomme. Was hat von Clausewitz noch mal über den Krieg gesagt? Nebel und Mondschein. Das eine haben wir, und das andere erzählen sie uns.«

Marian und Benoît fanden Zuflucht in einem anderen Raum, eine Art Salon, wo Leute hingingen, wenn sie ein wenig Ruhe und Frieden wollten. »Wieso guckst du so griesgrämig?«, fragte sie.

»Was heißt das, ›griesgrämig‹? Gefällt dir mein Gesicht nicht? Hättest du lieber einen von deinen schmierigen Engländern, die in Wahrheit lieber Jungs mögen als Mädchen?«

»Ach, nun sei doch nicht so. Lass das bleiben.« Sie wünschte, er würde damit aufhören, wünschte, dass sie wieder mehr Abstand zueinander hätten und einfach nur Freunde sein könnten.

»Lass das bleiben. Ha!« Er lachte gespielt. »Und als du mich gebeten hast, dich zu vögeln, hätte ich das auch bleiben lassen sollen?« Er benutzte das Wort *baiser*, mit seiner Doppeldeutigkeit: küssen und vögeln. »Ja, du hast mich regelrecht angefleht, dich zu vögeln. Und dann sagst du mir mehr oder weniger, ich soll mich verpissen.« Mit seinem französischen Akzent klang das ulkig – verpiiiissen, was alles nur noch schlimmer machte, weil sie lachen musste, und ihr Lachen löste einen Streit aus, einen absurden und sinnlosen Konflikt, pure Frustration, die zu Wut hochkochte.

»Du führst mich an der Nase herum«, rief er. »Erst willst du was von mir und dann wieder nicht. Was soll ich denn denken?«

»Ich dachte, du verstehst das.«

»Verstehen? Und ob ich verstehe. Es hat dir Spaß gemacht, mich aufzugeilen!«

Jemand steckte den Kopf zur Tür herein und sah sie alarmiert an. Es war einer von den Offizieren im Haus. »Was zum Teufel ist hier los?«, fragte er.

»Nichts«, sagte Benoît. *Rien*. Das französische Wort war um einiges ausdrucksstarker, spürbarer. *Rien!* Ein nasaler Auswurf, wie ein lautes Räuspern. Marian nutzte die Gelegenheit, um auf ihr Zimmer zu fliehen, und als er ein paar Minuten später an der Tür klopfte, sagte sie ihm nicht mal, er solle verschwinden. Sie ignorierte ihn einfach.

III

Der Deckname für die Operation war TRAPEZE. Alles hatte einen Decknamen, sogar die Aufgabe, sie irgendwo über Frankreich mit dem Fallschirm abzusetzen, sogar sie selbst hatten Decknamen extra für die Zeit bis zum Absprung: Sie war Florist, und Benoît war Milkman. Wie früher als Kind, wenn sie Glückliche Familie spielte. Am nächsten Morgen stand der Name TRAPEZE am Schwarzen Brett draußen neben der Tür zum Büro, vor allen anderen angesetzt, trotz des Gedränges in den letzten Wochen.

»Was ist denn so besonders an Florist und Milkman?«, meckerte Emile, doch sie zuckte nur mit den Achseln. Im Besprechungsraum zeigte ein bleicher RAF-Lieutenant auf eine Karte von Frankreich, erzählte irgendwas über das Wetter und erklärte, falls der Nebel sich lichtete, würden sie am Nachmittag starten. »Natürlich wissen wir nicht genau, wie die Wetterbedingungen über der Absprungzone sind.« Die Absprungzone schien ein abstrakter Begriff zu sein, ein Ort in einer anderen Welt, so fern, dass er jedes Vorstellungsvermögen überstieg.

Als sie nach der Einsatzbesprechung den Raum verließen, nahm Benoît ihren Arm.

»Tut mir leid wegen gestern«, sagte er. »Ich hab mich danebenbenommen.«

Sie zuckte die Achseln. »Egal. Vergiss das Ganze.«

»Das meinst du nicht im Ernst, oder?«

»Doch, das tu ich.«

Den ganzen Morgen hindurch war sie von Aufregung beherrscht, nervöser Erwartung, dem eigentümlichen, herzflatternden ängstlichen Zittern, das sie nur von banalen Dingen her kannte – vor einer Abschlussprüfung oder einem Hockeymatch mit der Schulmannschaft oder einem Auftritt im Schülertheater. Sie musste zweimal aufs Klo, weil ihre Blase Kapriolen schlug. Zum Mittagessen bekamen sie große Portionen, die sie nicht essen konnten, und danach richtigen Kaffee.

»Wie die Henkersmahlzeit bei Todeskandidaten«, sagte Benoît.

Sie fauchte ihn an – »Sei nicht so negativ« – und bedauerte es gleich wieder, weil er das als Witz gemeint hatte. Galgenhumor war erlaubt. War sogar gut. *Génial.*

Am Nachmittag überprüften sie ihre Ausrüstung, studierten die Karten von der Absprungzone und gingen ihre Tarngeschichten durch. Dann, nach dem Tee, Bechern mit heißem, süßem Tee, wurden sie in einer Limousine mit Weißwandreifen, so ein Schlitten, mit dem König Faruk wahrscheinlich herumkutschiert wurde, zum Flugplatz gefahren. Sie waren Privilegierte, und sie waren Ausgestoßene, wurden wie Adelige behandelt, aber von jeglichem Kontakt zu Normalbürgern ferngehalten: Ganz hinten auf dem Flugplatz war sogar extra ein besonderer Bereich für sie reserviert, eine Reihe von Farmgebäuden, zu denen normales Personal keinen Zutritt hatte. Es war bitterkalt, und die letzten Nebelfetzen trieben um die Gebäude herum, aber hoch am Himmel leuchtete verschwommen weißes Licht, und ein Hauch verwaschenes Blau brach sich allmählich Bahn. »Es sieht gut aus«, sagte irgendwer zu Beginn der Abschlussbesprechung. Derselbe RAF-Lieutenant erläuterte die Einzelheiten des Fluges, das Wetter und welche Bedingungen aller Voraussicht nach über der Absprungzone herrschten. »Natürlich wissen wir nicht mit Sicherheit, wie sich die Lage entwickelt, aber der Nebel vor Ort lichtet sich. Über der Absprungzone« – der Offizier zuckte mit den Schultern –, »wer weiß?«

Benoît beugte sich zu ihr und flüsterte ihr ins Ohr. »Hast du Angst?«

»Natürlich nicht.«

Er grinste aufreizend. »Hast du doch.«

Sie wurden über den Hof in ein Holzgebäude geführt, das aussah wie eine Scheune. In einer Ecke brannte ein Ofen, der eine miefige Hitze verströmte. Miss Atkins war aus London hergekommen und begrüßte sie mit ihrem typischen schiefen Lächeln, als ob sie alles wüsste, was passieren würde, es ihnen aber nicht verraten durfte. Sie gab Marian einen Geldgürtel vollgestopft mit Franc-Scheinen – »Für Roland«, sagte sie –, und dann durchforstete sie Marians Taschen und ihre Handtasche, eine letzte Suche nach Dingen, die ihre Existenz in dieser Welt verraten könnten, wenn sie sie mit in die nächste nahm. Einen Moment lang hielt Miss Atkins den Schlüsselbund in der Hand, inspizierte die Schlüssel genau, ob an irgendeinem etwas Verräterisches zu erkennen war, vielleicht der Name eines britischen Herstellers. Sie fanden Gnade vor ihrem prüfenden Blick. »Ist alles in Ordnung, meine Liebe?«, fragte sie, und Marian erwiderte, ja, es sei alles in Ordnung, natürlich.

»Sie sehen blass aus.«

»Das kommt von dem verdammten englischen Wetter.«

Sie lächelte beruhigend. »Ich hab das hier noch für Sie«, sagte sie und reichte Marian eine Puderdose. Die Dose war golden, glänzte verschlagen im Licht der nackten Glühbirnen. »Nur ein kleines Zeichen unserer Wertschätzung.«

Marian ließ den Deckel aufspringen, und zum Vorschein kamen ein kleines Bett aus parfümiertem Puder und ein Spiegel, aus dem Anne-Marie Laroches Augen sie leicht verwirrt anblickten. Sie musste an die Grabbeigaben denken, die sie im British Museum gesehen hatte, die zerbrechlichen und unnützen Schmuckstücke, die einen Pharao ins Jenseits begleiteten. »Sehr hübsch«, sagte sie, da sie nicht wusste, wie sie reagieren sollte, wie man das bei Geschenken oft nicht wusste. »Ich weiß wirklich nicht, was ich sagen soll.«

»Sie müssen nichts sagen. Betrachten Sie sie einfach als Dankeschön für das, was Sie hier tun.«

Wie nett. Das sagte *Papa* immer, wenn ihm etwas geschenkt wurde. Wie nett. Selbst wenn er das Geschenk gar nicht wollte.

»Und dann wäre da noch das hier«, fügte Atkins hinzu. Sie streckte die Hand aus. In der Handfläche lag eine kleine ovale Kapsel, die mit braunem Gummi überzogen war. Sie sah aus wie eine getrocknete Bohne. »Nur für alle Fälle.«

Die Giftpille.

»Natürlich.« Marian nahm sie entgegen und steckte sie fast entschuldigend in eine Tasche. Zyankali, hieß es. Man zerbiss sie und schluckte sie runter. In ein paar Sekunden war alles vorbei. Wenn man sie unzerbissen herunterschluckte, wanderte sie bloß durch den Verdauungstrakt und kam am anderen Ende wieder heraus. So hieß es.

Dann stiegen Marian und Benoît in ihre Fallschirmmontur, verstauten nützliche Dinge in diversen Reißverschlusstaschen und überprüften ihre persönlichen Koffer. Unter nervösem Geplänkel wurden letzte Zigaretten geraucht. Ein Flieger bückte sich, um Marian einen Knöchelschutz umzuschnallen. Sie würde in ihren Stadtschuhen springen und brauchte die Stütze bei der Landung. »Ein verstauchter Knöchel wäre nun wirklich das Letzte, was Sie gebrauchen können«, sagte er.

»Das Letzte, was ich gebrauchen kann, ist ein Fallschirm, der nicht aufgeht«, erwiderte sie, und der Flieger lachte.

Benoît war startklar, sah in seiner ganzen Montur aus wie das Michelin-Männchen. Sie steckte sich das Haar hoch, um den Helm aufsetzen zu können, und dann verabschiedeten sie sich. *»Merde!«*, sagten sie. *»Merde alors!«*, als müsste es ihnen Glück bringen, wenn sie das Schlimmste heraufbeschworen. Wie Schauspieler, kurz bevor sie auf die Bühne gingen: Hals- und Beinbruch!

Draußen war es nach der Wärme in der Scheune feucht und kalt. Der Wagen fuhr sie um den Flugplatz zu ihrer Maschine, die auf dem betonierten Vorfeld wartete, eine dunkle Silhouette im schwächer werdenden Licht, wie der Riesenvogel Roch, der Sindbad den Seefahrer trug. Sie gingen schwerfällig auf sie zu, behindert durch die schweren Fallschirme, wie Sindbad durch den Greis, den Scheich des Meeres, der auf seinen Schultern saß und nicht mehr herunterwollte.

Die Besatzung wartete in der Dämmerung, begrüßte sie mit Handschlag und versicherte ihnen, dass alles gut laufen würde. »Im Grunde bloß ein Routineflug«, sagte der Captain. Er sah nicht älter aus als Benoît. Ein Flieger, der an der Einstiegsleiter stand, bot seine Hilfe an. »Kommen Sie, Sir, ich helf Ihnen hoch.« Und dann: »Ach du Schande. Entschuldigung, ich hab gar nicht gesehen, dass Sie eine Lady sind, Ma'am.« Doch dann schob er sie kurzerhand hoch, als wäre sie ein Mann.

Das Innere des Rumpfes war ein schmaler Schlauch, wie der Laderaum eines Schiffes, samt Spanten und Streben und einem unbestimmbaren Geruch, der an eine Mischung aus Gummi und Metall erinnerte. Ein weiterer Flieger war bereits da und sortierte Pakete. Benoît griff nach ihrer Hand und drückte sie, als könnte sie verängstigt sein, als könnte das alles, die Aussicht, England nie wiederzusehen, ihre Eltern nie wiederzusehen, nie wieder in ihr Leben als Marian Sutro zurückzukehren, ihr Angst einjagen. Sie grinste ihn an und fragte sich, warum sie keine Furcht empfand. Was sie taten, trotzte jeder Logik, jedem gesunden Menschenverstand, und doch empfand sie nur eine geradezu rauschhafte Erregung.

Außerhalb ihres Metallkokons ertönte eine Abfolge von lauten Explosionen, und die Motoren sprangen dröhnend an. Der Lärm war ohrenbetäubend, so laut, dass das Denken schwerfiel. Vielleicht war es besser so. Mit einem Ruck setzte sich die Maschine in Bewegung.

FRANKREICH

I

Es ist der Traum. Der Traum vom Fallen, der Traum vom Fliegen, das dunkle Loch, in das sie hineinspringt oder schwebt, während sie zuschaut, wie die Welt an ihr vorbeizieht, manchmal langsam, manchmal zu schnell, um klar sehen zu können. Diesmal ist es kalt, und sie keucht vor Schreck und schreit im Schlaf auf. Diesmal ist es schnell, und die Welt kreiselt um sie herum, lässt einen Blick auf Bäume erhaschen und auf ein schiefes, verstohlen glänzendes Gewässer. Diesmal ist da das Mattschwarz der Erde und das leuchtende Schwarz des Himmels, und der Mond, der um sie herumwirbelt. Dann der Knall, mit dem der Fallschirm sich über ihr öffnet wie ein Segel, das sich jäh mit Wind füllt und das Boot zur Seite reißt, und irgendwo lacht jemand aus purer Lust und Freude. Eine erschreckende, erregende Achterbahnfahrt. Sie schwingt einen Moment lang im Wind. Vor ihr dröhnt das schwarze Ungetüm von Flugzeug weiter, speit einen zweiten Fallschirm aus, Benoîts, der Schirm öffnet sich und schwebt wie eine große weiße Qualle in der nächtlichen Flut. Und dann ist der Boden, der etwas Fernes und Theoretisches war, plötzlich da und fängt sie auf, und sie rollt über Erde und Gras und wird von der aufgeblähten Seide mitgezogen, bis sie tut, was sie in Ringway gelernt hat: Sie zieht die Steuerleinen, um die Luft herauszulassen, und der Schirm fällt zu etwas Handhabbarem zusammen, einem großen Bündel aus Seide.

Stille, die murmelnde Stille der Nacht, erfüllt von fremdartigem Geflüster. Das Flugzeug ist jetzt ein Ding in weiter Ferne, ein Kruzifix, das sich gegen den Mond dreht und sich zum Abschiedsgruß neigt, ehe das Geräusch verklingt und für immer erstirbt. Sie ist allein. Wo ist Benoît gelandet? Es ist wie das Verstreuen von Saatkörnern, einige fallen auf steinigen Boden und andere zwischen Dornen. Wo ist er?

Irgendwo, weit weg, bellt ein Hund. Nachdem sie monatelang beobachtet und umschmeichelt, gelenkt und beschwatzt, schikaniert und beschwichtigt, wie eine Lady und wie ein Schulmädchen behandelt wurde, ist sie plötzlich allein mit diesem matschigen Feld, diesem bewaldeten Berghang auf der anderen Seite des Tals, dieser kalten Luft und dem kalten Mond und den weißen Wolkenfetzen. Es riecht nach zerdrücktem Gras und Dung, und in der Nähe murmelt Wasser. Frankreich.

Wie soll je wieder irgendetwas so aufregend sein wie das hier?

Mit dem Fallschirm in den Armen hastet sie auf den Rand des Feldes zu, der Illusion von Sicherheit entgegen, die der Schatten einer Hecke gewährt, um nach einem Versteck für den Schirm zu suchen. Wo, fragt sie sich noch immer, ist Benoît? Und wo ist überhaupt das Empfangskomitee? Sie nimmt den Helm ab, schüttelt das Haar aus und setzt sich, um den Knöchelschutz zu entfernen. Ihre Stadtschuhe wirken jetzt mitten auf diesem Acker inmitten der Nacht ziemlich absurd.

Wo ist Benoît?

Irgendwo aus der Dunkelheit dringt das Geräusch von Stimmen. In dem fahlen, monochromen Mondlicht scheinen sich Schatten in Objekte zu verwandeln und Objekte in bloße Schatten. Aber das Geräusch von Stimmen ist etwas anderes, ein plätscherndes Flüstern in der Nacht, ein Lachen, ein Ruf.

Die Ausbildung übernimmt das Kommando, die natürliche Vorsicht, die ihr eingetrichtert wurde. Sie zieht ihre Pistole aus dem Overall und hält sie im Anschlag. Es kursierten Geschichten über Agenten, die gleich nach dem Absprung wartenden Deutschen in die Hände fielen und schon in ein Gefängnis verfrachtet wurden, ehe sie Zeit hatten, auch nur ein Wort Französisch zu sprechen. Ein vorsichtiger Agent ist ein lebender Agent, so wurde ihnen immer wieder gesagt. Beobachten, warten, lauschen. Erst denken, dann handeln. »Vorsicht ist besser als Nachsicht«, so hatte es einer der Ausbilder formuliert.

Zwei Schatten tauchen aus dem dunklen Hintergrund auf.

»Par là«, sagt eine Stimme. *»Il est descendu par là.«*

Es dauert eine gewisse Zeit, einen messbaren Augenblick absurder Unsicherheit, bis sie begreift, dass sie Französisch hört. Die Pistole noch immer schussbereit, tritt sie aus dem Schatten hervor. *»Bonsoir, M'sieurs«*, sagt sie.

Einer von ihnen ruft fast verschreckt: *»Ah!«*, während der andere ihr mit einer Taschenlampe ins Gesicht leuchtet. *»Alice? Vous êtes Alice?«*

»Bien sûr. Qui d'autre?« Sie ahnt schwere Gestalten hinter dem Licht und spürt, wie eine grobe Hand ihre Hand packt. *»Bienvenue en France, Mam'selle«*, sagt der Mann. Und dann küsst er sie – raue, unrasierte Wangen – auf beide Wangen, und lächerlicherweise – auf so etwas kann keine Ausbildung vorbereiten – merkt sie, dass sie weint.

II

Sie marschieren durch die Nacht, auf Pfaden und über Hügel, es scheint kein Ende zu nehmen. Wie auf einer Nachtübung in Meoble, auch wenn die Schatten, die bei ihr sind, Französisch sprechen. Nur dass sie jetzt weiß, dass der Traum wahr geworden ist.

»Da wären wir«, sagt einer von ihnen. Das Gebäude ist lediglich ein dunkler Klotz vor dem Berghang, umweht von dem Geruch nach Tieren, und irgendwo im Hintergrund bellt ein Hund. Dann öffnet sich ein Schattenspalt, und gelbes Licht strömt heraus, und in dem Lichtstreifen malt sich die Silhouette einer Frau ab. »Kommt rein«, sagt sie, »schnell, schnell.«

Sie drängen sich in den Wohnraum des Bauernhauses, fünf Männer, die nach der Dunkelheit plötzlich sichtbar geworden sind, alle in blauen Overalls.

»Das ist Alice.«

ALICE. Aus reiner Erfindung – ein Deckname, ein *nom de guerre,* fast ein Witz – ist jetzt ein Teil von ihr geworden. »Alice!«, ruft die Bauersfrau und nimmt sie unter ihre Fittiche, wie eine Glucke ein Küken. Später taucht Benoît auf, der aussieht wie ein geflohener Häftling, den man wieder eingefangen hat, mürrisch und gereizt, weil er mit dem Fallschirm in einem Baum gelandet ist, dort festhing und es fast eine Stunde gedauert hat, ihn runterzuholen. »Es war das reinste Affentheater«, murmelt er ihr zu. »Ich hab da gehangen wie eine Marionette.«

»Aber du kannst doch nichts dafür«, entgegnet sie.

»Es kommt mir aber so vor. Es war so *unwürdig.*«

»Das ist César«, sagt einer von ihnen. Beim Klang seines Decknamens verfinstert sich Benoîts Miene noch mehr, und sie sieht ihm an, was so häufig verdeckt ist: dass er im

Grunde noch ein unreifer Junge ist, der ältere Leute lästig und jüngere Leute langweilig findet. Irgendjemand klopft ihm auf den Rücken und fragt, was los sei, was seinen Unmut angesichts der ganzen Sache nur noch verstärkt. Draußen vor dem Haus sind Männer zu hören, die kommen und gehen. »Die Behälter«, verkündet jemand, der atemlos hereinkommt. »Wir haben sie alle hergeschafft.«

Offenbar war der *parachutage* ein Erfolg auf der ganzen Linie. Insgesamt zwölf Behälter. Waffen, Sprengstoff, sogar Zigaretten und Kaffee. Alle möglichen Dinge. Geschenke aus der Luft, wie bei den Cargo-Kulten auf den pazifischen Inseln, Gaben, die vom Himmel fallen.

»Morgen trefft ihr den *Patron*«, sagt der Kopf des Empfangskomitees. »Vorläufig bleibt ihr hier.« Er ist ein dunkler Mann mit Pomade im Haar und einem Dreitagebart. Ein Bauer, sagt er. Schweine. Jedenfalls so viele, wie die *Chleuhs* ihm gelassen haben. Er hat ein schmales, argwöhnisches Gesicht und wirkt bedächtig und nachdenklich, obwohl er Gaillard heißt.

»Was sind denn *les Chleuhs?*«, fragt sie.

Er lacht über ihre Unkenntnis. *»Les Boches.«*

Sie hat den Ausdruck *Chleuhs* vorher nie gehört. Sie weiß gar nichts. Benoît weiß immer alles, und jetzt lächelt er über ihr Unwissen, das Lächeln, das sie immer zur Weißglut bringt.

»Hast *du* gewusst, was *Chleuhs* bedeutet?«, fragt sie gereizt.

»Na klar. Eigentlich ein marokkanischer Volksstamm. Ungebildete Schwachköpfe eben.«

Sie kommt sich vor wie eine Schiffbrüchige, die an einer fremden Küste gestrandet ist und von den Eingeborenen nachsichtig belächelt wird. Die Akzente der Menschen um sie herum sind seltsam, ihre Sprechweise schwer verständlich. Dennoch sind sie Franzosen, unbestreitbar und fast lachhaft französisch, mit dem schroffen Humor der Menschen vom Lande und einer Spur Arroganz: freche Gaskogner, die atemlos zuschauen, wie sie den Overall öffnet und abstreift, als könnte sie darunter nackt sein und sich vor ihren Augen entblößen. Doch unter ihrem Overall ist sie eine junge Frau aus der Stadt, trägt einen schlichten Rock mit schicker Jacke und weißer Seidenkreppbluse, eine ganz normale städtische Garderobe, aber unpassend im Kreise dieser Arbeiter und Bauern in ihren Blaumännern.

»Meine Schuhe sind ruiniert.«

»Die kriegen wir bestimmt wieder sauber«, versichert die Bauersfrau ihr. »Aber die taugen hier sowieso nicht. Stadtschuhe.«

Sie werden genötigt zu essen. Sie ist nicht hungrig und will eigentlich nur schlafen, aber Benoît, der ihr gegenübersitzt, vertilgt eine gewaltige Mahlzeit. Leben die Menschen hier so, im besetzten Frankreich? Schinken und Schweinefleisch und Käse und Gemüse und ein kräftiger Rotwein, den sie nach dem zweiten Glas ablehnt, weil er ihr in den Kopf steigt. Und danach noch ein Törtchen mit Äpfeln und sogar – ist das die Möglichkeit? – frischer Sahne.

»Ich muss schlafen«, beteuert sie, aber vielleicht spricht sie eine andere Sprache, die keiner versteht. »Iss«, wird sie angehalten. »Iss.« Sie fühlt sich wie eine Gans, die gemästet wird, eine von den Gänsen, die der Bauer sicher draußen im Stall hat. *Foie gras* mitten im Krieg.

»Sagt mal«, fragen sie und beobachten die Neuankömmlinge scharf, als lauerten sie auf irgendwelche Krümel, die die beiden fallen lassen. »Wann kommt denn endlich die Invasion? Wie lange müssen wir noch warten?«

Benoît zuckt die Achseln. Alice weiß die Antwort genauso wenig wie er, aber sie möchte ihnen irgendwas geben. »Bald«, versichert sie ihnen. »Sobald alles bereit ist.«

»Wir warten schon so lange. Woran hapert es denn noch?«

Ihr Nachfragen ärgert sie. Begreifen sie denn nicht, dass es ein schwieriges Unterfangen ist, einen Krieg zu führen? Als müssten Churchill und Roosevelt nur den Befehl geben, und alles läuft wie am Schnürchen. »Wo ist der *Patron?*«, fragt sie, um das Thema zu wechseln.

»Er sollte eigentlich schon hier sein, aber es wurde jemand verhaftet, und er ist untergetaucht.«

»Untergetaucht?«

»In Montauban. Bei den Delacroix'.«

Wie kann er untergetaucht sein, wenn sie alle wissen, wo er ist? Sie denkt an Beaulieu, an die ständigen Ermahnungen in Sachen Sicherheit. Erzählt niemandem was, der es nicht wissen muss. Redet mit niemandem. Fangt nie ein zwangloses Gespräch an, es sei denn, es wäre verdächtig, es nicht zu tun. Zieht keine Aufmerksamkeit auf euch. Ein vorsichtiger Agent ist ein lebendiger Agent.

»Ich muss mich hinlegen«, sagt sie mit Nachdruck, schiebt das Essen beiseite, ohne sich noch drum zu scheren, ob sie die Leute damit kränkt oder nicht. »Bitte.«

Und so führt die Bauersfrau sie nach oben in ein Zimmer, während Benoît unten bei den anderen bleibt. Er soll auf dem alten Sofa neben dem Kamin schlafen. Es macht ihm nichts aus, er kann überall schlafen.

Das Zimmer oben ist eine kleine Dachkammer mit weiß getünchten Wänden, einem schmalen Bett, einem Schrank und einer Kommode. Alice fühlt sich wie eine Riesin und muss den Kopf unter der schrägen Decke einziehen. »Das Zimmer von meinem Sohn«, sagt die Gastgeberin. »Fühlen Sie sich wie zu Hause.«

»Wo ist er?«

Das Gesicht der Frau wirkt plötzlich erschöpft, als ob ihr alles zu viel ist, das Leben auf dem Hof, die Männer, die sich in ihrem Haus breitmachen, die späte Uhrzeit, der Krieg, einfach alles. »Er wurde nach Deutschland geschickt. Zum Arbeiten.« Sie zuckt die Achseln. »So, jetzt schlafen Sie sich erst mal richtig aus.« Sie stellt eine Öllampe auf den Tisch neben dem Bett, setzt ein kurzes, flüchtiges Lächeln auf und geht, zieht die Tür leise hinter sich zu.

Alice schiebt ihren Koffer unters Bett, richtet sich dann auf und schaut sich im Zimmer um. Es riecht feucht, aber das stört sie nicht. Sie interessiert sich jetzt nur für die Fluchtmöglichkeiten. Haltet immer Ausschau nach einem Fluchtweg, einem zweiten Ausgang aus einem Bistro oder einem Restaurant, einem zweiten Weg aus einem Bahnhof. Das haben sie ihr beigebracht. Aber das Fenster lässt sich nicht öffnen, weil der Rahmen dick mit Lack verkrustet ist. Sie geht in die Hocke, um durch die schmalen Scheiben zu spähen. Der Mond steht ganz tief, ist durch Bäume hindurch knapp über dem Horizont zu sehen. Das bedeutet, dass die Sonne bald aufgeht und dass, was immer geschehen soll, geschieht.

Es klopft leise an der Tür. Sie öffnet, und Benoît steht vor ihr, mit dem schiefen, ironischen Blick im Gesicht, den sie einmal so anziehend fand. »Ich wollte nur Gute Nacht sagen«, sagt er.

Sie lässt sich einen keuschen Kuss auf die Wange geben. Er zögert an der Tür. »Kann ich reinkommen? Die ganzen Leute da unten …«

»Nein«, sagt sie, »kannst du nicht.«

»Aber, mon chat …«

Sie legt ihm eine Hand auf die Brust und schiebt ihn zurück. »Nein«, wiederholt sie. »Benimm dich. Und hör verdammt noch mal damit auf, mich so zu nennen. Ich bin weder deine Katze noch dein Hund noch sonst was.«

»Ma puce«, sagt er lachend.

»Geh.«

Sie schließt die Tür und wartet, bis sie ihn die Treppe hinuntergehen hört. Da kein Schlüssel im Schloss steckt, klemmt sie einen Stuhl unter die Klinke, ehe sie sich umdreht und sich auszieht. In dem fleckigen Spiegel am Kleiderschrank sieht sie das unbestimmte Bild einer unbestimmten Frau, die sich die Bluse aufknöpft, aus dem Rock steigt und dann im Unterrock dasteht. Sie denkt an Benoît, an die Tage in England. Die Erinnerung ist lebhaft und scheint doch weit weg, in etwas anderem als Zeit und Raum, als ob sie durch diesen Spiegel in eine andere Welt getreten wäre, eine andere Dimension. ALICE. Alice ohne Nachnamen und ohne Geschichte, ohne Eltern, ohne Geschwister. Bloß Alice, *à travers le miroir*.

Wo, fragt sie sich, ist Marian Sutro?

Sie zuckt die Achseln, tut ihre alte Identität ab. Sie will Anne-Marie Laroche sein, deren Ausweis, Kleider- und Lebensmittelkarten – die Marken bis genau gestern abgetrennt – sie jetzt in der Handtasche hat. Anne-Marie Laroche, Studentin, die Paris verlassen hat, um sich auf dem Land, wo es ruhig und friedlich ist und wo es anständiges Essen gibt, von einer Lungenentzündung zu erholen. Paris ist unerträglich. An nutzlosen Luxusgütern herrscht kein Mangel, aber an frische Eier und frisches Fleisch ist nicht ranzukommen. Außer zu unverschämten Preisen auf dem Schwarzmarkt natürlich. Und wie soll sie sich so etwas leisten können?

Was studiert sie in Paris?

Also, sie hatte sich gerade für Literatur an der Sorbonne eingeschrieben, als der Krieg ihr einen Strich durch die Rechnung machte. Und jetzt weiß sie eigentlich nicht, was sie machen soll. Sie hat überlegt, sich eine Stelle als Kindermädchen zu suchen. Sie arbeitet gern mit Kindern.

Wo ist ihre Familie?

Sie hat keine Familie, keine nahen Verwandten.

Wo ist sie geboren?

Das steht in meinem Ausweis. Da. Sehen Sie. *Genf, Schweiz*. Ihr Vater war im Hotelgewerbe.

War?

Ja, er ist tot. Genau wie ihre Mutter.

Sie blickt Anne-Marie Laroche in dem fleckigen Spiegel finster an. »Ich bin wirklich ganz allein«, sagt sie laut. »Ich muss mich irgendwie durchschlagen.« Durchschlagen. Der französische Ausdruck gefällt ihr wesentlich besser: *Je dois me débrouiller*, schön nebulös und unklar.

Draußen, hinter den schmutzigen Fensterscheiben, wird der Himmel bereits heller. Sie spürt die seltsame Benommenheit, die durch Schlafmangel ausgelöst wird, und legt sich im Unterrock hin, breitet ihren Mantel und eine Decke über sich und schiebt ihre Pistole unters Kopfkissen. Innerhalb von dreißig Sekunden schläft sie tief und fest, träumt von einem schwankenden, lärmenden Schlauch aus Dunkelheit, und sie fällt und schwingt, die tollkühne junge Frau am Fliegenden Trapez, unter ihr applaudierende Menschen. Auch Benoît ist da, er kann ihr – ein Augenblick großer Peinlichkeit – unter den Rock schauen, und dann, wie das so ist in Träumen, wird aus Benoît Clément, und sie merkt plötzlich, dass sie keinen Schlüpfer trägt.

III

Der Morgen ist eine neue, strahlende Welt der Kälte. Die Nacht war leicht frostig, der erste Frost des Herbstes, und das Sonnenlicht blitzt auf Eiskristallen, als wären es Diamanten. Solche Tage gibt es in England nicht. Da gibt es nur Nebel und Feuchtigkeit und eine raue Kälte, als wäre eine ätzende Chemikalie aus einem Labor entwichen. Die Kälte hier ist dagegen wie Champagner.

Als sie nach unten kommt, liegt Benoît noch auf der ramponierten Couch in der Wohnzimmerecke unter einem Berg Decken und Mäntel. Er stöhnt, als Alice Guten Morgen sagt. »Ich hab die ganze Nacht kein Auge zugetan«, jammert er auf Englisch. Sein Ton ist vorwurfsvoll, als hätte die Tatsache, dass Alice tief geschlafen hat, ihm das Gleiche irgendwie unmöglich gemacht. Die Bauersfrau macht ihnen Frühstück. Es gibt Brot und selbst gemachte Pflaumenmarmelade. Und echten Kaffee, den sie mitgebracht haben.

»Wir müssen Französisch sprechen«, ermahnt Alice ihn, als er sich zu ihr an den Tisch setzt.

»Die sollen mich ruhig für einen Engländer halten«, entgegnet er.

»Das ist albern. Und eine Gefährdung der Sicherheit.«

»Hör mal, ich muss diesen Leuten den Umgang mit Waffen und Sprengstoff beibringen. Die halten alle Franzosen für Verlierer und werden sich von einem anderen Franzosen nicht so schnell was sagen lassen wie von einem Engländer. Ein Amerikaner wäre noch besser.«

»Aber du klingst nicht amerikanisch. Du klingst nicht mal englisch. Wenn du Englisch sprichst, hörst du dich an wie Maurice Chevalier.« Sie hat Mühe, sich ihre Belustigung nicht anmerken zu lassen.

»Ich weiß nicht, was daran so komisch ist. Und ich hör mich *nicht* an wie Maurice Chevalier. Außerdem, selbst wenn, sie würden es gar nicht merken.«

»Vielleicht solltest du dich um einen englischen Akzent bemühen, wenn du Französisch sprichst. Dann denken sie bestimmt, du bist Engländer. Obwohl sie dann wahrscheinlich kein Wort von dir verstehen.« Schließlich kann sie sich das Lachen nicht länger verkneifen. Das Gespräch ist irgendwie absurd: ein Franzose, der sich als Engländer ausgibt, der sich als Franzose ausgibt.

Als sie mit dem Frühstück fertig sind, ist Gaillard bereits mit dem Auto eingetroffen. Es ist ein Citroën *Traction Avant*, an dessen Heck ein großer Behälter montiert ist, wie ein Warmwasserbereiter. »*Un gazogène*«, erklärt er. »Habt ihr *gazos* in England?«

Alice glaubt das nicht, aber sie möchte nicht mal über die Frage nachdenken. Sie will nicht in England sein, nicht mal mit einem flüchtigen Gedanken. Sie ist jetzt Anne-Marie Laroche, die noch nie in England war.

Sie packen ihre Koffer auf den Rücksitz, und er setzt sich dazwischen. Dann zockelt der Wagen auf schmalen Straßen dahin. Sie fahren durch eine leere Landschaft, benutzen Nebenstraßen ohne den geringsten Verkehr, kommen an abgeschiedenen Höfen vorbei, an vereinzelten Weilern. Wo sind die Menschen? Die Gegend wirkt wie ausgestorben, die Dörfer leer. Sie ist beeindruckt von der Weite der Landschaft, die sich ins Unendliche erstreckenden Äcker und Wiesen und Wälder, die weit auseinanderliegenden Dörfer und weiter entfernten Städte, die weiten Eb'nen Frankreichs. Was ist sie und was ist Benoît in diesem gewaltigen Raum? Wie können sie da irgendwas bewirken?

Benoît wird unterwegs in einem der Dörfer abgesetzt. Er wird erwartet, von einer Gruppe, die bereits untergetaucht ist, junge Männer, die der Verschickung in die Zwangsarbeit entkommen sind und im Untergrund leben, in Scheunen und einsamen Bauernhäusern schlafen. Er steigt aus dem Auto und beugt sich durch Alice' Seitenfenster, um ihr einen Kuss zu geben. »Mach's gut, Mäuschen«, sagt er auf Englisch. »Pass auf dich auf und halt schön die Knie zusammen.«

Sie weiß nicht, ob sie lachen soll oder wütend werden. Er ist nun mal oft so, flapsig und unreif. Es ist irgendwie ein Schock und eine Erleichterung zugleich, ihn gehen zu sehen. In den letzten paar Tagen war er stets um sie, hat sie umschmeichelt, sich über sie lustig gemacht, ihr gezeigt, wie die Dinge sind und wie sie sein könnten, und jetzt ist er bloß noch eine Gestalt im schmalen Heckfenster des Wagens, die nicht nur an Größe, sondern auch an Bedeutung verliert.

»Er sollte lieber nicht Englisch sprechen«, sagt Gaillard. Er raucht beim Fahren, eine Zigarette in den Mundwinkel geklemmt.

Sie zuckt die Achseln, versucht, sich nicht länger etwas aus Benoît und seinen kleinen Marotten zu machen. »Wie lang brauchen wir noch bis Lussac?«

»Ist nicht mehr weit. Keine Sorge«, fügt er hinzu, fast so, als könnte er ihr Unbehagen spüren. »Da sind keine Deutschen. Die Gendarmen …« Er zuckt die Achseln, als wären Gendarmen nicht der Rede wert. Seine Augen sind nur zum Teil auf die Straße gerichtet. Sie huschen immer wieder zu ihr, zu ihrem Gesicht oder ihrem Busen oder ihren Knien. Sie zupft am Saum ihres Rocks, doch irgendwie sitzt sie darauf, und ihre Knie bleiben seinem Blick weiterhin ausgesetzt.

»Ihre Strümpfe.«

»Was ist damit?«

»Die Frauen hier tragen keine. Nur die aus Paris.«

»Na, da komm ich doch her, oder?« Sie schaut zum Seitenfenster hinaus, kann den Mann nicht leiden, fühlt sich unwohl unter seinem Blick, der sowohl kritisch als auch lüstern ist.

»Sie müssen über solche Sachen nachdenken. Was Sie machen und nicht machen sollten. Wann Sie Kaffee bestellen sollten und wann besser nicht, so was eben. Auch wenn Sie glauben, das Land zu kennen, es ist nicht mehr das, was es mal war, und das wird es auch nie wieder sein. Manche Dinge sind von Dauer.«

»Das weiß ich alles.«

Er lächelt abfällig, als könnte das niemand wissen, der fort gewesen ist, sogar nur für ein paar Wochen. »In Lussac gehen Sie zu einer Adresse, die ich Ihnen gebe. Gabrielle Mercey ist Ihre Kontaktperson. Sie weiß nicht, dass Sie aus London kommen, klar? Sie gehört zu den Helfern, aber sie weiß nicht viel. Ich habe Sie gerade vom Bahnhof abgeholt, vom Zug aus Paris. Das ist besser so.«

»Die denken, ich bin Französin?« Benoîts alberne Pose als Engländer hat sie angesteckt, und jetzt kommt ihr die Aufgabe, nicht nur Deutsche täuschen zu müssen, sondern auch Franzosen, als unerfüllbar vor.

»Natürlich.« Wieder der Seitenblick, auf Gesicht, Busen, Knie. »Sind Sie etwa keine?«

»Doch«, sagt sie und fragt sich, ob er das sarkastisch gemeint hat. »Natürlich.« *Bien sûr.*

IV

Lussac ist ein kleiner, öder Marktflecken mit dem Andenken an eine Burg im Zentrum und der vagen Erinnerung an eine Stadtmauer ringsherum. Die Place de la République bildet ein Dreieck mit einer Kirche an der Spitze und der *mairie* gegenüber, Kirche und Staat in beklommenem Nebeneinander wie schon seit Jahrhunderten. Eine Trikolore hängt schlaff am Flaggenmast vor der *mairie*. Zwei Marktstände sind auf dem Platz aufgebaut, wo Frauen mit Kopftüchern über den Preis von Kartoffeln feilschen.

Alice geht zum ersten Mal über die Bürgersteige Frankreichs, allein, wie ein Kind in einem Albtraum. Die Sonne scheint hell aufs Pflaster, aber die Leute haben etwas Düsteres an sich, sind so verschlossen wie einige von den Häusern. Sie hasten vorbei, die Köpfe gesenkt. Ein oder zwei werfen ihr einen gleichgültigen Blick zu, obwohl sie irgendwie erwartet hätte, sie würden sie erstaunt anstarren, als stünde es ihr auf die Stirn geschrieben, dass sie nicht dazugehört, dass sie eine Darstellerin ist, ein Artefakt, eine Artistin, die sich vom Himmel herabgeschwungen hat, die tollkühne junge Frau am Fliegenden Trapez. Sie hat keinen Halt, kein Sicherheitsnetz unter sich. Sie kann niemanden anrufen, niemanden bitten, ihr zu helfen, sich auf niemanden verlassen. Sie kann nirgendwohin, sie kann lediglich an dieser Reihe von Fassaden entlanggehen zu einer Adresse, die Gaillard ihr gegeben hat: Rue de la Bastille, Nummer 23.

»Sagen Sie ihr, dass Gaillard Sie schickt«, sagte der Mann, als er sie in der Nähe einer Bushaltestelle absetzte.

»Gibt es kein Losungswort?«

Gaillard lachte. »Man merkt, dass Sie frisch aus London kommen.«

Rue de la Bastille 23 liegt in einer Seitenstraße, die vom Marktplatz abgeht. Als sie klopft, öffnet eine ältere Frau die Tür, bleibt auf der Schwelle stehen und beäugt sie skeptisch. »Ja?«

»Gaillard schickt mich.« Beim Anblick dieser Frau mit dem eingefallenen Gesicht, dem schütteren Haar und dem schmalen Mund spürt sie einen kurzen Moment Panik in sich aufsteigen. »Sind Sie Madame Mercey? Gaillard hat gesagt, Sie würden mich für ein paar Tage unterbringen. Mein Name ist Alice. Ich komme aus Paris.«

Reagiert die Frau auch noch mal? Alice blickt sich um, sieht nach, ob jemand sie beobachtet. Geh niemals direkt zu einem Treffpunkt, haben sie ihr beigebracht. Achte immer auf Anzeichen dafür, dass der Treffpunkt beobachtet wird. Vergewissere dich stets vorher, dass dir niemand folgt, dass du niemanden zum nächsten Glied in der Kette führst. Wenn es ein Haus ist, geh beim ersten Mal schnurstracks dran vorbei, als wolltest du woandershin. Achte auf alles, was irgendwie aus dem Rahmen fällt. Achte auf Leute, die gucken. Achte auf den Mann am Fenster des Hauses gegenüber oder den Straßenfeger, der sich auf seinen Besen lehnt, oder das Liebespaar, das sich scheinbar unterhält und küsst. Erst dann, wenn alles in Ordnung zu sein scheint, nimm einen weiteren Anlauf.

Aber sie hat nichts dergleichen getan. Sie ist einfach die Straße entlang und zu der Tür gegangen, als wären Friedenszeiten, als wäre die Welt nicht im Krieg und das Land nicht vom Feind besetzt.

Sag ihnen, Gaillard schickt dich.

»Bitte«, sagt sie. »Gabrielle Mercey?«

Die Frau zuckt die Achseln, tritt aber dann beiseite und bedeutet Alice mit einer Kopfbewegung einzutreten. Im selben Moment poltern Schritte auf der Treppe, und eine jüngere Frau taucht von oben auf. »Alice!«, ruft sie. Sie ist Mitte dreißig und heiter und nett im Unterschied zu der mürrischen Miene der älteren Frau. »Bist du Alice?« Sie kommt die letzten Stufen herunter und schimpft mit ihrer Mutter, weil sie nicht freundlicher war, dann ergreift sie Alice' Hand und schüttelt sie. »Komm, gib mir deinen Koffer. Ich bin Gabrielle. Du bist bestimmt ganz verwirrt, aber du gewöhnst dich bald an uns. *Maman* ist ein alter Griesgram. Sie hat immer was an mir und allem rumzunörgeln, aber sie ist herzensgut. Komm mit nach hinten. Hast du gefrühstückt? Hast du etwas geschlafen? Du liebe Güte, das können ja höchstens ein oder zwei Stunden gewesen sein, oder? Bist du erschöpft?«

Sie geht voraus in die Küche. Die alte Mutter sitzt schon neben dem Herd und strickt einen Schlauch aus brauner Wolle. »Strümpfe für die Männer in Deutschland«, erklärt Gabrielle. »Hab ich nicht recht, *Maman*? Strümpfe für die Gefangenen.« Ihre Stimme wird lauter, wenn sie mit ihrer

Mutter spricht, sinkt dann bei Alice wieder auf Normalpegel. »Wir zwei sind ganz allein, weißt du. Vielleicht hat Gaillard dir das schon erzählt? Meine Güte, ich freu mich, dass du endlich da bist. Aus dem fernen London!«

»Woher weißt du das? Gaillard hat gesagt …«

»Ach, Gaillard. Der hält mich für blöd. Wir haben letzte Nacht das Flugzeug gehört. Da liegt es doch auf der Hand, oder? Man muss bloß eins und eins zusammenzählen. Aber keine Sorge. Ich bin sehr verschwiegen. Wie heißt du? Ich meine, wer bist du hier? Natürlich nicht mit deinem richtigen Namen. Für uns bist du auf jeden Fall Alice, aber nur, damit ich es weiß.«

»Anne-Marie Laroche.«

»Anne-Marie. Was für ein hübscher Name! Eine Cousine von mir heißt Anne-Marie.« Gabrielle plappert munter drauflos, als gäbe es keinen Krieg und keine Sorgen. »Wie lange bleibst du? Mir ist das egal. Du kannst so lange bleiben, wie du willst. Wir werden Spaß zusammen haben, nicht?«

Spaß?

»Ich sag, du bist meine Cousine, was meinst du? Nein, ich denke, das würde nicht zu deiner Tarngeschichte passen, was? Dann eine alte Freundin. Wo haben wir uns kennengelernt? In Paris? Ich war ein Jahr in Paris, hab bei einer Familie gelebt und auf die Kinder aufgepasst. Les Invalides. Das Haus hättest du sehen sollen. Er war Arzt und sie, na ja, furchtbar schick, war sich zu fein, um die Kinder zu versorgen. Wir könnten sagen, wir haben uns im Jardin du Luxembourg kennengelernt, wie findest du das? Dahin bin ich immer mit den Kindern gegangen, es würde also passen. Oder im Park vom Champ de Mars. Wo du willst.«

»Ich weiß nicht …«

»Wo hast du in Paris gewohnt?«

Paris. Der Name klingt wie eine Drohung.

»Was meinst du?«

»In deiner Tarngeschichte, Dummerchen.«

»Ach so.« Sie überlegt hektisch, was sie sagen soll, denkt an Clément. »Im Fünften, denke ich.«

»Na bitte, das ist perfekt. Ganz in der Nähe vom Jardin du Luxembourg. Wir sind da ins Gespräch gekommen und Freundinnen geworden, was meinst du?«

Sie hat das Gefühl, da wird etwas über ihren Kopf hinweg entschieden, und das behagt ihr nicht. Diese Frau versucht, ihre Tarngeschichte auszuschmücken und sich auf Terrain zu begeben, wo sie nichts zu suchen hat. »Ich glaube, ich warte lieber, bis der Boss kommt.«

»Ganz wie du meinst. Wenn dir das lieber ist, lass ich dich in Ruhe. Alles, was du willst. Schließlich geht es hier um dich, nicht um mich. Ich bin in dieser Schachpartie nur ein Bauer, aber du bist die Dame.«

»Sei nicht albern.«

»Ich bin nicht albern. Das stimmt doch, oder? Alle haben wochenlang auf dich gewartet, und jetzt bist du da.«

»Woher weißt du das?«

»Ich bin nicht blöd, ja? Die Leute halten mich für blöd, aber das bin ich nicht.«

V

Der *Patron* kommt am nächsten Tag. Alle nennen ihn so. Den *Patron*, den Boss. Nie mit seinem Decknamen, der Roland lautet. Er kommt mit dem Fahrrad, und Alice hört seine schweren Schritte die Treppe hoch zu ihrem Zimmer stapfen und versucht, ihn sich vorzustellen, bevor er da ist. Es ist, als würde sie versuchen, sich einen Sprecher im Radio anhand der Stimme vorzustellen, und als die Tür aufgeht, sieht er ganz anders aus, als sie erwartet hat. Er ist ein kleiner, nervöser Mann mit schütterem Haar und struppigem, ungepflegtem Oberlippenbart. Sie hat etwas Besseres erwartet, aber was genau, kann sie nicht sagen. Einen jünger aussehenden Mann natürlich. Groß, und wenn nur so groß wie sie. Vielleicht sogar verwegen, gut aussehend, aber sie weiß, dass sie das aus Kinofilmen hat, was nicht gerade von einem reifen Verstand zeugt. Jedenfalls nicht so einen nichtssagenden, ängstlich wirkenden Mann von der Sorte, die ihr Vater geringschätzig als typischen Handlungsreisenden bezeichnen würde. Für Damenunterwäsche. Das war einer seiner pikanteren Witze.

»WORDSMITH heißt Sie willkommen«, sagt der *Patron* und mustert sie von oben bis unten. Er lacht über irgendwas Ungesagtes und friemelt eine Packung Gitanes auf. Seine Hände sind seltsam unmännlich, mit schmalen, nikotingelben Fingern und abgebissenen Nägeln. »Sie rauchen nicht, oder?«

»Eigentlich nicht …«

»Gut. Bleiben Sie dabei, zumindest in der Öffentlichkeit. Frauen kriegen keine Zigarettenration. Sie würden auffallen wie ein bunter Hund.«

Sein Gesicht ist abgespannt vor Müdigkeit und Sorge. Sie kennt den Blick aus den Tagen, als London bombardiert wurde, den Ausdruck in den Gesichtern der Rettungskräfte, Männer, die sich in den Schutt wühlten, um Leichen herauszuziehen, Frauen, die Krankenwagen durch zerbombte Straßen steuerten, Menschen, die rund um die Uhr auf den Beinen waren und ständig im Schatten des Todes lebten.

»Der Absprung ist gut gelaufen? Wie ich höre, ja. Zumindest haben Sie und César es unversehrt zu uns geschafft.«

»Es hat alles geklappt.«

»Ich selbst könnte das nicht. Springen, meine ich.« Er lacht, als wäre Angst vor dem Fallschirmspringen ein Zeichen von Stärke und keine Schwäche. »Zu viele Unsicherheitsfaktoren: Mit der Ausrüstung könnte was nicht in Ordnung sein. Irgendein Idiot könnte den Schirm falsch packen. Der Pilot könnte dich zu tief absetzen. Boote sind da viel sicherer. So bin ich hergekommen, mit dem Boot von Gibraltar. Hab's schon fast vergessen, so lange ist das her. Wir sind in der Nähe von Narbonne gelandet.«

Er geht zum Fenster, raucht und starrt blicklos durch die Scheibe. Vielleicht hängt er Erinnerungen nach, oder er überlegt, welcher Fluchtweg sich anbieten würde. Alice hat bereits einen ausbaldowert. Du öffnest das Fenster – sie hat sich vergewissert, dass auch nichts klemmt – und kletterst auf das Küchendach direkt darunter. Von da kannst du in den Garten springen. Danach müsste eine knapp zweieinhalb Meter hohe Mauer überwunden werden, um auf das Sträßchen hinter den Gärten zu gelangen. Der Sprung und die Mauer wären für sie ein Kinderspiel – dank des Hindernisparcours in Meoble Lodge und der Fallschirmschule in Ringway. Vertrauen in den eigenen Körper, das wollten die Ausbilder ihnen einflößen, was ihnen manchmal auch gelang. Mit der anderen Art Vertrauen war das schon schwieriger.

»Ich hab das Geld mitgebracht«, sagt sie. »Ich würde es lieber sofort übergeben, wenn es recht ist. Ich komme mir nämlich vor wie eine Bankräuberin.«

»Natürlich.« Er legt seine Zigarette beiseite. Sie dreht sich von seinem Blick weg, um ihre Bluse hochzuschieben und den Geldgürtel hervorzuholen. Die Scheine werden beim Zählen auf dem Tisch gestapelt, insgesamt fünfhunderttausend Francs. Zweitausendfünfhundert Pfund. Mehr Geld, als sie je im Leben gesehen hat. Einen Teil davon stopft er sich in die Manteltaschen, und den Rest verstaut er in einem Koffer, den er mitgebracht hat. »Etwas davon sollten Sie behalten. Sie müssen Leute bezahlen.«

»Müssen wir nicht Buch führen oder so?«

Er lacht höhnisch. »Das soll wohl ein Witz sein. Nie irgendwas aufschreiben, hat man Ihnen das nicht eingetrichtert? Keine Namen, keine Adressen, nichts. So, jetzt schauen wir uns mal Ihre Papiere an. Mal sehen, was London Ihnen mitgegeben hat.«

Er blättert die Dokumente gekonnt durch, wie ein Pokerspieler, der einschätzt, was er auf der Hand hat, und dabei leicht finster dreinblickt, um seinen Gegner in Sicherheit zu wiegen. Sie fragt besorgt: »Es ist doch alles in Ordnung, oder?«

»Die Lebensmittelkarten ja, aber der Ausweis taugt nichts. Er sieht gut aus, fast echt, aber da Sie angeblich aus Paris kommen, müsste vermerkt sein, wo Sie die Demarkationslinie überquert haben. Sie sind also illegal hier.« Er lacht, und dann schlägt das Lachen um in einen tiefen, rauen Hustenanfall, der seinen ganzen Körper schüttelt. Fast sagt sie es ihm. Ich muss demnächst nach Paris. Aber sie verkneift es sich.

»Ich kümmere mich drum«, sagt er. »Wissen Sie, wo man die besten Dokumente kriegt? Auf dem verdammten Amt, das sie ausstellt. Ich kenn jemanden in der *commune*, der Ihnen das Richtige verschafft. Dafür brauche ich bloß ein paar Fotos von Ihnen. Haben Sie Fotos dabei?«

Sie hat. London hat welche von ihr machen lassen, nur für alle Fälle.

»Wir werden Ihnen mehr als nur eine Identität besorgen. Sie können in verschiedenen Teilen des Rings verschiedene Personen sein. Es ist aber gefährlich, mit mehr als einem Satz Papieren unterwegs zu sein. Denken Sie daran. Ein guter Ausweis ist in Ordnung. Zwei gute Ausweise sind eine Fahrkarte zur Gestapo. Bis die Papiere fertig sind, halten Sie sich einfach versteckt.«

»Ohne irgendwas zu tun?«

»Unsere Arbeit besteht zum großen Teil aus Nichtstun. Der Rest ist herumrennen wie eine angesengte Katze. Kann ein paar Tage dauern.«

»Bis dahin könnte ich doch das Original benutzen, oder nicht?«

»Hören Sie, ich bin am Leben, ja? Ich bin seit achtzehn Monaten hier draußen, und ich bin noch immer nicht aufgeflogen. Das ist ein Rekord. Und wissen Sie, warum?« Er lacht dieses rasselnde Lachen. »Weil ich verdammt vorsichtig bin, darum. Weil ich niemandem traue, den ich nicht kenne, und nur jedem Dritten von denen, die ich kenne. Weil ich keine schriftlichen Nachrichten und keine Briefkästen erlaube. Weil ich mich nicht mit Leuten treffe, die ich nicht kenne. Weil niemand weiß, wo ich wohne oder wohin ich gehe. Weil ich echte Papiere habe und für jeden Ort, an dem ich mich aufhalte, einen echten Grund vorweisen kann. Weil ich verdammt vorsichtig bin, Mademoiselle Alice. Und wer sich mit einem zweitklassigen Ausweis begnügt, ist nicht verdammt vorsichtig. Und wenn *Sie* erwischt werden, dann sind sie im Handumdrehen auch mir auf der Spur. Verstehen Sie, was ich meine?« Er blickt sie grimmig an, die kleinen Augen zusammengekniffen. Er fordert sie heraus, ihm zu widersprechen, und macht sich bereit, sie anzuschnauzen, wenn sie es wagt.

»Was ist mit Ihrem Akzent?«

»Meinem Akzent?«

Sie zuckt die Achseln. »Na ja, Sie klingen nicht wie ein Franzose, oder? Ich meine, ich höre an Ihrem Akzent, dass Sie kein Franzose sind. Verrät Sie das denn nicht?«

Er funkelt sie an, kneift die Augen zu noch kleineren Schlitzen zusammen, und einen Moment lang ist unklar, ob er vor Wut explodieren oder einen Scherz aus der Sache machen wird. Dann zieht er an seiner Zigarette und lacht durch den Rauch. »Stimmt, ich bin auch kein Franzose. Ich bin Belgier. Das ist meine Tarnung. Belgier, Flame, bin 1940 aus Gent hergekommen und hab eine Stelle in der Gemeindeverwaltung gefunden. Als Agrarinspektor, und ein bisschen Schwarzmarkthandel nebenbei. So komme ich durch. Also halten Sie sich bloß nicht für so verdammt clever, dass Sie mich mit Ihrem *lycée*-Französisch und ihren feinen Allüren runterputzen können. Lassen Sie sich das von jemandem sagen, der inzwischen mit einigen Wassern gewaschen ist.«

Die Standpauke setzt ihr zu. Sie denkt an Buckmaster und den Mann namens Sir Charles, daran, dass sie sie wie jemanden behandelt haben, der wichtig ist, und jetzt behandelt dieser Mann sie wie ein Dienstmädchen. Die Versuchung, es ihm zu sagen, ist da, nahezu unwiderstehlich. Die Versuchung, ihm zu sagen, dass sie zwar eine Frau ist, aber für etwas Besonderes ausgewählt wurde, etwas, das wichtiger ist, als er es sich je vorstellen könnte. »Tut mir leid. Ich wollte bloß …«

»Ist mir egal, was Sie bloß wollten. Sie sind hier, um eine Aufgabe zu erledigen, und ich bin hier, um Ihnen zu sagen, was Sie zu tun haben, ist das klar? Ich habe hier schon fast so viele Monate überlebt, wie Sie Stunden hier sind, merken Sie sich das. Herrgott, wie alt sind Sie? Sie sehen aus wie achtzehn und benehmen sich wie sechzehn. Wer in Gottes Namen hat Sie rekrutiert und warum?«

Tränen steigen ihr ungebeten in die Augen. Nicht losheulen, denkt sie. Wenn du zu irgendwas taugst, dann fang jetzt bloß nicht an zu flennen. »Vielleicht«, sagt sie leise, »vielleicht haben sie mich rekrutiert, weil ich Französin bin. Und eine Frau.«

Das gibt ihm anscheinend zu denken, zumindest einen Moment lang. Dann lacht er, und dann schüttelt er den Kopf und steckt sich wieder eine Zigarette an. »Ich bin müde. Tut mir leid, aber ich bin müde. Ich hab einen Mann angefordert, mehr nicht. Jemanden, der in der Lage sein könnte, mich zu entlasten. Und was schicken die mir? Eine junge Frau. Ist nicht Ihr Fehler.«

»Ich sehe das auch nicht als Fehler. Es ist ein Vorteil. Männer sind verdächtig, oder? Entweder sie haben sich der Zwangsarbeit entzogen, oder sie sind in den Schwarzmarkt verwickelt oder so. Auf jeden Fall sind sie verdächtig. Aber eine junge Frau kann mit fast allem durchkommen. Und ich habe erfolgreich die Ausbildung absolviert – den Hindernisparcours, die Waffenausbildung, den unbewaffneten Kampf, einfach alles. Ich bin nicht geschont worden. Ich kann alles, was ein Mann kann.«

Er betrachtet sie durch Zigarettenrauch. »Und noch ein paar andere Dinge obendrein, da bin ich sicher. Wissen Sie eigentlich, auf was Sie sich da eingelassen haben?«

»Selbstverständlich weiß ich das. Das macht die Hälfte der Ausbildung aus. Ich bin von Anfang an gewarnt worden.«

Er lacht. »Wer hat Sie denn rekrutiert? Der Freund von einem Freund von Papa, ja?«

»Es hatte nichts mit meinem Vater zu tun. Ich hab aus heiterem Himmel einen Brief bekommen, die Einladung zu einem Vorstellungsgespräch in London. Ich vermute, weil ich Französisch spreche. Ich war zu der Zeit in der WAAF, in der Bentley Priory.«

»Bentley Priory? Was zum Teufel ist das?«

»Ein Kloster, in dem das Fighter Command sein Hauptquartier hat.«

Er lacht wieder dieses rasselnde Zigarettenqualmlachen. »Ist doch typisch, oder? Die Deutschen würden sich ohne mit der Wimper zu zucken in einem Schloss einquartieren. Aber wir suchen uns ein Kloster. Voll mit alten Frauen, kann ich mir vorstellen. So, jetzt packen Sie Ihre Sachen, und ich zeig Ihnen Ihre Unterkunft. Ein abgelegener Bauernhof. Ich hoffe, Sie können Fahrrad fahren. Das werden Sie nämlich müssen.«

VI

Plasonne. So heißen das Gehöft und die Umgebung, ein kleines, abgeschiedenes Tal in den Bergen oberhalb von Lussac. Das Bauernhaus schmiegt sich an den Hang, und von der Eingangstür lässt sich das ganze Tal überblicken. Zwischen dem Haus und einer großen, baufälligen Scheune liegt ein matschiger Hof mit pickenden Hühnern, die leise vor sich hin gackern. Ein Hund, der Xavier heißt, aber von allen nur *Clebs*, Köter, genannt wird, ist an einer langen Kette angebunden und kläfft jeden Fremden an, der sich nähert.

»Hier sind Sie gut untergebracht«, versicherte der *Patron* ihr, als er sie herumführte. »Schön abgelegen, aber mit dem Rad ist es nur eine halbe Stunde bis Lussac. Und es sind prima Leute. Die werden uns nicht enttäuschen. Natürlich«, fügte er hinzu, »hab ich ihnen gesagt, Sie wären aus Paris. Auch wenn sie das nicht so ganz glauben, müssen Sie den Schein wahren.«

Natürlich. Ihr ganzes Leben ist ein einziger Schein. Lügen sind die Währung dessen, was sie tut und was sie ist. Täuschung ist das Kapital, das sie als Schutz gegen Entdeckung aufgehäuft hat. Anne-Marie Laroche, Studentin, geboren am 18. September 1918 in Genf, Tochter von Auguste Laroche und Émilie Grenier, beide verstorben.

Die Menschen, die auf dem Hof leben und belogen werden, sind der Bauer und seine Frau, Albert und Sophie, und ihr einfältiger Sohn Ernest. Einfältig, aber nicht dumm. Ernest hat eine gewisse Schläue, die Intelligenz eines Tieres, das sein ganzes Leben in diesen Bergen und Wäldern verbracht hat und sie so gut kennt wie ein Fuchs sein Revier. Sein moralisches Leben ist frei von Komplexität: Er weiß, was gut ist und was schlecht, und zwischen diesen beiden Polen gibt es nichts von Bedeutung. Zum Glück ist Alice gut. Er blickt sie über den Tisch in dem schmalen Esszimmer des

Bauernhauses an und grinst und sagt ihren Namen: »Anne-Marie«, als wäre er etwas Wundersames.

Albert und Sophie haben noch einen Sohn, der in Deutschland in irgendeiner Fabrik arbeitet. Alle zwei Wochen erhalten sie einen Brief von ihm – ein paar Zeilen auf einem Standardformular: *Meine lieben Eltern, mir geht es recht gut, danke. Wir arbeiten schwer, werden aber gut behandelt. Ich hoffe, bei Euch auf dem Hof ist alles wohlauf. Grüßt Ernest von mir. Herzlich, Euer Sohn Hugues*. In dem Stil. Ernest zeigt Alice einen dieser Briefe, deutet dann auf seinen Namen, den er erkennt, obwohl er nicht lesen kann. »Ernest«, sagt er mit Nachdruck, für den Fall, dass sie Hilfe braucht. Ironischerweise hat gerade die Eigenschaft, von der man meinen könnte, sie würde Ernest als Bauernsohn nutzlos machen – seine geistige Behinderung –, seine Nützlichkeit sichergestellt: Wegen seiner Geistesschwäche wird er niemals zum *Service du travail obligatoire* herangezogen und kann daher seinem Vater auf dem Hof helfen.

Albert ist ein schweigsamer Mann mit einem trockenen Humor. Manchmal scheint die Besatzung in seinen Augen nichts weiter zu sein als eine groteske Laune der absurden Natur, wie ein wahlloses Unwetter, das die Ernte auf seinen Feldern vernichtet, oder eine Seuche, die seine kleine Herde Milchkühe hinwegrafft. Seine Frau Sophie ist anders. Mit ihrer warmherzigen und ruhigen Art wird sie für Alice schon bald zur Ersatzmutter. In Alice' Vorstellung ist der Name Sophie mit Sanftheit verknüpft. Natürlich weiß sie, dass der Ursprung des Namens im griechischen Wort für Weisheit liegt, aber Sophie ist mit ihrem großen Busen und ihrer mütterlichen Ader für sie sozusagen die Verkörperung von Sanftheit. Sie hat ihr *pays*, ihre Region, nie verlassen, Albert dagegen ist herumgekommen. Wie vielen Männern seiner Generation hat der Krieg seinen Horizont erweitert, ihm zum ersten Mal gezeigt, dass er Bürger von etwas war, das bis zu diesem Moment kaum mehr als eine nebulöse Idee war: *La République Française*. Zwei Jahre als *poilu* in den Schützengräben von Verdun haben ihn gelehrt, dass Frankreich sein Land ist und Deutschland der Feind. Er bezeichnet die Deutschen als *Frisés* oder Fritz, Ausdrücke, die er und seine Kameraden im Ersten Weltkrieg benutzten, oder manchmal auch als *Doryphores*. *Doryphores* sind Käfer, Schädlinge, die schon ganze Ernten vernichtet haben, genau wie die Besatzungstruppen ihnen die Früchte ihrer Arbeit wegnehmen, um sich davon zu ernähren. An öffentlichen Gebäuden in den Städten und Dörfern hängen Plakate, mit denen die Bauern vor *Doryphores* gewarnt werden. *Vernichtet diese Schädlinge!*, lautet der Aufruf. Die Leute finden das noch immer amüsant, obwohl der Witz schon alt ist.

Alice' Zimmer ist oben unter dem Dach. Durch ein niedriges Fenster könnte sie nach unten auf das Dach der Milchkammer hinter dem Gebäude klettern. Von da wäre ein Sprung in den Garten möglich, dann durch einen Zaun und die ansteigende Wiese hinauf, die hinter dem Gehöft liegt. Innerhalb weniger Sekunden könnte sie den Wald erreichen, der den Berg überzieht. Es scheint unvorstellbar, dass irgendwer je in diese kleine Welt aus Feldern und Wiesen und Wäldern eindringt, aber sie hat dennoch einen Fluchtweg erkundet, so wie es ihr beigebracht worden ist.

»Sie müssen nicht mithelfen«, sagte Sophie, als sie anbot, ihr im Haus zur Hand zu gehen. »Sie haben genug Arbeit.«

Was glauben sie wohl, was sie vorhat? Sie stellen ihr keine Fragen, und doch tischt sie ihnen Lügen auf: Sie ist Anne-Marie Laroche, Literaturstudentin frisch aus Paris. Ihr einziger Angehöriger ist ein Bruder in Algier. Sie hat ihre Kindheit teils in der Schweiz und teils im Haute-Savoie verbracht. Sie ist fünfundzwanzig Jahre alt. Das erzählt sie ihnen, wenn sie ihnen was erzählt. Was sie denken, steht auf einem anderen Blatt.

Das ländliche Leben hat aus ihr eine Landfrau gemacht. Sie steckt sich irgendwie die Haare hoch. Sie schminkt sich nicht. Sie lässt Beine und Achseln unrasiert. Sie benutzt kein Parfüm. Irgendein perverser Teil von ihr mag den Geruch, den sie annimmt: den bodenständigen, herbstlichen Geruch nach Schweiß. Morgens steht sie meistens so früh auf wie ihre Gastgeber, frühstückt rasch und schwingt sich aufs Rad, um nach Lussac zu fahren. Auf der halbstündigen Fahrt durch die dunkle Landschaft traktiert der kalte Wind ihr Gesicht, und die Reifen drohen in den Kurven wegzurutschen. Im Ort angekommen, stellt sie das Rad bei Gabrielle Mercey ab und eilt dann zur Bushaltestelle am Markt. Um im Bus einen Sitzplatz zu ergattern, muss sie kämpfen – mit Ellbogen und Knien –, gegen Frauen mit Körben und Männer mit Aktentaschen, und wenn sie schließlich sitzt, steckt sie die Nase in ein Buch und hofft, dass niemand sie anspricht. Noch immer kann sie kaum glauben, dass ihr die Worte *britische Agentin* nicht auf der Stirn geschrieben stehen. Als ein Gendarm einsteigt und sich durch das Gedränge stehender Fahrgäste schiebt, um von allen die Papiere zu kontrollieren, ist sie überzeugt, dass er so blöd nicht sein kann und ihre Täuschung auf Anhieb durchschauen muss.

»Merci, Mam'selle«, sagt er und gibt ihr den Ausweis zurück. Seine Augen huschen zum obersten Knopf ihres Kleides und dem kleinen Schatten eines Dekolletés, der sich dort andeutet. Als Frau hat sie diesen Vorteil, dass Vertreter der Obrigkeit auf Dinge achten, die eindeutig nicht falsch sind, und gleichzeitig andere Täuschungsmöglichkeiten ignorieren. Sie lächelt zu ihm hoch. Sie hat dieses Lächeln gelernt. Es ist kühl und reserviert, eine Höflichkeitsbekundung, die die Möglichkeit einer weiteren Unterhaltung ausschließt. Es ist außerdem falsch.

Der Bus bringt sie in eine Nachbarstadt, wo sie Nachrichten zu überbringen und Informationen entgegenzunehmen hat, die sie dem *Patron* übermittelt. Nachrichten an den *Patron* gehen häufig von ihm weiter an die Funkerin des Rings, die Pianistin, eine Frau, die nur unter ihrem Decknamen bekannt ist: Georgette. Alice bekommt sie kaum je zu Gesicht. Georgette lebt in einer Schattenwelt, bewegt sich von Unterschlupf zu Unterschlupf in verschiedenen Dörfern, wo sie auf Dachböden und in Scheunen und Hinterzimmern hockt und verschlüsselt und entschlüsselt; oder sie sitzt an ihrem Funkgerät und schickt Nachrichten in der seltsamen Insektensprache des Morsens nach London; oder sie lauscht über Kopfhörer dem Stakkatosurren im Äther, das – so unwahrscheinlich die Vorstellung auch ist – von einer Morsetaste erzeugt wird, die eine FANY-Funkerin in Südengland bedient, wo sie mit zwanzig anderen FANYs in einem Raum in einem anderen Haus auf dem Lande sitzt, und zwar bei Grendon Underwood, einem Dorf circa zwanzig Meilen von Oxford entfernt. Nicht einmal der *Patron* weiß immer, wo Georgette ihre Aufgabe erfüllt. Je weniger du weißt, desto besser, lautet seine Devise. »Aus dem Grund sind wir noch da«, erklärte er bei seinem ersten Treffen mit Alice.

Das *réseau* von WORDSMITH deckt einen großen Bereich vom Südwesten des Landes ab und überlappt sich stellenweise mit anderen Ringen, anderen Widerstandsgruppen. Die Gebietsgrenzen eines jeden Rings sind unscharf und häufig nicht mal den Leitern genau bekannt. Wenn Alice weitere Fahrten unternimmt, zum Beispiel in den Süden nach Toulouse oder in den Norden nach Limoges, nimmt sie den Bus zum nächsten Bahnhof und steigt in den Zug. In diesen Fällen gilt es, größere Hürden zu überwinden, da die Bahnhöfe von der französischen *milice* oder dem deutschen

Militär überwacht werden und die Ausweiskontrolle gründlicher ist als in den Bussen.

»S'il vous plaît, Madame«, sagt ein deutscher Offizier und streckt die Hand aus.

Sie gibt ihm ihre Papiere und wartet. Wie würde sie sich verhalten, wenn sie völlig unschuldig wäre? Den Dreh musst du raushaben. Was würde Anne-Marie Laroche tun? Sie würde über die Schulter des Offiziers schauen, geräuschvoll einatmen und dann die Luft in einer kleinen ungeduldigen Explosion ausstoßen. »Der Zug kommt«, sagt sie. »Ich möchte ihn nicht verpassen.«

Den Mann lässt ihre Sorge kalt. Er deutet auf den aufgebockten Tisch hinter ihm. »Den Koffer, bitte.« Andere gehen unbehelligt vorbei, Schwarzhändler mit Koffern voller Lebensmittel dürfen durch, während sie für diesen jungen Mann ihren Koffer öffnet, damit er zwischen ihrem Ersatzkleid und ihrer Nacht- und Unterwäsche, ihrem Waschzeug und ihren wenigen Schminkutensilien herumstöbern kann. Einen Moment lang verweilen seine Hände bei einem ihrer Schlüpfer. Er blickt nachdenklich zu ihr hoch, faltet ihn dann wieder zusammen und legt ihn zurück. »Ich tue nur meine Pflicht, Madame. Danke für Ihr Verständnis.«

»Ich hoffe, Sie sind jetzt glücklich«, sagt sie und bedauert die Bemerkung sogleich als einen Satz zu viel, einen Schritt zu weit. Doch er reagiert gar nicht, sondern wendet sich bloß dem Nächsten in der Schlange zu und lässt Anne-Marie Laroche weiter zum Zug gehen, wo sie vielleicht mit etwas Glück einen Sitzplatz findet oder mit noch mehr Glück einen angeboten bekommt, aber wegen der Verzögerung am *poste de contrôle* aller Wahrscheinlichkeit nach wohl eher die nächsten vier Stunden im Gang unbequem auf ihrem Koffer hocken muss.

Wo fährt sie hin? Nach Limoges, wo drei alliierte Piloten warten, die auf der Fluchtroute über die Pyrenäen nach Spanien geschleust werden sollen; nach Auch, um eine Nachricht vom *Patron* an seinen Stellvertreter in dem Ort zu überbringen; nach Condom, um sich um ein Problem mit einem der französischen Widerständler zu kümmern, der wegen Schwarzhandels verhaftet worden ist; nach Toulouse, um einen *parachutage* zu organisieren, ihren ersten *parachutage*, der für die nächste Vollmondphase geplant ist. Die Möglichkeiten sind endlos. All die Aufgaben einer komplexen, unzusammenhängenden Geheimorganisation, die kaum mehr als die Überzeugung eint, dass die Rettung in Form einer alliierten Invasion kommen wird, wonach die zerbrechliche Einheit des Widerstands sich auflösen kann und alle wieder als Republikaner oder Royalisten oder Kommunisten oder Sozialisten weiterleben werden.

Ab und zu sieht sie Benoît, wenn sie in seinem Sektor zu tun hat. Sie begegnen sich mit der seltsamen Vertrautheit, die aufgrund von Dingen entstanden ist, die sie nicht leugnen kann, weil sie nun mal geschehen sind, und was geschehen ist, ist unabänderlich und nicht ungeschehen zu machen. Die Tatsache ist da, in der Vergangenheit. Und sie wirft ihre Schatten nach vorn, sogar in die Welt von Anne-Marie Laroche. »*Mon p'tit chat*«, sagt er, »ich vermisse dich.« *Mon petit chat*, mein Kätzchen. Gewisse Dinge an ihm vermisst sie auch, aber nicht das. Was ihr fehlt, sind sein Lachen und seine Kameradschaft, das Gefühl, dass sie bei ihm irgendwie sicher ist. Was für ein absurder Gedanke. Sobald sich jemand in dieser Schattenwelt sicher fühlt, geht er die größten Risiken ein.

Clément?

Clément ist da, wie ein Schatten, der sie im Dunkeln verfolgt, immer da, seine Schritte im Einklang mit ihren, seine Gestalt undeutlich und schwer fassbar. Bei Tageslicht ist er nirgends zu sehen. Aber sie weiß, dass sie irgendwann bald nach Paris gerufen wird.

ZWEITER VOLLMOND

I

Die Männer rauchen Gauloises und trinken *piquette*, eine dünne saure Plörre, die sich Wein schimpft. Eine Petroleumlampe vermischt ihren öligen Geruch mit dem dunklen Aroma des Tabakqualms. Alice kennt die Männer vom Sehen, aber nicht mit Namen. Es sind Gaillards Männer, derbe und vorsichtige Bauern, die das Land kennen und es bearbeitet haben und die von dem Misstrauen durchdrungen sind, dass alles, was vielversprechend scheint, doch ein böses Ende nimmt.

Zwischen ihnen auf dem Küchentisch liegt eine Karte, Alice' Karte, die Karte, die sie markiert hat. Gaillard legt einen Finger auf die Stelle, wo eine kleine Ansammlung von Häusern eingezeichnet ist, mit einem Weg, der von dort in die Felder führt. »Wir treffen Marcels Gruppe am Haus der Bonnards. Wir werden einen Karren brauchen, um das Zeug zur nächsten Straße zu schaffen. Das ist nicht ideal, aber es wird keine Aufmerksamkeit erregen.«

»Wieso ausgerechnet da?«, fragt einer von ihnen. »Das ist kilometerweit weg.«

»Es ist sicher. Alice sagt, es ist sicher. Die *milice* ist da noch nie gesichtet worden, und auch keine *Chleuhs*. Und oberhalb von Dompierre ist der Stausee. Daran kann sich der Pilot gut orientieren.«

»Wasser ist die beste Orientierungshilfe«, erklärt sie, um sie zu überzeugen. »Ein See oder ein großer Fluss. Wasser glänzt im Mondlicht. Und die Umrisse sind bekannt. Der Pilot kennt sie von Karten und Fotos.« Es ist ihr erster *parachutage*, und es ist nicht zu unterschätzen, wie viel von einem erfolgreichen Abwurf abhängt. Ein *parachutage* ist das Zeichen der Anerkennung, die Hilfszusage, die Offenbarung einer Gottheit, die weit weg existiert, hinter dem Horizont, aber der das Schicksal ihrer Kinder in der umnachteten Welt Frankreichs vielleicht dennoch am Herzen liegt.

Die Männer knurren skeptisch, aber sie besprechen trotzdem die Einzelheiten des Plans – wer die Lampen trägt, wo sie aufgestellt werden, in welche Richtung der Wind weht und wo die Behälter wahrscheinlich landen, wie sie entsorgt werden sollen, sobald sie geleert wurden.

»Hoffen wir, dass diesmal alles klappt«, sagt einer der Männer. Die anderen murmeln zustimmend.

»Fünf Tage, wir müssen fünf Tage einkalkulieren«, ermahnt Alice sie. »Es kann was dazwischenkommen.«

»Irgendwie kommt immer was dazwischen.«

»Wieso kriegen die das nicht richtig hin?«, nörgelt ein anderer. »Wissen die nicht, wie es hier ist?«

Alice beobachtet diese Männer mit einer Mischung aus Unverständnis und Bewunderung. Es kommt ihr absurd vor, ihnen zu sagen, was sie tun sollen. Sie will ihnen helfen; manchmal hat sie ihnen gegenüber fast mütterliche Gefühle. Sie brauchen ihren Trost und ihren Beistand, aber es hat in der Vergangenheit zu viele Aufschübe und zu viele Fehlschläge gegeben. In dem Monat vor ihrer Ankunft kreiste ein Flugzeug eine halbe Stunde über der sorgsam markierten Abwurfzone, während sie mit Taschenlampen den Kennbuchstaben in den Himmel morsten. Vielleicht hat der Pilot es nicht gesehen, oder er war vom Kurs abgekommen und hielt nach einem anderen Empfangskomitee mit einem anderen Code Ausschau. Jedenfalls drehte die Maschine schließlich ab und verschwand in der Nacht. Gaillard hat ihr die traurige Geschichte erzählt. Ein anderes Mal war ein dünner Bodennebel wie ein böser Geist aufgetaucht und verhüllte die Abwurfzone. Und weiter südlich, unweit von Albi, hatte der Pilot die Behälter aus zu großer Höhe abgeworfen, und sie wurden mit dem Wind weggetrieben (vielleicht hatte der Wind das Flugzeug hoch gehalten, vielleicht hatte der Pilot sich nicht getraut, auf die vereinbarten hundertfünfzig Meter runterzugehen), und nur die Hälfte davon wurde je gefunden. Ein Teil der verschwundenen Ausrüstung – Sten Guns, Pistolen – war ein paar Tage später in den Händen der *milice* gelandet, wie gemunkelt wurde. Diese Abwurfzone kommt somit nicht mehr infrage, weshalb sie sich jetzt auf eine neue geeinigt haben, die Alice ausgesucht hat, nicht weit vom Stausee bei Dompierre, wo Marcel und seine Männer zuständig sind. Marcel ist Kommunist, das glaubt Alice zumindest. Ein Kommunist, der so tut, als wäre er Sozialist. Er hat eine Gruppe unzufriedener junger Leute um sich geschart, Männer, die vor dem *Service du travail obligatoire* in die Berge geflohen sind. Es sind auch ein paar Spanier dabei, Veteranen des Bürgerkriegs, und einige Deserteure der französischen Armee. Aber so ein kunterbunter Haufen Widerstandskämpfer ist nicht ungewöhnlich. Gaillards Gruppe ist eine Mischung aus Monarchisten und Republikanern, Liberalen und Sozialisten und selbst ernannten Gaullisten, eine fast schon komische Verkörperung der politischen Probleme im Land.

»Es wird klappen«, beruhigt sie die Männer. Sie muss an die Crew denken, die sie und Benoît vor einem Monat abgesetzt hat, an ihre Nonchalance, ihre sorglose Zuversicht. »Diesmal wird es klappen.«

»Hoffen wir's«, sagt Gaillard.

Sie gehen hinaus in die Abenddämmerung und steigen in Gaillards Citroën-Lieferwagen, wieder ein *gazogène*, dessen Holzkohlefeuer bereits vor Hitze wummert. Rauch steigt auf, Dampf steigt auf. Alice setzt sich ins Führerhaus neben den Fahrer, die anderen steigen hinten ein. Es wird gemurrt über den Dreck, über die Kälte, es wird darüber gewitzelt, dass Alice immer den besten Platz kriegt, solange Gaillard ihr eine Hand aufs Bein legen darf. Um genau das zu verhindern, sitzt sie dicht an der Tür, möglichst weit weg von ihm, während er ihr durch Zigarettenqualm Seitenblicke zuwirft und lächelt. Lüstern, denkt sie, und schließt ihre *canadienne* bis zum Hals. Da ihm der Blick in den Ausschnitt ihrer Bluse verwehrt ist, gleiten seine Augen zu ihren Knien. »Du wirst frieren.«

»Ich hab dicke Strümpfe. Und eine Decke.«

»Trotzdem. Frauenbeine.« Er spricht das Wort nachdenklich aus, leckt sich die Lippen – *les jambes*. »Ich rubbel sie dir, wenn du möchtest.«

Früher einmal hätte sie sich prüde und verletzlich gefühlt, unfähig, mit seinen Anzüglichkeiten umzugehen. Aber jetzt nicht. »Ach, halt doch die Klappe.«

Er lacht. Der Wagen quält sich mit heulendem Motor durch die Dunkelheit eine Steigung hoch, und die schwachen Scheinwerfer lassen das Straßenbankett lediglich erahnen, die trockenen Hecken, den rauen Asphalt, der schon bald Schotter weicht. Der Mond geht hinter den Bäumen auf, wirft das kalte Licht der Vernunft auf die Landschaft. »Wenigstens ist keine Wolke am Himmel«, sagt sie. »Wenigstens haben wir eine klare Nacht.«

Gaillard schnaubt.

Marcels Männer erwarten sie an dem aus drei Gebäuden bestehenden Gehöft der Familie Bonnard. Sie haben sich auf dem Hof versammelt wie Wanderarbeiter, die Arbeit suchen, stampfen mit den Füßen und husten Zigarettenrauch. Waffen schimmern matt. Ein Ochsenpaar seufzt Dampf in die kalte Luft. Über ihnen sind Sternbilder zum Vorschein gekommen wie Frostkristalle, Orion, eine schiefe Windmühle, Kassiopeia, ein über den Himmel gekritzeltes W. Zufällig ist das genau der Buchstabe, den sie mit der Taschenlampe in den Nachthimmel morsen wird, als Zeichen für den Piloten. Punkt-Strich-Strich. Ein Omen oder ein kosmischer Verstoß gegen die Sicherheit? Interessieren sich die Sternbilder dafür, was in dieser kalten, sublunaren Welt vor sich geht? Ned würde das natürlich verneinen. Das Universum ist gleichgültig.

Nach einem kurzen Austausch von Anweisungen zerstreuen sich die Männer im Halbdunkel, jeder kennt seinen Platz, jeder weiß, wie diese unsichere Ernte eingeholt werden muss. Alice geht zusammen mit Gaillard, versucht, jede Berührung zu vermeiden. Dennoch packt er sie einmal am Ellbogen, um ihr über einen Zaun und einen Graben zu helfen. Später gelingt es ihm, einen Arm um sie zu legen. »*Ma petite Alice*«, sagt er. »Du bist eine ganz schön zähe Göre, was?« *Petite môme*, sagt er. Nicht gerade schmeichelhaft.

»Ich bin eine britische Offizierin. Keine Göre.«

Er lacht. »War bloß ein Witz. Können Offiziere keinen Witz vertragen?«

Sie stolpern eine halbe Stunde lang durch die Dunkelheit, bis sie schließlich die Stelle erreichen: eine lang gestreckte Wiese zwischen den Bäumen, das Gras von Schafen kurz gefressen. In der Ferne heben sich massige, mattschwarze Berge vor dem leuchtenden Schwarz des Himmels ab. Eine schwache Brise weht kalt von Osten her, doch sie bedeutet keine Gefährdung für den Abwurf. Alles müsste reibungslos laufen. Gaillard geht zu den Männern, um ihnen zu sagen, wo sie sich mit ihren Lampen aufstellen sollen, drei von ihnen in einer Reihe in Windrichtung, *Mam'selle Alice* wird zu ihnen im rechten Winkel stehen, frontal zum Flugzeug, wenn es auf sie zusteuert, falls es auf sie zusteuert, falls das ganze Vorhaben einen glücklichen Ausgang nimmt. Andere werden abkommandiert, um Wache zu stehen. Es sind diejenigen, die bewaffnet sind – ein paar Sten Guns vom letzten *parachutage* und vier Gewehre, die noch aus dem letzten Krieg stammen und aus einer französischen Armeekaserne gestohlen wurden.

Und dann bleibt ihnen nur noch zu warten. Alice sitzt gegen einen kleinen Erdbuckel gelehnt, eingewickelt in eine Decke, schlotternd vor Kälte. Gaillard raucht. Sie kann die Glut seiner Zigarette im Dunkeln sehen. In Meoble wurde ihnen eingebläut, auf keinen Fall im Freien zu rauchen. Eine brennende Zigarette ist wie ein Leuchtsignal. Doch als sie Gaillard darauf aufmerksam macht, lacht er bloß.

Die Zeit verstreicht. Die Sternbilder kreisen am Himmel, ein riesiger und unerbittlicher Chronometer, an dem der Mond blindlings zu seinem Scheitelpunkt aufsteigt. Alice hängt ihren Gedanken nach. Sie denkt über Ned nach, sie denkt über Clément und Benoît nach, sie denkt über Anne-Marie Laroche und Marian Sutro nach, über die Vergangenheit und die Zukunft. Ihre Pistole – eine Browning-Vollautomatik, die sie nur zu Operationen wie dieser hier mitnimmt – drückt ihr in die Seite wie ein anklagender Finger. Soll sie sich anders hinsetzen, damit sie es bequemer hat? Doch mit jeder Bewegung friert sie noch mehr. So sterben Antarktisforscher, denkt sie, indem sie still sitzen bleiben, um die Wärme zu halten. Vielleicht hat ja sogar Scott, der Inbegriff des britischen Helden, so still dagesessen wie sie jetzt, damit seine kleine Hülle aus warmer Luft nicht in die eisige Nacht verpuffte. Sie blickt hinauf zu den Sternen, und für einen Moment, den Bruchteil eines Moments, spürt sie die Tiefe des Weltraums, die Leere, das quälende Nichts. Wie ist die Temperatur im All, da oben in dem Raum zwischen den Sternen? Ned weiß so etwas bestimmt, Ned mit seinem eigenwilligen und hartnäckigen Verstand, Ned mit seiner Genialität und seinen Ängsten.

Sie lauscht. Nachtgeräusche überall um sie herum: das Säuseln des Windes zwischen den Bäumen ganz in der Nähe, ein Eulenschrei und das kurze Huschen von irgendeinem Tier im Unterholz, das Flüstern von Kälte und Verfall. Und dann ist da noch ein Geräusch, in der Luft, ein fernes Murmeln, ein Kriegsraunen. Sie erstarrt, bewegt die Beine, spürt die Kälte wie einen Schock.

»Da.«

Gaillard ist bloß ein Schatten, der vor der Hecke kauert. »Was?«

»Ich hör was.«

Das Geräusch wird lauter und leiser, nicht mehr als ein Brummen, das in der Nacht an- und abschwillt, wie Wellen, die an ein fernes Ufer plätschern.

»Sie kommen«, sagt sie und rappelt sich hoch. »Los!«

Gaillard folgt ihr, alarmiert die anderen. Es wird schlagartig hektisch, schemenhafte Gestalten kommen aus den Schatten, rufen einander und werden prompt angewiesen, leise zu sein.

»In einer Reihe!«, befiehlt Gaillard. »In einer verdammten Reihe, in fünfzig Metern Abstand, wie ich gesagt habe. Herrje, ihr seid ja schlimmer als eine Herde Schafe. Schafe haben wenigstens ein Hirn im Kopf.«

Das Geräusch ist jetzt näher, der Trommelschlag von Flugzeugmotoren, irgendwo da draußen in nördlicher Richtung, irgendwo in der Dunkelheit, zu klein, um vor den Sternen erkennbar zu sein.

»Macht die verdammten Lampen an!«

Die Männer halten Fahrradlampen in der Hand, bloße Nadelspitzen vor der schwarzen Erde. Alice stampft mit den

Füßen und haucht sich auf die Finger, fummelt am Schalter ihrer Taschenlampe herum. Sie richtet das Ding in die ungefähre Richtung des Geräusches, hofft, dass es die richtige ist, fischt im Trüben, wirft den Köder aus, morst • – – und wieder • – –, bis ihr die Finger vom ständigen Ein- und Ausschalten der Lampe wehtun.

• – – • – –

Irgendwer am Rand der Wiese ruft: »Da ist es!« Aber sie kann das Flugzeug nicht sehen, hört bloß die lauter und leiser werdenden Motoren, während die Maschine kreist, stellt sich vor, wie die Propeller nach der Luft greifen, die gewaltige Bestie hinter sich herziehen.

• – – • – –

W für WORDSMITH vielleicht.

»Da!«

Und jetzt sieht sie es, ein Umriss vor den Sternen, ein schwarzes Kreuz, das sich neigt und dreht, das näher kommt wie ein riesiger Vogel, überwältigend und überheblich, die Motoren brüllen sie hier unten auf der Erde an, lauter und lauter. Unwillkürlich winkt sie, albernerweise, in der Hoffnung, dass die da oben in der Maschine die Gestalt unter ihnen sehen können. Sie hat Tränen in den Augen und ein Brennen in der Nase, Freudentränen, weil diese unbekannten Männer, sieben an der Zahl, extra quer über Frankreich hinweggeflogen sind, zu dieser seltsamen Verabredung, sie da oben und noch immer irgendwie mit England verbunden, und das Empfangskomitee hier unten, zwei ferne Welten, die einander flüchtig berühren, hier draußen an einem einsamen Hang oberhalb von Dompierre. Das Flugzeug donnert in rund dreihundert Metern Höhe über sie hinweg, dreht und schwenkt Richtung Süden, geht dann vor den Sternen in Schräglage und verdeckt ganz kurz den Mond. Und dann ist es wieder da, steuert direkt auf sie zu, das Mondlicht glänzt auf dem Kabinendach, die Tragflächen korrigieren ihren Halt in der Luft, während es sich auf hundertfünfzig Meter hinabtastet. Sie will es umarmen oder sich von dem Flugzeug umarmen lassen. Sie will, dass seine Kraft ihren Körper durchdringt. Sie will es inbrünstiger, als sie je irgendwas gewollt hat, von der Anerkennung ihres Vaters bis zur Liebe ihrer Mutter, ja, bis zu dem Verlangen, das sie einst nach Clément verspürt hat. Es ist ein Erlebnis, wie es da über ihnen hinweggleitet, laut wie ein Zug, ein gewaltiger, donnernder, herrlicher Trotzruf, stärker als jede kindliche Sehnsucht. Und dann sind die Fallschirme da, jähe himmlische Kugeln fallen aus der Maschine wie Eier aus dem Bauch eines großen Fisches, Eier, die mit der nächtlichen Strömung treiben, um auf der Erde niederzugehen und den Nachwuchs schlüpfen zu lassen.

»Da drüben!«

»Vorsicht!«

Einer der Behälter landet ein paar Schritte entfernt, ein Zylinder von fast zwei Metern Länge. Ein zweiter schlägt dumpf fünfzig Meter weiter auf, die Fallschirmkappe senkt sich darüber wie der Rock einer Ballerina beim Plié. Männer rennen zu den Behältern, schleppen sie an den Rand der Wiese, wo der Ochsenkarren wartet. Überall ist jetzt Bewegung im kalten Mondlicht: Schatten huschen hin und her, das Flugzeug gewinnt wieder an Höhe, steigt mit dröhnenden Motoren hoch, um für einen zweiten Abwurf zu wenden.

»Haltet die Augen auf!«

»Sie kommen zurück!«

Und dann ist es wieder da, braust über sie hinweg, um den Anbetern auf der Erde seine Geschenke zuzuwerfen, die ganze Welt vibriert von seiner Kraft, als es sich im Steigflug entfernt, die Tragflächen zum Abschiedsgruß neigt, abdreht und über der Landschaft entschwindet. Eine Erscheinung, die für ein paar Minuten Verstand und Körper von allen unten auf der Erde beherrscht hat, ist jetzt plötzlich nicht mehr da, etwas Fernes, das ihr kollektives Bewusstsein für immer verlässt. Und in der Dunkelheit, während die Männer die Behälter einsammeln und zum Ochsenkarren schleppen, weint Alice, weil der Moment so rauschhaft war, und aus Angst vor Verlust.

II

Sie trifft sich mit dem *Patron* zu Hause bei Gabrielle in Lussac. Sie mag diese Art von Treffen nicht – Kontaktpersonen und tote Briefkästen und der ganze Kram, der ihr in Beaulieu beigebracht wurde, wären ihr lieber, aber so handhabt der *Patron* es nun mal. »Die haben doch von Tuten und Blasen keine Ahnung«, sagte er, als sie gleich beim ersten Mal protestierte. »Wenn Sie was lernen wollen, brauchen Sie jemanden mit Einsatzerfahrung, nicht irgendeinen Zuhälter von Whitehall.«

Sie treffen sich in demselben Hinterzimmer, in dem sie immer mal wieder absteigt, das mit Blick aufs hintere Küchendach und das kleine Sträßchen, das Zimmer, in dem sie nach ihrem Absprung einquartiert wurde. Es kommt ihr jetzt vor wie ein Teil ihrer Geschichte, Teil der Erinnerung der Anne-Marie Laroche – der Morgen voller Aufregung und Angst, das Gefühl, nur an einem einzigen Ort sicher zu sein, in diesem kleinen, abgeschiedenen Raum mit der geblümten Tagesdecke auf dem Bett und dem Bild von der *Vierge Marie* an der Wand. Sie wartet am Fenster und schaut in den Garten, als sie seine Schritte auf der Treppe hört und dann seinen keuchenden Atem, als er die Tür aufstößt.

»Herein«, sagt sie, aber er scheint ihren Sarkasmus nicht zu registrieren.

»Der *parachutage* ist also gut gelaufen?«

»So gut, wie zu hoffen war.«

»Wie ich höre, haben Sie Marcels Männer eingesetzt?«

»Das war Gaillards Entscheidung.«

»Gaillard ist manchmal ein ganz schöner Vollidiot. Wir können denen nicht trauen, wenn es brenzlig wird.«

»Die sind in Ordnung.«

»Was verstehen Sie denn schon davon? Das sind Scheißkommunisten.«

»Aber sie haben das Herz auf dem rechten Fleck.«

»Man kämpft nicht mit dem Herzen. Man kämpft mit dem Kopf. Die wollen nur das Chaos der Alliiertenlandung abwarten, und dann schießen sie jedem in den Rücken. Einschließlich uns.«

»Wollten Sie mich deshalb sprechen?«

»Nein, nicht deshalb.« Er zündet sich eine Zigarette an und taxiert sie von oben bis unten, wie ein Bauer, der abschätzt, wie viel er für sie auf dem Markt wohl bekommen könnte. Gaillard sieht sie nicht so an. Gaillard sieht sie mit dem begierigen Blick eines Kaufinteressenten an. »Sie müssen nach Paris«, sagt er.

»Paris?«

»Ja, Paris. Sie haben richtig gehört.«

»Weswegen?«

Der *Patron* hustet, als er Rauch inhaliert, räuspert sich dann. Das Geräusch von Schmirgelpapier. »Georgette hat eine Nachricht reinbekommen. Zu einem der Ringe ist der Kontakt abgebrochen. CINÉASTE. Die denken …«, er verzieht angewidert den Mund, als wüsste er, dass Denken das Einzige ist, wozu sie nicht imstande sind, »… die *denken*, es könnte eine einfache Erklärung dafür geben. Kaputte Quarze oder eine defekte Röhre oder so. Sie sollen Ersatzteile hinbringen. Ich schätze, die haben keinen blassen Schimmer. Ich schätze, CINÉASTE ist bei dem allgemeinen Chaos in Paris aufgeflogen. Das mit PROSPER haben Sie gehört, nicht?«

»Ja.«

»Tja, PROSPER bricht auseinander. Denk ich mir jedenfalls. Der ganze Scheißring.«

»Woher wollen Sie das wissen?«

»Gerüchteküche.«

»Und ich soll gerade jetzt nach Paris, wo das alles passiert? Weshalb genau?« Aber sie weiß es. Sie sieht Fawley vor sich, wie er über Clément redet. Wir dachten, Sie könnten vielleicht überzeugender sein als ein bloßer Brief.

Der *Patron* zuckt die Achseln. »Anscheinend kennen Sie die Pianistin, deshalb. Sie können sie wiedererkennen. Ihr Name ist Yvette. Yvette Coombes.«

»Yvette!«

»Der Name sagt Ihnen also was? Sie kennen die verdammte Frau tatsächlich?«

»Ja. Wir waren zusammen auf der A-Schule. Sie haben sie versetzt, ehe sie mit dem Lehrgang fertig war. Irgendwer meinte, dass man sie nach Thame geschickt hat.«

»Dann kommt das hin. Ihr Deckname ist offenbar Marcelle. Es gibt eine Adresse, wo sie unterkriechen sollte, aber sonst nichts. Sie sollen versuchen, Kontakt zu ihr aufzunehmen, und ihr die Ersatzteile bringen. Darum geht's. Die waren in einem der Behälter vom letzten Abwurf.« Er nimmt noch einen Zug von seiner Zigarette und drückt sie aus, dann holt er ein in Wachspapier geschlagenes Päckchen aus seiner Tasche und reicht es ihr. »Natürlich können Sie den Inhalt auch getrennt verstecken. Zwei Röhren und zwei Quarze. Gefährlich sind die Quarze. Mit den Röhren kommen Sie bei einer Kontrolle vielleicht durch, aber die Quarze würden Sie verraten. Sie müssen also verdammt vorsichtig sein.«

Sie öffnet das Päckchen, und da sind sie, die Bestandteile der mysteriösen Elektronik: zwei Radioröhren wie kleine Glühbirnen und zwei Kristalldetektoren, Bakelitquadrate so groß wie Briefmarken mit zwei Metallkontakten, die an einem Ende herausragen. Sie hat nie so richtig verstanden, wozu die Dinger eigentlich gut sind. Ned würde das natürlich verstehen, aber sie kann sich bloß noch an einen Vortrag in Beaulieu erinnern, wo von Dioden und Trioden die Rede war, von Quarzen und Megahertz und Raumwellen. Auch mit diesen Begriffen könnte Ned sicher was anfangen. Sie nimmt einen der Kristalldetektoren in die Hand und sieht ihn sich genauer an.

»Ziemlich leicht zu verbergen bei einer Routinekontrolle, schätz ich.« Der *Patron* lacht. »Wenn Sie sich die Dinger vorn in die Unterhose stecken oder so. Aber bei einer richtigen Leibesvisitation sind Sie geliefert.« Er reicht ihr einen Zettel aus Reispapier, das sich im Nu herunterschlucken lässt. »Das ist eine Adresse, wo Sie unterschlüpfen können. Eine Stationsschwester in der Salpêtrière. Sie heißt Béatrice. Sagen Sie ihr, Ricard schickt Sie. Dann weiß sie Bescheid. Und nicht vergessen, Paris ist nicht wie hier. Hier ist man einigermaßen sicher, wenn man keine Dummheiten macht. Aber in Paris …« Er zuckt die Achseln und betrachtet sie mit einem Blick, der als sorgenvoll durchgehen könnte, während er sich wieder eine Zigarette anzündet. »Da ist es beschissen wie immer, fürchte ich.«

III

Nachdem der *Patron* gegangen ist, tritt sie ans Fenster, schaut in den kleinen Garten und denkt an Clément. Und an den aalglatten Mann im Nadelstreifenanzug namens Fawley. Aufregung kommt Furcht sehr nahe: das gleiche Herzrasen, der gleiche trockene Mund, der gleiche Schweißfilm unter den Armen. Also, was von beidem empfindet sie, jetzt, wo sie weiß, dass sie nach Paris muss? Aufregung oder Furcht? Oder beides?

Und dann denkt sie an Yvette, dieses Kind im Körper einer Frau, das kleine Mädchen, dem Witwenschaft und Mutterschaft und Kriegschaos über den Kopf gewachsen waren, das an ihrer Wange geweint und geflüstert hatte, dass sie nicht gut genug ist, dass sie nie nach Frankreich geschickt werden würde. Was, so fragt sie sich, spielt Yvette für eine Rolle in diesem ganzen Theater?

Sie radelt nach Plasonne, wo sie ihre Sachen packt und Sophie Bescheid sagt, dass sie für ein paar Tage verreist. Nach Paris, fügt sie hinzu und bereut es sogleich, als sie Sophies angstvolle Miene sieht. »Keine Sorge. In ein paar Tagen bin ich zurück. Ich will bloß eine Freundin besuchen.«

Wieder zurück in Lussac, reagiert Gabrielle Mercey ganz anders. »Du fährst nach Paris!«, ruft sie und klatscht begeistert in die Hände. »Lass mich doch mitkommen!« Und dann, als geklärt ist, dass sie nicht zusammen fahren können, sagt sie: »Warte mal kurz«, und verschwindet, um gleich darauf mit einem Zettel zurückzukommen, auf dem eine Adresse notiert ist. »Das hier sind Freunde von mir. Wenn du Hilfe brauchst, kannst du jederzeit zu ihnen gehen. Ich bin sicher, die geben dir Unterkunft, falls nötig …«

Alice packt einen Koffer. Sie wird das Kostüm tragen können, in dem sie angekommen ist und das sie seitdem nicht mehr angehabt hat, weil es zu *parisienne* ist, genau wie die Schuhe, die in einem kleinen Laden auf einer Seitenstraße von der Rue du Faubourg Saint-Honoré gekauft wurden, kurz bevor sie aus Paris nach London abreisten, *Maman* und *Papa* und sie, im Frühjahr 1940. Gabrielle schaut ihr hingebungsvoll beim Ankleiden zu, eine Ministrantin am Altar. Sie hilft immer, wo sie kann – näht Knöpfe an, stopft Strümpfe, wendet die Kragen von Alice' Blusen –, solche Dinge. Im Hinterzimmer des kleinen Hauses surrt unablässig ihre Tretnähmaschine, flickt und bessert aus in Zeiten der Not. »Du wirst so hübsch aussehen, wie eine schicke Pariserin«, sagt sie. »Ich kann mir gut vorstellen, wie du im Jardin du Luxembourg flanierst, in einem Café auf den Champs-Élysées sitzt und die Männer anlockst.«

»Ich glaube nicht, dass ich für so was Zeit haben werde.«

»Vielleicht nach dem Krieg. Vielleicht können wir dann zusammen nach Paris.«

»Vielleicht.« »Nach dem Krieg« kommt ihr vor wie etwas frei Erfundenes, so wie das Paradies etwas Erfundenes ist, eine Zeit und ein Ort grenzenlosen Überflusses, des Friedens und der Harmonie und des ewigen Lichts. Ein Gegenentwurf zur Theologie des Schreckens.

Alice blickt auf ihren gepackten Koffer und überlegt, wie sie die beiden Elektroröhren am besten verstaut. Wenn ihr versucht, etwas zu verstecken, das dann entdeckt wird, sitzt ihr erst so richtig in der Scheiße, wie es einer der Ausbilder in Beaulieu ausdrückte. Macht lieber große unschuldige Augen, wenn ihr das halbwegs hinkriegt. Also wickelt sie die Röhren in einen Waschlappen und packt sie zwischen ihre Kleidung. Wenn sie in eine *barrage* kommt und die Röhren gefunden werden, wird sie eben bluffen müssen. Aber bei den Quarzen ist Bluffen unmöglich. Mit denen wird sie nicht durchkommen. Die Leute hören in aller Unschuld Radio, aber kein Mensch funkt in aller Unschuld.

Fürs Erste lässt sie die Quarze auf der Kommode liegen und folgt Gabrielle nach unten in die Küche. Sie essen zusammen zu Abend, sitzen einander am Tisch gegenüber, mit Gabrielles Mutter am Kopfende. Die Kiefer der alten

Frau mahlen methodisch, obwohl sie kaum etwas isst. Es sieht aus, als würde sie die Vergangenheit durchkauen. »Und, wie geht es dir, Mathilde?«, fragt sie Alice.

»Sei nicht albern, *Maman*. Das ist Anne-Marie. Du weißt doch, dass das Anne-Marie ist.« Gabrielle hat es bereits erklärt: Mathilde war die kleine Schwester ihrer Mutter. Sie starb während des großen Krieges an Tb.

Die alte Frau blickt verärgert. »Natürlich weiß ich, dass das Anne-Marie ist. Aber sie kommt mir vor wie Mathilde.«

Sie gehen alle zeitig ins Bett. »Anne-Marie muss morgen früh aufstehen«, erklärt Gabrielle. »Sie muss in Toulouse den Zug erwischen.«

Die alte Frau lacht. »Toulouse!«, sagt sie, doch was sie daran so belustigt, bleibt ein Rätsel.

IV

Alice schläft unruhig, liegt zwischendurch wach, von Ängsten heimgesucht, und wenn der Schlaf sie wieder übermannt, träumt sie wild. In ihren Träumen ist sie in Paris, mit Ned, mit Yvette, mit Madeleine und Clément. Clément lächelt sie an und streckt die Hand aus, um sie zu berühren. Manchmal ist Paris London. Einmal ist Benoît da, und sie sind zusammen im Bett, aber es ist irgendwie öffentlich, denn Clément und ihre Mutter schauen zu; und dann wird aus Benoît Ned und dann Clément, mit der sonderbaren Fähigkeit von Traumgestalten, verschiedene Personen gleichzeitig zu sein. Und als sie wach wird, beladen mit Schuldgefühlen, stehen die Leuchtzeiger der Uhr neben dem Bett auf halb sechs.

Sie schleicht nach unten und macht Wasser heiß. Dann geht sie ins Bad, nimmt das härteste, unnachgiebigste Stück Seife, das sie finden kann, und rasiert sich die Beine. Zum ersten Mal seit Monaten schminkt sie sich – eine zarte, helle Grundierung, auffällig rote Lippen, Lidschatten und Wimperntusche –, und dann nimmt sie sich das Haar vor, kämmt es aus und bindet es zu einem Nackenknoten. Schließlich feilt sie sich die Nägel schön gleichmäßig und lackiert sie blutrot. Das Mädchen vom Lande verwandelt sich in eine Städterin: adrett, *raffinée* und älter.

Eingewickelt in ein Badetuch, das sie mit den Ellbogen an sich drückt, damit sie die Finger ausstrecken kann, um den Nagellack trocknen zu lassen, geht sie auf Zehenspitzen zurück in ihr Zimmer, wo sie einen Moment lang zögert und die Kristalldetektoren betrachtet, die seit dem Vorabend wie eine unausgesprochene Drohung auf der Kommode liegen.

Wie lauteten noch gleich die Worte von Marguerite, der Frau, die in Beaulieu mit ihr zusammen ausgebildet wurde? »Wir Mädels haben einen Vorteil gegenüber den Männern.« Das gezierte kleine Lächeln. »Wir können jederzeit Sachen – Nachrichten und dergleichen – an einer Stelle mit uns herumtragen, wo kein Gentleman sie jemals sehen wird. Das ist sozusagen *Insider*wissen.«

Alice pustet auf ihre Fingernägel, um das Trocknen zu beschleunigen, nimmt dann vorsichtig die Quarze, legt sie nebeneinander und wickelt sie fest in ein Stück Watte. Aus einer Innentasche ihres Koffers holt sie ein Kondom hervor. Sie schiebt die Quarze in das Kondom, wirft ihr Badetuch beiseite und setzt sich aufs Bett, Knie hochgezogen, Beine gespreizt. Sie blickt an sich hinunter. Was haben die Nonnen immer gesagt? Du sollst deinen Körper nicht allzu genau kennen. Er ist der Tempel des Heiligen Geistes, und du kannst nicht mit ihm umgehen, wie es dir gefällt. Vielmehr musst du Gott mit ihm ehren.

Sie bewegt die Finger auf und ab, bis sie feucht ist, dann nimmt sie das Päckchen mit den Quarzen und drückt es sich behutsam in die Vagina. Als sie aufsteht, fühlt es sich unbehaglich an, wie etwas, das sie entehrt, etwas Hässliches, das gegen ihren Gebärmutterhals stößt. Vielleicht wird es sie wund scheuern, aber es geht nicht anders.

Dann zieht sie sich an – eine Seidenkreppbluse und dazu ihr schickes Pariser Kostüm – und holt ihre Giftpille aus der Kommode hervor, wo sie sie versteckt hat, seit sie hier ist. Sie wirft einen kurzen Blick darauf, ehe sie die Pille in der Jackentasche verschwinden lässt. Dann nimmt sie ihren Koffer in eine Hand und die Schuhe in die andere, um kein Geräusch zu machen, und öffnet die Tür. Doch als sie aus ihrem Zimmer tritt, steht Gabrielle im Flanellnachthemd oben an der Treppe und wartet.

»Du wolltest dich aus dem Haus schleichen!«

»Ich wollte euch nicht wecken.«

»Ich lass dich doch nicht gehen, ohne Auf Wiedersehen zu sagen.« Gabrielle mustert sie von oben bis unten. »Du bist wunderhübsch.«

»Ich bin nervös. Ich hoffe, man merkt es mir nicht an.«

»Natürlich nicht. Du siehst aus wie die Ruhe selbst.« Sie schlingt die Arme um Alice und drückt sie fest. »Sei vorsichtig«, flüstert sie an ihrer Wange. »Versprich mir das. Ich werde dir nicht Hals- und Beinbruch wünschen.«

»Merde alors«, sagt Alice, und Gabrielle kichert. *»Merde«*, wiederholt sie, und dann geht Alice die Treppe hinunter, Koffer und Schuhe in den Händen, bleibt kurz in der Diele stehen, um sich linkisch erst den einen, dann den anderen Schuh anzuziehen, öffnet die Haustür und tritt hinaus auf die kalte, dunkle morgendliche Straße. *»Merde alors!«*

V

Sie hebt sich von den Fahrgästen im Bus ab, aber das ist ihr egal. Sie fährt nach Paris. Eine Bäuerin, die zum Markt in Auch will, rückt ein Stück zur Seite, damit sie sitzen kann, als könnte schon der Kontakt mit gewöhnlicher Arbeitskleidung Alice' feine Garderobe beschmutzen. Der Gendarm, der die Papiere kontrolliert, nickt anerkennend, als er ihr den Ausweis zurückgibt. Der Bus, zum Bersten voll wie immer, fährt schwankend von der Haltestelle am Marktplatz los, vorbei an der Kirche und der *mairie*, dann über die Brücke und zur Stadt hinaus. Sie ist auf dem Weg nach Paris, lässt das Land zurück, wo die Menschen sich abrackern, genau wie sie in den letzten Wochen hart gearbeitet hat, lässt die Bauern und ihre Familien zurück, die das Salz der Erde sind, aber genau wie Salz nur ein Aroma haben. Paris hat viele Aromen. Es ist ein Ort voller Möglichkeiten.

In Auch besteigt sie den Regionalzug nach Toulouse, und von Toulouse aus geht es mit dem Nachtzug weiter in Richtung Hauptstadt. Da es in diesen Zeiten weder Schlaf- noch Liegewagen gibt, hat sie die Wahl zwischen nackten Holzbänken und den verblichenen Plüschsitzen in der ersten Klasse. Sie fährt erster Klasse. Geld spielt keine Rolle. Sie ist *raffinée* und wohlhabend und schwimmt in Geld. In ihrem Portemonnaie stecken tausend Francs; in ihrer Vagina stecken zwei Kristalldetektoren.

VI

Die Reise ist eine für Kriegszeiten typische Zugfahrt, wie sie sie aus Großbritannien kennt, voller Unterbrechungen und scheinbar grundlosen Aufenthalten, ein Gefühl, das noch verstärkt wird durch die Größe des Landes, als würde man Raum und Zeit durch eine verzerrende Linse wahrnehmen, etwas, worüber Ned und Clément in einer ihrer verrückten Diskussionen über die Dimensionen des Universums hätten debattieren können. Das Raum-Zeit-Kontinuum oder irgend so ein Unsinn – haben sie nicht mal versucht, ihr das am Beispiel von Leuten im Zug zu erklären? Relative Geschwindigkeiten und Zeitdilatation. Dieses Experiment teilen mit ihr zwei Männer im mittleren Alter, die aussehen wie Beamte, und eine alte Frau, die ausgefallenen Schmuck trägt und die Welt durch wässrige und missbilligende Augen betrachtet. »Mir ist schleierhaft, warum sie keine *wagons-lits* mehr haben«, klagt sie. »Wozu könnten sie die denn sonst benutzen? Für den Transport von Soldaten? Wohl kaum. Es ist also reine Unwirtschaftlichkeit. Oder Missgunst. Ja, Missgunst könnte es sein; sie gönnen uns unsere Bequemlichkeiten nicht.«

Die Männer brummen irgendwas und blicken zum Fenster hinaus, versuchen, sie zu ignorieren. An einer Unterhaltung teilzunehmen, die Kritik am System übt, ist gefährlich. Leute lauschen und machen Meldung und befördern sich selbst die gewundene Karriereleiter hinauf, indem sie andere denunzieren. Doch die Frau scheint das nicht zu kümmern. Der Zug ruckelt und schwankt, und sie meckert weiter: »Die Juden sind schuld an der Misere, in der wir stecken. Erst recht dieser Blum. Ein Jude und Kommunist. Was soll man auch erwarten?«

Alice holt ihr Buch heraus und liest. In Montauban und Brive steigen Leute zu, bis das Abteil fast voll ist. Die Zeit dilatiert, und der Raum schrumpft. Sie wird von einem dicken Mann, der einen schweren grauen Mantel trägt und einen klobigen Koffer dabeihat, gegen das Fenster gequetscht. Mit großer Anstrengung wuchtet er den Koffer auf die Gepäckablage über den Sitzen.

»Kann da auch nichts passieren?«, fragt sie.
»Natürlich nicht. Was soll denn passieren?«
»Er könnte runterfallen.«
»Da passiert nichts.«

Der Zug rattert weiter durch die Nacht, hält an und fährt wieder los, wird ohne ersichtlichen Grund langsam, bleibt mal kürzer, mal länger einfach stehen, mitten in der Landschaft. Bei geschlossenem Rouleau wird das Abteil nur durch ein schwaches blaues Licht erhellt, das kaum zum Lesen reicht. Wenn der Zug hält, machen sie das Licht aus, ziehen das Rouleau hoch und wischen die beschlagenen Scheiben frei. Doch in der Dunkelheit draußen ist nichts zu erkennen.

Alice schläft unruhig. Ihr Kopf sinkt mit dem Schwanken des Waggons hin und her. Als sie einmal wach wird, liegt sie mit der Wange auf der Schulter ihres Nachbarn. Er ist so nett gewesen, sie nicht zu stören. »Entschuldigung«, sagt sie verlegen. »Tut mir furchtbar leid.« Dann schweigt sie. Das ist aus Frankreich geworden: ein Land, in dem Fremde untereinander schweigen, weil Gespräche gefährlich sein könnten. Man hält besser den Mund.

Am frühen Morgen rumpelt der Zug über eine Brücke und kommt quietschend in einem verdunkelten Bahnhof zum Stehen. Ein gewaltiger Seufzer Dampf wird ausgestoßen. »Vierzon«, sagt jemand und späht durch die Scheibe. Türen knallen. Auf dem Bahnsteig erklingen deutsche Stimmen, und dann wird es laut auf dem Gang. Soldaten kommen polternd an Bord. Das Geräusch von aufgleitenden Türen, Gebrüll. Im Abteil blicken sich die Leute direkter an als auf der ganzen Fahrt, Blicke ohne jedes Mitgefühl. Wer wird weshalb geschnappt werden? Der dicke Mann neben Alice schwitzt und zappelt, seine Finger flattern wie Meerestiere, die in eine launische Strömung geraten sind. Alice spürt die

Quarze in ihrem Innern, anklagende Finger, die auf ihren Uterus zeigen.

Und dann auf einmal ein lauter Aufschrei, Rufe, das Getrappel von Schritten und ein Kreischen, das die Skala menschlicher Töne übersteigt, etwas Animalisches, in dem dennoch erkennbare Worte mitschwingen: Frankreich! Scheiße! Schweine! Gefolgt von dem Geräusch rennender Schritte und einem einzigen Gewehrschuss, der laut, dumpf und endgültig ist.

»Kommunisten«, beschließt die alte Frau.

Alice späht zum Fenster hinaus. Im Licht von Lampen kann sie sehen, wie Gestalten sich bewegen, irgendetwas schleifen. »Jemand ist tot.« Sie blickt die alte Frau an. »Kommunist oder nicht, er ist tot.« Sie bereut die Bemerkung sofort. So etwas verstößt gegen alles, was ihr beigebracht wurde: dass sie nichts sagen soll, was irgendjemanden hellhörig machen könnte, dass sie sich nicht in Auseinandersetzungen oder Diskussionen einmischen soll, dass Interesselosigkeit die beste Tarnung ist. *Pour vivre heureux vivons cachés*. So lautete das Motto an der Schule in Beaulieu.

»Aber da haben wir's doch«, fährt die alte Frau mit einem nachsichtigen Lächeln fort, als hätte diese junge Frau das Offensichtliche übersehen. »Die glauben an nichts, also was soll's?«

Alice blickt weg. Leute drängeln sich auf dem Gang vorbei, und ein deutscher Offizier späht ins Abteil. Er gehört zur Feldgendarmerie, wie sie an der silbernen Plakette erkennt, die er an einer Kette um den Hals trägt, bloß Militärpolizei, die zwar mit Respekt zu behandeln, aber nicht so zu fürchten ist wie manch andere Einheiten. Ihre Blicke treffen sich, und einen Moment lang sehen sie einander an wie Wesen aus völlig verschiedenen Lebensräumen: ein Fisch, der aus der Tiefe eines Teichs einen Angler am Ufer in Augenschein nimmt. Dann nickt der Mann und geht weiter. Kurz darauf gleitet die Tür auf, und ein junger Mann betritt das Abteil, setzt sich ihr gegenüber auf den einzigen leeren Platz. Als er ihren Blick auffängt, lächelt er gequält. Sie reagiert nicht und steckt die Nase wieder in ihr Buch, um nur ja nicht in ein Gespräch verwickelt zu werden.

Die Soldaten steigen aus den Waggons. Türen knallen, und der Zug, alt und arthritisch, beugt die Gelenke und setzt sich in Bewegung. »Was ist passiert?«, fragt jemand.

Der Zugestiegene zuckt die Achseln.

»Na, wenigstens mussten wir nicht lange warten«, bemerkt einer der Beamten.

»Eine kleine Unannehmlichkeit«, stimmt der junge Mann zu. Sein Lächeln ist schwach und herablassend, als wüsste er mehr über Unannehmlichkeiten als sonst jemand.

Später steht der junge Mann auf, entschuldigt sich und steigt über Beine und Füße zur Tür. Vielleicht will er bloß zur Toilette oder sich die Beine vertreten oder eine Zigarette rauchen; aber Alice ist argwöhnisch. Sein leerer Platz wirkt so verdächtig und bedrohlich wie seine Gegenwart. Als er wiederkommt, scheint er genau wie vorher: jung, anonym, gleichgültig. Und doch wird sie den Gedanken nicht los, dass er sie beobachtet, wissend lächelt, wenn ihre Blicke sich treffen, sich fragt, wer sie ist und was sie macht. Der Schaffner kommt, und es entsteht ein kurzes Durcheinander, als er zuerst die Fahrkarten und dann die Ausweise sehen will. Bei der ungeschickten Herumreicherei fällt Alice' Ausweis zu Boden. Sie bückt sich, um ihn aufzuheben, doch der junge Mann ist schneller, hebt ihn aus dem Wust von Füßen, und als er sich aufrichtet, ist er mit dem Gesicht ganz dicht an ihrem, und sie kann irgendeine Seife an seiner Haut riechen. Er ist glatt rasiert, hat aber am Kinn einen blauen Bartschatten, wie der Blaustich von gehärtetem Stahl.

»Bitte«, sagt er und reicht ihr den Ausweis. Sie nimmt ihn dankbar und steckt ihn wieder in ihre Handtasche. Draußen vor dem Abteilfenster zieht sich ein dünner Streifen Morgendämmerung über den Himmel, wie eine blutende, nässende Wunde. Ein Wirrwarr von Nebengleisen kommt in Sicht.

»Juvisy«, sagt der junge Mann. »Wir sind fast da.«

PARIS

I

Gare d'Austerlitz, früher Morgen. Die Feldgendarmerie hat am Anfang des Bahnsteigs eine *barrage* mit aufgebockten Tischen errichtet, wo Soldaten das Gepäck von Reisenden durchsuchen. Warteschlangen haben sich gebildet. Hin und wieder werden Leute durchgewinkt – Offizielle, Männer in Uniform, eine Mutter mit ihren Kindern –, doch alle anderen müssen sich anstellen. Auch Alice, die jetzt die Quarze tief in ihrem Schoß spürt.

In Beaulieu machte eine Geschichte die Runde: Ein Agent, der ein Funkgerät in einem Koffer transportierte, geriet in eine solche Kontrolle. Als er eine Frau mit einem Baby auf der Hüfte und zwei kleinen Kindern im Schlepptau bemerkte, hob er kurzerhand das jüngere der beiden auf den Arm. »Ich helfe Ihnen«, sagte er zu der geplagten Mutter und wurde prompt mit seiner neu erworbenen Familie durch den Kontrollpunkt gewinkt, ohne durchsucht zu werden.

Ein solcher Geniestreich bietet sich Alice hier nicht an, und so schlurft sie einfach mit der Schlange nach vorn, bis sie an der Reihe ist, ihren Koffer auf den Tisch stellt und ihn öffnet. Sie steht teilnahmslos dabei, während der Polizist ihre Kleidung durchstöbert, und wartet darauf, dass er die Radioröhren findet. Ihr Herz schlägt laut – das muss er doch hören –, aber im Kopf ist sie irgendwie ganz ruhig, als ob sie kurz vor einem Auftritt steht und die Anspannung braucht, um ihre Rolle gut zu spielen.

»Was ist das?«

Der Lärm im Bahnhof ist allgegenwärtig, hallt vom Dach wider, ein überwältigender Gegensatz zu dem Leben auf dem Lande bei Lussac. Selbst Toulouse nimmt sich im Vergleich hierzu wie eine Kleinstadt aus.

»Die Dinger? Ach so, die sind für einen Freund.« Sie zuckt die Achseln. »Sein Radio ist kaputt, und er hört so gern den Großdeutschen Rundfunk, aber er kann einfach keine Ersatzteile auftreiben. Ich hab in Toulouse welche gefunden. Ich hoffe bloß, es sind die richtigen.« Sie lächelt ihn an. Er ist jung, so jung wie sie, und da er männlich ist, sieht er noch jünger aus, weil die Veränderungen, die mit Männern passieren – die Gesichtszüge werden strenger, die Kinnpartie härter, raue Stoppeln sprießen –, bei ihm noch nicht passiert sind. Er ist ein Junge, mehr nicht.

Der Junge dreht und wendet die Röhren in der Hand, blickt dann zu ihr hoch und erwidert ihr Lächeln. »Gut«, befindet er, versucht es dann auf Französisch: *»Ça va. Vous pouvoir aller.«*

»Pardon?«

»Allez«, wiederholt er. *»Allez!«*

Sie spürt, wie sich ein kleines Triumphgefühl in ihr regt, tief in ihrem Inneren, wo die Quarze sind. Natürlich darf sie gehen. Wieso sollte er sie festhalten wollen? Sie lächelt ihn an, nimmt ihren Koffer und strebt zu den Toiletten. In der Kabine zieht sie die Unterhose herunter, rafft den Rock hoch und hockt sich hin, tastet mit dem Finger nach dem Päckchen mit den Quarzen und fördert es wieder zutage. Dann öffnet sie den Koffer, wickelt die Quarze in ein Tuch, ordnet ihre Kleidung und geht hinaus. Benoît hätte sich amüsiert.

Der fast menschenleere Bahnhofsvorplatz glänzt unter einem grauen Himmel, dem Himmel von Paris, von dem sie geträumt hat, den sie sich vorgestellt, gefürchtet, nahezu vergessen hat, und jetzt breitet er sich wie eine Decke über ihre Kindheitserinnerungen an diese Stadt. Geh zielstrebig, aber ohne zu hasten. Du solltest immer wissen, wohin du willst und warum. Immer eine Geschichte als Erklärung parat haben. Aber sie hat keine Geschichte parat, die erklärt, was sie hier macht, sie kann höchstens sagen, dass sie sich umschauen will, dass sie die Stadt sehen will, zum ersten Mal seit Jahren. Also überquert sie die Straße und geht ans Seine-Ufer, steht dann einfach da und blickt hinaus über den Fluss, erinnert sich an London, an den Tag, als sie nach dem ersten Vorstellungsgespräch ans Ufer der Themse gegangen ist, gleich neben der Hungerford Bridge, über die die Züge ratterten. Damals stellte sie sich genau diesen Moment vor, wie sie vom *quai* aus über die träge dahinfließende Seine schauen würde, malte sich aus, wie dramatisch es wäre, hier zu stehen. Aber die Wirklichkeit ist, dass sie sich klein fühlt angesichts dieses breiten Flusses und des weiten Himmels, klein und unbedeutend. Was auch immer sie zu tun vermag, es ist nichts. Und doch spürt sie erneut das Gewicht von zwei Steinen in den Händen und riecht den beißenden Gestank von Funken und hört Neds Stimme: *Mehr ist nicht erforderlich. Du hast gerade London von der Landkarte radiert und aus der Geschichte gesprengt. In Luft aufgelöst.*

Eine Stimme hinter ihr sagt: »Da sind Sie ja wieder.«

Sie dreht sich um. Es ist der junge Mann aus dem Zug, der ihr ab Vierzon gegenübergesessen hat. Er ist ihr gefolgt. Er hat sich rasiert und trägt ein frisches Hemd – das fällt ihr auf –, und er sieht recht nett aus, obwohl er *nicht* nett ist, weil in diesen Zeiten keine zufällige Begegnung nett ist, weil die ganze leere Stadt um sie herumliegt und nichts daran nett ist, denn Paris ist eine Bedrohung ungeahnten Ausmaßes und unbekannter Größe, und jeder darin ist ein möglicher Feind. Sie wendet sich wieder dem Fluss zu. »Was wollen Sie?«

»Ihr Name ist Anne-Marie, nicht?«

Sie spürt eine plötzliche Leere in sich, als hätten sich ihre Innereien, jetzt, wo die Quarze nicht mehr in ihr sind, in eine dünne, heimtückische Flüssigkeit aufgelöst. »Woher wissen Sie das?«

»Laroche. Anne-Marie Laroche. Ihr Ausweis ist Ihnen runtergefallen. Ich hätte Sie auf der Fahrt gern angesprochen, aber bei den vielen Leuten im Abteil ... Und an der *barrage* wollte ich Ihren munteren jungen Soldaten nicht ablenken, als er Ihnen so tief in die Augen geschaut hat.«

»Ist das ein Flirtversuch? Denn wenn ja, ich bin nicht interessiert.«

Er lacht. Es liegt etwas Vertrautes in seinem Lachen – eine Leichtigkeit, eine Aufrichtigkeit, ähnlich wie bei Benoît. »Ich würde Sie bloß gern auf einen Kaffee einladen. Oder zum Frühstück. Haben Sie gefrühstückt? Hier in der Nähe ist ein Café. Ich kenne den Besitzer, und vielleicht kann ich ihn überreden, uns richtigen Kaffee zu servieren. Wie wär's?« Er redet schnell, seine Worte übergehen mühelos ihren Wunsch, in Ruhe gelassen zu werden. »Mein Name ist übrigens Julius. Julius Miessen. Julius, Jules, ganz wie Sie wollen. Ich fand, Sie sahen ein bisschen verloren aus in der großen Stadt, und ...«

»Ich bin ganz und gar nicht verloren.«

»Umso besser. Aber den Koffer können Sie nicht weit schleppen. Lassen Sie mich Ihnen helfen.« Er streckt die Hand nach ihrem Koffer aus, aber sie stößt ihn weg.

»Lassen Sie mich in Ruhe!«

Er weicht zurück, lächelt, hebt die Hände in gespielter Kapitulation. »Tut mir leid. Ich wollte bloß helfen, mehr nicht. Paris ist derzeit keine einfache Stadt. Man braucht Freunde.

Die Rationierung ist ein Albtraum, und der Schwarzmarkt blüht, aber eine junge Frau wie Sie kann es sich sehr angenehm machen.«

»Was wollen Sie damit sagen? Hören Sie, lassen Sie mich in Frieden, ja?«

»Ich kann Ihnen Arbeit besorgen, wenn Sie wollen. Kein Problem. Sie würden tausend Francs am Tag verdienen.«

»Was zum Teufel soll das heißen?«

»Sie wissen schon. Nichts, was Sie nicht machen möchten. Es sind massenhaft Männer in der Stadt, die sich inbrünstig nach ein bisschen Gesellschaft sehnen.«

»Wofür halten Sie mich eigentlich?«

Er lacht. »Für eine intelligente, anständige junge Frau, die ein bisschen Bargeld braucht. Mehr nicht. Wo kommen Sie her? Normalerweise kann ich das immer sagen, aber nicht bei Ihnen. Jedenfalls sind Sie gebildet.«

»Verschwinden Sie, sofort! Ich brauche keine Arbeit, und schon gar nicht von Ihnen. Lassen Sie mich jetzt in Ruhe, sonst ruf ich die Polizei. Haben Sie verstanden? Ich rufe die Polizei.« Sie sieht sich um, als ob Polizisten in der Nähe wären, um ihr prompt zu Hilfe zu eilen. Aber der *quai* ist verwaist, Bäume wiegen sich im leichten Wind, ein oder zwei Autos kommen die Straße herunter, Radler strampeln vorbei, Fahrräder, wohin man blickt. Sogar eins von diesen *vélotaxis*, eine Art Rikscha mit einem mageren Mann, der kräftig in die Pedale tritt, und zwei deutschen Soldaten, die lachend hinter ihm sitzen.

Der Mann zuckt die Achseln. »Hier ist meine Karte. Miessen klingt deutsch, nicht wahr? Aber keine Sorge, es ist holländisch. Vater Holländer, Mutter Französin. Falls Sie mal knapp bei Kasse sind, melden Sie sich einfach.«

Sie nimmt die Karte bloß, um ihn loszuwerden, dann greift sie nach ihrem Koffer und marschiert am Ufer entlang, als hätte sie den Bahnhof mit einem bestimmten Ziel verlassen, als wüsste sie, wohin sie gehen soll, hier am Ufer der Seine zwischen dem Gare d'Austerlitz und dem Gare de Lyon. An der Brücke bleibt sie stehen und blickt sich um. Er ist noch immer da und schaut ihr nach. Was hat das zu bedeuten? Wer ist dieser Mann, der so schnell spricht, ihren Namen kennt, ihr Arbeit anbietet? Ein Zuhälter? Ein Agent? Ein Mann, der junge Frauen ausnutzt, die in die Hauptstadt kommen, der versucht, sie für Gott weiß was für eine Branche anzuwerben. Amüsement für Deutsche wahrscheinlich. Sie schaudert vor Abscheu. Das Wort *prostituée* schallt ihr durch den Kopf, mit seinem harten Zischlaut. Sie kann jetzt nicht zurück. Er steht zwischen ihr und dem Bahnhof, und sie kann nur weiter so tun, als hätte sie von vornherein beabsichtigt, den Fluss zu überqueren. Also geht sie mit ihrem Koffer über die Brücke, fühlt sich schutzlos so ganz allein zwischen dem gleichgültigen Himmel und dem trüben Fluss. Krähen und Tauben kreisen über ihr wie Raubvögel. Die helle Stadt erstreckt sich um sie herum, besudelt und geschunden, ein einst schönes Artefakt, das durch schlechte Behandlung gelitten hat und jetzt nur noch auf den Flohmarkt gehört, befingert von Kunden auf Schnäppchenjagd. Stromabwärts bietet sich ihr ein vertrauter Anblick, die Kathedrale, die buckelig und mit gespreizten Beinen in der Flussmitte hockt wie ein massiger Arthropode, aber selbst das wirkt schäbig, wie die Erinnerung an einen Traum, einen Traum aus der Kindheit, als man im hellen Licht des Tages seine Ängste verlachen konnte.

Am anderen Ufer klappern Fahrräder vorbei wie ein Schwarm Insekten, Heuschrecken, die die Landschaft kahl gefressen haben. Ein Armeelaster überholt die Radler, hupt. Auf der Ladefläche sitzen deutsche Soldaten. Einer von ihnen fängt ihren Blick auf und winkt ihr fröhlich zu. Sie zuckt die Achseln und wendet sich ab, überquert die Straße, sobald der

Laster vorbei ist, läuft im Zickzack zwischen den Fahrrädern hindurch. Wohin soll sie jetzt gehen? Irgendwo in der Nähe rattert ein Zug vorbei. Sie kann ihn hören, aber nicht sehen: eine Métrolinie, unsichtbar unter der Brücke. Aber wo ist die Station? Der Zug taucht von unten auf und fährt auf die nächste Brücke, überquert den Fluss. Wo kann man in den Zug einsteigen? Sie ist wütend und fühlt sich unfähig, eine *réfugiée*, die ziellos durch die große Stadt streift und sich vor den Aufmerksamkeiten eines fremden Mannes fürchtet, gegen ihren Willen zu diesem Umweg genötigt wurde.

»Gleich da drüben, Mademoiselle«, beantwortet eine Frau ihre Frage. Auf einmal ist es nicht zu übersehen, das Schild ebenso wie der ein oder andere Fußgänger, der hinunter zur Métrostation geht. Ebenfalls nicht zu übersehen ist ein schwarzer Citroën, der unweit des Eingangs parkt; daneben stehen zwei Männer, die rauchen und die Passanten beobachten. Regenmäntel mit Gürteln und Filzhüte, aber im Grunde nichts anderes als eine Uniform. Bloß keine Panik. Bleib schön ruhig. Atme tief durch und geh langsam, aber entschlossen.

Als sie sich den Männern nähert, halten sie einen Passanten an und lassen sich seine Papiere zeigen, befehlen ihm dann, die Tasche zu öffnen, die er bei sich hat.

Geh selbstsicher. Erreg nicht ihre Aufmerksamkeit. Ignorier sie, wie du alles ignorieren würdest, das dich nichts angeht. Aber sie beobachten sie. Sie spürt förmlich, wie sie mit den Augen ihre Beine und Oberschenkel berühren, ihr den Hintern tätscheln. *Ihr könnt mich mal*, denkt sie und geht vorbei, ohne sie eines Blickes zu würdigen, zittrig vor Angst.

Die Métrostation ist ein Refugium, ein Ort, wo sich die Anonymen versammeln mitten in dieser fremden Stadt, die nur noch ein Abklatsch ist von dem Paris, das sie kannte. Ein Plakat zeigt einen jungen Mann, der aus einer dunklen Türöffnung auf einen strahlenden und hoffnungsvollen Horizont blickt. *Wenn du vorankommen willst,* so der Wortlaut, *arbeite in Deutschland.* Sie wartet, ihren Koffer neben sich, auf die nächste Bahn zur Place d'Italie, zurück in die Richtung, aus der sie gekommen ist, wieder auf Kurs, die Verwirrung vorerst besiegt.

Als die Métro kommt, sind die Wagen überfüllt. Sie zwängt sich in das Gedränge und schiebt sich durch den Wagen, steigt über Beine und Füße, entschuldigt sich am laufenden Band. Jemand bietet ihr seinen Sitzplatz an – *»Je vous en prie, Mam'selle«,* sagt eine männliche Stimme freundlich –, und als sie sich umdreht, sieht sie die graugrüne Uniform, die schwarz-silbernen Rangabzeichen: ein deutscher Offizier, ein Hauptmann. Soll sie ablehnen oder annehmen? Gehört es zum Widerstandsgeist, die Besatzer zu meiden? Sie weiß, wie sie sich in Lussac verhalten soll, oder Agen oder Toulouse, aber hier in Paris?

Der Zug biegt auf die Brücke und rattert über den Fluss. »Danke«, sagt sie und setzt sich, die Knie sittsam zusammen, die Augen geradeaus, während sie sich die ganze Zeit bewusst ist, dass der Deutsche neben ihr steht und sie beobachtet. Sonst blickt allerdings niemand sie an. Niemand interessiert sich für sie. Bloß eine junge Frau, eine *gonzesse,* die von einem *Frisé* beäugt wird. Sie ist in Sicherheit, vorläufig, unter dem wohlwollenden Blick eines deutschen Offiziers und umfangen von der Gleichgültigkeit der Stadt, ist sie in Sicherheit.

II

Die Adresse, die der *Patron* ihr gegeben hat, ist auf einer heruntergekommenen Straße nicht weit von der Place d'Italie, ein Viertel mit schmalen, ansteigenden Straßen und eng stehenden kleinen Häusern. Der *pavé* glänzt vom Regen.

An der Ecke ist ein kleines Café, gleich neben einer ehemaligen Druckerei, von der jetzt nur noch eine mit Brettern vernagelte Hülle übrig ist. Die Besitzer sind fort, haben lediglich eine geisterhafte Spur von sich zurückgelassen, ihren Namen auf dem Firmenschild: Imprimerie Bertrand. Paris ist eine von Geistern bewohnte Stadt. Geister von jungen Männern, Geister von Juden, Geister von Kommunisten und Sozialisten. Ein Plakat verspricht tausend Francs Belohnung für Informationen über einen gesuchten »Terroristen«, doch ein langer Streifen ist herausgerissen worden, das Gesicht nicht mehr vorhanden. Ist *sie* eine »Terroristin«? Vermutlich ja. Sie stellt ihren Koffer vor Haus Nummer 45 auf den Bürgersteig, klingelt und wartet in dem Bewusstsein, dass sie womöglich von Leuten beobachtet wird, dass sie offen hier auf der Straße steht, ohne eine vernünftige Tarngeschichte zu haben. Und wenn niemand zu Hause ist? Was dann? Doch nach einer Weile hört sie drinnen schlurfende Schritte näher kommen, und eine Männerstimme ruft: »Wer ist da?«

Alice erwidert leise und eindringlich, dicht an die Tür gebeugt: »Ich möchte zu Béatrice. Ich bin eine Freundin.«

Ein alter Mann öffnet die Tür ein paar Zentimeter und späht durch den Spalt. Er trägt eine blaue Arbeitsmontur und eine schwarze Baskenmütze. Weiße Haarbüschel lugen darunter hervor, und seine Lippen sind eingefallen, als hätte er sein Gebiss noch nicht eingesetzt. Im Schatten hinter ihm steht eine Frau im gleichen Alter. »Ich komme von Ricard«, sagt Alice. »Ist Béatrice da?«

»Nein, ist sie nicht.«

»Ist sie arbeiten?«

Der Mann wirft der Frau über die Schulter einen Blick zu, als erhoffte er sich Unterstützung von ihr. »Sie ist fort.« Er will die Tür schließen, doch Alice hält sie weiter auf.

»Ricard schickt mich. Bitte lassen Sie mich rein.«

»Ich hab gesagt, sie ist fort.«

»Sie können mich nicht hier draußen stehen lassen. Ich weiß nicht, wo ich sonst hinsoll.«

Als er nachgibt und die Tür ein Stückchen weiter öffnet, nutzt sie die Gelegenheit und schiebt sich durch die Lücke in die schmale Diele. Es riecht nach Abwasser, der klaustrophobische Gestank von Furcht und Entbehrung hängt in der Luft. Unaufgefordert geht sie ins Wohnzimmer, froh, nicht mehr auf der Straße zu sein, den Blicken von Fremden ausgesetzt. Gardinen verschleiern die Sicht auf die Häuser gegenüber. Eine dicke Flocktapete ziert die Wände, und eine wuchtige Anrichte dominiert den schmalen Raum, der von einem Heiligenbild – einem Herz-Jesu-Bild – gesegnet wird. An der anderen Wand hängt ein gerahmtes Foto von Marschall Pétain.

»Sie müssen wieder gehen«, protestiert der Mann, der hinter ihr herkommt.

Seine Frau sieht, dass ihr Mann sich nicht durchsetzen kann, und ergreift das Wort. »Sie dürfen nicht hierbleiben. Es ist zu gefährlich. Die waren hier und haben nach ihr gesucht. Wir wissen nicht, in was sie verstrickt ist, aber die suchen sie. Vielleicht sind sie Ihnen gefolgt. Gut möglich, dass sie das Haus beobachten …«

»Mir ist niemand gefolgt.«

»Sie müssen gehen.«

»Hören Sie, ich komme gerade aus Toulouse. Mit dem Nachtzug. Ich bin hundemüde, und ich muss mich irgendwo ausruhen. Kann ich nicht hierbleiben, bloß bis morgen? Dann geh ich wieder, und Sie hören nie wieder von mir.«

»Es ist nicht sicher.«

»Ist Béatrice Ihre Tochter?«

Die Frau nickt. »Meine Tochter, ja.«

»Sie ist fort«, sagt der Mann wieder. »Und Sie müssen jetzt auch gehen. Verstehen Sie nicht?«

Alice blickt sie an, sieht die Ablehnung in den unerbittlichen Gesichtern. Der Albtraum ist wahr geworden: Sie kann nirgendwohin. Sie stellt den Koffer auf den Boden. »Kann ich mich einen Moment setzen?«

Die Frau saugt die Lippen ein und beobachtet sie, als ob sie irgendeinen faulen Trick befürchtet. »Lass sie sich ein wenig ausruhen«, sagt der Mann. »Mach ihr eine Tasse Kaffee.«

Einen Moment lang spielt sich zwischen den beiden ein unausgesprochener Streit ab, ein Blickwechsel, in dem sich der Konflikt eines ganzen Ehelebens spiegelt.

»Aber danach geht sie.«

Sobald seine Frau aus dem Zimmer ist, behält der Mann sie weiter im Auge, wie ein Gefängniswärter, der eine Gefangene bewacht. Alice setzt sich auf einen der unbequemen Polsterstühle. Sie fühlt sich schwach vor Müdigkeit, aber sie muss nachdenken, was sie als Nächstes tun wird. Die Aussicht, sich ein Hotel oder eine Pension zu suchen, behagt ihr gar nicht. Ihr Name würde registriert werden. Sie würde ihre Papiere von feindlichen Augen kontrollieren lassen müssen. Sie würde dem Blick der Behörden ausgesetzt, so schutzlos wie ein Nachttier, das ans grelle Tageslicht gezerrt wird. Aber vielleicht kann sie versuchen, direkt mit Yvette Kontakt aufzunehmen. Vielleicht wäre das die Lösung. Oder die Adresse, die Gabrielle ihr gegeben hat – konnte sie der trauen?

»Es tut mir leid, dass ich Ihnen Schwierigkeiten mache«, sagt sie zu dem Mann.

»Sind Sie eine Freundin von Béatrice?«

»Die Freundin eines Freundes.«

Er nickt. Irgendetwas in seinen Augen verrät Mitgefühl. »Denken Sie nicht, ich will nicht helfen, aber meine Frau, verstehen Sie? Sie kriegt es mit der Angst. Daran sind die Priester schuld, die setzen ihr alle möglichen Flausen in den

Kopf, was sie machen soll und was nicht. Béatrice lässt sich von denen nichts sagen, genau wie ich. Aber meine Frau …«

»Ich verstehe.«

»Wenn es nach mir ginge …« Er blickt weg, verlegen, versucht, seine Schwäche zu rechtfertigen. »Ich war früher bei der Eisenbahn. Gewerkschaftler, mein ganzes Leben …«

Sie denkt an die Adresse, die Gabrielle ihr gegeben hat. Kann sie es wagen, sich Fremden auf Gedeih und Verderb auszuliefern? Und dann denkt sie an die andere Möglichkeit, die, die sich ihr geradezu anbietet. Der ehemalige Eisenbahner redet weiter, erzählt von Streiks vor dem Krieg, davon, dass sie sich nichts haben bieten lassen, von Demonstrationen und Sabotage. »Wir haben den *jaunes* gezeigt, wo's langgeht«, sagt er. »O ja, wir haben uns von denen nichts gefallen lassen.« Und während sich ein Teil ihres Verstandes fragt, wer die »Gelben« sein mögen, ruft ein anderer Teil die Adresse in Erinnerung, die sie auswendig weiß, den Grund, warum sie hier in Paris ist, abgesehen von der Sache mit Yvette. Place de l'Estrapade.

Clément.

Die Frau kommt mit dem Kaffee herein – ein ungenießbares Gebräu aus Eicheln und Zichorie –, und sie trinken in beklommenem Schweigen. Schließlich steht Alice auf und geht. Draußen hat es angefangen zu regnen, ein dünner, bitterkalter Nieselregen, so unangenehm wie jeder Ersatzkaffee.

III

Von der Place d'Italie nimmt sie noch einmal die Métro, steigt an der Place Monge aus und kommt an der Kaserne der Garde Républicaine ans Tageslicht. Über einem der Tore ermahnt ein Schriftzug die Menschen zu *Travail, Famille,*

Patrie, wo es einmal *Liberté, Égalité, Fraternité* hieß. Gemessen an so viel institutioneller Macht, fühlt sie sich unbedeutend, bloß eine junge Frau mit einem Koffer voll Kleidung und zwei Kristalldetektoren. Was lässt sich damit schon bewirken? Sie geht den Hügel hinauf, wie sie es vom Stadtplan in ihrer Tasche verinnerlicht hat. Du musst immer wissen, wo du hinwillst. Immer zielstrebig gehen. Immer einen Grund haben für das, was du tust. Aber welchen Grund hat sie jetzt gerade?

In der Rue Lacépède bleibt sie stehen, taumelig vor Müdigkeit, stellt ihren Koffer ab und blickt in das Schaufenster eines Ladens. Folgt ihr jemand? Vielleicht dieser furchtbare Kerl, dieser Julius Miessen. Aber in dem milchigen Spiegelbild ist niemand zu sehen, keine Gestalt, die vor den verstaubten Waren hinter der Scheibe schwebt – Töpfe und Pfannen, ein Sieb, ein Wiegemesser, Dinge für die Zubereitung von Lebensmitteln, die fast vollständig aus den Regalen verschwunden sind. Sie vergewissert sich mit einem Blick in alle Richtungen. Die schmale Straße hinter ihr ist leer. An Laternenpfähle gekettete Fahrräder. Keine Autos. Keine Menschen. Sie steht einen Moment lang da, lockert die Schultern wie eine Sportlerin, bevor sie wieder den Koffer nimmt und weiter den Hügel hoch auf die Place de la Contrescarpe geht, ein kleiner, verregneter Platz mit zwei heruntergekommenen Cafés am Rand sowie einem Pissoir und einem vom Mehltau befallenen Baum in der Mitte. Sie entscheidet sich für eines der Cafés – dunkel, mit niedrigen Deckenbalken –, um sich auszuruhen, etwas zu essen und nachzudenken; vor allen Dingen muss sie nachdenken.

Ein Kellner bringt ihr etwas, das die Speisekarte als Zwiebelsuppe bezeichnet, eine braune Brühe, in der ein paar Zwiebelringe schwimmen und ein schlaffes Stück Brot ertrinkt. Sie löffelt die Suppe und steckt die Nase in ihr Buch, versucht, die Tatsache auszublenden, dass sie die einzige Frau im Lokal ist und einer von den anderen Gästen sie nachdenklich beobachtet. Die Übermüdung bringt eine gefährliche Unachtsamkeit mit sich. Sie kann sich nicht konzentrieren. Sie muss sich konzentrieren. Sie ist hier schutzlos, und überall lauern die Falken. Sie braucht einen Ort, wo sie schlafen kann, eine Weile ausruhen, wo sie den Mut aufbieten kann, der ihr in Schottland und Beaulieu und Bristol eingeflößt wurde. Und der einzige Ort, der ihr einfällt, ist Cléments Wohnung.

»Möchten Sie das *plat du jour?*«

Sie blickt erschrocken auf. Der Kellner steht vor ihr, nimmt den Suppenteller weg und wischt flüchtig den Tisch ab. »Ja«, sagt sie hastig, als hätte sie Angst, dass er das Angebot zurücknimmt. »Ja, bitte.«

Er nickt und geht. Sie blättert eine Seite ungelesen um und erinnert sich an Annecy: an den See, an das Haus der Pelletiers am Ufer, mit einem Rasen bis ans Wasser und einem Steg, wo das Boot vertäut lag. Und an die gemeinsamen Segeltörns. Sie hat alles wieder vor Augen – das Flattern der Segel im Wind, fliegende Gischt und Lachen, ein offenes, ebenbürtiges Lachen. Und sie erinnert sich an eine Empfindung irgendwo tief in ihr drin, ein organischer Drang, ganz neu und beunruhigend, etwas, das nur auf Clément gerichtet war, in Shorts und einem alten, zerrissenen Hemd, eine Hand am Ruder des kleinen Bootes, das mit dem Wind dahinjagt, während die Gischt aufspritzt und sie beide ausgelassen lachen.

»Wohin soll es gehen?«, rief er. »Amerika?«

Clément, mit dem sie überallhin gefahren wäre.

Das *plat du jour* kommt. Eine dicke Scheibe von etwas, das aussieht wie ein Zwieback, in einer wässrigen, braunen Soße schwimmt und mit feiner Ironie *gâteau de viande à la mode* getauft worden ist. Die Gemüsebeilage besteht aus dünnen Streifen *rutabaga*. Sie kennt *rutabaga*, ein furchtbarer Fremdling in der französischen Küche, aus dem Internat: *rutabaga* ist die Steckrübe. Sie isst mit Widerwillen, denkt an das Essen in Plasonne und wie anders das Leben hier in der Stadt ist. Die Besatzung hat die Verhältnisse umgekehrt – die Hauptstadt leidet unter Mangel, die Provinz schöpft aus dem Vollen. Wie mag es inmitten all dieser Armut um Clément und seine Schwester bestellt sein?

Irgendetwas lässt sie von ihrem Teller hochblicken. Draußen auf dem Platz ist ein Auto aufgetaucht: Ein schwarzer Citroën Traction Avant parkt jetzt gegenüber von dem Café. Durchs Fenster kann sie die zwei weißen Winkel am Kühlergrill sehen, und hinter der Windschutzscheibe die Silhouetten der Insassen. Was wollen sie? Was beobachten sie? Panik brodelt knapp unter der Oberfläche ihrer äußeren Gelassenheit. Warum sind sie hier? Beobachten sie das Café? Was, wenn sie plötzlich reinkommen und alle im Lokal überprüfen? Was, wenn noch andere in den Seitenstraßen warten und sie mitten in eine *rafle* gerät? Was, wenn …

»Was wollen die?«, fragt sie den Kellner, doch wie soll der Mann das wissen? Er reagiert mit einem pariserischen Achselzucken. »Wer weiß?«

Die Insassen des Wagens haben sich nicht gerührt, sitzen bloß da und gucken, während das träge Leben im Café weiter abläuft. Sie zwingt noch ein paar Bissen herunter, nimmt dann ihren Koffer und geht ins Untergeschoss zur Damentoilette, einem übel riechenden Raum mit nur einer Kabine und Stehklo. Die Tür lässt sich nicht verriegeln, aber ihr bleibt keine andere Wahl, und außerdem hat sie unter den Gästen keine Frauen gesehen. Sie stellt den Koffer auf den Boden und klappt ihn auf. In einer im Futter eingenähten Tasche stecken die beiden Quarze, noch immer eingewickelt in ihrem kleinen Bett aus Watte. Rasch, mit nervösen Fingern, macht sie das kleine Päckchen zurecht, streift den Schlüpfer herunter und geht in die Hocke, die Beine unbeholfen gespreizt, um die Quarze wieder in sich reinzuschieben. Sie spürt keine Spur von diesem unerwarteten und köstlichen Kitzel, den sie beim ersten Mal empfunden hat: Diesmal fühlt es sich an wie eine unangenehme medizinische Prozedur, das notgedrungene Einführen von etwas Unförmigem. Vorsichtig richtet sie sich auf und bewegt Hüften und Oberschenkel, um sicherzugehen, dass das Ding auch richtig sitzt.

Was würde Benoît sagen, wenn er es wüsste? Wahrscheinlich irgendeinen derben Witz machen. Oder seine Hilfe anbieten. Auf einmal überkommt sie, allein in dieser dreckigen Kabine, einsam und verlassen mitten in Paris, der Wunsch, ihn wiederzusehen. Alles wäre vergeben. Seine verwirrten und verwirrenden Aufmerksamkeiten wären willkommen. Sie würde ihn ranlassen, wenn er das wollte; alles wäre besser als das hier.

Die vorübergehende Schwäche wird überwunden. Unter dem Waschbecken steht eine Kiste mit Putzutensilien. Sie stellt sie hochkant, steigt darauf und hebt den Deckel vom Spülkasten ab. Sie muss die Radioröhren vorläufig loswerden. Ein anderes Versteck ist nicht in Sicht, aber sie kann die Dinger an die Unterseite des Deckels kleben, wie sie es in Beaulieu gelernt hat, und sie irgendwann später wiederholen. »Es sei denn, die haben inzwischen den Klempner gerufen«, sagte der Ausbilder. Er meinte es als Witz, aber so komisch kommt es ihr jetzt nicht vor. Nichts kommt ihr komisch vor. Angst vertreibt allen Humor.

Sie schiebt den Deckel wieder auf den Kasten, steigt von der Kiste und versucht, sich zu sammeln. Sie frischt sogar ihr Make-up in dem gesprungenen, angelaufenen Spiegel auf, geht dann wieder nach oben und isst ihren Teller leer. Der

Citroën ist noch da. »Die scheinen ja nicht viel zu tun zu haben«, bemerkt sie, als sie die Rechnung bezahlt.

»Kann man nie wissen«, erwidert der Kellner vorsichtig.

Mit dem Koffer in der Hand geht sie zur Tür, hinaus in die feuchte Kälte, wo der Citroën mit seinen anonymen Insassen wartet. Ihre Holzabsätze klappern über den Asphalt wie rasche Trommelschläge. Ihr Gang ist selbstbewusst, ihre öffentliche Fassade lässt weder die Furcht in ihrem Innern erahnen noch den Fremdkörper in ihrem Schoß.

Dann ist sie auf Höhe des parkenden Wagens.

Es wird nichts passieren. Sie ist nur verunsichert durch die unbekannte Umgebung, durch Paris mit seiner grimmigen Armut, seiner bangen Schweigsamkeit, seiner Apathie. Sie hat ganz ohne Grund Schiss bekommen. Die suchen nicht nach ihr, die sind gar nicht an ihr interessiert, die tun nur das, was sie immer tun: Angst und Unsicherheit verbreiten.

Als sie an dem Wagen vorbeigeht, öffnet sich die Beifahrertür, und eine Frau steigt aus, eine kleine, fast zierliche Frau, die nicht den üblichen Regenmantel trägt, sondern eine Lederjacke mit Fellkragen.

»Herkommen!«

Alice bleibt stehen, dreht sich um. Eine Frau ist schlimmer als ein Mann. Eine Frau kennt die verschlungenen Windungen des weiblichen Verstandes und Körpers. Eine Frau weiß, wozu Frauen imstande sind.

»Ich?«

»Sie.«

Bloß ein einzelnes Wort, herrisch. Gehorsam erwartend. Alice geht zu dem Wagen zurück und bleibt stehen wie ein Schulmädchen, das zur Direktorin zitiert wurde und mit einer Standpauke rechnet.

»Papiere.«

Ihre Papiere werden genau in Augenschein genommen. Aber Papiere bedeuten nichts: Sie lügen ebenso oft, wie sie die Wahrheit sagen. Das liegt in der Natur der Dinge. Das kleine, fast perfekte, fast hübsche Gesicht der Frau blickt zu Alice hoch. Es ist von goldenen Locken umrahmt, aber die Züge sind hart, wie Porzellan. »Lussac? Wo ist das?«

»Im Südwesten.«

»Und was machen Sie hier?« Das Französisch der Frau ist das einer Muttersprachlerin, aber mit elsässischem Akzent. Sie ist eine Mischform, genau wie Alice eine Mischform ist. Ein Amalgam. Deutsch und Französisch, Englisch und Französisch, es ist kein großer Unterschied. Ein Bastard.

»Ich bin zu Besuch.«

»Zu Besuch bei wem?«

Verrat nie mehr, als du gefragt wirst. Gib niemals von dir aus Informationen preis. Erweck einen freundlichen und leicht begriffsstutzigen Eindruck.

»Bei Freunden.«

»Wieso haben Sie Freunde in Paris?«

»Ich hab hier studiert.«

Die Frau denkt darüber nach, blickt Alice in die Augen. »Wo sind Sie her?«

»Aus dem Südwesten. Hab ich doch gerade gesagt.«

»Wo sind Sie *geboren*? Wo sind Sie aufgewachsen?«

»Ach so, Entschuldigung. Genf. Steht auch in meinem Ausweis. Genf. Aber meine Eltern waren Franzosen.« Und während Alice spricht, hebt die Frau den Kopf, fast so, als würde sie an den Worten schnuppern, die aus Alice' Mund kommen, als suche sie nach dem Anflug eines Akzents, nach Assonanzen und Intonationen, die ihre Geschichte belegen oder widerlegen könnten.

»Franzosen woher?«

»Grenoble.«

Ein Nicken. Offenbar ist sie überzeugt, dass Alice die Wahrheit sagt, dass in der Stimme ihres Opfers Anklänge der Schweiz und der französischen Alpen mitschwingen. »Ihr Koffer.«

»Mein Koffer?«

»Ja, Ihr Koffer. Aufmachen.«

»Ach so. Klar.« Eine Naive, willig, verwirrt, zaghaft, leicht verängstigt, weil in diesen Zeiten niemand so ganz und gar legal ist. Sie sieht sich um, ob sie den Koffer irgendwo draufstellen kann, wo er sich bequemer aufmachen lässt, und da sie nichts entdeckt, öffnet sie ihn einfach auf dem Boden. Die Frau geht in die Hocke und fängt an, den Inhalt zu durchsuchen, stöbert zwischen Unterwäsche und Pullovern, Bindengürtel und Handtüchern, Rock und Jacke. Ihre schlanken Hände tasten in die Ecken, wie kleine Tiere, die im Unterholz nach Essbarem suchen, und fördern drei Päckchen in braunem Packpapier zutage. »Was ist das?«

»Geschenke. Kaffee.«

»Wo haben Sie den her?«

»Toulouse.«

»Schwarzmarkt?«

»Nein.«

Die Frau schnuppert daran, lächelt und behält ein Päckchen für sich, legt dann die zwei anderen zurück in den Koffer, fast so, als würde sie Alice ein Geschenk machen. Sie richtet sich auf.

»Stellen Sie sich mit dem Gesicht zum Wagen. Hände aufs Dach. Beine auseinander.«

»Was?«

»Sie haben richtig gehört.«

Und so stellt sich Alice mit dem Rücken zu der Frau breitbeinig hin, Arme gehoben, während die Hände der Frau über ihren Körper gleiten, unter die Jacke, wo sie den Achselschweiß spüren, dann nach vorn, um einen langen Augenblick ihre Brüste zu umfassen. Sie hört die Frau dicht hinter sich atmen. Die Hände bewegen sich sanft, streifen genüsslich die Brustwarzen, dann weiter, an den Seiten hinunter und über die Oberschenkel, dann plötzlich mit erschreckender Aufdringlichkeit unter ihrem Rock hoch, bis eine Hand, die rechte, ihr zwischen die Beine greift, sie durch den Stoff des Schlüpfers betastet. Alice keucht empört auf. Die Hand fährt fort, ein kleiner, stöbernder Nager, tastend und suchend, an ihrem Bauch hoch, dann wieder nach unten und in die Gesäßspalte, berührt sie sogar durch den Stoff am Anus. Dann gleiten die Nager rasch an den Oberschenkeln hinab, und die Tortur ist schlagartig beendet.

Alice dreht sich um. Die Elsässerin ist gleichgültig, zündet sich eine Zigarette an, als wäre nichts gewesen, als hätten ihre Finger nicht soeben die intimsten Stellen von Alice' Körper erkundet, als wäre nichts weiter geschehen als der normale Ablauf von Befragung und Leibesvisitation, wie er in der umnachteten Stadt inzwischen an der Tagesordnung ist. »Sie können gehen«, sagt sie. »Los, gehen Sie schon.«

Einen Moment lang hantiert Alice an ihrem Koffer herum, ordnet Dinge, klappt den Deckel zu und lässt die Schlösser mit Mühe einrasten. Die Gedanken überschlagen sich in ihrem Kopf, eine konfuse Mischung aus Furcht und Schock und Erleichterung. Und Dankbarkeit. Sie kann gehen. Sie ist entwürdigt worden, aber sie kann gehen. Ihre Hände zittern, aber sie darf gehen, die Elsässerin hat kein Interesse mehr an ihr, sondern lehnt an der offenen Tür des Wagens und sagt irgendwas auf Deutsch zu der Gestalt hinterm Lenkrad.

Lass dir keine Erleichterung anmerken. Erleichterung ist das Allerschlimmste. Jeder kann nervös sein, sogar ängstlich, aber Erleichterung bedeutet, dass irgendwas passiert ist, das Aufmerksamkeit verdient.

Bemüht, sich ihre Erleichterung nicht anmerken zu lassen, nimmt Alice ihren Koffer und geht weiter, überquert den Platz mit ruhigen Schritten, aber zielstrebig, ohne sich noch einmal umzublicken. Nichts ist passiert oder wird passieren. Keine Eile, egal was du tust, bloß keine Eile.

IV

Sie erreicht den Schutz der Häuser und ist schließlich außer Sicht. Es sind nur wenige Leute unterwegs, und keiner beachtet eine einsame Frau, die einen Koffer durch die Straßen von Paris trägt. Jeder zweite Fußgänger, den sie gesehen hat, schleppt einen Koffer mit sich herum. Koffer sind das Motiv der Stadt, die Erinnerung an gehortete, nichtige Kostbarkeiten und Vergänglichkeit.

Ein Schild an der Wand verkündet: Rue de l'Estrapade.

Die *estrapade* ist ein Folterinstrument, das weiß sie. Etwas, das einen förmlich zerreißt, wie die Streckbank. Über den Dächern sieht sie die Kuppel des Panthéon hervorlugen, wo Helden begraben liegen, die kleinen Götter eines säkularen Staates: Freiheit, Brüderlichkeit, Gleichheit. Doch jetzt herrscht der Gott des Alten Testaments über die Stadt, mit Eifersucht und mörderischer Rache. Am Ende der Straße ist ein dreieckiger Platz, eine Insel inmitten kleiner Straßen, mit Bäumen und zwei Bänken. Eine alte Frau sitzt da und spricht mit Spatzen, die vor ihr herumhüpfen und nach Brotkrumen suchen, die in der hungernden Stadt nicht mehr zu finden sind. Place de l'Estrapade. Sie bleibt stehen und überlegt, was sie machen soll.

Niemals zögern, niemals einen ratlosen Eindruck machen. Wenn du unentschlossen bist, erregst du Interesse. Die Leute fragen sich, wonach du suchst, woher du kommst, was du vorhast. Aber sie *ist* ratlos: Sie hat kein Gefühl mehr für Perspektive und Proportion.

Eine junge Frau mit einem Kinderwagen kommt vorbei. Sie fängt Alice' Blick auf, und für einen flüchtigen Moment ist da so etwas wie Wiedererkennen, ein schwaches, mitfühlendes Lächeln, das keiner Worte bedarf. Einen schrecklichen Augenblick lang will Alice sie ansprechen, um Hilfe bitten, um Trost, um schlichten menschlichen Kontakt. Aber die Frau ist weitergegangen, und sie ist allein, steht vor der Tür von Hausnummer 2 und der Klingelleiste mit den Namen und Messingknöpfen. Auf einem steht: Pelletier, Appartement G. Sie ist noch unschlüssig, ob sie klingeln soll oder nicht, da öffnet sich die Tür, und ein Mann kommt heraus. Er grüßt mit einem Kopfnicken und hält die Tür für sie auf, und sie schlüpft hindurch, in einen Torbogen und das lichte Grün eines Innenhofes.

Zu ihrer Erleichterung ist im *guichet* keine Concierge, die unangenehme Fragen danach stellen könnte, wer sie ist und was sie will. Eine Treppe führt im Halbdunkel nach oben, und ein Aufzugschacht ragt auf, eins von diesen offenen Gerüsten, in denen sich eine filigrane Stahlplattform präzise wie ein Uhrwerk hebt und senkt, eine Maschine, die sich mit der Vorhersagbarkeit klassischer Mechanik bewegt.

Wellenmechanik ist nicht mit newtonscher Mechanik zu vergleichen, hatte Clément ihr einmal erklärt. *Bei der Wellenmechanik musst du alle Vorstellung von Gewissheit aufgeben.* Damals hatte sie keine Ahnung, was er damit meinte; jetzt liegt es für sie klar auf der Hand. Gib alle Vorstellung von Gewissheit auf.

Sie fährt mit dem Aufzug in den obersten Stock, wo mitten an einer imposanten Tür der Buchstabe G prangt, über einem Messingschild mit dem Namen *Pelletier*. Als sie klingelt, öffnet eine Haushälterin, eine unwirsche und runzelige

Gestalt, die Jahre damit verbracht haben muss, unerwünschte Besucher abzuweisen. Sie wägt Alice' Frage ab, als wäre es eine Art Affront. »*Mam'selle* Pelletier ist nicht zu Hause.«

»Kommt sie bald zurück?«

»Ich bin über *Mam'selles* Pläne nicht unterrichtet.«

Alice lächelt. Sie muss das Vertrauen dieser Frau gewinnen, und wenn nur für ein paar Minuten. »Wie schade. Ich hätte sie so gern überrascht. Und *Monsieur* Clément, ist der vielleicht zu Hause?«

»Er ist da, ja.«

Die Antwort löst eine Flut der Erleichterung aus. »Könnten Sie ihn bitte herrufen?«

Die Frau ist unschlüssig. »Wen darf ich melden …?«

»Ich möchte ihn überraschen, ja? Mal sehen, ob er sich an mich erinnert. Ich hab ihn seit vielen Jahren nicht gesehen. Wir sind alte Freunde, über unsere Familien, aus Genf. Als junges Mädchen hab ich für ihn geschwärmt.«

Im Gesicht der Frau ringt Verständnis mit Eifersucht. Sie schwärmt offenbar auch für ihn. Schließlich siegt das Mitgefühl, und sie erlaubt Alice, ihr Reich zu betreten. »Ich werde nachfragen, ob er Zeit hat.«

Alice wartet in der Diele, sitzt auf einem geraden Stuhl wie eine Bedienstete vor einem Vorstellungsgespräch, ihren Koffer auf dem Fußboden neben sich. Sie zupft nervös an einem Nagelhäutchen, denkt an Ned. Ned ist hier, und er ist nicht hier, beides gleichzeitig, wie diese blöde Katze, von der sie ihr erzählt haben – die Katze, die sowohl tot als auch lebendig war. Wie war noch mal der Name? Schrödinger. Schrödingers Katze.

»Ist doch furchtbar, eine Katze in einen Kasten zu sperren!«, hatte sie protestiert, und die beiden Jungs lachten über ihre Dummheit.

»Es ist ein Gedankenexperiment, du Dussel!«, rief Ned.

Verschränkung war der Begriff, den sie benutzten, verschränkte Teilchen. Und jetzt spürt sie die Verschränkung von Vergangenheit und Gegenwart, von Marian Sutro und Anne-Marie Laroche, von Ned und Madeleine und Clément.

»Kann ich Ihnen helfen?«

Sie blickt erschrocken auf. Er ist in dem Korridor aufgetaucht, der von der Diele abgeht, steht ein wenig außerhalb des Lichts, sodass sein Gesicht im Schatten liegt. Aber sie erkennt ihn dennoch, die kleine, präzise Pein des Wiedererkennens, die sie erröten lässt, als wäre sie geohrfeigt worden.

Sie steht auf, kommt sich albern vor – wieder ein Kind, das sich einem Erwachsenen erklären muss, dem es inzwischen vermutlich egal ist. »Clément«, sagt sie, »ich bin's. Marian.« Der Name klingt fremd in ihren Ohren, als würde sie über eine andere Person sprechen, über jemanden, den sie und er einmal kannten.

»Marian?« Seine Miene verändert sich von Verwirrung in etwas, das sich Begreifen nähert, aber mit einem Anflug von banger Befürchtung. »Großer Gott, was machst du denn hier?«

»Ich dachte, ich schau mal bei dir und Madeleine vorbei.«

»Ich dachte, du bist in England.«

»Und ich brauch eine Unterkunft.«

»Eine Unterkunft? Natürlich kannst du hier wohnen.« Er kommt näher und legt die Hände auf ihre Schultern. Er wirkt kräftiger, wo er einst dünn und ziemlich schlaksig war. *Dégingandé*, wie ihre Mutter sagte. Sein Gesicht ist in den vier Jahren, seit sie ihn zuletzt gesehen hat, irgendwie härter geworden, wie eine Skulptur, die einmal zu überirdischer Schönheit poliert war und dann mit einem Meißel aufgeraut wurde. Er beugt sich vor und küsst sie auf beide Wangen. »Mein Gott, das ist ja unglaublich«, sagt er. »Meine kleine Marian ist gar nicht mehr so klein.«

»Ich war damals genauso groß wie jetzt.«

»Ich meine nicht deine Körpergröße.« Jetzt lächelt er. Vielleicht war die bange Befürchtung nur Einbildung, eine optische Täuschung. Sein Lächeln ist so wie in ihrer Erinnerung, wenn er sich über alles amüsieren konnte, sogar über Ernsthaftes; wenn sein Mund das Lächeln noch deutlicher machte, dieser Mund, den sie so bewundert hat und noch immer bewundert, wie sie jetzt merkt. Er hat etwas Feminines an sich, trotz der maskulinen Kinnpartie, in die er eingebettet ist, etwas Schrulliges und Ironisches. »Komm«, sagt er und legt ihr eine Hand auf den Rücken, um sie zu dirigieren. »Komm in den Salon. Lass den Koffer hier. Marie, die übrigens gemeint hat, du seist ein wenig *défraîchie* – wie würdest du das übersetzen? Unfrisch? Ich finde, du siehst bezaubernd aus wie eh und je, bloß ein bisschen zerzaust – jedenfalls, Marie wird sich darum kümmern. Möchtest du eine Tasse Kaffee? Ich kann dir sogar richtigen anbieten, ob du's glaubst oder nicht. Hättest du gern welchen? Wenn ich mich recht entsinne, konnte Äffchen Kaffee nicht ausstehen, aber ich vermute, das hat sich geändert, hab ich recht?«

Äffchen. Der Klang ihres Kosenamens, ein Name, den niemand benutzt, der nicht zu ihrer Familie gehört, trifft sie unvorbereitet. Plötzlich liegt Cléments Arm um ihre Schultern, und sie weint, ein beängstigendes Gefühl von Hilflosigkeit, das sie verabscheut, sobald sie es empfindet. »Tut mir leid«, sagt sie durch einen Tränenschleier, und das kleine, harte Bruchstück ihrer Persönlichkeit, das sich Alice nennt oder Anne-Marie Laroche oder wie auch immer, nur nicht Marian oder, zum Henker noch mal, Äffchen, betrachtet verächtlich dieses larmoyante Geschöpf, das sich da in Cléments Arme schmiegt und Trost findet in dem Gefühl seines Pullovers an ihrer Wange und der Berührung seiner Hand an ihrem Kopf.

»Weshalb weinst du denn?«

»Nur so«, sagt sie an seiner Brust. »Bloß aus Erleichterung, mehr nicht. Ich bin seit gestern unterwegs. Ich bin erschöpft.«

Er lässt sie los, langsam, als fürchte er, sie könnte hinfallen. »Natürlich«, sagt er. »Natürlich. Ich sag Marie, sie soll sofort ein Zimmer für dich herrichten.«

»Eigentlich müsste ich eher mal ins Bad, bitte. Ich …«

»Das Badezimmer. Aber sicher. Wie gedankenlos von mir. Ich zeig dir, wo es ist … und in der Zwischenzeit kann Marie uns richtigen Kaffee kochen und sogar an ihren Geheimvorrat Zucker gehen – o ja, ich weiß, sie hat welchen versteckt. Gibt's in England Zucker? Wahrscheinlich.«

Sobald sie sicher im Badezimmer ist, schließt sie die Tür ab und hockt sich hin, um die Quarze herauszuholen. Es ist jetzt schmerzhaft, ein scharfes Brennen, als würde etwas Brühheißes aus ihr rausgezogen. Sie entfernt die Kondomhülle von der Watte mit den Quarzen und steckt das Päckchen in ihre Handtasche. Dann pinkelt sie, wäscht sich die Hände und schaut in den Spiegel. Ein müdes, abgespanntes Gesicht blickt sie an, die Augen verweint, die Haut gerötet. Sie bespritzt sich mit kaltem Wasser, um ihrem Äußeren wieder etwas Leben zu verleihen, trocknet sich dann mit einem Handtuch ab, das weich und weiß ist, anders als die dünnen grauen Lappen, die sie in Plasonne benutzt hat.

Gibt's in England Zucker? Wahrscheinlich.

Ein kleiner Schneesturm aus Fragen fegt ihr durch den Kopf, Fragen nach Logik und Logistik, nach Familie und Freunden und den ungleichmäßigen Verschiebungen der Loyalität. Einen Moment lang bemüht sie sich, wieder Alice zu sein, die versucht, ihre nächsten Schritte zu planen, sich der Gefahr bewusst ist. Aber sie weiß, dass diese Vernunft nur die paar Minuten anhalten wird, die sie ungestört ist, bis sie Clément erneut gegenübertritt und sie all die Erinnerungen an ihre Kindheit und Jugend unter sich begraben werden wie eine sanfte, kühle Schneewehe. Sie kämmt sich das Haar, bis es halbwegs ordentlich aussieht, klopft den Rock ab, streicht die Jacke glatt und geht hinaus in die Diele.

Er wartet im Salon. Es ist ein langer, überladener und altmodischer Raum, dessen drei bodenlange Fenster auf den Platz hinausgehen. Die Einrichtung verströmt eine Atmosphäre verblichener Eleganz, als ob der Raum in Erinnerung an eine ältere Generation bewahrt worden wäre. Vor diesem Hintergrund wirkt Clément modern, eine saloppe Gestalt mit offenem Hemdkragen, die einen hellblauen Pullover trägt, eine tadellos gebügelte Hose und glänzend gewienerte Schuhe. So ganz anders als Ned. Er steht auf, blickt sie mit der gleichen leichten Belustigung an wie früher, als wäre sie im Begriff, etwas Vergnügliches und Absurdes zu tun. »Besser. Eine Metamorphose. Von der Raupe zum Schmetterling.«

Sie lacht bemüht. »Wo ist Madeleine? Ich dachte, Madeleine wäre da.«

»Bin ich so ein dürftiger Ersatz?«

»Du bist überhaupt kein Ersatz. Du bist Clément. Aber ich hatte gehofft, auch Madeleine wiederzusehen.«

Er zuckt die Achseln. »In Paris ist es zurzeit nicht besonders angenehm. Sie ist nach Annecy gefahren. Mit meiner Frau.«

Sie lässt sich nichts anmerken. Das hat sie gelernt: auf jedwede Offenbarung mit scheinbarer Gleichgültigkeit zu reagieren. Eine Pause entsteht, während Kaffee eingeschenkt wird, ehe sie eine Antwort über die Lippen bringt. »Dann bist du also verheiratet?«

»Allerdings. Und ich habe eine sechs Monate alte Tochter.«

»Glückwunsch.«

»Danke. Ein Jammer, dass Augustine nicht da ist und du sie nicht kennenlernen kannst.«

»Deine Tochter?«

»Meine Frau.« Er bietet ihr eine Zigarette an, und nachdem er sich selbst eine angezündet hat, beobachtet er sie durch den Rauch. Sie schlägt die Beine übereinander und dreht sich auf dem Sofa zur Seite, erinnert sich an seinen Blick, wenn sie das im Wohnzimmer zu Hause in Genf machte, vor Jahren, wenn seine Augen zu ihren Knien glitten. Sie wurde dann immer rot. »Das Baby heißt Rachel.«

»Und du bist nicht mitgefahren.«

»Sie sind dort in Sicherheit, und meine Arbeit ist hier.«

»Ich hatte befürchtet, sie hätten dich vielleicht zum STO rangezogen oder so. Dich in irgendein Arbeitslager in Deutschland geschickt.«

Schwaches Lachen. »Zum Glück bin ich für so etwas zu alt. Aber was ist mit dir, Marian? Was um alles in der Welt machst du hier?«

»Ich war die ganze Zeit im Südwesten, auf einem Bauernhof…«

»Aber deine Eltern…«

»Sind in London.«

»Bist du nicht mit ihnen nach England gegangen?« Seine Augen ruhen auf ihren Lippen, als würde er von ihnen ablesen, was sie sagt, und das leise Beben der Täuschung dort sehen.

»Ich war eine Weile in England, bin dann aber wieder zurück in die Schweiz…« Sie erfindet die Geschichte spontan, improvisiert, schmückt aus, prüft die Lügen im Voraus auf Schwachstellen, ehe sie sie auftischt. Genau davor ist sie in der Ausbildung gewarnt worden. Erfinde niemals eine Tarngeschichte aus dem Stegreif. Versuche niemals, zu bluffen. Sei immer, immer auf alles gefasst. »Das Leben im Untergrund hat nichts Glitzerndes«, sagte einer der Ausbilder. »Es ist fade und methodisch, und genau das müsst ihr auch sein.

Fade, leise, methodisch.« Und was macht sie jetzt? Sie ist albern und kapriziös und stellt sich geradezu zur Schau. »Ich hab die doppelte Staatsbürgerschaft, weißt du. Von meiner Mutter. Ich bin für einige Zeit zurück nach Genf, um zu studieren, aber es hat mich immer nach Frankreich gezogen, und deshalb bin ich letztes Jahr wieder hergekommen, und« – sie zuckt die Achseln – »seitdem bin ich im Land. Wo mein Herz ist.«

Glaubt er ihr? Ein Anflug von Panik durchläuft sie. Sie kennt diesen Mann nicht. Sie hat ihn einmal angehimmelt, aber richtig gekannt hat sie ihn nie, damals nicht und heute auch nicht. »Das klingt ja alles höchst patriotisch«, sagt er. »Obwohl ich zugeben muss, ich hab dich nie als Französin gesehen. Eher als Engländerin, mit einer Spur französischem Elan. Ein traditionelles Gericht, das mit einem ungewöhnlichen Gewürz serviert wird.«

»Ich fühle mich als Französin. Ich hab mich immer als Französin gefühlt, besonders in England.«

»Und jetzt bist du nach Paris gekommen …«

»Um eine Freundin zu besuchen. Sie soll in Schwierigkeiten stecken. Hör mal, ich muss wirklich etwas schlafen. Ich bin hundemüde.«

»Natürlich, natürlich.« Plötzlich ist er übertrieben besorgt um ihr Wohl, entschuldigt sich, so unsensibel gewesen zu sein. »Marie wird dir dein Zimmer zeigen. Du musst unbedingt ein Nickerchen machen.« Nickerchen, sagt er, ein Wort aus ihrer Kindheit, in dem Erinnerungen an Familientage in Genf und Annecy mitschwingen. Er muss es damals von ihrem Vater oder vielleicht ihrer Mutter gehört haben. Es ist eines von den typischen Wörtern, die in ihrer Familie benutzt werden.

»Ich weck dich dann, wenn das Abendessen fertig ist.«

Das Schlafzimmer ist wie das Wohnzimmer, voller Anklänge an eine frühere Generation. Es gibt schwere Samtvorhänge und verschnörkelte Belle-Époque-Möbel und eine Ormolu-Uhr auf dem Kaminsims, die gebieterisch vor sich hin tickt. Und Beweise dafür, dass Madeleine unlängst noch da war: ihre Kleider im Schrank, ihre Unterwäsche in einer der Schubladen und auf der Kommode zwei Haarbürsten, in deren Borsten noch blonde Haare stecken. Ein Foto von ihr und ihrer Mutter in einem silbernen Rahmen lächelt beruhigend die Vorkriegswelt an.

Madeleine sollte hier sein und für Trost und Sicherheit sorgen, den Sprengkörper entschärfen, der auf dem Grund von allem liegt.

Alice schaltet das Licht aus und zieht den Vorhang zur Seite, um hinauszuschauen. Es geht fünf Stockwerke tief bis hinunter in den Innenhof. Kein Fluchtweg. Sie sitzt in der Falle und ist allein, und die Falle hat sie sich selbst gestellt, und sie ist zu müde, um sich deswegen Gedanken zu machen. Sie schließt den Vorhang wieder, zieht Jacke und Rock aus und legt sich im Unterrock aufs Bett, deckt sich mit dem Plumeau zu. Im Nu ist sie eingeschlafen.

Dann hellwach. Der Raum ist jetzt dunkler. Keine Spur Tageslicht mehr hinter den Vorhängen. Doch eine Gestalt ragt neben ihr auf, und einen Moment lang weiß sie nicht, wo sie ist. Sie schreit auf und packt das Plumeau, zieht es mit, als sie zurückweicht, weg von der Gestalt. Und dann stürmt die Erinnerung auf sie ein, und er entschuldigt sich dafür, sie erschreckt zu haben – »Ich hätte dich schlafen lassen sollen« –, und sie verneint, bestreitet ihre Furcht, sagt, sie hätte nur schlecht geträumt.

»Du hast vier Stunden geschlafen. Marie hat das Essen fertig.«

»Vier Stunden! Du liebe Güte.«

»Lass dir Zeit. Wir haben keine Eile.«

Sie macht sich frisch, so gut sie kann: Katzenwäsche in der Schüssel mit kaltem Wasser, die die Haushälterin ihr hingestellt hat, und dann etwas Make-up – ein Strich blutroter Lippenstift, ein Hauch Lidschatten und Wimperntusche, ein klein wenig Rouge. Gegenüber Clément kann sie nicht wieder ein Mädchen sein. Sie kann nicht wieder jung und naiv sein. Sie braucht Reife, um sich zu schützen.

Gedeckt ist im Esszimmer, an einem Tisch für vierzehn Personen. Clément sitzt am Kopfende, Marian neben ihm, und der übrige Tisch ist eine leere Fläche aus poliertem Walnussholz. Die Haushälterin hat eine betagte Mutter, um die sie sich kümmern muss, und ist bereits gegangen. Das Essen hat sie in der Küche bereitgestellt, und Clément serviert, fürsorglich und aufmerksam, entschuldigt sich für die Unzulänglichkeiten des Haushalts, ist bemüht, es Marian möglichst behaglich zu machen. Er schenkt mit großer Geste Wein ein, wartet dann rechts neben ihr, während sie probiert. Château La Mission Haut-Brion steht auf dem Etikett. Der Wein ist vorzüglich, so vorzüglich, dass sie es gar nicht richtig einschätzen kann, aber von einer Qualität, die in keinem Verhältnis steht zu dem Essen, das schlicht und karg ist – magere Hähnchenschenkel und ein paar Kartoffeln. Kaum genug zu essen, selbst wenn man den Schwarzmarkt nutzt, kaum genug Brennmaterial, um zwei Räume zu heizen, kaum genug von allem. »So weit ist es mit uns gekommen«, bemerkt er, während er mit seiner Gabel in den Hähnchenschenkel sticht. »Edle Weine und Hungerrationen. Einfach lächerlich. Hätten wir Friedenszeiten, würde ich dich ins Tour d'Argent einladen und mit Austern und *foie gras* verwöhnen.«

Sie lacht. Sie waren nur einmal zusammen in Paris essen, damals, mit ihrem Vater und Ned. Allerdings nicht im Tour d'Argent, sondern in einem kleinen Bistro in der Rue des Grands-Augustins, wo laut Clément Künstler und Schriftsteller verkehrten, aber sie hatten kein berühmtes Gesicht gesehen. Erinnert er sich?

Natürlich erinnert er sich. »Hast du gedacht, ich würde das vergessen?«

»Die Dinge ändern sich, oder?«

»Manche Dinge ändern sich nie.« Draußen regnet es heftig; drinnen herrscht die Wärme dieser gefährlichen Innigkeit, die Jahre und Erinnerungen überbrückt: ein Mann, der einmal eine Art Gott für sie war und jetzt neben ihr sitzt, das Gesicht ausdrucksvoll und vertraut, die blauen Augen ein leuchtender Gegensatz zu dem schwarzen Haar, die feminine Beweglichkeit des Mundes, ein Ausdruck, der einst anrührend sensibel und verführerisch war und jetzt amüsiert und selbstkritisch wirkt.

Was ist mit seinen Eltern?

Sein Vater ist in Algier, spielt Politiker. Seine Mutter ist in dem Haus in Annecy, mit seiner Frau und Madeleine.

Und was macht er?

Er zuckt die Achseln. »Was ich schon immer gemacht habe. Im Collège arbeiten. Unterrichten. Versuchen, alles so normal wie möglich laufen zu lassen. Was bleibt einem sonst übrig?«

»Deine Forschung?«

»Die geht weiter, so gut das in diesen Zeiten noch möglich ist.« Er lächelt. »Ich hab früher oft versucht, dir zu erklären, woran ich arbeite, nicht? Hab versucht, es in eine verständliche Form zu bringen, für einen ganz normalen Menschen.«

»War ich das?«

Er blickt sie an, ohne zu lächeln, als versuchte er, die richtige Antwort zu finden. »Du warst sehr viel mehr als das.«

Wird sie rot? Vielleicht kommt das vom Wein. »Weißt du noch, wie wir damals oben in Megève waren?«, sagt sie. »Im Chalet, nur wir vier?«

»Als Madeleine mit den Skiern schnurstracks über die Hütte gefahren ist…«

»… und auf der andere Seite in einer Schneewehe gelandet ist…«

»… und dann die Tür aufging und jemand rauskam und fragte, was ihr denn einfiele, das wäre schließlich Privatbesitz, und ob es ihr gefallen würde, wenn jemand über *ihr* Dach fahren und in *ihrem* Garten landen würde?«

Die Erinnerungen kreisen wie Raubtiere, kurz bevor sie sich auf eine Beute stürzen. »Und unser Segeltörn auf dem See«, sagt Marian. »Weißt du noch? Ned fühlte sich nicht gut, und Madeleine ist bei ihm geblieben, und dann sind wir zwei allein los.«

Und ob er das noch weiß, natürlich. Sie kann es in seiner Miene erkennen. Er erinnert sich, wie sie das Boot hinausgeschoben haben, wie sie beide bis zur Hüfte ins Wasser gewatet sind und sich dann lachend an Bord geworfen haben. Er erinnert sich genau.

»Wann war das?«

»Du weißt ganz genau, wann das war. Im Sommer 1938.«

Es war die Art von Abenteuer, wo vertraute Orte unwirklich wurden, durchdrungen von der Besonderheit dieses heißen Sommertages, geblendet von der grellen Sonne auf dem Wasser. Sie beide, schlank und braun und lachend. Mit nackten Füßen und nackten Beinen, einander anschubsend und sich aus Spaß streitend, bis er ihre Hände packte, damit sie aufhörte, ihn zu schlagen, der Altersunterschied zwischen ihnen irgendwie kleiner, sodass sie sich älter fühlte, als sie war, und er jünger wirkte. Sie steuerten das kleine Boot an einer Landzunge ans Ufer, wo Schilf war und eine kleine Bucht und ein Stück Strand. »Wo sind wir?«, fragte sie, als könnten sie sich verirrt haben.

»Wer weiß?«, sagte er und half ihr aus dem Boot, hielt ihre Hand dann fest, während sie den Strand hochgingen. Sie hatte nie zuvor die Hand eines Mannes gehalten, außer bei ihrem Vater und Ned. Die von Freundinnen, klar. Aber nie die Hand eines Mannes. Die Geste kam ihr äußerst bedeutsam vor: Er mag mich, dachte sie. Er würde nicht meine Hand halten, wenn er mich nicht mögen würde.

Mögen. Ein mehrdeutiges Wort. Erst recht auf Französisch. *Aimer*. Ihr wurde die Uneindeutigkeit von Wörtern bewusst, ihre Unsicherheit und Ungenauigkeit.

Hinter dem Strand lag ein kleiner Wald, und durch das Blattwerk erspähten sie das Dach eines versteckten Hauses. Sie schlichen sich zu einer Gartenmauer und kletterten auf Felsbrocken, um über die Mauer zu spähen, hinter der ein Rasen lag und Blumenbeete und eine Trauerweide. Irgendwo bellte ein Hund, aber das Haus wirkte verlassen, die blinden Fenster spiegelten den Himmel und die Berge. Clément hatte einen Arm um ihre Taille gelegt, um sie zu stützen. Daran erinnerte sie sich deutlicher als an den Garten. An Cléments Arm um ihren Körper. Und dann drehte er sie zu sich herum, sein Gesicht so nah, dass sie die Wärme seiner Haut spüren konnte.

Sie trinkt einen Schluck Wein und schmeckt das, was sie seiner Erklärung nach darin entdecken sollte – einen Hauch Zigarre, eine Spur Schokolade, eine Andeutung von Zedernholz –, während sie den Mann an ihrer Seite betrachtet, den sie kennt, aber auch nicht kennt. »Es kommt mir fast so vor, als wäre es anderen Leuten passiert.«

»Dabei ist es erst ein paar Jahre her. Sechs.«

»Fünf. Du warst aus Paris gekommen, und ich war über die Ferien zu Hause …« Sie fängt seinen Blick auf und hält ihn bewusst fest. »Mich hatte bis dahin noch nie jemand geküsst.«

»Ich hab mich kaum getraut, dich anzufassen. Ich wollte dir keine Angst machen.«

»Ich war erst sechzehn, Clément. Das erste Mal, dass ich so geküsst wurde. Und ich war verlegen. Gott, war ich verlegen!«

»Du hast älter gewirkt.« Plötzlich grinst er entwaffnend. »Du hast dich älter angefühlt.«

Sie schüttelt den Kopf, erinnert sich, wie sie von den Felsen herunterkletterten und sich vor die Mauer setzten. Er küsste sie, und sie hatte die Augen geschlossen, weil man das so machte, weil die Mädchen das sagten, wenn sie darüber sprachen – Du schließt die Augen und gibst dich hin –, und seine Hand war auf ihrem Knie, und sie legte ihre Hand auf seine. Die Uneindeutigkeit von Gesten. Taten so mehrdeutig wie Worte. Seine Hand, ihre Hand, ihrer beiden Hände glitten nach oben in ihre Shorts, wo sie noch nie jemand je zuvor berührt hatte, außer vielleicht ein Arzt oder ihre Mutter, wo das Haar spross und wo sich, zu ihrer ungeheuren Scham, ihr Fleisch wölbte wie ein frecher und vulgärer Schmollmund. Sie war verlegen und ekstatisch zugleich, fragte sich, was er wohl tun würde und was sie wollte. Keins von beidem war ihr klar. »Ich hab gedacht … keine Ahnung, was ich gedacht habe«, sagt sie. Unversehens ist sie fast in Tränen aufgelöst, trauert um ein fernes Kind, an das sie sich nur vage erinnert und das sie kaum versteht; und um einen Mann, den sie geliebt hat. »Ich hab gedacht, du würdest mich heiraten. Ich hab gedacht, ich würde schwanger. Ich hab gedacht, du wärest das Wunderbarste, was die Schöpfung je hervorgebracht hat, und ich das Abscheulichste. Du hast gesagt – weißt du noch, was du gesagt hast? –, eines Tages, hast du gesagt, eines Tages liebe ich dich richtig.«

Er beobachtet sie jetzt. In seinem Ausdruck liegt eine seltsame Verletzlichkeit, als wäre etwas abgestreift worden und der jüngere Mann darunter zum Vorschein gekommen. »Ich habe dich angebetet«, sagt er.

»Du bist zurück nach Paris.«

»Und du wieder aufs Internat in England.«

»Du hast mir Briefe geschrieben. Die haben mich am Leben gehalten an dieser grässlichen Schule. Die verdammten Nonnen haben sie gelesen, wusstest du das? Schlimmer als Zensur. Schwester Benedict war die Französischlehrerin, und sie mochte mich nicht, weil ich fehlerfreies Französisch sprach und sie nicht. Sie hatte einen schauderhaften englischen Akzent – wenn du keine vernünftige Aussprache hast, wie in Herrgotts Namen kannst du dann eine Fremdsprache unterrichten? Jedenfalls, ich hab ihnen gesagt, du wärst mein Onkel, und am Anfang haben sie das auch geglaubt.«

»Du hast aufgehört, mir zu schreiben.«

Sie schüttelt den Kopf. »Das ist es ja. Ich hab nicht aufgehört, aber ich dachte, *du* hättest aufgehört, mir zu schreiben. Weißt du …« Und plötzlich ist sie wieder das junge Mädchen, ein Ausbund an Sehnsucht und Entrüstung, mit brennenden Augen. »Es ist nicht zu fassen, aber sie haben deine Briefe konfisziert. Irgendwann kam ihnen das mit dem *Oncle* Clément komisch vor, und sie haben deine Briefe einfach konfisziert, ohne mir was zu sagen, und ich dachte, du hättest mich aufgegeben.« Die qualvolle Zeit ist wieder real geworden, das junge Mädchen, das im Internat gefangen ist, ohne eine Möglichkeit, mit der Außenwelt Kontakt aufzunehmen. »Ich war verzweifelt, Clément. Ich hab dir geschrieben, wollte wissen, was los ist, hab dich angebettelt, mir zu schreiben, dich angefleht. Ich vermute, die Nonnen haben die Briefe einfach nicht abgeschickt.«

»Wie überaus englisch.«

»Wie überaus katholisch. Sie haben bei meinen Eltern nachgefragt, ob du wirklich mein Onkel bist. Vielleicht wegen irgendwas, was ich geschrieben hatte. Ob die meine Briefe an dich geöffnet haben? Möglich. Ich hab dich angefleht, mir zu schreiben, und mich selbst dafür verachtet. Ich hab Dinge geschrieben, die ich mir besser verkniffen hätte. Vielleicht haben sie das ja auch gelesen ...« Sie blickt ihn an, Tränen kämpfen gegen Lachen. Er nimmt ihre Hand, und sie spürt wieder dieses Etwas, das sich in ihr regt, ihr den Halt nimmt, als hätte sich der Boden unter ihren Füßen bewegt. »Aber das war schon nach dem Einmarsch, und auf einmal warst du ohnehin wie abgeschnitten, ohne Hoffnung auf Kontakt. Das ist ewig her, und ich sitze hier und reg mich auf, als wäre es gestern passiert.« Sie entzieht ihm ihre Hand, ganz vorsichtig, als könnte sie zerbrechen. »Und jetzt bist du verheiratet und Vater. Wie ist Augustine denn so? Erzähl mal.«

»Es war ein Schock für dich, nicht? Als ich gesagt habe, dass ich verheiratet bin.«

»Es war eine Überraschung.«

»Weil du denkst, ich bin kein Typ, der heiratet?«

»Weil das passieren konnte, ohne dass ich es wusste. Ohne dass irgendeiner von uns es wusste.«

»In diesen Zeiten erfahren die Leute nicht mehr viel voneinander.«

»Du hast meine Frage nicht beantwortet.«

»Stimmt. Augustine ist hübsch und die perfekte Ehefrau und zerbricht sich nicht den Kopf über so langweilige Sachen wie Wissenschaft oder Wissenschaftler. Liebt ihr Kind über alles, wie wohl jede Mutter.« Er lächelt. Sie kann seinen

Gesichtsausdruck nicht deuten. Vielleicht konnte sie das nie. »Unsere beiden Familien befürworten unsere Ehe. Was eigentlich recht überraschend ist.«

»Wieso überraschend?«

»Weil sie Jüdin ist.«

Das Wort *juive* detoniert im Raum, sprengt ihre Gedanken in alle Richtungen, wie Trümmer. »Hat sie Paris deshalb verlassen?«

Er nickt. »Sie ist kurz nach der Vél'-d'Hiv-Razzia weg. Du hast doch davon gehört, oder? Augustine war natürlich nicht davon betroffen. Da war sie schon mit mir verheiratet, und außerdem haben sie nur ausländische Juden verhaftet. Aber wir dachten, es ist besser, wenn sie mit dem Baby die besetzte Zone verlässt, und da lag es nahe, nach Annecy zu gehen.«

»Und ist sie dort in Sicherheit?«

Er zuckt die Achseln. »Jetzt, wo die Italiener weg sind, hat sich einiges geändert, aber im Augenblick muss sie nichts befürchten.«

»Das tut mir leid. Es ist bestimmt schrecklich, so getrennt zu sein, oder?«

Er denkt über ihre Frage nach, umfasst sein Glas am Stiel und lässt den Wein kreisen, sodass er die Farbe vor der Kerzenflamme sehen kann. Dann antwortet er bedächtig, als hätte er seine Worte genau abgewogen. »Unsere Beziehung ist nicht die glücklichste. Ich mag meine Frau sehr, natürlich. Aber wie in so vielen Dingen ist die ganze Geschichte kompliziert und stellt sich je nach Blickwinkel anders dar.«

»Wie die Teilchen, von denen du früher gesprochen hast.«

»Das weißt du noch, ja? Auch wenn du den Impuls eines Teilchens kennst, kennst du doch nicht seine Position.«

»Und was ist deine Position?«

Er verzieht das Gesicht. »Oder mein Impuls? Was von beidem?«

Sie sieht ihn an, spürt die Gefahr, die in gemeinsamem Lachen liegt. Lachen war das, was sie vor fünf Jahren zueinander hinzog, über die Kluft von Alter und Bildung hinweg. »Dein Impuls war immer deine Forschung.«

»Auf Kosten meiner Ehe?«

»Das kannst nur du beurteilen.«

Er zuckt die Achseln. »Die Arbeit geht weiter. Wobei uns die Deutschen natürlich über die Schultern gucken. Am Anfang haben sie uns Wolfgang Gentner als Aufpasser vor die Nase gesetzt. Er hat vor dem Krieg mit Fred am Radium-Institut gearbeitet, er ist also eigentlich einer von uns. Dank ihm haben wir das Zyklotron ans Laufen gekriegt. Hab ich dir schon mal vom Zyklotron erzählt?«

»Ich glaube ja.«

»Freds ganzer Stolz. Die Deutschen wollten es nach Heidelberg bringen, aber Gentner hat darauf bestanden, dass es hier in Paris bleibt. Gentner wurde zurück nach Deutschland versetzt, und jetzt haben wir Riezler. Auch ein guter Mann.« Er zuckt wieder die Achseln, dieses bescheuerte typisch französische Achselzucken. »Sie beschützen uns, Marian. Die Deutschen selbst beschützen uns. Sie verehren Fred, und er wickelt sie um den Finger, und wir alle dürfen mit unserer Arbeit weitermachen.«

»Das klingt nach Kollaboration.«

»Es ist Anpassung. Das machen alle Franzosen, auf die eine oder andere Art. Den Mund halten. Wegschauen.«

»Ist das dein Beitrag zur Befreiung Frankreichs? Undurchsichtige Forschungen und ein bisschen französischer Charme? Was willst du Rachel antworten, wenn sie irgendwann fragt: Was hast du im Krieg gemacht, Papa? – Ich hab den Feind mit meinem Charme dazu gebracht, mich in Ruhe zu lassen?«

»Ich hab dich früher nie sarkastisch erlebt. Das passt nicht zu dir.«

»Heutzutage passt so allerhand nicht zu mir, aber ich weiß wenigstens, auf welcher Seite ich stehe. Du hast dich mit dem Teufel eingelassen, Clément. Die anderen in deinem Labor sind nach England geflohen, nicht?«

Er runzelt die Stirn. »Woher weißt du das?«

Sie antwortet, ohne nachzudenken: »Ned hat es mir erzählt.«

Clément hob die Augenbrauen. »Aha, Ned hat dir das erzählt. Der gute alte Ned. Ich wette, er ist ganz zufrieden mit sich, schön sicher in seinem Labor in England, oder? Wann hat er es dir denn erzählt? Bevor du von England in die Schweiz gereist bist?« Er betrachtet sie, den Kopf leicht zur Seite geneigt, als würde er versuchen, sie zu durchschauen. »Was machst du wirklich hier, Marian?«

»Was ich hier mache? Hab ich doch gesagt, eine Freundin besuchen.«

»Ah, die geheimnisvolle Freundin. Aber wessen Freundin ist sie? Ist sie Marian Sutros Freundin? Oder die von Anne-Marie Laroche?«

Jähe Stille breitet sich in dem kühlen Esszimmer aus. Ein altes Porträt, von einem vermeintlichen Vorfahren mit Perücke und Wams, blickt mit einer Miene auf sie herab, die vermuten lässt, dass er Begriffe wie *nom de plume* und *nom de guerre* verstanden hätte. Vielleicht war er so der Terrorherrschaft nach der Revolution entkommen.

»Du hast meine Handtasche durchsucht.«

Er zuckt erneut die Achseln, als wäre es das Normalste von der Welt, fremde Handtaschen zu durchsuchen. Vielleicht ist es das ja auch in dieser Stadt der Angst und des Misstrauens. »Marie wollte wissen, ob du eine Lebensmittelkarte hast, also hab ich nachgesehen. Du hast geschlafen, und ich wollte dich nicht wecken. Ich hab ihr gesagt, du hättest keine, was in gewisser Weise auch stimmt, denn die einzige

Karte, die ich gefunden habe, gehörte einer gewissen Anne-Marie Laroche. Derselben Anne-Marie Laroche, auf die der Ausweis mit deinem Foto ausgestellt ist.«

Wie kontrollierst du deine Reaktion? Wie zeigst du Überraschung, verbunden mit leichter Empörung, damit deine Reaktion überzeugend wirkt? Dafür gibt es kein fertiges Rezept, nichts, was die Ausbilder dir beibringen konnten, weder in der A-Schule mit ihrem Hindernisparcours und den Nahkampftechniken noch in der B-Schule mit ihren raffinierten Täuschungsmethoden und falschen Verhören. Keine dieser Lektionen kann dir helfen, wenn du so, wie sie jetzt, von einem Freund bloßgestellt wirst, der dein Liebhaber hätte werden können, und du überrumpelt wurdest und keine Ahnung hast, wie er sich fühlt oder wo seine Loyalitäten liegen. Sie versucht, Entrüstung mit Selbstgerechtigkeit zu paaren. Es ist ein schwieriger Trick, aber einer, den sie noch aus dem Internat in Erinnerung hat, wenn sie dabei ertappt wurde, gegen eine der undurchsichtigen Regeln verstoßen zu haben, die im Kloster herrschten. »Das ist scheußlich! Einfach jemandes Sachen zu durchsuchen wie ein Polizist. Ich wollte es dir sagen, wenn sich der richtige Moment ergeben hätte. Eine Freundin hat mir den Ausweis verschafft. Ich hatte einen auf den Namen Marian Sutro, als ich aus der Schweiz kam, aber eine Freundin hat mir einen anderen besorgt, um es mir leichter zu machen. Weil der Name nämlich jüdisch klingen könnte, wenn du es genau wissen willst. Zahllose Leute machen so was aus Gott weiß was für Gründen. Das halbe Land ist inzwischen illegal, das weißt du genauso gut wie ich.«

Clément lässt sich die Erklärung durch den Kopf gehen, bleibt aber skeptisch. »Du bist aus London gekommen, nicht, Äffchen?«, sagt er. »Wie bist du hergekommen, frage ich mich? Mit dem Flugzeug, vermutlich. Bist du irgendwo auf einem Feld gelandet, oder ist mein tapferes Äffchen mit dem

Fallschirm abgesprungen?« Er schmunzelt, ein Erwachsener, der nett zu einem Kind ist. »Die tollkühne junge Frau am Fliegenden Trapez.«

»Sei nicht albern. Und nenn mich nicht Äffchen.«

»Na ja, Marian kann ich dich ja wohl schlecht nennen, oder? Wie wär's mit Anne-Marie?«

Vorsichtig – wenigstens ist ihre Hand ruhig – nimmt sie ihr Weinglas und trinkt einen Schluck. Kann sie ihm trauen? Trau niemandem, haben sie ihr in Beaulieu eingeschärft, nicht mal deinem besten Freund. Aber er ist Clément, verdammt noch mal – Clément, den sie mit der ganzen Leidenschaft eines jungen Mädchens geliebt hat; Clément, auf dessen Briefe sie atemlos gewartet hat; Clément, der erste Mann, für den sie das seltsame Gefühl empfunden hat, das einer Persönlichkeit den Halt nehmen kann, wie ein Fluss das Fundament eines Hauses unterspült oder ein Erdbeben es zum Einsturz bringt: sexuelles Verlangen.

»Ja«, sagt sie, als würde sie etwas Beschämendes gestehen. »Ich bin aus London gekommen.«

Jetzt ist sie ihm auf Gedeih und Verderb ausgeliefert. Ohne Schutz, ohne eine Leibwache aus Lügen. Nackt und hilflos, während er sie genau beobachtet, wie ein Vernehmer, der seine Sache versteht, der eher zum Geheimnisverrat verleitet, als mit Gewalt ein Geständnis zu erpressen. Sie ruft sich sämtliche Warnungen und die Verhöre in Erinnerung, die sie in Beaulieu durchspielten, wie unterschiedlich sich Vernehmer verhalten können, wie du das blendende Licht erträgst und das Gebrüll und das Untertauchen des Kopfes in Wasser, bis du in Todesnot nach Luft schnappst. Aber auch die andere Methode, die stille, hinterhältige, mit der sie dich in eine Welt aus Nachgiebigkeit und Mitgefühl locken, bis du bereit bist, dem Vernehmer, den du schließlich fast liebst, so munkelt man, vertrauliche Dinge und Geheimnisse zu verraten. Aber sie haben ihr nicht beigebracht, wie sie mit dieser Situation umgehen soll.

»Also, warum bist du zu mir gekommen? Doch bestimmt nicht um der alten Zeiten willen.«

Es ist genau wie das Spiel, das sie immer spielten, Blindschach. *Kriegsspiel.* Bloß ist jetzt keine Barriere mehr zwischen den beiden Spielern, und er kann ihr Brett mit sämtlichen Figuren sehen. »Sie brauchen dich in England, Clément.«

»Wer?«

»Leute, die wichtig sind. Ned natürlich. Aber noch wichtigere, Professor Chadwick, Dr. Kowarski …«

»Lew?«

»Er sagt, die Zukunft der französischen Kriegsbemühungen hängt davon ab.«

»Wer hat dir das gesagt?«

»Kowarski selbst.«

»Du bist ihm begegnet?«

»In Cambridge. Von Halban wurde nach Kanada geschickt, und Kowarski ist ganz allein in Cambridge. Und er braucht dich für sein Team. Sonst …«

»Sonst was?«

»Sind die Amerikaner die einzigen Akteure im Spiel. Das hat er mir gesagt.«

Er schüttelt den Kopf, ob verneinend oder ungläubig, ist nicht klar, als hätte er im Laufe eines Experiments eine verblüffende Entdeckung gemacht, die allem widerspricht, womit er gerechnet hat. Die Spaltung eines Atoms vielleicht. »Und welche Rolle spielst du dabei, Marian? Bist du der Lockvogel?«

»Was um alles in der Welt meinst du damit? Ich bin bloß der Bote.«

»Ein besonders attraktiver.«

»Willst du damit andeuten …«

»Was wissen diese Leute, wer immer sie sind, eigentlich über uns, Marian? Ich meine uns zwei.«

Sie wird rot, denkt an Fawley und den onkelhaften Peters, fragt sich, wie viel genau sie wussten. »Sie wissen, dass wir Freunde waren.«

»Das nenne ich eine bewusste Verwendung der Vergangenheitsform.«

»Wir haben uns eine Ewigkeit nicht gesehen, Clément. Vier Jahre. Es hat sich vieles verändert. Verdammt noch mal, du bist verheiratet. Reicht das nicht?«

»Es ist nicht wenig, zugegeben. Aber wenn du weiter geschrieben hättest, wenn dieser verdammte Krieg nicht ausgebrochen wäre …«

Sie schüttelt den Kopf, als wollte sie sich seine Worte aus den Ohren schütteln. »Clément, du bist nicht mehr nüchtern, ich bin nicht mehr nüchtern. Wir sollten nichts sagen, was wir morgen früh bereuen.«

»Findest du? Vielleicht sollten wir gerade *jetzt* die Dinge sagen, die wir später bereuen. Vielleicht können wir nur so ehrlich zueinander sein. Ich mach den Anfang. Vor sechs Jahren habe ich mich in die kleine Schwester meines Freundes verliebt. Sie war viel zu jung für mich, aber das hat nichts an der Tatsache geändert. Sie schien das Gleiche für mich zu empfinden, einmal waren wir sogar ganz kurz davor, ein Paar zu werden. Und jetzt taucht sie plötzlich bei mir auf, herangereift zu einer ziemlich beeindruckenden jungen Frau, und weißt du was?«

»Ich will es nicht hören.«

»Ich stelle fest, dass wir noch immer über dieselben Dinge lachen.«

»Ich hab dich gewarnt. Wir sollten nichts sagen, was wir morgen früh bereuen.«

»Aber woher wollen wir wissen, ob wir etwas bereuen, wenn wir es nicht sagen?« Er verzieht das Gesicht. »Das hört sich an wie ein ziemlich abstruser Aspekt der Physik. Schrödingers Katze, weder tot noch lebendig, bis …«

»… man den Kasten öffnet.«

»Du weißt es noch.«

»Natürlich weiß ich das noch. Aber deshalb bin ich nicht hier.« Und als wollte sie beweisen, dass dies der Wahrheit entspricht, öffnet sie ihre Handtasche, holt den Schlüsselbund hervor, löst den Lapreche-Schlüssel davon und reicht ihn Clément.

Er betrachtet ihn neugierig. »Der Schlüssel zu deinem Herzen?«

»Der Schlüssel, der mich hergeführt hat. Darin ist ein Brief von Professor Chadwick persönlich. Mir wurde gesagt, das macht ihn sehr wichtig.« Sie erläutert den Trick, wie er das winzige Fach öffnen kann, in dem sich der Mikropunkt befindet. Es klingt wie ein Gesellschaftsspiel. »Du brauchst ein Mikroskop, um den Brief zu lesen. Ich vermute, du kommst leicht an eins ran.«

Er hält den Schlüssel, genau wie sie ihn gehalten hatte, zwischen Daumen und Zeigefinger, als wäre er etwas Zartes und Kostbares. »Wie einfallsreich. Das passt zu dem raffinierten Verstand der Angelsachsen. Ich werde ihn mit Interesse lesen.« Dann lacht er unvermittelt und schüttelt ungläubig den Kopf. »Erinnerst du dich an das Spiel, das wir mit Ned immer gespielt haben? Wir haben es die Wellenfunktion kollabieren lassen genannt.«

»Ich hab nie kapiert, was ihr damit gemeint habt.«

»Wir auch nicht.« Er hält den Schlüssel hoch, sieht sie mit diesem halb belustigten, halb verwunderten Ausdruck an und sagt: »Ich frage mich, wer jetzt wohl das Schweinchen in der Mitte ist?«

Darauf gibt es eigentlich keine Antwort. Es ist ungewiss, genau wie eines seiner Teilchen.

Sie liegt im Bett, hellwach. Sie hört, wie er sich in der Wohnung bewegt: eine Tür, die geschlossen wird, laufendes Wasser, ein Scheppern in den alten Rohren.

Sie erinnert sich. Die atemlose Aufregung, als sie in den Ferien nach Hause kam und hoffte, er wäre wieder aus Paris zurück, wie er in seinen Briefen versprochen hatte. Aber sie hatten nur ein paar gestohlene Momente allein miteinander, Zeitfragmente, wenn die Familien zusammen waren, wenige Minuten, in denen sie ihm Dinge sagen konnte, die ansonsten unaussprechlich waren. »Ein Quantenteilchen kann an zwei Orten gleichzeitig sein«, erklärte er, und sie lachte, weil es so töricht klang. »*Ich* kann an zwei Orten gleichzeitig sein«, entgegnete sie schlagfertig. »Ich kann im Schlafsaal im Internat allein in meinem Bett liegen, und ich kann gleichzeitig in deinen Armen liegen.«

»Der meint es nicht ernst mit dir«, sagte eine ihrer Schulfreundinnen, als sie ihr von ihm erzählte. Sie wusste, dass die Freundin recht hatte, aber sie wusste auch, dass sie sich irrte: Es war möglich, zwei widersprüchliche Vorstellungen gleichzeitig zu hegen, genau wie es einem Teilchen möglich war, gleichzeitig zwei widersprüchliche Zustände anzunehmen, wie Clément behauptete. Eine Welle und ein Teilchen, beides gleichzeitig, oder so ähnlich. Sie nannte ihren eigenen Zustand Marians Superpositionsgesetz und war begeistert von der Vorstellung, dass es ihm ebenso erging.

Entdeckung lässt die Wellenfunktion kollabieren.

Sie lauscht, wie er über den Flur geht und kurz vor ihrer Tür stehen bleibt. Dann geht er weiter, und sie kann hören, wie sich die Tür zu seinem Schlafzimmer öffnet und schließt, und dann sind in der Wohnung keine anderen Laute mehr zu vernehmen als das Ächzen und Knarren, wenn ein Haus in der Nacht abkühlt. Aber von draußen dringen Geräusche herein – ein Auto jagt durch eine Straße in der Nähe; jemand rennt unten am Haus vorbei; eine Tür knallt, und jemand ruft irgendwas; und spät in der Nacht wird sie aus dem Nebel des Schlafes gerissen durch etwas, das sie für Schüsse in der Ferne hält.

V

Am nächsten Morgen sieht alles anders aus. Die Drohungen des Vortages sind zurückgewichen wie das Meer bei Ebbe. Sie werden ganz sicher wiederkommen, aber fürs Erste ist es still und friedlich, die raue See weit weg. Draußen ist das gestrige Grau-in-Grau ersetzt worden durch einen einzigartig blauen Himmel, so sanft wie Angorawolle.

Sie sucht ihre Sachen zusammen und schleicht den Flur hinunter ins Bad, um sich zu waschen. Zurück im Schutz ihres Zimmers, ist sie halb angezogen und kämmt sich gerade, als es an der Tür klopft.

»Herein.«

Auf seinem Gesicht liegt ein Ausdruck, den sie von früher kennt, teils zerknirscht, teils amüsiert. »Ich wollte mich entschuldigen«, sagt er. »Du hattest recht.«

»Womit?«

»Damit, dass wir bestimmte Themen am nächsten Morgen bereuen werden.«

»Wir hatten zu viel getrunken.«

»Oder vielleicht nicht genug.«

Sie zuckt die Achseln und widmet sich wieder ihren Haaren, ist sich seiner Augen bewusst, die auf ihr ruhen, spürt den Kitzel des Nacktseins, obwohl sie es nicht ist. »Ich hab's eilig, und du hältst mich auf.«

»Ich schaue nur zu.«

»Das ist das Problem.«

»Wo willst du hin?«

»Diese Freundin besuchen. Hab ich doch gesagt.«

»Aber du kommst doch heute Nachmittag zurück, oder? Du läufst nicht wieder weg?«

»Wieder?«

»Du bist nach England weggelaufen.«

»Ich bin nicht weggelaufen. Ich wurde hingeschickt.«

»Du bist auch hierher geschickt worden, nicht?«

»Ich hätte Nein sagen können. Es war meine Entscheidung, herzukommen.«

»Und du gehst nicht, ohne mir vorher Bescheid zu sagen?«

»Nein.« Die Frisur ist fertig. Sie sieht ihn wieder an. »Ich bin jetzt erwachsen, Clément, nicht mehr dein kleines Mädchen.«

»Ich hab dich nie für ein kleines Mädchen gehalten. Du bist mir immer absurd erwachsen vorgekommen.« Er kommt ins Zimmer und gibt ihr einen sittsamen Kuss auf die Wange. »Ich seh dich dann, wenn ich aus dem Labor komme. Wir unternehmen was. Sonst fällt uns noch die Decke auf den Kopf. Wie wär's mit Theater? Ich kann Karten besorgen.«

»Theater?«

»Was könnte typischer für Paris sein, als ins Theater zu gehen?«

Das Theater scheint ihr gefährlich, zu öffentlich. »Vielleicht …«

Aber sie spricht den Satz nicht zu Ende, und er wartet auch nicht ab. »Dann also abgemacht. Ich muss jetzt los, aber ich versuche, heute Nachmittag zeitig zurück zu sein.« Er wirft ihr noch einen Blick zu, ehe er die Tür schließt. »Pass auf dich auf, ja? Paris ist ein gefährliches Pflaster.«

Sie lauscht auf das Schließen der Wohnungstür. Im Esszimmer wartet Marie, die den Tisch mit einem kargen Frühstück gedeckt hat – etwas Graubrot und ein schmieriges, gelbes Zeug, das keine Butter ist. Aber es gibt Kaffee, richtigen Kaffee aus dem Päckchen, das Alice ihr gegeben hat. Es ist nicht klar, ob ihr dieses Geschenk bei Marie Sympathie eingebracht hat. Die Frau beobachtet sie scharf, als befürchte sie, dass Alice silberne Löffel klaut. »Wird Mademoiselle zum Abendessen da sein? Monsieur Clément hat angedeutet …«

»Ich werde zum Abendessen da sein, ja. Ich bleibe ein paar Tage.«

»Und Sie haben keine Lebensmittelkarte?«

Alice blickt hilflos und gibt als Entschuldigung vor, sie hätte alles zu Hause gelassen, was dumm von ihr gewesen sei. Die Frau schnaubt. »Das macht meine Arbeit noch schwerer.«

»Ich weiß. Aber ich musste überstürzt aufbrechen. Die Freundin, die mich dringend sehen will …« Sie lässt den Rest unausgesprochen, aber es genügt als Andeutung: irgendwelche Frauenprobleme – ein Liebhaber vielleicht oder sogar ein Ehemann auf Abwegen; oder eine Schwangerschaft, ungewollt und unerwartet. »Ich weiß, Monsieur Clément würde es niemals annehmen, aber wenn etwas Geld eine Hilfe wäre …«

Die Haushälterin verzieht keine Miene. »Das wäre nicht richtig. Sie sind schließlich unser Gast.«

»Aber Sie könnten ein paar Dinge auf dem Schwarzmarkt besorgen. Richtige Butter vielleicht. Monsieur Clément muss es ja nicht erfahren.«

»Auf dem Land gibt es bestimmt Butter, nicht wahr?«

»Manchmal ja. Die Bauern behalten einen Teil zurück, und wer die richtigen Leute kennt …«

Die Frau nickt. »Mein Cousin hat einen Hof in der Normandie. Wir bekommen einiges von ihm, aber es wird allmählich immer schwieriger.«

Das Nicken besiegelt die Angelegenheit. Die Geldübergabe erfolgt mit der Diskretion einer illegalen Geschäftsabwicklung an der Straßenecke, als könnte selbst hier in der Wohnung die Polizei zuschauen.

Von dem Moment an, als sie das Haus verlässt, geht sie davon aus, dass sie verfolgt wird. Geht immer vom Schlimmsten aus, hat einer der Ausbilder sie gewarnt: Pessimisten sind die besten Agenten. In der Umgebung der Sorbonne mischt sie sich unter die Studenten auf dem Weg zu ihren Vorlesungen, geht sogar in einen der Innenhöfe und nimmt einen anderen Ausgang, um zu sehen, ob sie einen möglichen Verfolger aus der Menge locken kann. In der Rue Saint-Jacques überprüft sie in Schaufenstern das Spiegelbild von der anderen Straßenseite, sucht nach Leuten, die herumtrödeln, nach irgendwem, der sie beobachten könnte. An der Métrostation auf dem Boulevard Saint-Germain steigt sie auf einer Straßenseite die Treppe hinab und kommt auf der anderen Seite wieder ans Tageslicht, achtet darauf, ob irgendwer das Gleiche tut. Niemand folgt ihr. Sie ist absolut sauber, eine gescheite, freie Frau in dieser ängstlichen Stadt. Sie geht zurück zur Métro, wo sie sich in das Gewühl auf dem Bahnsteig mischt und dann in den nächsten Zug steigt, der in nördlicher Richtung die Seine unterquert. Einige Stationen später wechselt sie die Linie und fährt weiter in den Osten der Stadt, weg von Clément, weg von Marian Sutro.

Yvettes Adresse ist ein Mietshaus nicht weit vom Friedhof im 20. Arrondissement, ein graues vierstöckiges Gebäude mit einem Mansardendach und bröckelnden Stuckverzierungen an der Fassade, eins von den Häusern, an denen der Zahn der Zeit nagt, seit sie nach Haussmanns Plänen errichtet wurden. Alice schaut sich um, als sie mit forschen Schritten an der Adresse vorbeigeht. Ein *clochard* wühlt in Mülltonnen; zwei Leute sitzen an einem Fenstertisch im Café direkt gegenüber; ein junges Pärchen steht auf dem Bürgersteig und streitet sich wegen irgendwas mit typisch pariserischer Heftigkeit; eine Frau führt ihren Hund Gassi; ein Zeitungsverkäufer bietet *Le Matin* und *Les Nouveaux Temps* an. Ein Stück weiter die Straße hinunter ist ein Markt mit einigen wenigen klapprigen Ständen, an denen gebrauchte Kleidung und Eisenwaren feilgeboten werden – Nähmaschinenteile, Rohrleitungsstücke, Töpfe und Pfannen, Dinge, die von Nutzen sein könnten in einer Welt, wo alles wiederverwertet wird und nichts neu ist. Leute suchen in dem Plunder herum. Alice sieht sich ein paar alte Pullover an und blickt dabei immer wieder zurück zu dem Haus.

»Der würde Ihnen hübsch stehen«, sagt die Standfrau.

Alice lächelt und überlegt kurz, ob sie das Stück kaufen soll, legt es aber wieder hin und geht dann weiter zum Friedhof. Etliche Leute kommen und gehen durch das Tor, und einigen ist das Leid ins Gesicht geätzt. An einem Blumenstand neben dem Eingang kauft sie einen kümmerlichen Strauß Anemonen, um sich eine Art Alibi zu verschaffen, ehe sie durch das Tor geht. Sie folgt zielstrebig einem der Wege, vorbei an verschnörkelten Gedenksteinen und andächtigen, weinenden Engeln, bis sie ein kahles Grab findet, wo sie ihre Blumen ablegen kann. Die Inschrift lautet *Jules Auvergne, poète*. Sie hat noch nie von ihm gehört. Haben Blumen für unbekannte Tote von unbekannten Lebenden irgendeine Bedeutung im Jenseits? Sie geht den Weg zurück, den sie gekommen ist, passiert wieder den Markt und steuert dann auf das Café gegenüber von dem Haus zu, in dem Yvette wohnt, beobachtet die Leute auf der Straße, taxiert sie, versucht, die eine Frage zu beantworten, die beantwortet werden muss: Steht Yvettes Wohnung unter Beobachtung?

Sie setzt sich an einen Fenstertisch, bestellt eine Tasse Kaffee und liest in ihrem Buch. Die Zeit verstreicht. Am Nachbartisch unterhalten sich zwei junge Mädchen mit leisen, empörten Stimmen über einen Jungen. Er ist offenbar ein Saukerl, *un salaud*, der mit zwei Mädchen gleichzeitig geht. Sollen sie die Opfer aufklären? Die Debatte dauert an, ohne dass ein Ergebnis erzielt wird. Draußen vor dem Fenster spielen sich ganz alltägliche, zufällige Straßenszenen ab: Frauen bleiben auf einen Plausch stehen und jammern und klagen; an den Marktständen kommen und gehen die Leute. In einer *impasse*, die schräg gegenüber von der Straße abgeht, spielen Kinder Fangen, drei Mädchen und ein kleinerer Junge, ohne sich um die Welt um sie herum zu scheren. »Du bist!«, rufen sie jedes Mal, wenn einer abgeklatscht wird, um dann in alle Richtungen auseinanderzurennen, weg von demjenigen, der gerade dran ist. Ab und an geht die Tür von Yvettes Mietshaus auf, und jemand kommt heraus, bahnt sich einen Weg durch die spielenden Kinder. Kurz vor halb elf tritt eine Gestalt aus dem Haus, und es ist Yvette. Plötzlich ist sie da, huscht hinaus ins Tageslicht. Sie trägt ein tristes, braunes Kleid, eine beigefarbene *gilet* über die Schultern geworfen. Sie hastet an den Kindern vorbei und verschwindet in der *impasse*.

Alice lässt sich die Rechnung bringen. Kein Grund zur Eile, sagt sie sich. Die Maus wird in ihr Nest zurückkehren. Und tatsächlich, nur wenige Minuten später taucht Yvette wieder auf, eine braune Einkaufstüte an die Brust gedrückt.

Alice lässt etwas Trinkgeld auf dem Tisch liegen, schnappt sich ihre Handtasche und geht nach draußen. Auf der anderen Straßenseite kramt Yvette in ihrer Tasche herum, steckt dann einen Schlüssel ins Schloss. Bemüht, keinen hastigen

Eindruck zu machen, überquert Alice die Straße und erreicht den Hauseingang gerade rechtzeitig, um die sich schließende Tür abzufangen und hineinzuschlüpfen. Gleich darauf fällt die Tür, von irgendeinem Schließmechanismus gezogen, laut hinter ihr ins Schloss. Das Treppenhaus ist düster, nur durch ein staubiges Oberlicht erhellt. Unter der Treppe stehen zwei Fahrräder und ein ramponierter Kinderwagen. Yvette steigt bereits die Treppe hinauf, schenkt der Fremden, die gleich hinter ihr hereingekommen ist, kaum Beachtung.

»He!«, sagt Alice. »Ich bin's.«

Yvette packt den Handlauf und dreht sich um. Selbst in der Dunkelheit kann Alice die Angst in den weit aufgerissenen Augen sehen. »Wer ist da?«

»Können wir reden?«, fragt Alice.

Wiedererkennen zeichnet sich ab. »Was machst du hier? Geh weg. Ich will dich nicht sehen.«

Alice geht die Treppe hoch auf die Frau zu. Von draußen ist das Kreischen der spielenden Kinder zu hören, fröhliche, alltägliche Geräusche. Drinnen diese plötzliche, unerwartete Begegnung von Schatten. »Ich bin hier, um nach dem Rechten zu sehen. Wo können wir reden?«

»Du kannst nicht hierherkommen.«

»Bist du allein?«

»Ich geh jetzt.«

Sie dreht sich um und will die Treppe weiter hochgehen. Alice hält sie am Arm fest, packt mit den Fingern den zerbrechlichen Ellbogen. »Lass uns reden. Es ist niemand da. Lass uns hier reden. Wie alte Bekannte. Wer bist du zurzeit? Ich bin Anne-Marie Laroche. Wer bist du?«

»Yvette«, antwortet die Frau dumpf. »Bloß Yvette.«

»Können wir nach oben? Bist du allein?«

Yvette zuckt die Achseln. »Natürlich bin ich allein. Darum geht's doch, oder? Wir sind alle allein.«

»Jetzt bist du nicht mehr allein.«

Die Frau steht da. Es ist nicht mal klar, ob sie die Situation abwägt. Dann zuckt sie mit den Schultern, als würde sie sich in das Unvermeidliche fügen, und geht weiter nach oben, gefolgt von Alice.

Yvette hat ihre Wohnung gut ausgewählt: Es ist eine typische Pianistinnenwohnung ganz oben unterm Dach, mit schrägen Decken und Mansardenfenstern, an deren Dachvorsprüngen sich leicht eine Antenne anbringen lässt. Draußen vor den Fenstern kratzen und scharren Tauben auf den Dachpfannen. Wenn sie mit den Flügeln schlagen, klingt es wie klatschende Hände. In der Ferne kann Alice die Kuppeln von Sacré-Cœur sehen. Sie hat die Kirche einmal sehr gemocht, aber Clément fand sie scheußlich, weshalb sie ihr jetzt genauso vorkommt: scheußlich, ein weiß getünchtes Grabmal.

»Ich wusste, die würden mich holen kommen«, sagt Yvette. »Ich hätte bloß nicht gedacht, dass sie dich schicken.« Sie macht Kaffee auf einem Petroleumkocher in einer Ecke des Zimmers, mit dem kostbaren Kaffee, den Alice mitgebracht hat. Ständig blickt sie sich um, nicht gezielt zu Alice, sondern einfach nur über die Schulter, wie ein Tier, das vor seinen natürlichen Feinden auf der Hut ist. Der Kaffeeduft vermischt sich mit dem Petroleumgestank.

»Ich bin nicht gekommen, um dich zu holen, Yvette. Ich bin gekommen, um dir zu helfen.«

»Ich brauche keine Hilfe.«

»Du hast dich nicht mehr über Funk gemeldet. Sie haben gedacht, das Gerät ist vielleicht kaputt. Ich hab dir Quarze mitgebracht…«

»Ich brauch keine verdammten Quarze. Ich brauch gar nichts.«

»Was ist denn passiert, Yvette? Was ist mit deinem Ring passiert? CINÉASTE, richtig?«

»Woher weißt du das?«

»Von einem Funkspruch aus London.«

»Die haben dich extra hergeschickt?«

»Ich war schon im Land. Sie wussten nicht, was passiert war, als du nicht mehr gefunkt hast. Erzähl mir, was passiert ist, Yvette. Mit CINÉASTE.«

»Der Ring ist aufgeflogen. Sie hatten sich alle in einem Café getroffen …«

»Wir haben doch Anweisung, das nicht zu tun.«

»Aber es kommt trotzdem vor, oder? So was machen Menschen nun mal, egal was sie uns in der Ausbildung beigebracht haben. Was wissen die denn schon? Jedenfalls, ich hatte mich verspätet. Ein Stromausfall oder so in der Métro. Deshalb war ich gerade noch rechtzeitig da, um …«

»Um was?«

»Um nicht geschnappt zu werden. Um zuschauen zu können. Die wussten Bescheid. Die *Frisés*, meine ich. Die *wussten* von dem Treffen. Irgendwer muss uns verraten haben. Ich hab alles mit angesehen, von der anderen Straßenseite aus. Es war ein Riesenaufgebot. Soldaten und Polizei. Die haben den Laden umzingelt und alle einkassiert und weggebracht.«

»Was hast du gemacht?«

Yvette bringt den Kaffee zum Tisch. »Ich bin untergetaucht. Was hätte ich sonst machen sollen?«

»Und zu dir sind sie nicht gekommen?«

»Nein. Weil sie diese Adresse noch nicht kannten. Ich bin erst vor Kurzem hier eingezogen. Du weißt ja, öfter umziehen, wie wir's gelernt haben.«

»Und woher kannte London diese Adresse?«

Sie zuckt die Achseln, als ob solche Fragen belanglos wären. »Von meinem letzten Funkspruch, schätze ich.

Ich dachte, die könnten mir helfen, deshalb hab ich ihnen das mit dem Ring erzählt und diese Adresse genannt, und erst danach ist mir klar geworden, dass sie rein gar nichts für mich tun können, dass ich auf mich allein gestellt bin, dass ich, was die angeht, ruhig bleiben kann, wo der Pfeffer wächst. Also hab ich den Funkkontakt gekappt. In der Stadt wimmelt es von Peilwagen. Wenn du länger als ein oder zwei Minuten funkst, können sie dich orten, und dann steckst du in der Scheiße.«

»Kannst du nicht von woanders funken?«

»Alle Schlupfwinkel sind aufgeflogen, oder? Die haben Emile geschnappt, wusstest du das?«

»Emile?«

»Er war erst eine Woche vorher angekommen. Eine Lysander …«

»Aber als ich ihn zuletzt gesehen hab, war er für einen Absprung vorgesehen.«

»Er hat sich geweigert zu springen. Im letzten Moment hat er sich geweigert, aus dem Flugzeug zu springen …«

»Er hat sich *geweigert?*«

»Sie mussten ihn wieder mit zurücknehmen, und beim nächsten Mal haben sie ihn dann mit einer Lysander am Boden abgesetzt.«

»Das hat er dir erzählt? So was hätte er doch niemals zugegeben.«

Wieder zuckt sie die Achseln, wirkt plötzlich verlegen. »Er hat's mir erzählt. Er ist gar nicht so, wie wir immer dachten.« Sie trinkt von ihrem Kaffee, hält die Tasse Trost suchend mit beiden Händen, blickt zu Alice auf, Angst und Verwirrung in den Augen.

»Wir müssen dich hier rausholen«, sagt Alice. »Wir müssen dich nach Hause bringen, zurück in Sicherheit, zurück zu deiner kleinen Violette.«

Der Name ihrer Tochter ist der Auslöser. Einen Moment lang zaudert Yvettes Gesicht, als könnte es sich nicht entscheiden, welchen Ausdruck es annehmen soll. Und dann, mit einem Mal, löst es sich auf wie eine Papiermaske im Regen, die Züge zerknautschen, verlieren den Zusammenhalt und werden zu etwas anderem, einem bloßen Trümmerantlitz. Sie sitzt da, den Kopf gesenkt, von Schluchzern geschüttelt, und entschuldigt sich dafür, der Sache nicht gewachsen zu sein. Das hat sie schon immer getan: sich für ihre Unzulänglichkeiten entschuldigt. »Ich hab Angst«, sagt sie, während sie Rotz und Wasser heult. »Ich hätte das nie für möglich gehalten, aber ich hab richtig Angst. Ich hab Angst davor, was sie mit mir machen könnten, ich hab Angst davor, was ich ihnen erzählen könnte. Ich hab Angst. Und ich habe Angst davor, was mit Violette passieren könnte, wenn ich nicht überlebe.«

Alice legt ihr einen Arm um die Schultern. »Violette ist in Sicherheit, keine Sorge. Und wir kümmern uns um dich. Wir holen dich raus. Wie kann ich Kontakt zu dir aufnehmen, ohne herkommen zu müssen?«

»Warum willst du nicht herkommen?«

»Du weißt, eine Kontaktperson ist besser. Was ist mit dem Café gegenüber? Kann ich da eine Nachricht hinterlassen?«

»Ich denke ja. Ich bin hin und wieder dort. Der Besitzer ist ein Fettwanst namens Boger. Du kannst bei ihm was hinterlassen.«

»Geh regelmäßig hin und frag nach, ob er eine Nachricht für dich hat. Hast du dein Funkgerät noch?«

Yvette nickt. »Unter meinem Bett. Ich wollte es längst loswerden, aber ich wusste nicht, wie.« Ihre Augen weiten sich. »Du willst es doch nicht benutzen … um Gottes willen, tu das nicht, es ist nicht sicher, glaub mir!«

»Ich lass es für dich verschwinden. Ich nehm's mit.«

»Es ist gefährlich, mit dem Ding draußen auf der Straße rumzulaufen.«

»Das geht schon. In Paris hat neuerdings jeder einen Koffer dabei.«

Yvette versucht einen Witz. »Aber nicht jeder hat ein B2-Funkgerät drin.« Kein schlechter Versuch in Anbetracht der Tränen. Alice will sie weiter aufmuntern. »Weißt du, wie ich die Ersatzquarze für dich hergebracht hab? Versteckt in meinem Briefschlitz.«

»Deinem Briefschlitz?«

Dann begreift sie und prustet los, und Alice ebenso. Sie kreischen beide vor Lachen, ein Lachen, das an Hysterie grenzt. Und dann schlägt die Stimmung gefährlich um, wie ein Wind, der plötzlich die Richtung ändert. »Und das hier hab ich auch noch«, sagt Yvette und zieht die Tischschublade auf. Sie holt etwas hervor, das in einen Lappen eingewickelt ist, und packt es aus. Es ist wie ein Zaubertrick: Erst ist nur ein dreckiger Lappen zu sehen, und im nächsten Moment liegt eine Pistole in ihrer schmalen Hand – eine Neun-Millimeter-Browning-Halbautomatik.

»Mein Gott, Yvette. Wo hast du die her?«

»Gehört zur Standardausrüstung einer Pianistin. Du kannst schließlich nicht so tun, als würdest du was Harmloses machen, oder? Dann kannst du auch genauso gut bewaffnet sein.«

Alice nimmt ihr die Waffe aus der Hand. Das Gefühl ist ihr sofort vertraut, und das beunruhigt sie. Die vielen Stunden Waffenausbildung in der Meoble Lodge. Die verschiedenen Sorten. Mehr Modelle, als ein Soldat je im Leben zu sehen bekommt. Sie richtet die Pistole auf den Boden, zieht das Magazin heraus, lässt den Schlitten ein paarmal vor- und zurückgleiten, drückt den Abzug und lauscht auf das leere Schnappen des Anschlags. »Munition?«

Yvette holt ein geladenes Magazin und eine Schachtel mit einem Dutzend Patronen hervor. »Nimm's mit«, sagt sie und schiebt alles über den Tisch. »Nimm den ganzen Mist mit.«

VI

Alice trägt den Koffer quer durch die Stadt. Es ist ein abgewetzter Lederkoffer mit ein paar alten Hotelaufklebern drauf und einem kaputten Griff, der behelfsmäßig fest mit Zwirn umwickelt ist. Sie hasst das Teil, weil es schwer und hässlich und gefährlich ist wie eine Bombe. Es steht auf dem Boden des Métrowaggons neben ihren Füßen, wo ein Polizist oder Soldat sie jederzeit auffordern könnte, ihn zu öffnen, und das würde genügen, um das Ding detonieren zu lassen.

An der Station Réaumur-Sébastopol muss sie umsteigen, schleppt das verhasste Ding durch die Tunnel, wo ihre Schritte von den gefliesten Wänden widerhallen. Sie meidet Blickkontakt mit anderen, die in dieselbe Richtung gehen, versucht, möglichst nicht aufzufallen. »Darf ich Ihnen helfen, *Mam'selle?*«, sagt eine männliche Stimme neben ihr, und schon streckt sich eine Hand aus, um den Griff zu nehmen. Sie zieht den Koffer weg, ohne zur Seite zu schauen. Doch selbst aus dem Augenwinkel erkennt sie die graugrüne Uniform mit den schwarz-silbernen Rangabzeichen. Ein Major der Wehrmacht. »Es geht schon, danke.«

»Wie Sie wünschen.« Er spricht ganz gut Französisch und macht einen stillen und höflichen Eindruck. Er folgt ihr auf den Bahnsteig und wartet neben ihr auf den nächsten Zug. »Wollen Sie zum Bahnhof Montparnasse?«

»Nein.«

Er blickt nach unten. »Der Koffer ist ein Symbol für unsere Zeit geworden, nicht? So viele Leute haben ihr ganzes Leben in einen Koffer gepackt. Bedauerlicherweise.«

Sie zuckt die Achseln, ohne auf ihn einzugehen, und betet, dass der Zug endlich kommen möge. Als er in die Station einfährt, folgt der Offizier ihr in den Wagen und setzt sich ihr gegenüber. Ein schwaches Lächeln umspielt seine Lippen, als würde er ihr Geheimnis kennen. »Lassen Sie mich raten …«, sagt er. Der Zug fährt los. Andere Fahrgäste schauen weg. »… Sie wollen nicht zum Bahnhof, das heißt, Sie wollen nicht verreisen. Sie sind zu Besuch hier. Ja genau! Sie besuchen Ihre betagte Tante, die ganz allein in Montparnasse lebt.«

Die Fahrtzeit zwischen den Stationen beträgt knapp eine Minute im Durchschnitt. Sie hat sechs Haltestellen. Plus die Zeit fürs Aus- und Einsteigen der Leute, wie viel macht das? Sie versucht, es im Kopf auszurechnen, während der lächelnde Offizier weiter versucht, den Grund für ihren Parisbesuch zu erraten.

»Oder Sie besuchen Ihren Freund. Sie wollen zu Ihrem Freund, und das ist einer von diesen *Rive-Gauche*-Intellektuellen, von denen Ihre Eltern nichts halten. Ein Dichter vielleicht. Oder ein Philosoph.«

»Lassen Sie sie in Ruhe«, sagt eine Frau.

»Verzeihung?«

»Ich hab gesagt, lassen Sie sie in Ruhe.« Die Sprecherin ist eine nachlässig gekleidete, graue Frau mittleren Alters. Ihr Gesicht ist grau, ihre ganze Erscheinung ist grau, aber sie hat als Einzige den Mut, sich für eine junge Frau einzusetzen. »Höflichkeit ist Höflichkeit, egal welche Uniform Sie tragen.«

Der Major scheint perplex. »Entschuldigung.« Er neigt den Kopf in Richtung der Frau und dann Richtung Alice. »Ich bitte um Verzeihung, falls ich Ihnen zu nahe getreten bin. Ich wollte bloß höflich mit Ihnen plaudern.«

»Höflichkeit ist nicht, fremden Leute, die in Ruhe gelassen werden wollen, ein Gespräch aufzudrängen«, bemerkt die Frau mit einem energischen Nicken, als wollte sie ihren Standpunkt unterstreichen. Alice lächelt ihr dankbar zu. Verlegen wendet der Major den Blick ab und sieht woandershin, betrachtet die Leute, die bei jedem Halt hereindrängen, die Hinweisschilder über den Sitzen, die Dunkelheit hinter den Fenstern.

Als der Zug vor der Einfahrt in die Station Saint-Michel langsamer wird, steht Alice auf und geht zur Tür. Der Major folgt ihr und bleibt dicht hinter ihr stehen, während sie darauf wartet, dass der Zug hält und die Türen aufgehen. Als sie aussteigt, tut er es ihr gleich. Sie geht weiter, bemüht, nicht auf seine Nähe zu achten, doch unten an der Treppe stauen sich die Leute, und der Major holt sie ein. Sie bewegen sich langsam vorwärts. Irgendetwas blockiert den Ausgang, verlangsamt den Menschenstrom. *Rafle*, sagt jemand. Das Wort macht die Runde. *Rafle*. Kontrolle. Oben an der Treppe ist Tageslicht zu sehen, und sie kann Uniformen erkennen, sich drängelnde und schubsende Menschen, das allgemeine Durcheinander von Männern und Frauen, die hektisch nach ihren Papieren suchen, ihre Taschen öffnen. Eine deutsche Stimme ruft irgendwas auf Französisch. Leute murren und fluchen. Sie packt ihren Koffer fester. Vielleicht kann sie ihn einfach stehen lassen. Vielleicht kann sie kehrtmachen und in den nächsten Zug steigen. Die Menge schiebt sie weiter nach vorn. Panik steigt in ihr auf, eine Flutwelle aus Schweiß und Herzrasen, ein seltsames Klingeln in den Ohren.

»Bitte«, sagt der Major an ihrer Schulter. »Wir wollen uns doch durch diesen Unfug nicht aufhalten lassen. Erlauben Sie mir, Ihnen zu helfen, *Mam'selle*.« Seine Hand ist an ihrer, entzieht ihr den Koffer.

Sie lässt los, gibt die Bombe ab, die sie im Nu töten könnte. Panik rät ihr, sie soll den Major einfach gehen lassen und versuchen, durch die Station zu entkommen. Sie wäre weg, ehe er dazu käme, einen Blick in den Koffer zu werfen. Sie wäre auf und davon. Aber Panik ist die schlechteste Beraterin. Panik kann töten. Sie folgt ihm nach oben, schiebt sich in seinem Schlepptau durchs Menschengewimmel. Irgendjemand in der Menge ruft: »Scheißflittchen.«

Oben angekommen, sieht sie, wie deutsche Soldaten und französische Polizisten Papiere überprüfen, Jacken- und Hosentaschen durchsuchen, in Hand- und Reisetaschen stöbern. Vielleicht suchen sie irgendwen, vielleicht ist es auch bloß eine von diesen willkürlichen Kontrollen, die lästige Unannehmlichkeit der Besatzung. Der Major redet mit einem der Soldaten. »Ich kann mich für das Fräulein verbürgen«, sagt er. »Sie ist in meiner Begleitung.« Der Soldat dreht sich zu ihr um und winkt sie durch. Sie passiert die *barrage* und betritt den rettenden Bürgersteig, wo sie die Luft kühl im Gesicht spürt. Etwas abseits ist eine Gruppe von Männern und Frauen zusammengetrieben worden, die alle den gelben Stern tragen. Ein Stück dahinter werden Menschen auf die Ladeflächen von zwei Lastern gescheucht. Aber niemand interessiert sich für Alice. Ihre Panik ebbt ab, hinterlässt ein Trümmerfeld aus rasendem Puls und weichen Knien und Schweiß.

Der Major reicht ihr den Koffer. »Leider habe ich einen Termin. Sonst würde ich Sie begleiten.«

Sie nimmt ihm das Ding ab. »Das geht schon. So schwer ist er ja nicht.«

»Aber Sie sehen nicht gut aus. Sehr blass.«

»Das kommt von dem Gedränge ...«

»Vielleicht ...« Vielleicht was? Er ist ein gut aussehender Mann, ein nachdenklich aussehender Mann, ein Mann, der einen guten Liebhaber abgäbe, einen guten Ehemann, einen guten Vater.

»Vielleicht auf einen Kaffee? Ein paar Minuten Zeit hätte ich noch.«

»Ich kann leider nicht.«

»Oder wie wär's, wenn wir uns für später auf ein Glas verabreden?«

»Ich habe einen Freund, wissen Sie.«

»Ich wollte damit nicht andeuten …«

»Die Leute würden das missverstehen, meinen Sie nicht?«

Er nickt, blickt niedergeschlagen. »Wahrscheinlich, ja.«

Sie versucht ein Lächeln, dreht sich um und geht, vorbei am Eingang zur Métro, vorbei an den Leuten, die nach und nach die *barrage* passieren. Und die ganze Zeit weiß sie, dass seine Augen ihr folgen.

Der Koffer nimmt eine eigene Persönlichkeit an. Er liegt in ihrem Zimmer unter dem Bett versteckt, lauernd. Sie weiß, dass er da ist, Marie weiß, dass er da ist – wie hätte sie ihn auch verbergen können, als sie vor der Wohnungstür stand und darauf wartete, hereingelassen zu werden? Clément wird erfahren müssen, dass er da ist. Ein Koffer. Sie weiß nicht genau, was sie damit machen soll oder was genau sie mit Clément machen soll. Sie weiß überhaupt nicht mehr, was sie machen soll. Das Einzige, was sie weiß, sind die abstrakten Fakten – sie muss eine Rückführung organisieren; sie muss dafür sorgen, dass Yvette zurück nach England kommt; sie muss Clément überreden, sich ebenfalls nach England bringen zu lassen.

VII

»In der Métro hat ein Wehrmachtsoffizier versucht, sich an mich ranzumachen«, erzählt sie ihm.

»Wundert mich nicht. Ich würde auch versuchen, mich in der Métro an dich ranzumachen.«

»Du bist verheiratet.«

»Er bestimmt auch.«

Sie lacht. Sie will sich nicht so entspannt fühlen, aber genau so fühlt sie sich. Sie will nervös sein, beklommen, argwöhnisch, will all das spüren, was ihr in der Ausbildung eingetrichtert worden ist. Doch sie empfindet nur ein absurdes und kindisches Glück in seiner Gegenwart. Und Sicherheit – sie empfindet Sicherheit. Die gefährlichste Illusion überhaupt.

Wie versprochen, hat er Karten besorgt, für ein Stück im Théâtre de la Cité. Die Vorstellung fängt früh an – in diesen Zeiten fangen alle Vorstellungen früh an, damit die Leute es vor der Sperrstunde nach Hause schaffen –, und sie können bequem zu Fuß gehen. Würde sie das gern?

»Zunächst einmal würde ich gern wissen, ob du es geschafft hast, den Brief zu lesen.«

Er zuckt die Achseln, als wäre das nicht besonders wichtig. »Ja, hab ich. Ich bin runter in die Kellerwerkstätten vom Collège und hab mir eine Feile ausgeborgt. Hab erzählt, einer von meinen Schlüsseln würde klemmen, und ich wollte ihn wieder passend machen. Schwierig war nur, den Handwerker davon zu überzeugen, dass ich das auch ohne seine Hilfe hinkriegen würde. Und dann musste ich mir noch einen idiotischen Vorwand überlegen, um im Biologielabor ein Mikroskop auszuleihen.«

»Und der Brief?«

»Ist gar nicht so einfach, etwas von der Größe eines Schreibmaschinenpunktes im Auge zu behalten. Ich hatte

Angst, ich müsste niesen oder so.« Er neckt sie. Wie er das schon immer gern getan hat. Solche Frotzeleien sind wie eine heimliche Liebkosung, beunruhigend und prickelnd zugleich.

»Aber du hast ihn gelesen?«

»Ja, hab ich. Sehr einfallsreich. Eine Art fotografischer Verkleinerungsprozess …«

»Ist doch jetzt egal. Was stand drin?«

»Der Brief war ausgesprochen schmeichelhaft. Schmeicheleien von Professor Chadwick sind ein seltenes Gut. Er war im letzten Krieg in Deutschland interniert, wusstest du das? Er kennt Deutschland und die deutsche Wissenschaft wie seine Westentasche. Ein gefährlicher Feind. Churchill wettert über sie und bezeichnet sie als Hunnen, aber Chadwick *kennt* sie. Die Frage ist, falle ich auf seine Schmeicheleien rein?«

»Es sind keine Schmeicheleien, Clément. Himmel noch mal, sie brauchen dich wirklich.«

»Aber wer genau braucht mich und wozu?« Er lacht und sieht auf seine Uhr. »Wenn wir uns nicht sputen, kommen wir noch zu spät ins Theater.«

Sie machen sich auf den Weg, spazieren Arm in Arm und ganz wie von selbst im selben Tempo, als wären sie darin geübt, zusammen zu gehen. Alice' anfängliche Befürchtungen lösen sich im abendlichen Sonnenlicht auf. Die Stadt hat es endlich geschafft, eine Art Zauber zu entfalten und eine ganz passable Imitation ihres alten Selbst zu liefern: Paris, wie es vor dem Krieg war. Die Platanen auf dem Boulevard Saint-Michel werfen goldrote Blätter ab, als wäre nichts Besonderes geschehen, als gäbe es keinen Krieg, keinen Einmarsch, keine Besatzung. Unweit vom Lycée Saint-Louis kommen sie an einem Café vorbei, das bei Studenten beliebt ist, junge Männer mit langen Haaren, junge Frauen mit kurzen Röcken und bunten Strümpfen. Einer von den jungen Burschen ruft: »*Bonsoir, prof!*« und hebt anerkennend den Daumen. Eine andere Stimme tönt: »*Quelle bonne gonzesse!*« Lachen folgt ihnen die Straße hinunter.

»*Zazous*«, sagt Clément. »Die Polizei nimmt sie regelmäßig fest und schneidet ihnen die Haare ab. Steckt sie auch schon mal ins Gefängnis. Die Obrigkeit weiß, wie sie mit politischen Widersachern umzugehen hat. Das ist einfach. Aber diese jungen Leute sind unpolitisch, und das irritiert sie.«

Sie gehen weiter, halten jetzt Händchen, obwohl sie nicht genau weiß, was Händchenhalten bedeuten soll. Als sie am Fluss sind, bleibt sie stehen und schaut sich um. Genau hier ist sie damals mit ihm spazieren gegangen, im Frühjahr 1939, zusammen mit Ned und ihrem Vater. Sie denkt über diese seltsame Überlappung nach: wie weit dieser Ort jetzt von jenem Sommernachmittag entfernt ist. Im starren dreidimensionalen Raster scheint es derselbe Ort zu sein: Da ist die Pont Saint-Michel; da sind die Pfeiler und Türme von Notre-Dame, von der untergehenden Sonne golden überhaucht; weiter vorn die steilen Dächer vom Palais de Justice. Aber es ist ein gänzlich anderer Ort, wenn die vierte Dimension, die Zeit, von ihren Fesseln befreit wird. Das naive junge Mädchen im hellen Sommerkleid gibt es nicht mehr. Sie geht nicht mehr Hand in Hand mit ihm am *quai* entlang und würde am liebsten hüpfen wie ein Kind. Sie wird nicht mehr rot, wenn er ihr Komplimente macht. Sie ist jetzt eine Frau, grau gekleidet wie die Stadt selbst, ein halbes Jahrzehnt und eine halbe Welt entfernt. Und jetzt weiß sie, dass der Mann neben ihr damals, an jenem fernen Sommertag, damit befasst war, sich seinen Weg durch die Komplexitäten der Kernphysik zu bahnen, auf dem Weg zu einer möglichen Atombombe.

Sie fragt: »Warum bist du 1940 nicht zusammen mit den anderen aus Frankreich weg, Clément?«

Er antwortet nicht sofort, als hätte die Frage ihn überrascht. »Ich hab gedacht, ich müsste hier weitermachen«, sagt er schließlich. »Hier gehöre ich hin. Anders als Kowarski oder von Halban. Anders als du. Frankreich ist alles, was ich habe, in guten wie in schlechten Zeiten.«

»Ich liebe Frankreich auch.«

»Mit Liebe hat das nichts zu tun. Es ist profaner. Eher eine Gewohnheit. Und noch etwas anderes, vielleicht eine Art Ehrgefühl. Klingt das sehr schwülstig?«

»Ziemlich.«

»Dann eben Pflichtgefühl. Ich bin nicht stolz auf das, was passiert ist. Wer ist das schon. Aber ich finde, ich kann die Verantwortung nicht einfach so abschütteln.«

»Und das würdest du, wenn du nach England abhauen würdest?«

»Möglicherweise, ja.«

»Aber vielleicht würdest du damit ja gerade Verantwortung übernehmen.«

Er lacht. »Du hast schon immer gern verbissen argumentiert, selbst bei Dingen, von denen du keine Ahnung hattest.«

Sie überqueren die Brücke und gehen am Palais de Justice vorbei. Hakenkreuzfahnen hängen an der Fassade des Gebäudes, die Farben von Siegelwachs und Stiefelwichse. Deutsche Soldaten stehen Wache, scheinbar ohne von den Passanten Notiz zu nehmen, dennoch fühlt sie sich schutzlos, eine Maus, die über ein Feld huscht, während Habichte am Himmel kreisen. Es ist eine Erleichterung, das rechte Seine-Ufer zu erreichen und Pariser auf der Place du Châtelet zu sehen, voll besetzte Cafés, eine Menschentraube vor dem Theatereingang, auch wenn zwischen den Leuten, die sich langsam durch die Türen ins Foyer schieben, ein paar graugrüne Uniformen sind. Plakate kündigen das Stück an – *Les Mouches*. Der Autor ist ein aufgehender Stern in der literarischen Welt der Stadt, ein Philosophielehrer, der bereits mit einem Roman und einer Kurzgeschichtensammlung von sich reden gemacht hat. »Der Romantitel lautet *La Nausée*«, sagt Clément, und sie lacht. »Ekel? Brechreiz? Wieso so zurückhaltend? Wieso nicht gleich ›Kotze‹?« Aber die Vorstellung ist nicht besonders komisch, genauso wenig wie das Theaterstück, das sich als Neubearbeitung der griechischen Sage von Orest und Elektra entpuppt, eine beißende Mischung aus Ritualen und Gewalt, mit einem Protagonisten, der seine Freiheit von den Göttern dadurch beweist, dass er mordet, und mit Erinnyen, die die Figuren umschwirren wie Fliegen einen Haufen Exkremente. Der seltsame Sog des Stücks findet seinen Widerhall in den halb leeren Straßen der Stadt, in den überfallartigen Razzien und sinnlosen Verhaftungen, im heimlichen Einverständnis der Bewohner und dem Trotz weniger Nichtangepasster. *»Pardonnez-nous de vivre alors que vous êtes morts«*, wiederholt der Chor, und im halb vollen Theater stoßen einige Zuschauer Beifallsrufe aus. Vergebt uns, dass wir leben, während ihr tot seid.

Um neun sind sie wieder zu Hause, nachdem sie auf dem Rückweg über das Stück diskutiert haben. Es geht um die Besatzung und den Widerstand. Nein, darum geht es nicht. Es zeigt, dass das französische Volk um seine Freiheit kämpfen soll. Es zeigt lediglich, dass Gewalt als heroisch betrachtet werden kann. »Und die Kulissen«, ruft sie lachend. »Und diese albernen Masken!«

Marie hat ihnen in der Küche etwas zu essen hingestellt. Sie sind wie Studenten, die sich eine Wohnung teilen, von schmaler Kost und von der Hand in den Mund leben. Nur der Wein ist nach wie vor erlesen. Er hebt sein Glas, um ihr zuzuprosten, doch worauf genau er trinkt, ist nicht klar. Eine Haarsträhne hat sich aus ihrem Nackenknoten gelöst, und er greift danach und streicht sie ihr hinters Ohr. Sie erkennt die Geste wieder, spürt sie auf eine Art, die sie nicht kontrollieren kann – elementarer als eine bloße Emotion, etwas Organisches, das in ihr aufwallt, sich aber nur in banalen Kleinigkeiten manifestiert: in der Beschleunigung ihres Herzschlags, in der Röte, die ihr den Hals hinaufkriecht, den tieferen Atemzügen. »Und wie geht's jetzt mit uns weiter, Äffchen?«, fragt er.

»Gar nicht, Clément. Ich bin nicht hergekommen, um deine Geliebte zu werden. Ich bin nur aus einem Grund hier: dich nach England zu holen. Du musst dich bloß entscheiden. Können wir uns nicht wenigstens darauf einigen, dass es in dem verdammten Theaterstück genau darum geht? Eine Entscheidung zu treffen.«

Er lacht und wendet sich seinem Essen zu. »Du lässt nicht locker, was? Du solltest Anwältin werden, wenn dieser ganze Schlamassel vorbei ist. Du würdest niemals einen Zeugen vom Haken lassen.«

»Ich hab einen Auftrag zu erledigen. So einfach ist das. Ich muss es wissen.«

Er zögert, als würde er versuchen, sich eine Antwort zurechtzulegen. »Im Labor macht eine Geschichte die Runde«, sagt er schließlich, »eigentlich ein Gerücht, aber mehr haben wir ja heutzutage nicht – bloß Gerüchte und Spekulationen. Es geht um Bohr. Sagt dir der Name Bohr noch was? Ich hab früher viel von ihm gesprochen. Niels Bohr, der dänische Physiker, der bedeutendste Mann seit Einstein.«

Natürlich erinnert sie sich. Bohr verkörperte alles, was Clément bewunderte – das geduldige Genie, das mit verblüffenden Ideen aufwartete, während alle um ihn herum sich ratlos am Kopf kratzten, der Mann, der Revolutionen in Gang setzte und seinen Jüngern, die sich in seinem Gefolge abstrampelten, väterlich unter die Arme griff. Wenn ich jemand anders sein könnte, hatte er einmal gestanden, dann wäre ich gern Niels Bohr. Der Gedanke kam ihr damals absurd vor. Wie konnte man sich wünschen, jemand zu sein, der man nicht war? Und doch ist sie jetzt Anne-Marie Laroche, eine Person, die sie nicht ist.

»Bohr war die ganze Zeit in Kopenhagen, seit Kriegsbeginn, genau wie Fred hier in Paris, und hat auch unter der deutschen Besatzung seine Forschungen friedlich weiterbetrieben. Aber Ende letzten Monats ist er von zu Hause verschwunden und in Schweden wieder aufgetaucht. Und jetzt geht das Gerücht, er wäre nach England gegangen. Bohr ist bekennender Pazifist. Er hätte ohne Weiteres in Schweden bleiben und an die Nationen der Welt appellieren können, sich in Frieden und Eintracht zu vereinen, und doch ist er anscheinend nach England gegangen.«

»Worauf willst du hinaus?«

»Sammeln die da Physiker?, frage ich mich. Überleg mal, wen sie schon alles haben: Chadwick natürlich und Cockcroft und nicht ganz so große Koryphäen wie Oliphant und Feather. Aber vor allem die Juden, die noch vor Kriegsbeginn geflohen sind.« Er zählt sie an den Fingern ab. »Frisch, Szilárd, Peierls, Franz Simon, ein Dutzend andere. Und dann haben sie noch Perrin, von Halban und Kowarski vom Collège. Fermi ist schon in den USA, genau wie Bruno Pontecorvo, der vor ein paar Jahren hier unter Fred gearbeitet hat, und Teller und einige andere. Und jetzt haben sie Bohr.« Er blickt sie an. »Wenn man sieht, dass sich die meisten Großmeister der Welt versammeln, kann man davon ausgehen, dass da eine Partie Schach stattfinden wird.«

»Ein Kriegsspiel vielleicht.«

»Vielleicht im wahrsten Sinne des Wortes.« Er stochert eine Weile in seinem Essen herum, ehe er wieder aufblickt. »Hast du überhaupt eine Ahnung, wovon ich rede?«

Ist dies der Moment, es ihm zu sagen? Sie zögert nur den Bruchteil einer Sekunde. »Ja, hab ich, Clément. Ich weiß genau, was los ist. Ned hat es mir erzählt.«

Sein Gesichtsausdruck verändert sich kaum. »Was hat er gesagt?«

»Er hat gesagt, es läge auf der Hand, die meisten relevanten Informationen seien vor dem Krieg veröffentlicht worden, sodass jeder dahinterkommen könnte.« Sie spürt das Bedürfnis, ihren Bruder in Schutz zu nehmen, als habe er sich dadurch, dass er es ihr erzählt hat, irgendwie eines abscheulichen Verbrechens schuldig gemacht. »Ich hab ihn praktisch gezwungen, es mir zu erzählen. Ich hab seine Situation ausgenutzt, ihm vorgeworfen, seine Arbeit wäre ihm wichtiger als seine Familie, so was eben. Ich bin richtig unfair geworden, hab ihm unterstellt, er wäre ein Feigling, dabei hat er doch alles versucht, um seine Forschung aufgeben zu können und Soldat zu werden.«

»Und was hat er dir erzählt?«

»Er hat es nicht direkt ausgesprochen. Er hat nur gesagt, dass es möglich wäre. Eine Bombe zu bauen.«

Es wird totenstill. Um sie herum bloß die nackte, funktionale Küche, der Fliesenspiegel, das Spülbecken, die Abtropfbretter und die Fenster mit dem Verdunkelungsvorhang davor. Da die Stromversorgung nur niedrige Spannung liefert, glimmen die Glühbirnen wie in dumpfer Wut.

»Das hat er dir erzählt?«

»Es könnte sein, hat er gesagt, es *könnte* sein, dass sie an einer Atombombe bauen.«

Er sieht sich um, als suche er nach einem Ausweg. Aber sie sind in einer *impasse*. »Ist Ned daran beteiligt?«, fragt er. »Direkt, meine ich. Arbeitet er mit daran?«

»Nicht direkt, nein. Glaube ich jedenfalls.« Sie zögert einen Moment, sieht ihn an, als erhoffe sie sich eine Art

Beruhigung von ihm. »Besteht denn die Möglichkeit, Clément?«

Er nickt. »O ja, es ist möglich. Es ist auf jeden Fall möglich.« Er steht auf und geht hinüber zum Fenster, zieht den Verdunkelungsvorhang ein Stück zur Seite und späht hinaus in den Innenhof, als würde da unten vielleicht jemand stehen und zu ihnen hochschauen.

»Ned hat mal irgendwas von schwerem Wasser erzählt. Was ist das? Das klingt irgendwie lächerlich. Schweres Wasser und leichte Luft. Irgendein wissenschaftliches Hirngespinst.«

Er schließt den Vorhang wieder sorgfältig, achtet darauf, dass kein Lichtspalt von draußen zu sehen ist. »Das ist eine Form von Wasser, die für die Kernspaltung verwendet werden kann. Es war Kowarskis Lieblingsprojekt. Er und von Halban haben unseren ganzen Vorrat mitgenommen, als sie von Bordeaux aus geflohen sind, einhundertsechsundachtzig Liter von dem Zeug, alles aus Norwegen. Genau genommen der Gesamtvorrat der Welt. Wir hatten es im Frühjahr 1940 nach Frankreich geschmuggelt, aber wir hatten kaum Zeit, irgendwelche Versuche zu starten, da mussten wir alles schon wieder wegschaffen.«

»Damit es den Deutschen nicht in die Hände fiel?«

»Genau.«

»Angefangen hat die ganze Sache aber in Deutschland, nicht? Ned hat was von Hahn erzählt.«

Er setzt sich wieder an den Tisch. »Mit Hahn und Straßmann hat es angefangen, ja, mit ihren ersten Forschungen in Sachen Kernspaltung. Am Kaiser-Wilhelm-Institut in Berlin. Aber Irène Curie und Pavel Savitch haben hier am Radium-Institut dieselbe Arbeit gemacht.«

»Aber wenn die Deutschen damit angefangen haben, könnten sie es doch genauso gut zu Ende bringen, oder nicht?«

Er zuckt die Achseln. »Ich weiß nicht. Die erforderlichen Leute hätten sie – Hahn, Diebner, Weizsäcker, Heisenberg, vor allem Heisenberg. Sie haben eine Forschungsgruppe gegründet, die sich Uranverein nennt. Gentner ist der Name mal in einem Gespräch rausgerutscht, als er hier war. Fred und ich haben vermutet …«

»Was habt ihr vermutet?«

»Dass sie versuchen würden, die Kernspaltung zur Energieerzeugung zu nutzen. Gentner hat eine Uranmaschine erwähnt, eine Art Atomkerngenerator, der in der Lage wäre, eine kontrollierte Kettenreaktion aufrechtzuerhalten und unbegrenzt Energie zu erzeugen. Es ist eine durchaus realistische Möglichkeit. Leichter als eine Bombe. Das schwere Wasser dient dabei als Moderator …«

»Aber es *könnte* sein, dass sie an einer Bombe bauen?«

»Möglicherweise. Die Ressourcen haben sie. Die Tschechoslowakei kann Uran liefern und Norwegen schweres Wasser. Schwierig könnte es meiner Meinung nach werden, ausreichende Mengen des richtigen Uranisotops zu bekommen. Das ist sehr selten.« Er breitet hilflos die Hände aus, als wären soeben Dinge, die er sicher festgehalten hat, überall auf dem Boden verteilt worden. »Ich dürfte dir das alles gar nicht erzählen, Marian.«

»Aber du erzählst es mir.« Sie sucht nach Worten, während Zorn in ihr hochkocht, eine Lava aus heißer Wut. »Das ist die Büchse der Pandora, nicht?«, entfährt es ihr schließlich. »Ihr Wissenschaftler macht sie auf, um festzustellen, was drin ist, und alle Übel der Welt fliegen heraus. Und wenn sie einmal draußen sind, kriegt keiner sie wieder rein.«

Clément lacht über ihre Empörung, aber es ist ein Lachen bar jeden Humors. »Ich denke, du hast recht, mehr oder weniger.«

»Ned hat gesagt, so eine Bombe könnte eine ganze Stadt auslöschen. Mit einem Schlag.«

Clément nickt. Es ist eine nüchterne Geste, und gerade das ist so erschreckend. »Meiner Schätzung nach würde eine einzige Atombombe das gesamte Zentrum einer Großstadt wie Paris völlig verwüsten, einschließlich Montmartre im Norden und Montparnasse im Süden. Und zwar wortwörtlich – es würde kein Gebäude mehr stehen. Darüber hinaus, in einem Radius von, sagen wir, drei oder vier Kilometern, wäre die Zerstörung vergleichbar mit der durch einen normalen Bombenangriff. Im inneren Bereich würde jeder getötet. Außerhalb davon könnten einige überleben, würden aber nach einigen Tagen an den Folgen der Strahlung sterben. Die Frage ist« – er blickt sie über den Tisch hinweg an –, »wie kannst du von mir erwarten, bei so etwas mitzumachen?«

Einen Moment lang wirkt er völlig schutzlos. Fassungslosigkeit macht ein Kind aus ihm. Plötzlich fühlt sie sich älter als er, so alt wie ihre Eltern, älter als ihre Eltern, weiser und trauriger, als überhaupt jemand sein kann. »Vor ein paar Wochen haben sie Hamburg bombardiert«, sagt sie. »Vielleicht hast du davon gehört. Mit gewöhnlichen Bomben natürlich. Sie haben rund sieben Quadratmeilen der Stadt in Schutt und Asche gelegt und dabei achtundfünfzigtausend Menschen getötet. Nicht ein paar Hundert, nicht mal ein paar Tausend. *Achtundfünfzigtausend.* In welche spezielle moralische Gleichung passen diese Zahlen für dich, Clément? Du kennst dich mit Gleichungen aus – mit deiner Wellenmechanik und was weiß ich alles. Wo ergeben diese Zahlen einen Sinn? Das Problem bei diesem Krieg ist, dass es keine Unschuldigen gibt, Clément. Du kannst nicht einfach am Rand stehen und sagen, du wärst nicht schuld. Jeder ist schuld. Genau in diesem Augenblick werden für dich Menschen getötet. Du kannst nicht einfach sagen, du willst nicht, dass das geschieht, weil es nämlich geschieht. Jetzt. Und wie es aussieht, würde eine einzige von euren Atombomben auf Berlin den Krieg schlagartig beenden.«

»Würde es dadurch richtig?«

»Wenn alles vorüber wäre, könnten wir gern eine hitzige Diskussion über die Moral des Ganzen führen. Aber jetzt musst du mich bitte entschuldigen, ich geh nämlich ins Bett.«

Sie legt sich in ihr kaltes Bett und wartet reglos, bis ihr Körper Laken und Plumeau erwärmt hat, denkt an Marian Sutro, eine Person, die sie mal war und vielleicht wieder sein wird; ein Mädchen, erfüllt von kindlicher Begeisterung und Hingebungsgabe. Wo ist Marian jetzt? Sie denkt an Clément am See in Annecy und an Benoît in London und Schottland und hier in Frankreich. Sie erinnert sich an das Kino, mit Benoîts Arm um ihre Schultern, und an die Pathé-Wochenschau – *Hamburg im Bombenhagel* – auf der Leinwand. Durch die Nacht dröhnende Bomber und in der Finsternis unter ihnen eine ganze Stadt aus Glutnestern. Im Filterraum hatte sie die losfliegenden Bomber auf der Karte markiert, die Flüsterstimme der Frau am Peilgerät im Ohr: »Neuer Kurs: Victor Oboe, fünf-eins, acht-drei, zehn plus bei fünf, FFE«, während sie über den Tisch griff und dort, wo East Anglia sich bauchig in die Nordsee wölbte, die Flugbewegungen markierte. Aus einer einzelnen Maschine wurden Dutzende, aus Dutzenden Hunderte, Geschwader, die hinauf in einen dunkelnden Himmel stiegen und auf ihrem Weg zur holländischen Küste zu einem gewaltigen Strom verschmolzen, fünftausend Männer, die in die Nacht flogen. Die Vier-Uhr-Schicht erfasste sie auf ihrem Weg hinaus, und die Mitternachtsschicht würde versuchen, sie zu erfassen, wenn sie über die Nordsee zurückgeschlichen kamen, übel zugerichtet, zusammengeschossen, leer, ohne Bomben, ohne Treibstoff und endlich ohne die Angst, die sie während der Stunden des Angriffs erfüllt haben musste. Wie viele waren tot? Und am Boden, wie viele?

Fünfundfünfzigtausend allein in Hamburg.

Oder waren es achtundfünfzig? Ein kleiner Fehler des Gedächtnisses, und schon sind es dreitausend Menschen weniger.

Der Bär lacht sie aus ihren Träumen heraus an. *Es bedeutet das Ende des Krieges. Vielleicht das Ende der Welt.*

VIII

Das Café liegt nur einen Katzensprung vom Fluss entfernt, in der Rue Saint-André des Arts. Als sie die Tür öffnet, läutet irgendwo eine Glocke, und der Mann, der hinter der Bar steht und Gläser abtrocknet, blickt auf. Das Lokal ist nichtssagend eingerichtet: braune Holzvertäfelung, ein paar Fotos an den Wänden, Motive eines Paris von vor dem Krieg; ein Werbeplakat für *Byrrh*; eine Kreidetafel, auf der außer dem Wort *Menu* nichts steht. Sie setzt sich an einen Ecktisch und bestellt einen Kaffee. Als der Barmann ihn bringt, sagt sie: »Ich möchte mit der *Patronne* sprechen. Ist sie da?«

Er mustert sie nachdenklich. »Kann sein.«

»Sagen Sie ihr, meine Tante in Marseille schickt mich.«

Der Mann schnaubt, als wären Tanten jeglicher Art doch ziemlich unglaubhaft, vor allem Tanten aus Marseille. Hinter der Bar greift er zu einem Telefon und spricht kurz mit jemandem. »Sie müssen warten«, sagt er, als er den Hörer wieder auflegt.

Sie nippt an ihrem Kaffee. Der Barmann liest eine Zeitung, die jüngste Ausgabe von *La Gerbe* mit der Schlagzeile *Le Maréchal Parle à la Nation*. Draußen gehen ein paar Leute vorbei; der eine oder andere späht herein. Sie blickt auf die Straße und denkt nach. Sie denkt über Yvette nach und über Clément. Im Südwesten hatte sie nur wenig Zeit zum Nachdenken, aber hier in der Stadt ist es anders: Du musst warten, und Warten löst Gedanken und Sorgen und Ängste aus. In Friedenszeiten war es auf dem Lande still, und in der Stadt ging es hektisch zu. In Kriegszeiten ist es umgekehrt.

»Wie lange?«

»Wie lange was?«

»Muss ich warten?«

Der Barmann zuckt die Achseln. »Kommt ganz drauf an.«

Eine halbe Stunde später ist die *Patronne* da. Sie ist eine Frau mittleren Alters mit den Spuren einstiger Schönheit im Gesicht und einem Anflug von Besorgnis in der Miene, als ob sie irgendetwas verlegt hätte, aber nicht mehr genau wüsste, was. »Meine Tante Régine in Marseille schickt mich«, erklärt Alice.

Die Frau spitzt die Lippen. »Ich hab ja eine Ewigkeit nichts mehr von ihr gehört. Was macht ihr Rheuma?«

»Das macht ihr nur bei Schirokko zu schaffen. Ansonsten geht's ihr gut.«

Sie nickt. »Kommen Sie mit nach hinten.«

Hinter der Bar führt eine Tür in ein kleines Zimmer, das als Lagerraum und Küche dient. An der Wand hängt das allgegenwärtige Bild von Marschall Pétain und ein weiteres von Maurice Chevalier. Ein Wandkalender wirbt für Peugeot-Fahrräder. Die Frau zieht einen Stuhl unter einem Tisch hervor, bleibt aber stehen und beobachtet, wie Alice sich hinsetzt, als würde hier eine Art Verhör stattfinden. So hatte Alice sich das nicht vorgestellt. Sie hatte etwas mehr erwartet, ein Gefühl von Willkommensein, einen Hauch von Kameradschaft, von geteilter Furcht und gemeinsamer Entschlossenheit. Alice wirft einen Blick zu der offenen Tür. Sie kann den Rücken des Barmanns sehen, der den Fluchtweg versperrt.

»Ich bin Alice«, sagt sie.

»Claire.«

»Mir wurde gesagt, ich soll hierherkommen.«

Die Frau beobachtet sie. Es ist unmöglich zu ergründen, was sie denkt. Schließlich sagt sie: »Ich hab von Ihnen gehört. Vor einem Monat. Seit wann sind Sie in der Stadt?«

Eine kleine Welle Erleichterung, aber Erleichterung gemischt mit Vorsicht: Die können dich reinlegen, manipulieren, dich in Widersprüche verstricken, aus denen du nicht mehr rauskommst. »Seit zwei Tagen. Ich war im Südwesten. WORDSMITH. Kennen Sie WORDSMITH?«

Die Frau zuckt die Achseln. »Was wollen Sie hier?«

»Ich muss jemanden rausholen lassen. Können Sie das arrangieren?«

»Wieso von hier? Wenn Sie im Südwesten sind, ist es doch nicht weit bis zur spanischen Grenze.«

»Es geht um Leute hier in Paris.«

»Wie viele Passagiere?«

»Zwei.«

»Wer?«

»Das kann ich nicht sagen.«

»Sind Sie eine davon?«

»Nein.«

Die Frau nagt nachdenklich an ihrer Lippe, dreht sich dann zu dem Kalender an der Wand um. Es gibt ein paar Bleistifteinträge – Termine für Rechnungen, Lieferungen, solche Sachen. Aber das Auffälligste ist, dass es sich um einen Kalender handelt, bei dem über dem Datum mit Symbolen die Mondphasen vermerkt sind: ein schwarzer Punkt für Neumond, Sicheln für zunehmenden und abnehmenden Mond, ein weißer Kreis für Vollmond. Claire deutet auf den nächsten Vollmond. »Selbst wenn wir das machen können, müssen Sie mindestens zehn Tage warten. Schaffen Ihre Passagiere das?«

»Ich denke ja.«

»Ich hab eine Wohnung, die sie benutzen könnten, aber wer weiß, wie sicher die noch ist …«

»Es geht auch so.«

Die Glocke an der Bar ertönt, und ein paar Gäste kommen herein. Claire schiebt die Tür zu und senkt die Stimme. »Es ist gefährlich hier in der Stadt, wissen Sie das? Nicht wie auf dem Lande. Hier herrscht das Chaos. Dieses Lokal könnte überwacht werden.«

»Ich hab niemanden bemerkt …«

Die Frau lacht. »Das heißt nichts. Die lassen dich machen und nehmen dich hops, wenn es ihnen passt. Viele von uns sind nur im Einsatz, weil die sie lassen. Wissen Sie von PROSPER?«

»Ich hab etwas gehört.«

»Tja, der Ring wurde zerschlagen. Dutzende Verhaftungen. Hunderte. Und noch weitere Ringe. INVENTOR, CINÉASTE.« Sie blickt sich in dem kleinen Raum um, als wäre sie überrascht, dass die Wände noch stehen. »Im Augenblick haben wir noch Glück.«

»Einer meiner Passagiere ist von CINÉASTE.«

Die Frau blickt ungläubig. »Das ist unmöglich. Die wurden alle verhaftet.«

»Ihr Deckname ist Marcelle.«

»Die Pianistin? Die muss doch dabei gewesen sein, als der Ring aufflog.«

Alice schüttelt den Kopf. »Ich hab mit ihr gesprochen. Sie ist untergetaucht. Sie ist an dem Tag zu spät zu dem Treffen gekommen und hat gesehen, wie die anderen verhaftet wurden…«

»Kennen Sie sie? Ich meine, würden Sie sie wiedererkennen?«

»Natürlich. Wir sind zusammen ausgebildet worden.«

»Wo?«

»Schottland.« Aber die Frau will offenbar mehr hören. »In der Meoble Lodge, am Loch Morar«, fügt sie hinzu, und Claire verdaut die zusätzliche Information, dreht und wendet sie im Kopf, wie ein Händler ein Stück Porzellan von allen Seiten begutachtet. Fälschung oder echt? Unversehrt oder beschädigt?

»Und? Wie haben Sie sie gefunden?«

»Marcelle? Ich fand, sie ist ziemlich verängstigt. Zumindest wirkt sie so.«

»Ich meine, woher wussten Sie, wo sie war?«

»Ach so, klar.« Alice schmunzelt über das Missverständnis, sucht aber vergeblich nach einer entsprechenden Reaktion im Gesicht der Frau. »Die Adresse kam aus London. Sie haben WORDSMITH kontaktiert, weil sie wussten, dass ich Marcelle würde erkennen können. Sie hat mir erzählt, dass sie ihre neue Adresse als Letztes durchgegeben hatte – sie war erst ganz frisch dort eingezogen und hatte noch keinem davon erzählt. Dann hat sie den Funkkontakt abgebrochen. Ihr Funkgerät habe ich jetzt.«

»Nach meiner Information wurde sie zusammen mit den anderen verhaftet.«

»Offenbar nicht.«

»Können Sie ihr trauen?«

»Natürlich kann ich ihr trauen. Sie ist mehr als bloß eine Kollegin, sie ist eine Freundin.«

Claire schweigt eine Weile, als würde sie über den Wert von Freundschaft nachdenken. »Was ist mit dem anderen Passagier?«

»Der hat nichts mit CINÉASTE zu tun. Nichts mit irgendeinem Ring. London will ihn rausholen.«

»Ist er ungefährlich?«

»Ich kann mich für ihn verbürgen, aber ich kann Ihnen nicht sagen, wer er ist.«

Claire zuckt die Achseln. »Bestimmt irgend so ein Scheißpolitiker.« Dann kommt ihr eine Idee. »Wenn Sie Marcelles Funkgerät haben, können Sie eine Nachricht aus London anfordern. Tun Sie das. Sagen Sie ihnen, sie sollen eine Nachricht über die BBC senden.«

»Was für eine Nachricht? Warum?«

Der Barmann steckt den Kopf zur Tür herein. »Ich muss in zehn Minuten los«, sagt er. »Dann musst du übernehmen.«

»Paul geht in zehn Minuten«, sagt die Frau zu Alice. »Dann werd ich wissen, ob ich Ihnen vertrauen kann.« Zum ersten Mal lächelt sie.

Erneut fährt sie mit der Métro quer durch die Stadt, und diesmal hinterlässt sie eine Nachricht bei dem Dickwanst namens Boger in dem Café. Sie trifft sich mit Yvette am Eingang vom Friedhof. Es ist sicherer so, im Freien, wo niemand sie belauschen kann. Sie gehen aufs Geratewohl durch die Stadt der Toten, vorbei an Grüften und Denkmälern und Grabsteinen. Auf manchen liegen traurige Sträuße halb verwelkter Blumen. Den einen oder anderen Namen erkennt sie, hier ein Dichter, dort ein Künstler. Andere haben eine Reihe von Buchstaben hinter ihrem Namen, als müsste man sie daran erkennen, auch wenn sie einem nichts sagen.

Alice sagt: »Ich hab mit Leuten gesprochen.«

Ein banger Ausdruck huscht über Yvettes Gesicht. »Was für Leute?«

»Leute, die für die Organisation arbeiten.«

»Wer sind die?«

»Das spielt keine Rolle. Aber sie sagen, alle Mitglieder von CINÉASTE wurden verhaftet. Du eingeschlossen.«

»Aber das stimmt nicht, siehst du doch. Ich bin schließlich hier.« Ihre Stimme klingt barsch, gereizt. »Was willst du damit sagen? Verdächtigst du mich?« Ihre Stimmlage erhöht sich. Aus Wut oder aus Panik? Die beiden Emotionen nähren sich gegenseitig in einer makabren Symbiose. »Es ist niemand da, Marian. Das siehst du doch. Ich bin allein. Himmelherrgott, glaubst du mir nicht?«

»Jetzt beruhig dich wieder. Ich wollte damit bloß sagen, dass die Leute misstrauisch sind.«

»Aber wer sind die? Wer zum Teufel weiß von mir? Was hast du denen erzählt?«

Einen Moment lang droht das Gespräch zu kippen. Es fehlt nicht viel, und sie werden sich gegenseitig anschreien, unausgegorene Anschuldigungen an den Kopf werfen, mitten zwischen den Denkmälern und Mausoleen. »Ist ja gut, Yvette«, sagt Alice beschwichtigend. »Ich glaube dir. Aber du weißt, wie das ist. Du weißt, wie verängstigt alle sind. Vor allem jetzt, vor allem nach dem, was mit PROSPER passiert ist.«

Yvette beruhigt sich wieder. PROSPER und das Schicksal von PROSPER lösen eine plötzliche Flut von Angst aus, und die Angst ist stärker als die Wut. »Weißt du, was Emile mir erzählt hat? Bevor sie alle verhaftet wurden, weißt du, was er mir da erzählt hat?«

»Emile war ein bescheuerter Besserwisser.«

»Aber weißt du, was er mir erzählt hat? Er hat mir erzählt, es gäbe bei PROSPER einen Verräter.«

»Wenn er so clever war, das zu wissen, wieso war er dann nicht auch so clever, sich nicht schnappen zu lassen?«

Yvette lacht leise auf, ein kleinlautes Lachen. »Weißt du was?«

»Was denn?«

»Emile und ich …« Sie versucht ein Lächeln, aber es gelingt ihr nicht ganz. »Wir haben miteinander geschlafen.«

»Miteinander *geschlafen?*«

Yvette kichert. Ein Anflug ihres alten Selbst. »Hört sich das furchtbar an?«

Alice lächelt. »Meine Wahl wäre er nicht.«

»Aber er war ein Trost. Als Pianistin fristest du ein einsames Dasein …«

Sie kommen zu dem Grab von Balzac, bloß der Kopf des Schriftstellers auf einem Sockel, von dem aus er gebieterisch über die Stadt blickt, die er einst sezierte. Davor steht ein einzelner Trauernder, ein langhaariger Mann in einem zerknitterten schwarzen Anzug, der das Denkmal mit der Gebanntheit eines geistig Verwirrten anstarrt. Als der Mann weitergeht und schließlich außer Hörweite ist, sagt Alice: »Die Sache läuft jedenfalls. Die Rückführung, meine ich. Aber wir müssen noch warten. Das verstehst du doch, oder? Bis zum nächsten Vollmond.« Es kommt ihr so vor, als würde sie mit einer Patientin sprechen, ihr die Prognose erklären, alles wiederholen, um sicherzugehen, dass es verstanden wurde. »Verstehst du? Wir müssen bis zum nächsten Vollmond warten. Bis dahin machst du am besten einfach alles weiter so wie gehabt – halt dich bedeckt und komm niemandem in die Quere. Hast du Geld?«

Yvette zündet sich eine Zigarette an, beäugt *Honoré de Balzac, mort à Paris le 18 août 1850,* durch eine Wolke Rauch. Ihre Finger – zart, schlank, geschickt im Umgang mit einem Messer – sind gelb verfärbt. »Ich muss auf dem

Schwarzmarkt einkaufen. Ich trau meinen Lebensmittelkarten nicht.«

»Ich gebe dir etwas Bargeld. Du musst einfach nur abwarten, bis ich dich wieder kontaktiere.«

Irgendwo auf dem Friedhof läutet eine Glocke. Menschen gehen Richtung Krematorium oben am Hang. »Eine Trauerfeier«, sagt Yvette. Sie wirft ihre Zigarette weg, »Lass uns gehen. Eine Trauerfeier hat mir jetzt gerade noch gefehlt.«

IX

Sie holt den Koffer hervor und legt ihn aufs Bett. Clément steht im Türrahmen, sieht zu. Sie öffnet den Deckel und tritt zurück, damit er hineinsehen kann.

»Da.«

Das matte Schimmern von schwarzem Metall, von Anzeigen unter Glas und von Bakelitknöpfen. Er beäugt das Ding, als wäre es ein neues Forschungsgerät. »Weißt du, wie das funktioniert?«

Sie zuckt die Achseln. »Ich hoffe. Ich hab nur den Grundkurs gemacht, nicht die ganze Funkausbildung. Morsen kann ich eher schlecht als recht.« Sie schließt den Deckel und sieht zu ihm hoch. »Also, was soll ich denen sagen?«

»Ich hab mit Fred gesprochen. Ihm das mit dem Brief von Chadwick erzählt.«

»Du hast *was*? Was hast du ihm sonst noch erzählt?«

»Du kannst Fred vertrauen. Er kann ein Geheimnis für sich behalten. Wir alle leben in dieser Zeit mit unseren Geheimnissen, Marian.«

»Aber ich will nicht, dass er mit *meinen* lebt. Ist dir nicht klar, wie gefährlich das ist? Verdammt, was hast du ihm sonst noch erzählt?«

»Äffchen, reg dich doch nicht so auf.«

»Nenn mich nicht Äffchen! Ich bin kein Kind mehr, Clément.«

»Keine Sorge, ich hab dich nicht erwähnt. Ich hab mich ganz vage ausgedrückt. Ich sei in den Besitz eines Briefes gelangt, in dem Tenor.«

»Und was hat er gesagt?«

»Es hat ihn ganz schön aufgewühlt, dass Bohr zu den Alliierten übergelaufen ist. Er hat gesagt, er würde auch gehen, wenn Irène und die Kinder nicht wären. Dann könnte er wenigstens rausfinden, was los ist, hat er gesagt.«

»Ist das alles?«

»Er meint, ich sollte an seiner Stelle gehen. Als sein Stellvertreter sozusagen.«

Sie sieht ihm den inneren Widerstreit am Gesicht an. »Aber was meinst *du*, Clément? Wie entscheidest *du* dich? Denn du musst eine Entscheidung treffen. Das ist das einzig Positive, das dieser Krieg gebracht hat: Wir müssen uns entscheiden. Die Franzosen mehr als alle anderen.« Sie ist wütend – auf ihn, auf die Stadt, auf das ganze verdammte Land, das sich so apathisch mit seinem Schicksal abfindet, eine Resignation, die sich peu à peu in Akzeptanz verwandelt und, wenn man auch nur einen Moment nicht aufpasst, in Kollaboration. Als er nicht antwortet, wendet sie sich ab. In einer Ecke des Zimmers steht ein Sekretär, ein kunstvolles Stück mit Intarsien und zart geschwungenen Beinen. Vielleicht hat Madeleine daran immer ihre Briefe geschrieben. In allerlei kleinen Fächern liegen Papier und Bleistifte und ein Notizbuch mit einigen Adressen darin und ein Foto von einer dunklen und attraktiven jungen Frau – Augustine –, die stolz ein Baby in die Kamera hält. Sie zieht einen Stuhl heran, legt ein Blatt Papier auf den Sekretär und setzt sich. Dann nimmt sie einen Stift und schreibt:

MARCELLE KONTAKTIERT CINÉASTE ZERSCHLAGEN ALLE ANDEREN VERHAFTET MARCELLE BRAUCHT RÜCKFÜHRUNG AUCH MECHANIKER KONTAKTIERT ER KÖNNTE BEREIT SEIN [STOP]

Clément steht da und schaut zu, eine Zigarette in der Hand. Es wäre besser, er wäre nicht dabei. Sie ist unvorsichtig geworden, und das weiß sie. Dieser Vorgang – das ganze Brimborium aus Schreiben und Verschlüsseln, die ausgetüftelten Transpositionsschlüssel – ist sehr intim, wie sich waschen oder pinkeln oder sonstige körperliche Dinge, die man vor neugierigen Augen verbirgt. Und jetzt sitzt sie hier, ohne Tarnung, ohne jeglichen Schutz, seinem Blick ausgeliefert.

AUCH CLAIRE KONTAKTIERT WEGEN RÜCKFÜHRUNG BITTE FOLGENDE NACHRICHT AUF BBC SENDEN [STOP] PAUL GEHT IN ZEHN MINUTEN [STOP] WIEDERHOLE PAUL GEHT IN ZEHN MINUTEN [STOP] ERWARTE ANTWORT IN EINER STUNDE

»Ist das nicht ganz schön gefährlich?«, sagt er. »Das Senden, meine ich. Die suchen bestimmt die Frequenzen ab …«

»Natürlich machen sie das.«

»Richtantennen und ein bisschen Übung im Triangulieren, um den Sender zu orten …«

»Du musst die Meldung senden und das Gerät so schnell wie möglich ausschalten. Es heißt, für die erste Übertragung hast du so ungefähr dreißig Minuten. Für die danach weniger. Die Deutschen haben *voitures gonio* auf den Straßen …«

»*Gonio?*«

»*Radiogoniométrie*. Funkpeilung. So, jetzt sei still, weil ich das hier verschlüsseln muss.« Sie schreibt ihr Gedicht auf ein zweites Blatt Papier:

Ich frage mich ob du
Mich jemals
Wirst lieben
Für immer
Oder ob
Auf ewig
Wir bleiben entzweit

Auch wenn uns vielleicht
Die Liebe
Wird niemals
Vereinen
Mein Herz ist
Allezeit
Nur für dich bereit

»Sag mir, was du da machst.«

»Ich sorge dafür, dass du nach England kommst.«

Sie ignoriert sein Lachen und arbeitet weiter, wählt fünf Wörter aus dem Gedicht aus – *jemals, oder, wir, entzweit, Herz* – und nummeriert die Buchstaben, um den Schlüssel zu erhalten. Dann schreibt sie ihre Nachricht unter den Schlüssel und jagt die Buchstaben durch die doppelte Transposition, bis der eigentliche Text wie purer Nonsens anmutet, eine willkürliche Aneinanderreihung von Buchstaben ohne erkennbaren Sinn. Als das erledigt ist, setzt sie ihre persönliche Gruppe vor den Anfang der Nachricht, gefolgt von einem Kenncode, der den Text des Gedichts identifiziert, und dann ihre beiden Sicherheitsmarkierungen. Schließlich schreibt sie die ganze Nachricht in Gruppen von fünf Buchstaben, liest dann alles gründlich durch, sucht nach einem Versehen, diesem einen Fehler, der die gesamte Transposition um einen Buchstaben verschieben und vermeintlichen Nonsens in totales Kauderwelsch verwandeln würde, in eine nicht dechiffrierbare Nachricht. »Nicht dechiffrierbare Nachrichten sind der Fluch unseres Lebens«, hatte Marks sie gewarnt. »Fehler beim Morsen, kein Problem, Fehler bei der Verschlüsselung, totales Desaster.«

Clément schaut ihr über die Schulter. Sie versucht, ihn auszublenden. Er darf eigentlich gar nicht zuschauen, aber er tut es nun mal. Er darf eigentlich gar nicht mit ihr im Raum sein, aber er ist es. Sie hat Schuldgefühle, weil sie gegen die Regeln verstößt.

Er fragt spöttisch: »Und was hast du entschieden, was ich machen werde?«

Sie sammelt ihre Zettel ein, hebt den Koffer vom Bett und drängt sich an ihm vorbei in die Diele. »Ich habe entschieden, was du machen *solltest*. Der Rest liegt bei dir.«

Draußen vor der Wohnungstür liegen der Flur und das Treppenhaus im Dunkeln, still wie in einer Kirche. Unters Dach gelangt man durch eine Tür auf dem Flur, die sie so entdeckt hat, wie sie alles andere herausgefunden hat, als sie mögliche Fluchtwege und Alternativausgänge erkundete. Sie hat sogar entdeckt, wo der Schlüssel zu der Tür aufbewahrt wird, in der Küche, unter dem Adlerauge von Marie. Eine einzelne Glühbirne wirft ein fahles Licht, als sie den Koffer die Treppe hochschleppt und so tut, als wäre es ihr egal, dass Clément ihr folgt.

Am Ende der Treppe ist ein schmaler Raum, der vage nach Seife riecht. Es gibt ein Zementbecken und ein Waschbrett und einen Holzkorb. Sie stellt den Koffer ab, öffnet die Tür zum Dach und tritt hinaus. Das Dach ist ein Ort der Schatten mit Schieferschrägen und -pyramiden und einem staubigen Teich aus Glas, durch den man hinunter ins Treppenhaus blicken kann, wo sie gerade noch waren. Über den Nachbargebäuden erstrahlt die Kuppel des Panthéon im letzten Licht des Abends. Clément erscheint in der Tür und beobachtet sie.

»Kommt hier sonst schon mal jemand hoch?«, fragt sie.

»Das ist unser Dachzugang. Privat. Wo Marie die Wäsche aufhängt.«

Sie legt die Antenne aus so gut es geht, während er dasteht, raucht und ihr zusieht. Denkt er über ihren Vorschlag nach? Sie hat nicht vergessen, wie das ging, aus ihm schlau zu werden, nein, jetzt wird ihr klar, dass sie im Grunde nie aus ihm schlau geworden ist, dass sie nie sicher war, ob er etwas ernst meinte oder nicht. Seine wissenschaftlichen Ideen schienen ihr abstrus und seine Gedanken über das Leben konkret und zuverlässig. Aber jetzt kommt ihr alles genau umgekehrt vor. Die Wissenschaft duldet keinen Zweifel, und das Leben ist ein einziges Rätsel, voller Widersprüche und Unsicherheit. Nur dieses Verfahren, die komplizierten Abläufe von Verschlüsseln und Morsen, die man ihr in Meoble und Beaulieu eingetrichtert hat, scheint noch einen Zweck zu haben.

Sie findet eine Steckdose in der Wand hinter einem Schrubber mit Eimer, stöpselt das Funkgerät ein und schaltet es an. Ein schwaches, nervöses elektrisches Summen ertönt, und die Spannungsanzeige erwacht zum Leben. Sie hebt den Kopfhörer und hält ihn ans Ohr, lauscht auf den Klang der Stille, der durch die Ätherwellen rauscht wie ein Strom.

»Das ist kein Witz mehr, Marian«, sagt er.

Sie dreht sich zu ihm um. »Es war noch nie ein Witz, Clément. Nicht für mich. Ich riskiere hierfür mein Leben und deins noch dazu. Also, wenn du mich jetzt bitte entschuldigst, ich muss mich konzentrieren. Ich bin in einer halben Stunde unten.«

Sobald er gegangen ist, dreht sie den Eimer um, setzt sich darauf und stellt das Funkgerät auf einen kleinen Klapptisch, den sie hinter Sackleinen versteckt entdeckt hat. Sie sieht auf die Uhr, merkt sich die Zeit und setzt den Kopfhörer auf. Dann legt sie den Kristalldetektor ein, einen der beiden, die sie in sich getragen hat, stellt Fünf-Megahertz-Bandbreite ein und versucht, die Hand so zu halten, wie sie es in der Ausbildung mit Müh und Not gelernt hat, die Finger sacht auf dem Knopf der Morsetaste. Unsicher beginnt sie, ihr Rufsignal zu senden, die zögerlichen Punkte und Striche, die in die Wüste des Abends entschwinden wie leiser Vogelgesang.

Sie hält inne und lauscht.

In Brest und Augsburg und Nürnberg werden Empfangsstationen das kleine Flattern auf den Radiowellen wahrgenommen haben. Jetzt klingeln Telefone, eine Station ruft die andere an. Richtantennen drehen sich um den Kompass und spüren auf, aus welcher Richtung dieser zarte, neue Eindringling kommt. Linien werden auf einer Europakarte gezogen, um sich in einem Dreieck über Paris zu schneiden … und unterdessen sitzt in einem Landhaus in Südengland, in jenem Herrenhaus bei Grendon Underwood, eine FANY-Funkerin, die vielleicht oder vielleicht auch nicht lauscht, vielleicht oder vielleicht auch nicht aufschreit: »Alice meldet sich!« und die Stationsleiterin ruft und dann eine Hand auf die Morsetaste legt, um eine Antwort zu tippen.

Sie schickt ihr Rufsignal erneut. Sie kann sich vorstellen, wie die Antennen sich drehen, lauschen, wie eine Raubfledermaus einen neuen Ruf in der Nachtluft ausmacht, den Gesang eines Vogels, der fürchtet, erbeutet zu werden, aber dennoch gehört werden muss. Sie zählt die Sekunden, betet zu gleich welcher Gottheit, die über die Funkwellen herrscht. Und dann flackert Grendons Rufsignal schwach in ihren Ohren und löst ein kleines staunendes Prickeln aus, als hätte sie ein Gebet gemurmelt und als hätte Gott selbst es erhört.

Sie fängt an, ihre Nachricht zu morsen, tippt langsam, klopft auf Holz, fleht innerlich darum, alles richtig zu machen mit den holprigen Buchstaben, die sie sich aus Übungsstunden in Erinnerung ruft, in denen sie nie ganz bei der Sache war. Sie rutscht mit dem Hintern auf dem Eimer hin und her und tippt weiter, schickt ihre Worte mühsam hinaus in den rauschenden Äther. So etwas wie der Äther existiert gar nicht, hat Ned ihr einmal erklärt: Er sei ein wissenschaftliches Fantasieprodukt aus dem neunzehnten Jahrhundert. Und doch hört sie ihn im Kopfhörer wie das Tosen eines Ozeans, der an ein fernes Ufer brandet, ein unaufhörlicher Hintergrund zu dem dünnen Flüstern ihrer Botschaft. Sie beendet die Übertragung mit *Gruß und Kuss*. Daran ist Marks schuld. Meldet euch bloß nicht mit »Ende der Nachricht« ab, hat er sie gewarnt. Benutzt nichts, was irgendwer erraten könnte. Sagt »Macht's gut« oder »War nett, mit euch zu reden«, sagt egal was außer »Ende der Nachricht« oder »Ende und Aus« oder was einem sonst so auf Funkschulen beigebracht wird. Wenn es nämlich für euch eine Floskel ist, dann ist es auch für die Gestapo eine Floskel. Und wenn sie die richtig raten, erkennen sie nach und nach euer Strickmuster. Weil eure ganze verschlüsselte Scheißnachricht bloß ein superkompliziertes Anagramm des Originals ist. Und das ist das Problem dabei.

Gruß und Kuss.

Sie nimmt den Kopfhörer ab und dreht den Netzschalter auf *Aus*. Die Spannungsanzeige fällt wieder auf null. Noch ein Blick auf die Uhr. Sieben Minuten fünfunddreißig Sekunden. Das Signal der Beute ist nicht mehr auf Sendung, und die Antennen spitzen nicht mehr die Ohren. Falls die Peilwagen aus ihren Höhlen gekommen sind, ist nichts mehr da, wonach sie suchen können.

Sie geht nach unten, stellt sich vor, was jetzt in England los ist. Wie ihre Nachricht hastig in die Codierabteilung gebracht wird, eine der Mitarbeiterinnen dort ihr Gedicht aus der Akte holt und anfängt, den Code zu entschlüsseln, indem sie umkehrt, was sie gemacht hat. Wird sich aus ihrem Buchstabensalat ein logischer Sinn ergeben?

Clément blickt fragend auf, als sie hereinkommt. Sie zuckt die Achseln. »Ich muss abwarten. Ich hab ihnen eine Stunde Zeit gegeben.«

Sie essen das kümmerliche Mahl, das Marie für sie zubereitet hat. Sie unterhalten sich, über nichts, über Bagatellen, über die Vergangenheit, über seinen Vater und das, was er in Algier macht, über seine Schwester und seine Mutter. Und dann über Augustine, die einsam in dem Haus in Annecy lebt, zusammen mit ihrer Schwiegermutter und ihrer Schwägerin, in dem Wissen, dass sie Jüdin ist und dadurch irgendwie mit einem Makel behaftet. Wie eines von diesen Isotopen, über die er forscht. Radioaktiv.

»Ich hab mit ihnen telefoniert«, sagt er. »Das Telefonieren ist heutzutage nicht mehr so einfach. Man kann ja nicht mehr alles offen sagen, aber wenn ich es richtig verstanden habe, wollen sie sich in die Schweiz absetzen. Es müsste möglich sein, ein Visum zu bekommen. Wir haben noch Freunde dort …«

»Dann wäre sie ja in Sicherheit.«

»Das klingt wie ein Vorwurf.«

»Na ja, was ist mit den Tausenden, die sich nicht in Sicherheit bringen können, die nicht über die Schweizer Grenze können und niemanden haben, der sich um sie kümmert? Was wird aus denen?«

»Ich weiß nicht, was aus ihnen wird, Marian.« Sein Ton klingt matt, als hätte er diese Diskussion wieder und wieder geführt. »Ich kann für sie nicht die Verantwortung übernehmen, genauso wenig, wie du das kannst. Sie müssen sich irgendwie durchschlagen.«

»Aber du kannst was tun, nicht wahr? Ich gebe dir die Gelegenheit. Ich tue das, weil ich an das glaube, was ich mache. Ich glaube seit Jahren nicht mehr an Gott, aber weißt du was? Ich denke, inzwischen glaube ich an den Satan. Und wer den bekämpfen will, schafft das nur, wenn er genauso unbarmherzig ist wie er.«

Im Codierraum in Grendon werden ihre Worte inzwischen aus dem sinnlosen Nebel auftauchen, wie ein fotografisches Bild in der Entwicklerschale. Die Mitarbeiterin wird die dechiffrierte Nachricht aufschreiben und damit in den Kommunikationsraum hetzen. Fernschreiben werden zwischen Grendon und London hin und her rattern, Durchschläge werden im Laufschritt in Büros irgendwo auf der Baker Street gebracht. Buckmaster und Atkins werden sich treffen, um zu erörtern, was sie antworten werden.

Und Fawley? Der zurückhaltende Fawley wird informiert werden. *Mechaniker könnte bereit sein.* Wird er über die Bedeutung des vorsichtigen Konjunktivs nachdenken?

Sie steht von ihrem Stuhl auf. »Ich weiß nicht, wie lange das dauern wird«, sagt sie zu ihm. »Warte nicht auf mich.«

Sie hockt in der Dachkammer, wartet und lauscht, der Empfänger ist an-, aber der Sender ausgeschaltet. Das Rauschen des Äthers im Kopfhörer, durchbrochen von Gemurmel und Gestotter. Die Kälte kriecht ihr in die Knochen, und ihr Hintern wird allmählich taub vom Sitzen auf dem unnachgiebigen Eimer. Sie haucht sich auf die Finger und horcht auf die leere Sphärenmusik. Eine erlesene Form der Langeweile, Untätigkeit, unterfüttert mit Spannung, wie die Sehne eines Bogens, dessen Pfeil nicht abgeschossen wird.

Und dann kommt das leise, intime Flüstern wie die Stimme eines Liebhabers in ihr Ohr. Ihre blutleeren Finger kritzeln rasch das Gezwitscher hin, die Punkte und Striche, ein dünnes Rinnsal, das kundtut, dass irgendwo irgendwer an sie denkt.

Die Nachricht wird wiederholt. Sie schaltet den Sender ein und wartet, bis die Röhren sich erwärmt haben. Eine kurze Bestätigung, ein paarmal auf der Morsetaste tippen, dann ist die Sache erledigt, die Nachricht empfangen, der verletzliche Moment des Kontaktes vorüber. Sie schaltet das Gerät aus und lässt es kurz abkühlen. Dann gilt es, Hausarbeit zu erledigen, all die Dinge, die getan werden müssen: die Antenne aufwickeln, jeden Fetzen Papier einsammeln, alles wieder genau an seinen Platz zurückstellen, sämtliche Spuren beseitigen, die verraten könnten, dass sie da gewesen ist. Wieder zurück in der Wohnung, zieht sie sich in ihr Zimmer zurück, um die Antwort aus Grendon zu entschlüsseln.

Nüchterne Anerkennung, verhaltenes Lob, wie nicht anders zu erwarten. Sie wollen natürlich mehr wissen über CINÉASTE, mehr über PROSPER, mehr über die Katastrophe, die die Pariser Ringe ereilt hat. Aber sie wird ihnen nicht mehr mitteilen. Jede Minute, die du sendest, kostet dich eine Minute deines Lebens. Sie nimmt einen großen Glasaschenbecher und verbrennt sorgfältig alle Zettel, jedes Fitzelchen Nachrichten und Code, dann geht sie ins Bad und spült die Asche im Klo hinunter. Sie fühlt sich erschöpft, spürt die Feuchtigkeit in den Achselhöhlen und den Schweiß auf der Stirn, als sie in den Salon geht, wo Clément doch noch immer auf sie wartet.

»So«, sagt sie. »Alles erledigt.«

Ihre Hand ist zittrig, als sie das Glas Cognac entgegennimmt, das er ihr anbietet. Er streicht ihr eine Haarsträhne aus der Stirn. »Du siehst müde aus.«

»Bin ich auch.«

»Du machst mir Angst«, sagt er. »Ich hab dich noch nie so erlebt. Getrieben. Besessen.«

»Unsinn. Ich hab einen Auftrag zu erledigen, das ist alles. Ich bin kein Kind mehr, Clément.«

»Du wiederholst dich.«

»Weil es stimmt.«

Er legt seine Arme um sie. Sie empfindet die Berührung als tröstlich. Sie will das nicht empfinden, aber so ist es. Sie erinnert sich an die Kinder, die in der *impasse* unweit von Yvettes Wohnung Fangen gespielt haben, an den kleinen Jungen, der hingefallen war, an die Tränen, die ihm in die Augen stiegen, als er sich Mitleid suchend umschaute. Aber er hatte kein Mitleid bekommen, und auch für sie darf es jetzt keines geben. Tränen sind das Letzte, was sie gebrauchen kann. Behutsam löst sie sich aus seiner Umarmung.

»Ich bin hier nicht sicher«, sagt sie zu ihm. »Bis zum nächsten Vollmond können wir nichts unternehmen, und ich kann nicht einfach hier rumsitzen und warten. Morgen muss ich weg.«

»Weg? Wohin denn in Gottes Namen? Du bist hier sicher, Äffchen.«

Diesmal muss sie lachen, als er den Kosenamen wieder benutzt. »Paris ist im Moment eine gefährliche Stadt, das weißt du. Ich kann mich nicht zehn Tage hier in der Wohnung verstecken, auch wenn ich das gern täte. Es ist ein Risiko, dass ich hier bin. Den Leuten fällt so manches auf. Die Leute tratschen. So einfach ist das. Es ist sicherer, in Bewegung zu bleiben. An einem Ort zu bleiben, das ist gefährlich. Ich bin rechtzeitig zurück. In einer Woche. Und bis dahin solltest du dich endlich entscheiden, was du machen willst. Wenn du's für niemanden sonst tust, tu's wenigstens mir zuliebe.«

TOULOUSE

I

Die Rückkehr nach Toulouse ist wie eine Reise von Kontinent zu Kontinent, die Überquerung eines Ozeans, um in einer anderen Welt an Land zu gehen. Es ist ein strahlender und warmer Morgen, ein südlicher Morgen, zehn Grad wärmer als Paris, mit einer in Emailleblau eingebetteten Herbstsonne; und Alice spürt keine Angst. Das ist neben der Temperatur der andere deutliche Unterschied – die Abwesenheit dieser unentwegten, nagenden Angst, die sie in Paris empfunden hat. Auch hier ist es gefährlich, aber es ist eine Gefahr, die man sehen kann, etwas, das sich einschätzen und bekämpfen lässt, wie bei einer Infektion. Die Gefahr in Paris ist wie ein Krebsgeschwür, unsichtbar, unberechenbar und wahrscheinlich unheilbar.

Beschwingt, etwas benommen von zu wenig Schlaf, fährt sie mit dem Regionalzug nach Norden. Die Landschaft ist wohltuend vertraut, und als der Bus sie schließlich am Marktplatz in Lussac absetzt, hat sie das Gefühl, nach Hause zu kommen. Gabrielle ist überglücklich, sie wiederzusehen. Wie war es in Paris? Erzählst du mir alles? Wie waren die Leute, was für Mode tragen sie, war die Stadt voll, und hast du dir viele Sehenswürdigkeiten angeguckt? Ach ja, und Roland hat nach dir gefragt.

Roland?

Der *Patron*. Er ist ein paarmal vorbeigekommen. Sie haben sich ziemlich lange unterhalten. Roland arbeitet so hart, ist so engagiert. Als sie seinen Namen erwähnt, wird Gabrielle rot, nur ganz leicht, bloß ein schwacher Hauch, nicht vor Verlegenheit, sondern vor gesteigerter Empfindung.

In Plasonne wird sie begrüßt wie eine verloren geglaubte Tochter. Sophie bemuttert sie, bringt ihr was zu essen, drängt ihr förmlich einen Stuhl auf, damit sie sich ausruht, erkundigt sich, wie es in der Hauptstadt war, wie die Leute gekleidet waren, was gerade in Mode war. Paris scheint für die Leute in der Provinz eine Art Schlaraffenland zu sein, ein irdisches Paradies, das ihre Vorstellung übersteigt, wo es doch in Wahrheit bloß eine trostlose, vom Krieg gezeichnete Stadt ist, in der es weniger zu essen und weniger Freiheit gibt als bei ihnen. Am Abend hören sie Radio. Der Apparat steht in der Küche, ein Gehäuse aus poliertem Holz mit Bakelitknöpfen und einer halbrunden Senderskala. Albert dreht ganz behutsam am Einstellknopf, die Lautstärke leise, das Ohr dicht am Lautsprecher. »Da!«, sagt er mit einem triumphierenden Lächeln und tritt stolz zurück. Durch das statische Rauschen, das aus dem Lautsprecher dringt, hören sie das vertraute Rufsignal, das klingt wie das Schlagen einer fernen Trommel:

• • • –

Und dann verkündet eine Stimme: *»Ici Londres!«*, eine Stimme aus einer anderen Welt, ein Klang, der seine aufrüttelnde Wirkung nie verfehlt. *»Les Français parlent aux Français.«*

Sophie beobachtet sie, versucht, ihren Gesichtsausdruck zu deuten.

Die Radiostimme sagt: »Ehe wir anfangen, hier einige persönliche Botschaften.« Und dann folgen die Meldungen, teils absurd, teils poetisch, ernste und komische Zeilen, vorgetragen mit der präzisen Aussprache eines Mannes, der gehört werden möchte trotz Entfernung und Störungen und absichtlicher Störmaßnahmen: *Großmutter hat die Artischocken gekauft. Die Herbstwolken bringen Winterregen. Alles Gute wird gelingen.* Und dann:

»Paul geht in zehn Minuten. Ich wiederhole: Paul geht in zehn Minuten.«

»Na bitte«, sagt Alice mit einer kleinen Glücksregung, und Sophie lächelt sie an, weiß sie doch, dass Alice eine Art Triumph errungen hat, dass London gesprochen hat, dass das Ende irgendwie ein kleines Stückchen näher gerückt ist.

Im Radio hat die Nachrichtensendung begonnen. Es geht vor allem um Russland, ein Land, das Albert verehrt, aber nie gesehen hat und sich auch kaum vorstellen kann. Der Sprecher berichtet von Zehntausenden Gefallenen, von ganzen Armeen, die in Gefangenschaft geraten sind, so viele Menschen, die auf den Müllhaufen geworfen werden, dass es unvorstellbar ist, eine solche Zahl jemals ersetzen zu können. Und doch geht der Krieg weiter.

»So, jetzt musst du aber schlafen«, sagt Sophie. »Du bist müde.«

II

Der *Patron* brüllt. Er steht in Gabrielles Küche, wo die alte Mutter in der Ecke sitzt und vor sich hin strickt und kaum ein Wort hört, und er ist vor Wut weiß im Gesicht. »Was fällt Ihnen ein, es sich in Paris gut gehen zu lassen? Wir haben wichtige Dinge zu erledigen! Sie müssen hier in Bereitschaft sein!«

Sie hat keine Angst mehr vor ihm, das ist der Unterschied. Als sie hier ankam, war er eine Furcht einflößende

Macht, furchteinflößender als die Gestapo. Doch jetzt sieht sie ihn als das, was er ist, ein kleiner Mann in einer beängstigenden Position, der Kräfte auszugleichen sucht, die ihn jeden Moment zermalmen könnten. Und der in Gabrielles kleinen und hingebungsvollen Aufmerksamkeiten Trost findet.

»Ich war nicht zum Spaß in Paris«, sagt sie, als das Unwetter abgezogen ist. »Das wissen Sie genauso gut wie ich.«

Er spuckt irgendetwas aus, einen Tabakkrümel vielleicht. »Wenn die wen in Paris brauchen, dann sollen sie verdammt noch mal Leute in der Stadt absetzen. Die können von mir aus direkt oben auf dem Scheiß-Eiffelturm landen. Sich ihn in den Hintern schieben.«

»Und ich muss leider noch mal hin.«

»Noch mal hin? Was soll das heißen, Sie müssen noch mal hin?«

»Ich muss eine Rückführung organisieren.«

»Ich dachte, es ging bloß um die blöden Quarze.«

»Nein. CINÉASTE ist aufgeflogen, und Marcelle muss außer Landes gebracht werden.«

»Aber das können doch Leute in Paris erledigen.«

»Sie hält sich versteckt. Die Stadt ist ein Albtraum, und sie hat Panik, geschnappt zu werden. Nur ich weiß, wo sie ist. Praktisch alle Pariser Ringe sind zusammengebrochen, und es hat Dutzende Verhaftungen gegeben.«

»Und Sie haben die Rückführung bereits organisiert? Wie haben Sie den Kontakt hergestellt?«

Sie lügt. Wieso soll er erfahren, dass sie Anweisungen hatte, Gilbert zu kontaktieren? Wieso soll er überhaupt irgendwas erfahren? »Ich hab Marcelles Funkgerät benutzt.«

Er zieht an seiner Zigarette und beäugt sie misstrauisch. »Seit wann sind Sie Pianistin?«

»In der Ausbildung lernen alle die Grundkenntnisse.«

»Wie auch immer, wir erwarten beim nächsten Vollmond wieder eine Lieferung aus der Luft. Da können Sie nicht weg.«

»Das kann Gaillard erledigen. Er weiß genau, was zu tun ist.«

»Er bringt bloß wieder Marcels Leute mit, und die klauen die Hälfte von dem Zeug.«

Es ist ihr egal. Marcels Männer werden mit allem, was sie sich unter den Nagel reißen, nützliche Dinge tun. Sie sind Kommunisten, und daher sind sie organisiert und engagiert zugleich. Bei den anderen haben zu viele gemischte Motive.

»Sie sind kaum zwei Monate hier und treiben sich die meiste Zeit im verdammten Paris herum. Ich könnte Ihnen befehlen, hierzubleiben.«

»Da sollten Sie lieber in London nachfragen.«

»Was weiß London denn schon, verdammt noch mal?« Er blickt sie finster an und zieht wieder an seiner Zigarette. »Und Sie müssen wieder nach Toulouse. Sofort.«

»Wieso denn das?«

»Schon wieder so eine Idee von London. Warum halten die sich nicht einfach raus? Diesmal geht's um einen Konflikt mit der RAF. Wir müssen beweisen, wozu wir gut sind, und sollen dafür irgendwas in die Luft jagen, sonst schicken die ihr Bomberkommando und machen die halbe Stadt platt. Reine Politik. Wir haben schon genug politische Streitereien unter den Franzosen. Politische Streitereien zu Hause sind nun wirklich das Letzte, was wir gebrauchen können. Aber wie's aussieht, halten unsere Bosse gezielte Zerstörungen für effektiver als Flächenbombardierungen, deshalb sollen wir sozusagen eine kleine Vorführung machen. Die Überlegung ist ganz einfach: Wir riskieren das Leben von ein paar Saboteuren statt von einhundert Bomberbesatzungen, und gleichzeitig verderben wir es uns nicht mit den Franzosen, indem wir ein paar Hundert Zivilisten töten. Eine einfache Rechnung. Alles gut und schön, solange du nicht in der Gleichung mit drinsteckst.«

Sie denkt an andere Gleichungen, mit Werten, die das Vorstellungsvermögen übersteigen. Gleichungen, wie Clément sie gelöst hat und der dicke joviale Russe Lew Kowarski. Gleichungen, die Leben und Tod bemessen. Achtundfünfzigtausend. Ist das die Lösung?

»Ziel ist die Fabrik Ramier. César soll sich was überlegen und mir noch diese Woche einen Angriffsplan vorlegen, wie wir die Sache am besten durchziehen.«

»César?«

»Wer sonst?«

»Das klingt gefährlich.«

»Klar ist es gefährlich.« Er beäugt sie misstrauisch. »Läuft da irgendwas zwischen euch beiden?«

»César und mir? Was meinen Sie?«

»Ich hoffe nicht. So was können wir in unserem Ring nicht gebrauchen. Passen Sie einfach auf, dass er seine Hände aus Ihrem Höschen hält.«

Sie wird rot. »Was wollen Sie damit andeuten?«

»Sie wissen ganz genau, was ich meine, Madame. Es ist ganz schön störend, eine Frau wie Sie dabeizuhaben. Die Hälfte der Männer glotzt Sie lüstern an, und César würde am liebsten über Sie herfallen, wenn Sie nur in seine Nähe kommen.«

Sie schafft es, wütend zu werden. Es ist schwierig, aber sie schafft es. »Das ist eine Unverschämtheit! Ich seh ihn kaum. Es ist ja wohl nicht meine Schuld, was in den Köpfen von Männern vorgeht.« Sie starrt ihn erbost an, findet ihn grässlich und unfähig, ein Mann, dem die Nerven blank liegen, wie etwas, das in einer Metzgerei an einem Haken hängt. Er gibt als Erster nach, wendet sich von ihrer Wut ab.

»Jedenfalls, sagen Sie ihm, was ich gesagt habe. Die Fabrik Ramier. Wir brauchen umgehend einen Bericht. Ich schätze, ein Kommando von einem Dutzend Männern müsste genügen, so um den Dreh, aber das soll er entscheiden.« Er zieht an seiner Zigarette, dreht sich demonstrativ zum Fenster und schaut hinaus. »Sie gehen besser zuerst. Ich warte hier, bis Sie ein gutes Stück weg sind.«

Sie öffnet die Tür und tritt hinaus in die Diele. Gabrielle steht oben am Treppengeländer und späht nach unten. Obwohl es schon neun Uhr morgens ist, trägt sie noch ihr Nachthemd. »Gehst du schon, Alice?«, ruft sie. »Ist Roland noch da?«

Als Alice nach oben schaut, kann sie ihre weißen Beine und ungelenken Knie sehen. »Keine Sorge«, ruft sie hinauf. »Ich bin sicher, er geht nicht, ohne Auf Wiedersehen zu sagen.«

III

Am frühen Abend tritt sie in Toulouse aus dem Bahnhof und macht sich auf den Weg zu einer Adresse in der Nähe, einer Wohnung, die sie schon einmal als Unterschlupf benutzt hat. Die Besitzer sind ein Eisenbahner und seine Frau, die sie überschwänglich begrüßen und ganz versessen darauf sind, irgendetwas zu tun, irgendeinen Beitrag zu leisten. Die Wohnung war für ihren Sohn gedacht, der heiraten wollte, aber dann zur Zwangsarbeit nach Deutschland geschickt wurde. Jetzt steht sie leer und wartet auf seine Rückkehr. »César hat nach Ihnen gefragt«, sagt die Frau.

Alice merkt, wie sie leicht errötet. »Sagen Sie ihm, ich bin da.«

Die Wohnung ist spärlich eingerichtet – ein Bett und eine Kommode in einem Zimmer, ein altersschwaches Sofa, ein paar Stühle und ein Tisch in einem anderen, eine Küche mit Spüle und ein paar Hängeschränken und einem alten Gasherd, der völlig nutzlos herumsteht, weil keine Gasflasche angeschlossen ist. Als sie auf der nackten Matratze einschläft, ist der Gedanke an Benoît ein Trost. Benoît ist Normalität, Benoît ist begreifbar. Ist es leichter, etwas zu lieben, das du verstehst?

Er kommt am nächsten Tag, betritt das Haus, als würde es ihm gehören. So sollte es eigentlich nicht sein. Treffen sollen flüchtige, beiläufige, zufällige Begegnungen sein, nicht sie beide zusammen in einer leeren Wohnung, ohne zeitliche Beschränkung. Aber genau das will sie. Sie ist noch immer gekränkt von den Worten des *Patron*, verwirrt durch die drei Tage mit Clément. Sie ist beschwingter Stimmung, als hätte sie zu viel getrunken, und gleichzeitig niedergeschlagen, als hätte sie einen Freund verloren. Und Benoît ist wie immer – fröhlich, unbekümmert, die Kleidung unordentlich, sein Selbstvertrauen unangetastet.

»Ich muss wieder hin«, sagt sie, als er nach Paris fragt.

»Wieder nach Paris, *Minou*? Wieso denn das? Das macht den *Patron* bestimmt überglücklich. Er hat ganz schön über dich geschimpft, als ich ihn zuletzt gesehen hab. Diese verdammte Pariserin, hat er dich genannt, und das war noch der mildeste Ausdruck. Eine *garce*, hat er gesagt, die auf vornehme Dame macht. Weiß die denn nicht, dass wir Krieg haben?«

Sie lachen zusammen. Es stört sie nicht mehr, dass er sie *Minou* nennt. Sie merkt sogar, dass ihr die Lockerheit und Vertraulichkeit gefällt. Er ist Teil ihres Lebens, seit sie einander in London über den Weg gelaufen sind, als sie noch eine ängstliche junge Frau namens Marian Sutro war, und jetzt ist er eine Konstante in einer Zeit, in der so vieles verworren und beliebig ist. Und er ist nicht Clément, er ist nicht im Besitz dieser schrecklichen Macht von Jugenderinnerungen. Als sie ihm erzählt, was der *Patron* plant, blitzt Freude in seinen Augen auf – »Die Fabrik Ramier? Donnerwetter!« –, und wie bei einem Kind, das ein neues Spielzeug bekommen hat, strahlt sein Gesicht vor Begeisterung. »Kennst du die Fabrik Ramier? Sprengstoffhersteller. Einer der größten im Land. Willst du sie dir mal ansehen?«

»Ansehen?«

»Wieso nicht? Das Werk liegt auf einer Insel im Fluss, stromaufwärts, nicht weit von der Innenstadt. Na los, das macht bestimmt Spaß.«

Spaß klingt wie etwas Fremdartiges, etwas, das nur andere Leute haben. »Na schön«, sagt sie.

Sie nehmen Fahrräder, ein junger Mann und eine junge Frau, die zusammen durch die Stadt zur Garonne radeln. Die Flussufer sind verlassen, fast ländlich. Sie denkt an die Themse und die Seine, und jetzt dieser Fluss, still und leer, mit Inseln übersät und von Weiden gesäumt, und Benoît strampelt neben ihr her, scherzt mit ihr, bringt Normalität in ein Leben, das im Grunde verrückt ist. Sie überqueren die Brücke, die auf die Île du Ramier führt, und schlendern dann Hand in Hand weiter, schieben ihre Räder am Haupttor der Fabrik vorbei, unter den gleichgültigen Blicken von Wachleuten.

»Vielleicht sollten wir uns küssen«, sagt Benoît. »Um unsere Tarnung überzeugender zu machen.«

»Du willst die Situation ausnutzen.«

»Klar will ich das.« Er lacht und zieht sie an sich, was die Wachleute mit Applaus quittieren. Sein Lächeln, dieses unbekümmerte Lächeln, ist ganz anders als das von Clément, das wissend ist und zynisch. »Ich vermisse dich so sehr, *Minou*. Du verstehst das nicht.«

Aber sie versteht es doch. Sie versteht vieles, und das, was sie nicht versteht, ist nicht hier in dieser Stadt im Süden, mit den roten Mauern und dem sanften Licht der Herbstsonne. Sie gehen weiter, lächeln einander an und die Wachleute. Sie winkt ihnen sogar zu, und sie salutieren zum Spaß. Als sie wieder in der Wohnung sind, lachen sie noch immer, über den fröhlichen Tag, über ihre albernen Gespräche, darüber, dass sie die gesamte Umgebung der Fabrik erkundet haben und die ganze Zeit für ein Liebespärchen gehalten wurden, das einen Spaziergang macht. Die Wohnung ist kahl und gleichgültig, wie Mr Potters Büro. Bar jedweder Anhaltspunkte. Aber es gibt andere, in der Art, wie sie miteinander reden, in den Blicken, die sie wechseln. Irgendetwas Neues, etwas Schockierendes und Unerwartetes ist in ihr. Es hat mit Clément zu tun, mit Kindheit und Jugend, mit Furcht vor der Vergangenheit und der Zukunft.

»Soll ich bleiben?«, fragt Benoît. Sein Gesicht lässt leise Unsicherheit erkennen und einen Anflug von Verständnis.

Sie zuckt die Achseln. »Wir haben nichts zu essen.«

»Ich kenn da was gleich um die Ecke.« Er kennt immer irgendwas oder irgendwen gleich um die Ecke. So hat er die Fahrräder besorgt. Diesmal ist es ein kleines und verschwiegenes, von Basken betriebenes Bistro, wo sie *garbure* essen und herben Wein trinken und sie seinen Fragen ausweicht, als er wissen will, was sie in Paris gemacht hat und warum sie noch mal dorthin muss. Aber sie nehmen die Umstände widerspruchslos hin. Das haben sie gelernt – für den Moment leben, ohne daran zu denken, was passieren könnte. »Komm, wir gehen zurück«, sagt sie und verlangt die Rechnung.

Sie schleichen sich in die Wohnung, wie Diebe. In der Diele kommt es zu einem Moment der Verlegenheit. Er macht Anstalten, ins Wohnzimmer mit dem altersschwachen Sofa zu gehen. Sie legt ihm eine Hand auf den Arm. Eine Weile verharren sie so, als würde er ihr noch eine letzte Chance geben. Und dann gehen sie ins Schlafzimmer. »Weißt du, was mir an diesem Unterschlupf nicht behagt?«, sagt Benoît. Er spricht leise, als könnte jemand lauschen.

»Klar weiß ich das. Es gibt keinen zweiten Ausweg. Wenn einer durch die Haustür reinkommt, sitzt du in der Falle.«

»Fühlst du dich wie in der Falle?«

»Wenn ja, ist es eine Falle, die ich mir selbst gestellt habe.«

»Dann ist ja gut.«

Sie weiß nicht genau, wie es jetzt weitergehen soll. Beim letzten Mal, als sie im Dunkeln durch das Haus ihrer Eltern schlich, lag es auf der Hand. Aber jetzt, in diesem schäbigen Zimmer mit der nackten Matratze und der nackten Glühbirne an der Decke, ist alles anders. Sie macht einen Scherz – »Wie das hier geht, haben sie uns in Beaulieu nicht beigebracht« –, und dann dreht sie ihm den Rücken zu, um sich auszuziehen. Eigentlich ist das hier ein empörender Verstoß gegen alles, was sie sich je vorgestellt hat, sogar gemessen an dem einen Mal in Oxford, das damals irgendwie eine gewisse Logik hatte, Teil ihrer Vorbereitung auf das Leben hier in Frankreich war. Aber dem ist nicht so. Sie will es. Die einsame Glühbirne leuchtet kläglich von der Decke. Sie würde lieber das Licht ausmachen, sie würde sich lieber woanders ausziehen, sie würde lieber im Dunkeln ins Bett kriechen und so tun, als würde das alles nicht passieren. Aber dann wäre es wie in Oxford, und seitdem hat sie sich weiterentwickelt, oder nicht? Sie hat neues Terrain betreten, eine neue Welt. Sie dreht sich um und setzt sich aufs Bett, kämpft gegen den Impuls, ihre Brüste zu bedecken, eine Hand in den Schoß zu legen, um die Haare dort zu verbergen, sich vor seinem Blick zu schützen. Sie nimmt hin, dass das Licht brennt, dass er schamlos dasteht, vor dem Fenster, und seltsame Schatten über seinen Körper fallen. Noch nie hat sie einen Mann so nackt gesehen, so unverhohlen nackt. Sie möchte über den Anblick lachen, und sie möchte, dass er mit ihr lacht. Sie liebt sein Lachen, das ihr wie eine Art Kommunion vorkommt, fast wie etwas Heiliges – genau das weckt ihr Verlangen nach ihm, was irgendwie ein absurder Gedanke ist: Lachen als Aphrodisiakum. Aber sie traut sich nicht zu lachen, für den Fall, dass Lachen in dieser ungewohnten Welt etwas anderes bedeutet. Es kann so schwierig sein, genau zu enträtseln, was die Dinge bedeuten. »Beim letzten Mal hattest du Angst vor mir«, sagt er.

»Damals hatte ich vor allem Angst.«

»Und jetzt nicht mehr?«

»Bloß vor manchem.«

»Nicht vor mir, hoffe ich.«

»Nicht vor dir«, bestätigt sie.

Sie legen sich zusammen auf die Matratze, und sie schmiegt sich in seine Arme, klammert sich an ihm fest, als würde sie weggefegt, wenn sie loslässt. Er hat noch immer den Geruch des Tages an sich, eine Mischung aus Schweiß und Gras, ein derber Geruch, der sie an den Hof in Plasonne erinnert: etwas Seltsames, aber gleichzeitig Tröstliches. Und was geschieht, ist nicht heimlich und leise und verwirrend wie beim ersten Mal, sondern es setzt sich aus verschiedenen Elementen zusammen: Schock und Lust, die Erregung körperlicher Liebe und, für einen kurzen Moment, das seltsame Verlöschen des eigenen Ich in diesem Glutofen verschmolzener Existenzen.

»War es in Ordnung?«, fragt er, als sie wieder nebeneinanderliegen.

Sie versteht die Frage nicht. Das klingt, als könnte man über das, was sie getan haben, nachdenken und es üben und gut oder schlecht hinbekommen, wie Tennisspielen oder Schwimmen. »Natürlich war es in Ordnung. Es war sehr in Ordnung.«

»Und du bist nicht mehr böse auf mich?«

»Ich war nie böse auf dich. Es waren die Umstände. Der falsche Ort zur falschen Zeit.«

»Und jetzt?«

Sie liegt mit dem Kopf in seiner Armbeuge und schaut zu ihm hoch. »Der richtige Ort und die richtige Zeit, schätze ich. Jedenfalls fürs Erste.«

»Was ist mit Paris?«, fragt er. »Was ist in Paris passiert?«

Sie lacht, ein schwaches Lachen, bloß ein Aushauchen von Luft. »Du weißt, dass ich dir das nicht sagen kann. Ich kann dir gar nichts sagen.«

PARIS

I

Diesmal geht sie nicht aus dem Bahnhof, um einen Blick auf den Fluss zu werfen. Diesmal hat sie ein Ziel und einen Vorsatz – und Selbstvertrauen. Paris birgt keine neuen Gefahren. Und sie spürt noch immer den Schauder der Verfehlung, das Wissen um Benoît in ihr, die erschreckende Ungeheuerlichkeit des Aktes und die Freude. Hat er ihr den Geist von Clément ausgetrieben? Ist er der Mann, den sie lieben könnte? Vielleicht haben die vielen Gedanken sie abgelenkt, denn erst als sie aus der Métrostation Maubert-Mutualité ans Tageslicht kommt, merkt sie, dass sie verfolgt wird.

Wut überlappt sich mit Furcht. Wo ist er so plötzlich hergekommen? Wieso hat sie ihn nicht schon früher gesehen? Wer ist er? Wer hat ihn geschickt? Mehr Fragen als Antworten.

Sie biegt vom Boulevard in eine Seitenstraße, die mit leichter Steigung Richtung Rue des Écoles und zum Panthéon mit seiner prächtigen Kuppel führt. An einem Antiquariat bleibt sie stehen und zieht aus einem der Kästen vor dem Laden einen Fotoband. Das Buch zeigt Pariser Szenen vom Anfang des Jahrhunderts, einer Zeit, als die Stadt hoffnungsvoll und heiter wirkte, etwas Wunderbares, geschaffen aus Silber und Platin statt wie heute aus unedlem Metall. Im Spiegelbild der Schaufensterscheibe kann sie ihren Verfolger auf der anderen Straßenseite sehen, wo er mit dem Rücken zu ihr steht und sich etwas in einem anderen Schaufester ansieht, eine schmächtige Gestalt, den Mantelkragen hochgeschlagen und den Hut ins Gesicht gezogen.

Sie spürt, wie ihr speiübel wird. Französische Polizei? Abwehr? Gestapo? Die Stadt ist von Spionen durchsetzt wie Roquefortkäse von Schimmel.

»Das waren noch Zeiten, was, *Mam'selle*?«, sagt der Buchhändler, als sie den Band wieder zurücklegt. »Die werden wir wohl nicht mehr erleben.«

Sie lächelt und bestätigt, dass er wahrscheinlich recht hat. Dann geht sie weiter, versucht, zu schlendern, versucht, möglichst entspannt zu wirken, eine Frau allein in der Stadt, verfolgt von einem Mann. Wieder bleibt sie vor einem Schaufenster stehen – ein paar Eisenwaren, eine Nähmaschine, eine Stehleiter, die vielleicht zur Auslage gehört, vielleicht aber auch nicht – und beobachtet, wie ihr Verfolger im Spiegelbild milchig auf sie zugeschwommen kommt, dann stoppt, um sich einen Schuh zuzubinden. Er bleibt gebückt, scheint Schwierigkeiten zu haben, während sie Dinge betrachtet, die sie nicht haben will. Sie geht weiter, schneller jetzt, damit er Mühe hat, mit ihr Schritt zu halten.

Am Ende der Straße öffnet sich der große Platz, in dessen Mitte das Panthéon, dieser Tempel für keinen Gott, wie ein massiger Klotz thront. Sie sieht sich rasch um, versucht, nachzudenken, versucht, ruhig zu bleiben. Zu ihrer Rechten erstreckt sich die lange Fassade der Bibliothèque Sainte-Geneviève, vor deren Eingang ein paar Schüler herumlungern. Linker Hand steht die Église Saint-Étienne-du-Mont mit ihrer architektonischen Melange. Sie hält sich links und überquert das holprige Pflaster Richtung Kirche, versucht, nicht zu hasten, versucht, wie eine junge Frau zu wirken, die spontan beschlossen hat, ein Gebet zu sprechen. Sie schlüpft durch einen Ledervorhang und steht unvermittelt in dem schattigen Kirchenraum, umhüllt vom Geruch des Weihrauchs und von Verschleierung, aber für einen Moment frei. Dreißig Sekunden, schätzt sie, vielleicht weniger. Die Kunst besteht darin, den Beschatter abzuschütteln, ohne den Eindruck zu erwecken, dass du ihn bemerkt hast. Knifflig. Sie blickt sich um, sieht rötlich leuchtendes Buntglas, flackernde Kerzen und die Schattenbewegungen von Menschen bei der Andacht.

Zwanzig Sekunden.

Der Kirchenraum ist durch einen Lettner quer geteilt, ein kunstvolles Gebilde aus gewundenen Formen und Bögen. Sie eilt den Seitengang hoch und durch eine Tür in den Altarraum. Rechter Hand sind Seitenkapellen, und in einer von ihnen steht ein vergoldeter Sarkophag mit flackernden Kerzen und der Inschrift: *Sainte Geneviève Ora Pro Nobis*. Eine alte Frau kniet betend vor dem Reliquienschrein der Heiligen.

Zehn Sekunden.

Der Gang verläuft im Bogen hinter den Hochaltar. Weiter vorn führt eine Tür in die Sakristei, und ein Stück weiter, um die Biegung herum, versteckt in einer dunklen Nische, ist ein Beichtstuhl. Die Sakristei ist zu offensichtlich. Sie geht zu dem Beichtstuhl, zieht den Vorhang beiseite, schiebt ihren Koffer hinein und zwängt sich hinterdrein. Eine muffige Dunkelheit, die nach Qual und Schuld riecht, hüllt sie ein. Sie hält den Vorhang so, dass sie hinausspähen kann. Wie ein kleines Mädchen, das sich beim Versteckenspielen hinter Vorhängen verkrochen hat. Die atemlose Erwartung, eine Mischung aus Angst und gespannter Erregung.

Neben ihr gleitet ein Schiebefenster auf. »Ja, mein Kind?«

Erinnerungen kommen durch die Öffnung geströmt – ihre Klosterschule, die Verpflichtung zur Beichte und Buße, das verhasste Schuldgefühl. Auf der anderen Seite des filigranen Metallgitters schwebt schattenhaft das Gesicht des Priesters. »Oh, ich dachte …« Was hat sie gedacht? Was soll sie sagen? Durch die Lücke im Vorhang sieht sie, wie die alte Frau, die am Schrein der heiligen Geneviève gebetet hat, aufsteht und sich vor dem Beichtstuhl anstellt. Gleich hinter ihr kommt der Mann um die Biegung der Apsis und blickt sich suchend um.

»Segne mich, *Père*, denn ich habe gesündigt.«

»Wann war deine letzte Beichte, mein Kind?«

Einen Moment lang verharrt der Mann unschlüssig am Grab der Heiligen. Er hält seinen Hut jetzt vor der Brust, und sie kann sein Gesicht im Kerzenlicht sehen. Und sie kennt ihn. Es ist der Mann, der sie damals angesprochen hat, der ihr aus dem Bahnhof ans Ufer der Seine gefolgt ist, als sie das erste Mal nach Paris kam.

»Vor Jahren. Vier, vielleicht fünf.«

»Schon das allein ist eine Sünde, mein Kind.«

Was soll sie sagen? Sie hält den Vorhang fest und beobachtet den Mann. Wie ist noch mal sein Name? Miessen. Vielleicht hat sie seine Karte noch irgendwo in ihrer Tasche. Julius Miessen. Deutscher? Holländer? Franzose? Wer ist er?

»Was hast du sonst noch zu beichten, mein Kind?«

»Beichten?« Sie zögert. Unkeusche Handlungen, so hatten sie das in der Schule genannt. Ich habe unkeusche Handlungen begangen. Und der Priester fragte dann genau nach, was das für unkeusche Handlungen gewesen waren.

»Welcher Art waren die Handlungen?«

Der Mann verschwindet in der Sakristei. Klar, dass er dort nachschaut: die offene Tür, das Licht, das herausfällt, die Möglichkeit von Räumen und Korridoren und eines weiteren Ausgangs. Soll sie jetzt gehen, solange er außer Sicht ist? »Ich habe mich berührt, *Père*.«

»Wie oft, meine Tochter?«

»Wie oft ich mich berührt habe? Keine Ahnung. Ich führe kein Tagebuch. Und ich war mit einem Mann zusammen. Vielleicht ist das ja noch wichtiger.«

Die Stimme flüstert weiter, ruhig, duldsam, sanftmütig, unbeeindruckt durch Ironie. »Wie oft hast du das getan?«

»Zweimal.«

»Mit demselben Mann?«

»Selbstverständlich.«

Miessen taucht wieder vor der Sakristeitür auf. Er wirkt jetzt panisch, blickt hektisch hin und her, und sein markantes Gesicht hat in dem Licht, das durch die Obergadenfenster fällt, etwas Abstoßendes. Irgendetwas rührt sich tief in ihr, das Zusammenfließen von Angst und Triumph.

»Und liebst du diesen Mann?«

Liebt sie ihn? Sie weiß es nicht. Sie weiß nicht mal, was Liebe ist. Angst dagegen kennt sie nur zu gut. Angst erkennt sie. Und Hass. Aber Liebe? »Ich mag ihn sehr gern«, flüstert sie, »und vielleicht liebt er mich, ich weiß es nicht. Wir… passen irgendwie zueinander.« Wieso erzählt sie dem Priester das? Wieso erfindet sie nicht einfach irgendwas und verpasst Anne-Marie Laroche ein eigenes Sündenregister?

Miessen geht ganz nah an dem Beichtstuhl vorbei, in dem sie kniet, folgt dem Gang zurück in den Kirchenraum und sieht sich die ganze Zeit nervös um, als könnte sich das, wonach er sucht, hinter einer der Säulen verstecken. Der Priester hält ihr einen Vortrag über die Tücken und Gefahren der Unzucht, ihre Wirkung auf Gott höchstselbst. »Bedenke, du gehörst dir nicht«, warnt er. »Du bist teuer erkauft.«

Was wird Miessens nächster Schritt sein? Wird er annehmen, dass seine Beute durch eine der Seitentüren verschwunden ist, oder wird er vermuten, dass sie sich irgendwo im Gebäude versteckt hält? Und wieso in Gottes Namen verfolgt er sie überhaupt?

»Mein Kind?«

»Ja, *Père*?«

»Wenn du mit deiner Beichte fertig bist, musst du ein Reuegebet sprechen.«

Sie steht auf. »Danke, *Père*.«

»Dein Reuegebet, mein Kind. Deine Buße ...«

Sie nimmt ihren Koffer. »Es ist keine Buße nötig. Wissen Sie, meine größte Sünde ist nämlich die, dass ich nicht mehr an Gott glaube.«

Sie tritt aus dem Beichtstuhl. Die Kirche wirkt kühl und verwaist, ohne irgendwen von Bedeutung. Sie lächelt die alte Dame an, die nach ihr den Beichtstuhl betritt, und steuert dann auf die Tür mit der Aufschrift *Sacristie* zu. Ein Korridor führt zu einem Raum mit Schränken und hängenden Priestergewändern und einem schmalen, bunten Kruzifix an der Wand. Sie geht in die Hocke, um ihren Koffer zu öffnen, versucht, alles so ruhig wie möglich zu machen, so sicher und genau, wie sie kann. *Hâte-toi lentement*, sagte ihre Mutter immer zu ihr, wenn sie ihr nach einem Sturz auf die Beine half und sich um aufgeschürfte Knie kümmerte. Sie holt eine Nagelschere aus ihrem Kulturbeutel und schneidet damit das Futter des Koffers genau zwischen den beiden Scharnieren auf. In dem Versteck befinden sich ein Ausweis und Lebensmittelmarken auf den Namen Laurence Aimée Follette. Sie steckt die Papiere in ihre Umhängetasche, schließt den Koffer und richtet sich genau in dem Moment auf, als jemand hereinkommt, ein Priester in einer abgetragenen Soutane, der sie mit erschrockenem Erstaunen ansieht.

»Für die Flüchtlinge«, sagt sie, ehe er ein Wort über die Lippen bringt. »Ich wusste nicht, wo ich die Sachen abgeben soll.« Sie zieht ihren Mantel aus, faltet ihn zusammen und legt ihn auf den Koffer. »Ich möchte nur helfen, *Père*.«

Sie lächelt und schiebt sich an ihm vorbei. Am Ende des Korridors führt eine Tür auf die Straße. Tageslicht beträufelt ihr Gesicht mit Nieselregen. Schüler stehen in Grüppchen vor dem Eingang zum *lycée* auf der anderen Straßenseite, und Laurence Follette schiebt sich durch das Gedränge, eilt dann eine Seitenstraße entlang bis zur Rue de l'Estrapade. Obwohl ihr anscheinend niemand folgt, überquert sie die Straße und biegt dann zweimal rechts ab, um zu dem vertrauten Platz zu gelangen. Auf ihr Klopfen öffnet Marie die Tür, Marie, mit dem strengen Gesicht und der leicht missbilligenden Miene, Marie, die nicht die Verräterin sein kann, weil sie ja schon weiß, wo sie wohnt, und wenn jemand ihr vom Bahnhof aus gefolgt ist, dann doch gewiss in der Absicht, herauszufinden, wo sie in der Stadt untergeschlüpft ist.

Wer ist Julius Miessen? Für wen arbeitet er?

Sie zieht sich in Madeleines Zimmer zurück. Zum ersten Mal hat sie Angst, richtig Angst. Nicht die vorübergehende Angst wie kurz vor einem Fallschirmabsprung oder in der Warteschlange vor der Durchsuchung an einer *barrage* oder wenn du merkst, dass ein Mann dich durch die Straßen von Paris verfolgt. Nicht Angst *vor* etwas. Einfach bloß Angst, wie eine Krankheit, eine Geschwulst, die dick und faulig hinter dem Brustbein lauert. Angst in jedem Atemzug und jedem Herzschlag. Angst, die ihr die Speiseröhre hochsteigt und hinten im Mund einen säuerlichen Geschmack erzeugt, sodass sie ständig schlucken muss. Angst, was passieren könnte, was vielleicht genau in diesem Augenblick passiert, wo sie hilflos wie eine Kranke auf dem Bett sitzt.

»Ich geh dann nach Hause, *Mademoiselle*«, ruft Marie durch die Tür. »*Monsieur* Clément muss jeden Augenblick da sein.«

Sie lauscht, wie die Schritte der Haushälterin sich über den Flur entfernen und die Wohnungstür auf- und zugeht.

Was, so fragt sie sich, mag Marie wohl von alldem hier halten? Geht sie nach Hause und erzählt von der merkwürdigen, angespannten Frau, die bei den Pelletiers aufgetaucht ist und die *Monsieur* Clément mit offenen Armen willkommen geheißen hat? Ist sie geschwätzig? Spricht sie mit allen möglichen Leuten über die arme *Madame* Pelletier und ihr süßes Baby und fragt sich laut, was zum Teufel los ist, was um Himmels willen *Monsieur* Clément da eigentlich treibt? Dringen ihre Worte durch das verworrene Gefüge der Stadt und erreichen die Ohren der Polizei oder der Abwehr oder der Gestapo?

Sie sucht in der Küche nach Streichhölzern, und als sie sie gefunden hat, vollführt sie feierlich die Einäscherung der jungen Studentin Anne-Marie Laroche.

II

Laurence Follette aus Bourg-en-Bresse im Département Ain bewohnt jetzt das Zimmer in der Wohnung der Pelletiers. Laurence. Leicht androgyn, wie so viele französische Vornamen, vielleicht symbolisch für eine tief sitzende Uneindeutigkeit im Herzen der Franzosen, die einst vehemente Verfechter von Freiheit, Gleichheit, Brüderlichkeit waren, aber jetzt Arbeit, Familie, Vaterland proklamieren; ein Volk, dem ein und dasselbe Wort, *baiser*, für küssen und vögeln genügt.

Laurence wartet. Sie wartet auf Clément, wie eine Patientin, die ihre Krankheit pflegt und auf den Arzt wartet, der ihr wenigstens ein Mittel zur Linderung ihrer Schmerzen anbieten könnte. Das Geräusch der sich öffnenden Wohnungstür löst eine Welle der Erleichterung aus, eine Erleichterung, die ihr offenbar ins Gesicht geschrieben steht, als sie in die Diele geht, um ihn zu begrüßen, denn nachdem er sie umarmt und ihr gesagt hat, wie er sich freut, sie wiederzusehen, und wie sehr er sie vermisst hat, hält er sie auf Armeslänge von sich und sieht die kalte Angst, die ihr im Gesicht steht. »Ist alles in Ordnung, Äffchen? Was ist los?«

»Mir geht's gut. Bloß …« Was soll sie sagen? Beichte oder Verschleierung? »Jemand ist mir gefolgt. Ich glaube, vom Bahnhof aus. Ich hab ihn abgeschüttelt, aber er weiß, dass ich in der Stadt bin. *Sie* wissen es.«

»Wer?«

Sie zuckt die Achseln. »Keine Ahnung. Ich bin ihm schon mal begegnet. Er hat mich auf der Straße angequatscht, als ich das erste Mal nach Paris kam. Ich hab gedacht, er ist ein Zuhälter oder so. Aber jetzt frage ich mich, ob er vielleicht für die Polizei arbeitet, oder die Deutschen. Wer weiß? Jedenfalls, jetzt können sie sich denken, dass ich hier irgendwo in der Gegend untergeschlüpft bin, im Quartier Latin.«

Sie setzen sich in die Küche, den Raum, der der wärmste in der Wohnung zu sein scheint. Der sauber gewischte Tisch ersetzt die Barrieren, die die Angst zwischen ihnen eingerissen hat. Er öffnet eine Flasche Wein, einen Romanée-Conti, von dem er sagt, dass seinem Vater die Tränen kämen, wenn er sähe, wie sie ihn trinken. »Und wie geht's jetzt weiter?« Sein Ton hat sich verändert, als wäre er nun irgendwie Teil dessen, was sie macht.

Sie schüttelt den Kopf. »Irgendwer weiß, dass ich hier bin. Ich bin eine Gefahr, Clément, und nicht nur für mich selbst. Ich bin eine Gefahr für dich.«

Er lächelt. Sie kann sehen, was er sagen wird. Es liegt im Grunde auf der Hand. Und dieses Wissen weckt in ihr den Wunsch, zu weinen und gleichzeitig zu lachen. »Du warst schon immer eine Gefahr für mich, Äffchen. Seit ich dich das erste Mal gesehen hab.«

»In England wärst du vor mir in Sicherheit.«

»Die Art von Sicherheit würde ich nicht wollen. Ich würde dich bei mir haben wollen.«

Sie blickt auf. Sie denkt an den *Patron* und an Benoît, an all die Leute, die vom Ring abhängig sind – Gaillard und Marcel und all die Résistancekämpfer, aus denen WORDSMITH besteht. Gabrielle Mercey und die Familie in Plasonne. Sie könnte einfach aus dieser Welt verschwinden. Ohne auch nur Lebewohl zu sagen. »Wärst du bereit, nach England zu gehen, wenn ich mitkäme?«

Er macht eine kleine gleichgültige Geste. »Madeleine hat mich gestern angerufen. Die Enten sind ausgeflogen, hat sie gesagt. Das hört sich an wie eine von diesen Meldungen, die sie im Radio senden.«

Sie versucht zu lächeln, als wäre das ein Trick, den sie vergessen hat und neu lernen muss. »Was bedeutet das?«

»Das ist mein Kosename für Augustine. *Mon petit canard*. Die Enten sind sie und Rachel. Das bedeutet, sie haben es über die Grenze in die Schweiz geschafft. Ich hab also keinen Grund mehr, in Frankreich zu bleiben, oder? Und wenn du mitkommen würdest …«

Am Abend geht sie wieder aufs Dach und schickt einen Funkspruch hinaus in die wilde Herbstluft, so schnell sie kann, so knapp und deutlich sie kann. Ich wurde beschattet, möchte sie schreiben. Jemand weiß, dass ich in der Stadt bin. Die Stadt selbst beobachtet, lauert, die Peilwagen lauschen auf das kleinste Anzeichen von mir. Die Wölfe umkreisen mich, schnüffeln in der Luft, lechzen nach Blut. Diese Nachricht – sie lauschen auf diese Nachricht. Aber sie sendet nur:

MECHANIKER IST BEREIT

Sie weiß, was sie in Grendon denken werden, wenn sie den Text entschlüsseln, und in den Büros auf der Baker Street, wenn er aus dem Fernschreiber tickt: Alice gewinnt. Aber das stimmt nicht: Sie hat Panik. Und wenn du in Panik gerätst, ertrinkst du.

Sie schaltet den Sender aus. Die dünne Rettungsleine mit England ist gekappt. Sie packt das Funkgerät ein und trägt es nach unten, strampelt sich ab, um über Wasser zu bleiben, redet mit sich selbst, beruhigt sich, versucht, das klare Licht der Morgendämmerung in der abendlichen Dunkelheit zu sehen. Angst ist wie die Gezeiten des Meeres, unter dem Einfluss des zunehmenden Mondes. Sie kann die Hand der Schwerkraft spüren, den elementaren Sog, der ihr das Blut aus dem Gesicht zieht, aus dem Körper. Die Mondphase. Was hat sie vor einer halben Ewigkeit zu Benoît gesagt, damals in Oxford? Wir sind Günstlinge des Mondes. Günstlinge, Sklaven, Anbeter. Sie nimmt die Pistole aus dem Ersatzteilfach des Funkgerätkoffers und steckt sie in ihre Umhängetasche. »Nächsten Samstag ist Vollmond, wir fliegen also irgendwann diese Woche«, sagt sie zu Clément. »Wann genau, erfahre ich morgen.« Sie spürt, wie matt ihr Lächeln ist. »Ich möchte in Sicherheit sein, bloß für ein paar Minuten. Ich möchte in Sicherheit sein. Es ist so verdammt anstrengend, die ganze Zeit Angst zu haben.«

III

Das Café in der Rue Saint-André des Arts ist genau wie beim letzten Mal. Klein, trist, belanglos. Soweit sie sehen kann, ist ihr niemand gefolgt. Sie schlendert vorbei, macht dann kehrt und geht hinein, spürt das Gewicht der Pistole in ihrer Tasche, in der Tasche von Madeleines Mantel, den sie sich ausgeliehen hat, einen mit Hahnentrittmuster und dem Namen Molyneux auf dem Etikett. Der Mann an der

Bar, ein anderer als bei ihrem letzten Besuch, schaut mit dem gleichen Desinteresse auf.

Ist die *Patronne* da? Er zuckt die Achseln und ruft über die Schulter – »Madame Julienne! Hier will Sie wer sprechen« –, und die Tür hinter der Bar geht auf, und da ist sie. Claire. Sie blickt besorgt, sie blickt misstrauisch, setzt nur ein schwaches Lächeln des Wiedererkennens auf. »Kommen Sie«, sagt sie. »Kommen Sie hier herein.«

Claires kleines Zimmer ist unverändert: dieselben Bilder, derselbe Kalender mit denselben Namen bei denselben Daten. Woran erkennt man einen Verräter? Was sind die Anzeichen für Verrat? Wie sehen die Gesichtszüge für Heimtücke aus? Claire ist forsch und sachlich, wie eine Reisebürofrau, die eine ungewöhnliche, aber nicht ganz unbekannte Route verkauft hat. »Es ist alles für übermorgen vorbereitet, vorausgesetzt, das Wetter spielt mit. Die Einzelheiten erfahren Sie von Gilbert.«

Gilbert. Sie erinnert sich an das seltsame, unkonkrete Gespräch in dem Büro mit Blick auf den Portman Square, an den groß gewachsenen und hölzernen Colonel mit seinem noch größer gewachsenen Vorgesetzten. *Jill Bär ist unser Mann für Landeoperationen im Pariser Raum*. Das Ganze war ihr damals wie eine Fantasiegeschichte vorgekommen, wie etwas, das nie wirklich passieren würde. Und jetzt passiert es – Gilbert erwartet sie. Sie soll sich mit ihm im Jardin des Tuileries treffen, auf der anderen Seite des Flusses. Sie soll zu einer bestimmten Uhrzeit dort sein, am kreisrunden Wasserbecken im Grand Carré, neben der Kain-Skulptur. Der exakte Ort zur exakten Zeit. Sie muss unbedingt pünktlich sein.

»Sie kennen doch den Park, oder?«

»Natürlich.«

Und es gibt eine Art Losung für das Treffen, ein kleines Frage-und-Antwort-Spiel. Sie und Claire proben es. »Prägen Sie sich alles Wort für Wort ein. Er ist bei so was sehr genau.«

»Ich krieg das schon hin.« Sie nimmt die Hand aus der Tasche und streckt sie aus.« Danke«, sagt sie. An der Tür bleibt sie stehen, als wäre ihr noch etwas eingefallen. »Warum machen Sie das?«

Claire blickt verwirrt. »Warum mache ich was?«

Alice deutet in Richtung Bar, meint aber in Wahrheit alles, die Planung, die Gefahr, die Schulterblicke, die ständige Vorsicht, die ganze albtraumhafte Beklemmung des Lebens im Verborgenen. Angst ist eine ätzende Säure, die alles durchdringt – deine Kleidung, deine Habseligkeiten, deine Haut. Vielleicht riechst du nach Angst, wie ein starker Raucher nach Tabak riecht oder ein Alkoholiker nach Schnaps. »Das alles hier«, sagt sie. »Für die Organisation.«

Die Frau runzelt die Stirn. »Lassen Sie die blöde Fragerei. Sie sollten es eigentlich besser wissen. Fragen verlangen Antworten, und wenn du die Antwort nicht weißt, was vorkommt, fängst du an, irgendwas zu erfinden. Ich mach's einfach, klar? Ich mach's einfach. Und Sie auch.«

Als sie den Park betritt, sind dort nur wenige Leute unterwegs. Sie muss an ein Gemälde im Ashmolean Museum in Oxford denken, irgendwas von Pissarro – *Der Tuileriengarten bei Regen* oder so ähnlich. Die Wirklichkeit ahmt das Gemälde nach: kahle Bäume, Sprühregen, Windböen, die Frauen die Röcke flattern lassen, Pfützen, die wie Silbermünzen glänzen, der ganze Anblick verwischt und verschwommen zu Wolken und Nieselregen. Sie entdeckt die Statue *Kain nach dem Mord an seinem Bruder Abel* und schlendert auf sie zu, achtet auf Leute, die sie womöglich beobachten. Zwei deutsche Soldaten außer Dienst kommen näher und versuchen, sie in ein Gespräch zu verwickeln.

»Ich warte auf einen Freund«, sagt sie zu ihnen.

»Un Français?«

»Bien sûr.« Die Pistole, jetzt in ihrer Umhängetasche, wiegt schwer.

»Deutsche sind bessere Männer.«

»Nicht wenn sie keine Manieren haben.«

Gerettet wird sie – es ist lächerlich, ein absurdes Risiko –, als jemand ruft: »Menschenskind, lange nicht gesehen, was?« Es ist ein Mann, der jetzt mit flotten Schritten über den Kies auf sie und die beiden Soldaten zukommt. Er ist gut aussehend, mit vollem, welligem Haar und Augen, die offenbar gern lächeln. Er nimmt ihren Arm, während er den Deutschen zunickt, und zieht sie weg. »Haben wir uns nicht zuletzt bei Tante Mathilde gesehen?«

»Es ist eine Ewigkeit her«, stimmt sie zu. »Bevor sie nach Montpellier gezogen ist.«

Er küsst sie auf beide Wangen und dreht sich dann zu den Soldaten um, die noch immer zuschauen. Wenn sie seine Cousine nicht in Ruhe lassen, wird er sich bei ihrem vorgesetzten Offizier über sie beschweren. Sie ziehen lange Gesichter und gehen langsam davon. Gilbert grinst. »Eins muss man wissen, unsere tapferen Eroberer hören stets auf Befehle, wenn sie das Gefühl haben, sie kommen von jemandem, der wichtig ist.«

»Und Sie sind wichtig?«

»Ich *klinge* wichtig. Darauf kommt's an. Und sie haben den leisen Verdacht, ich könnte gute Beziehungen haben.«

»Haben Sie welche?«

Er lacht. »In dieser verdammten Stadt braucht man Beziehungen, um zu überleben. Kommen Sie, wir gehen irgendwo hin, wo es gemütlicher ist.« Er hakt sie bei sich ein und führt sie zur Rue de Rivoli in ein Café, wo er bekannt ist und wo man sogar echten Kaffee bekommt, wenn man die richtige

Kellnerin anspricht. Beim Kaffee plaudern sie eine Weile über nichts Besonderes – was er vor dem Krieg gemacht hat, dass er Pilot war, dass er wieder fliegen möchte –, und nachdem er bezahlt hat, gehen sie um die Ecke zu einer Wohnung, die er hat, zwei Zimmer, deren Einrichtung gerade mal aus ein paar Stühlen und einem Tisch und zwei Matratzen auf dem Boden besteht. Sie kommt sich vor wie ein leichtes Mädchen, ein Straßenflittchen, das nur noch den Preis aushandeln will. »Sie müssen sich alles, was ich Ihnen jetzt sage, gut einprägen«, sagt Gilbert zu ihr. »Können Sie das? Ohne sich irgendwas aufzuschreiben?«

»Klar kann ich das.«

»Claire hat von zwei Passagieren gesprochen.«

»Kommt drauf an.«

»Die Pianistin von CINÉASTE?«

»Bei ihr bin ich mir nicht sicher. Ich werde sie noch treffen.«

»Wo ist das Problem?«

Sie zuckt die Achseln. Sie wird sich nicht zu Dingen ausfragen lassen, die ihn nichts angehen. Sie hätte es Claire gegenüber nicht erwähnen sollen, und Claire hätte es Gilbert nicht erzählen sollen. So etwas kann ganze Einsätze gefährden. »Ich werde es rausfinden. Aber der andere Passagier ist bestätigt.«

»Dann müssen wir also improvisieren?«

»Sieht so aus.«

»Ich werde Ihre Hilfe auf dem Landeplatz brauchen. Sie haben schon Lieferungen aus der Luft organisiert, nehm ich an? Rückführungen sind etwas anderes.« Er grinst entwaffnend, wie ein kleiner Junge, der einen Streich ausheckt. »Natürlich sind sie etwas anderes. Schon weil der verdammte Vogel erst mal landen muss. Aber das ist das Problem. Sie müssen die ganze Zeit dastehen, während er landet, wendet und zum Startpunkt zurückrollt. Das macht einen Höllenlärm, der Tote wecken könnte, ganz zu schweigen von der

Polizei. Man braucht also gute Nerven, um das auszuhalten. Haben Sie gute Nerven?« Er mustert sie von oben bis unten.

»Hab ich.«

»Das glaub ich gern. Und jetzt passen Sie genau auf. Wir benutzen ein Drei-Lichter-L, mit der langen Seite gegen den Wind.« Er legt Münzen auf den Tisch. »A, B und C. A ist der Punkt, wo der Vogel aufsetzt und wo das Empfangskomitee steht. B ist hundertfünfzig Meter mit dem Wind, aber natürlich braucht man eine größere Gesamtlänge für einen Landeplatz.«

»Sechshundert Meter …«

»Minimum. Und guten, festen Untergrund. Letztes Frühjahr ist eine Lysander im Morast stecken geblieben, und wir mussten sie schließlich abfackeln. Einen Monat hat es gedauert, den Piloten zurück nach England zu bringen, von den Passagieren ganz zu schweigen. Aber wir haben noch keinen verloren.« Sein Grinsen erinnert sie an das von Benoît: diese pure Unbekümmertheit, diese Andeutung, dass er etwas Intimes mit ihr teilt. »Das dritte Licht, C, ist fünfzig Meter weiter rechts. Das ist die Wendemarkierung, sobald der Vogel unten ist. Sobald er da gewendet hat, kommt er zurück zu A und ist wieder startklar. Wir stehen links von A und nähern uns der Maschine von backbord, sobald sie startklar ist. Das ist die linke Seite.«

»Ich weiß, dass es die linke Seite ist. Ich bin in London unterwiesen worden. Ich weiß das alles.«

»Dann wissen Sie es jetzt doppelt. Die Piloten haben Anweisung, jeden zu erschießen, der sich von der anderen Seite nähert. Ist bisher noch nicht vorgekommen.«

»Dass sich noch keiner von rechts genähert hat oder dass noch keiner erschossen worden ist?«

Wieder das Grinsen. »Weder noch. Der Pilot lässt den Motor laufen, während eventuelle Passagiere aussteigen.

Diesmal sind sehr wahrscheinlich welche an Bord. Der letzte Passagier lädt das Gepäck aus. Dann steigen unsere Passagiere ein, schnallen sich die Fallschirme an, und los geht's. Fünf, sechs Minuten am Boden, wenn alles reibungslos läuft. Und schwuppdiwupp ist die Sache erledigt.« Sein Tonfall ist locker, als wollte er zeigen, dass das Ganze ein Kinderspiel ist, dass er alles im Griff hat. Er holt eine Michelin-Karte von Nordfrankreich hervor und faltet sie auf dem Tisch auseinander. »Jetzt zu den Einzelheiten der Reise. Sie und Ihre Begleitung steigen am Gare d'Austerlitz in den Zug nach Bordeaux. Ich sitze im selben Zug, werde Sie aber nicht erkennen. Ob ihr getrennt sitzt oder zusammen, liegt bei euch. Was immer ihr für weniger auffällig haltet. Ihr kauft nur Fahrkarten nach Libourne. Nicht Bordeaux, weil für die Küstenregion ein Sonderausweis erforderlich ist. Aber ihr steigt ohnehin in Saint-Pierre-des-Corps aus. Verstanden?« Er legt einen Finger auf die Karte, in der Nähe des Zusammenflusses von Loire und Cher. »Saint-Pierre-des-Corps ist der Durchgangsbahnhof für Tours …«

»Das ist ganz schön weit weg von Paris!«

»So machen wir das nun mal. Drei Stunden mit einem Bummelzug. Ihr nehmt den um 13.15 Uhr. Wenn ihr den aus irgendeinem Grund verpasst, könnt ihr den nächsten nehmen, eine Stunde später. Nicht vergessen, Fahrkarten bis Libourne – nicht Bordeaux –, aber in Saint-Pierre-des-Corps aussteigen. Wenn ihr da seid, kauft ihr Fahrkarten nach Vierzon. Das ist eine Nebenstrecke, aber ihr fahrt nur zwei Stationen weit, bis Azay-sur-Cher. Ich müsste gleichzeitig in Azay ankommen, aber falls nicht, geht ihr hinter den Bahnhof, da ist ein Schuppen, wo Fahrräder für euch bereitstehen. Die sind abgeschlossen.« Er kramt in seinen Jackentaschen. »Hier sind die Schlüssel. Nicht verlieren. Sobald ihr die Räder aufgeschlossen habt, nehmt ihr die Straße direkt zum Dorf. Ihr überquert die Eisenbahnschienen und haltet euch südlich. Ist ausgeschildert. Azay-sur-Cher. Nach zwei Kilometern, unmittelbar vor einem Waldstück, biegt ihr nach links auf einen Feldweg. Auf diesem Weg fahrt ihr noch mal zwei Kilometer und stellt die Räder ab. Der Landeplatz ist die Wiese auf der linken Seite. Ach ja, und nehmt warme Sachen mit. Ihr müsst eine ganze Weile in der Kälte warten.«

Es wird alles wie am Schnürchen laufen, *comme sur des roulettes*, fügt er hinzu, und sie muss an Buckmasters Worte denken: zuverlässig wie ein Uhrwerk. »Eine Nachricht auf Radio London wird grünes Licht geben. Wir haben die Sache für morgen Nacht geplant. Aber man kann nie wissen. ›Der Automechaniker hat ölige Hände‹ lautet die Nachricht. Die ganze Operation trägt den Decknamen MECHANIC.« Er stockt und blickt sie an. »Und nach der Operation, was machen Sie dann?«

»Ich kehre zu meinem Ring zurück.« Sie sieht auf die Karte. »Vierzon liegt auf der Bahnstrecke nach Toulouse. Ich kann dort in den Zug nach Toulouse steigen.« Sie verstummt. Sie hat mehr gesagt, als nötig ist, mehr, als sie wollte. Er betrachtet sie nachdenklich, die Lippen gespitzt.

»Sie könnten mit der Lysander zurückfliegen. Nach England, meine ich. Die können im Notfall auch drei Passagiere mitnehmen.«

»Daran hab ich auch schon gedacht.«

»So wäre es vielleicht sicherer für Sie.«

»Ich bin nicht nach Frankreich gekommen, um in Sicherheit zu sein.«

»Natürlich nicht. Aber derzeit ist die Situation besonders schwierig. Es ist nicht leicht, immer alles im Griff zu haben. So einiges …«, er winkt vage mit einer Hand, »… geht schief. Manche Leute tun Dinge, die sie nicht tun sollten. Es ist schwierig, alle bei Laune zu halten.«

»Was für Leute? Wovon reden Sie?«

Er übergeht ihre Frage, lächelt aber und greift dann nach ihrer Hand, schüttelt sie sanft. »Sie sind zu schön, um hier zu sein, meine liebe Alice. Ich habe schon andere erlebt, die hergekommen sind und denen üble Dinge angetan wurden, andere, die ebenso hübsch waren wie Sie.«

Sie zieht behutsam ihre Hand zurück. »Mein Aussehen tut nichts zur Sache. So, ich muss los. Ich hab noch eine Verabredung.«

Er zuckt die Achseln. »Vielleicht denken Sie darüber nach, was ich gesagt habe …?«

Sie schiebt ihren Stuhl zurück und steht auf. »Das werde ich.«

IV

In der Métrostation führt sie die üblichen Vorsichtsmaßnahmen durch – geht an einem Eingang hinein, am anderen wieder hinaus, tut so, als hätte sie sich verlaufen, und macht auf dem Absatz wieder kehrt. Es scheint ihr niemand zu folgen. Also fährt sie dieselbe Strecke wie zuvor ins 20. Arrondissement und streift dann vorsichtig um die Straße, wo Yvette wohnt, schnüffelt herum wie ein Tier, dessen Nest von einem anderen geplündert wurde. Alles erscheint ihr ganz ähnlich wie beim letzten Mal – die Leute gehen ihren Alltagstätigkeiten mit der Lustlosigkeit nach, die typisch ist für die besetzte Stadt. Kunden auf dem Flohmarkt durchstöbern traurig die Waren. Ein *clochard* mit einem Hund bettelt um Centimes. Ein Straßenmusiker spielt Geige, schlecht. Frauen keifen, Kinder schreien.

Irgendjemand da, der das Haus beobachtet?

Sie schlendert daran vorbei und geht in das Café, wo der Dickwanst namens Boger hinter der Bar steht. Wie schafft man es eigentlich, in diesen Zeiten so dick zu bleiben? »Das hier ist für Yvette«, sagt sie und reicht ihm einen Brief über die Theke. Der Mann saugt an seiner Lippe, als hoffte er, ihr etwas Nahrhaftes entlocken zu können.

»Es ist wichtig, dass sie den bekommt«, sagt sie und geht wieder.

Balzacs Kopf, die Haarmähne, die starren Augen und die streitlustige Nase, das Doppelkinn. Alice beobachtet das Grab von Weitem. Sie fühlt sich von allem losgelöst, als wäre es nur ein Traum, einer von denen mit scheinbar eiserner Logik, in denen trotzdem seltsame Dinge geschehen, Träume, in denen sie eine Pistole in der Hand hat und bereit ist, notfalls auch abzudrücken. Sie ist bereit zu töten, und es ist ihr egal, ob sie getötet wird. Das ist das Seltsame. Es ist ihr egal.

Nichts passiert. Die Friedhofswege winden sich um die Gräber wie Schlangen, deren Schuppen im Regen schimmern.

Zwei Uhr vierundvierzig.

Regeln für die Vereinbarung eines Treffens: stets eine Uhrzeit nennen, die eine Stunde später ist, als das Treffen tatsächlich stattfinden soll. Wird Yvette das verstehen? Wird sie verstehen, und, falls ja, wird sie kommen? Und wenn sie kommt, wird sie allein kommen?

Im Wind und Nieselregen bewegen sich Menschen zwischen den Gräbern, legen eine Blume hin, verharren einen Moment im Gebet oder in innerer Einkehr. Krähen flattern über die Grabmäler, suchen nach Essensabfällen. In den Bäumen wachsen Misteln, kugelige Büsche wie Krähennester. Eine stille, erstickende Pflanze, irgendwie passend für einen Friedhof.

Was soll sie tun? Gestalten lauern in den Schatten ihrer Fantasie. Beobachten sie sie, just in diesem Moment? Man kann nie wissen, das ist das Problem. Erst wenn du die Hand auf der Schulter spürst. Wie wenn du von einer Gewehrkugel getroffen wirst – du hörst den Schuss nicht, der dich erwischt. Das wurde ihnen in der Ausbildung erklärt. Die Kugel ist schneller als der Schall, und deshalb erreicht sie dich eher als das Geräusch ihres Fluges durch die Luft. Genau wie bei einer Verhaftung – sie wird passieren, wenn du nicht damit rechnest, wenn du alle Eventualitäten bedacht hast und denkst, du bist sicher. Das Klopfen an der Tür tief in der Nacht. Die Hand auf der Schulter. Der jähe Stoß einer Pistolenmündung im Kreuz. Rechne immer damit, dann erlebst du keine Überraschungen.

Als sie das dritte Mal zu Balzac hinüberschaut, steht eine kleine Gestalt vor dem Denkmal, zart, in einem hellbraunen Regenmantel, in der Hand einen Schirm zum Schutz gegen den Nieselregen, eine Frau mit dünnen Beinen und gebeugtem Rücken, als wäre sie schon alt und tattrig.

Ist das der Köder, der an einem Haken zappelt?

Vorsichtig geht sie den Hang hinunter und stellt sich neben sie. Yvette schaut nach oben zu dem Schriftstellerkopf auf dem Sockel, als wäre er eine Art Totem. Ihr Gesicht ist regennass.

»Ich war mir nicht sicher, ob du kommen würdest.«

»Wieso?«

»Bist du allein?«

Yvette wirft ihr einen Seitenblick zu. »Ja klar.«

»Irgendwer ist mir gestern vom Gare d'Austerlitz gefolgt. Jemand wusste, dass ich dort ankommen würde.«

Schweigen. Balzac blickt ernst hinaus in den Nachmittag. Ihn hatte die Stadt nie überrascht; vielleicht würde ihn nicht mal dieses kleine Treffen überraschen. Alice fügt leise hinzu: »Hast du sie mitgebracht?«

»Ich weiß nicht, was du meinst.« Erschrockene Augen; große flehende Augen, als sie Alice am Arm packt. »Du bringst mich doch hier raus, oder? Was ist los, Marian? Was ist schiefgelaufen?«

»Du hast mich verraten, nicht?«

Der Wind frischt auf, brennt wie Salz in einer Wunde. Yvettes Schirm flattert und droht sich nach außen zu stülpen. Sie schließt ihn mit Mühe. »Wie kommst du darauf?«

»Hab ich doch gesagt, sie haben am Bahnhof auf mich gewartet. Ich konnte sie abschütteln, aber sie wissen, dass ich in der Stadt bin. Niemand außer dir wusste, wann ich wieder nach Paris kommen würde und von woher. Niemand außer dir.«

Yvette schlottert. Sie ist schwächlich und unterernährt, und vielleicht ist ihr kalt. Auch damals in der Meoble Lodge war ihr immerzu kalt. Alice umfasst die Pistole in ihrer Tasche. Dabei berührt sie mit den Knöcheln das andere, das sie in der Tasche hat, die kleine, harte Giftpille. »Ich vertraue dir nicht, Yvette. Nicht mehr.«

»Aber du kannst mir vertrauen. Um Himmels willen, ich bin deine Freundin, Marian. Ich bin Yvette. Du kennst mich.«

Alice blickt sich in der Stadt der Toten um. Lebende Geister schleichen die Wege entlang, blicken hoffnungslos auf die Denkmäler. *Was ihr seid, waren wir, was wir sind, werdet ihr sein.* Sie spürt ihr eigenes Leben an einem seidenen Faden hängen. »Ich gebe dir eine letzte Chance«, sagt sie. »Wenn du jetzt mitkommst, ohne noch einmal zu deiner Wohnung zu gehen, bringe ich dich nach England. Du wirst in Sicherheit sein. Du wirst Violette wiedersehen. Aber du musst jetzt mitkommen. Auf der Stelle.«

»Wie soll denn das gehen? Ich kann doch nicht von jetzt auf gleich einfach so mitkommen.«

»Warum denn nicht? Was hält dich noch hier?«

In diesem Moment bemerkt sie die Frau. Sie steht etwa fünfzig Schritte entfernt unten am Hang und bückt sich gerade, um Blumen auf ein Grab zu legen. Oder vielleicht versucht sie, die Inschrift besser zu lesen. Es ist dieselbe Statur, dieselbe Körperhaltung. Dieselbe Lederjacke mit dem Fellkragen. Dieselben blonden Locken, nur dass sie diesmal unter einem Glockenhut hervorlugen. Es ist die Elsässerin, die Frau, die sie auf der Place de la Contrescarpe durchsucht hat.

Alice spürt, wie alles ihrer Kontrolle entgleitet. Ihr Verstand stellt Berechnungen an – kurze verzweifelte Additionen und Subtraktionen. Wo sind die anderen? Wer von den vereinzelten Trauernden in dieser Stadt der toten Seelen beobachtet die Lebenden? Sie packt Yvettes Arm, wie man ein Kind festhalten würde. Sie ist leicht, ein Geschöpf aus hohlen, fleischlosen Knochen. Sie spricht ihr ins Gesicht, drängend, in der Hoffnung, dass die Worte wehtun. »Du hast gelogen, Yvette. Du falsche Schlange hast die ganze Zeit gelogen.«

Yvettes Stimme ist der leise, kraftlose Klang der Verzweiflung. »Die haben Emile. Die haben versprochen, sie würden ihn freilassen.«

»Und das hast du geglaubt? Die sind der Feind, Yvette. Die haben deinen Mann umgebracht, Himmelherrgott noch mal. Die haben Violettes Vater umgebracht. Und jetzt werden sie mich umbringen und dich höchstwahrscheinlich auch.«

Für einen Moment sind sie wie erstarrt. Über ihnen spotten die Krähen, wie der Chor einer griechischen Tragödie. Wind schüttelt die Äste. Alice sieht, wie sich die Elsässerin kurz abwendet, und diesen Moment nutzt sie aus: Sie lässt Yvettes Arm los und rennt. Sie rennt schneller als je zuvor in ihrem Leben. Sie rennt den Hang hoch, den stechenden Regen im Gesicht, mit rutschenden Füßen auf dem *pavé*. Sie rennt. Ob sie verfolgt wird, weiß sie nicht. Rennen ist Bewegung, Rennen ist Handeln, Rennen ist das Gegenteil von Stehen und einfach Abwarten, dass sie dich kriegen. Rennen ist Freiheit, kurzfristig und vielleicht illusorisch, aber gleichwohl Freiheit. Die Freiheit des entflohenen Häftlings. Sie hat absurde, sprunghafte Gedanken, während sie rennt. Wie stolz ihr Vater wäre, wenn er sie jetzt so rennen sehen könnte. Wie stolz Ned wäre, wie stolz Benoît und Clément. Sie würden sie anfeuern, die Männer, die auf die eine oder andere Weise Platz in ihrem Leben beanspruchen. Renn!, würden sie rufen. Renn! Und so rennt sie. Nicht wie der Wind, aber mit dem Wind, vorbei an Denkmälern und Mausoleen, springt über Gräber und schlittert um Kreuzigungsfiguren herum, ohne sich darum zu kümmern, ob ihr jemand auf den Fersen ist oder nicht. Ein paar Leute schauen ihr nach. Ein alter Mann – ein Totengräber? – lehnt auf einem Spaten und sieht zu, wie sie vorbeirennt. Irgendwo ruft jemand was, aber der Klang ist körperlos und könnte alles bedeuten. Bloß eine junge Frau, die über einen Friedhof rennt. Merkwürdig.

Am Ausgang bleibt sie stehen. Es ist niemand da. Sie geht durchs Tor und überquert zügig die Straße. Ein paar Sekunden Vorsprung. Keine Zeit zu verlieren. Sie biegt in eine Seitenstraße, sodass der Friedhof nicht mehr zu sehen ist. Irgendwo in der Nähe ist das Sirenengeheul eines Polizeiwagens zu hören. Ihretwegen? Sie biegt ab und rennt ans andere Ende der Straße, biegt wieder ab und rennt erneut, folgt ihrem Instinkt, überquert eine breite Straße im Laufschritt, ehe es bergauf geht Richtung Belleville, soweit sie das vom Stadtplan her in Erinnerung hat, ein Gewirr aus alten und halb verfallenen Gebäuden, die auf einem Hügel am Rand von Paris hocken, einem Hügel so hoch wie die *Butte de Montmartre*. Bestimmt versammeln sie sich irgendwo nördlich vom Friedhof und verteilen sich von dort. Du musst jeden ihrer Schritte vorhersehen. Pkw, Lieferwagen, sie können eine ganze Fahrzeugflotte einsetzen, wenn sie dich für wichtig genug halten.

Sie *ist* wichtig. Eine britische Terroristin, die in Paris in der Falle sitzt – was könnte es Besseres geben? Als sie eine Straße überquert, ruft jemand etwas. Sie blickt sich um. Ist es Miessen, dieser grässliche Mann, der ihr schon einmal gefolgt ist? Kann er es sein? Aber sie wartet nicht ab, um es herauszufinden. Sie läuft einfach über die Straße und rennt eine Gasse hinunter, ohne darauf zu achten, wohin sie führt, will einfach nur weg von ihm, weg von ihnen, von jedem, der sie verfolgt. Sie hastet weiter, mal gehend, mal rennend, vorbei an neugierigen Fußgängern, durch Straßen, die zu verwinkelten Gässchen werden und sich zwischen alten, maroden Mietshäusern hindurchwinden. Ein Irrgarten. Irgendwo in der Ferne hört sie noch mehr Sirenen, als würden die Toten vom Friedhof rufen. Sie kann sie im Rücken spüren, wie sie schnüffelnd die Luft des heruntergekommenen Viertels einsaugen, spürt ihren Atem im Nacken. Eine Schar Kinder strömt aus einer Schule, wie Stare in ihren schwarzen Uniformen, lachend und plappernd. Sie drängt sich durch sie hindurch und kommt auf einen Platz, von dem sechs Straßen abgehen. Hausfrauen stehen vor einem Gemüseladen Schlange, und ein Pferdekarren wartet vor einem Weinkeller. Sie bleibt stehen, ringt um Atem und versucht, sich zu orientieren.

Das Pferd dampft in der feuchten Luft. Dung liegt auf der Erde, es riecht nach Urin.

Wo lang? Es ist wie ein Rätsel aus *Alice im Wunderland*. Welchen Ausgang wählen? Einer von ihnen könnte den Tod bedeuten, einer das Leben. Welcher?

Während sie noch zögert, fährt ein Auto auf den Platz, wieder ein schwarzer Citroën Traction Avant, die Motorhaube mit weißen Winkeln verziert wie ein Sarg. Türen öffnen sich, und zwei Männer steigen aus. Sie duckt sich in eine Seitenstraße, hört, wie hinter ihr eine Wagentür knallt und Schritte folgen. Eine Stimme ruft – ob auf Deutsch oder Französisch, spielt keine Rolle, weil der Sinn in beiden Sprachen eindeutig ist. Halt!

Und ihr bleibt nichts anderes übrig, als zu gehorchen, denn die Straße vor ihr endet an einer steilen Treppe. Eine Sackgasse. Und oben auf der Treppe sieht sie für einen kurzen Moment die Gestalt von Julius Miessen.

Eine wilde Panikwelle droht, sie zu überwältigen. Sie dreht sich um. Zwei Männer zeichnen sich als Silhouetten am Eingang der *impasse* ab. Sie schaut über die Schulter, und die Treppe ist leer. Miessen, falls es Miessen war, ist verschwunden.

»Herkommen!«, ruft einer der Männer. Er trägt einen Ledermantel, der andere einen hellbraunen Trenchcoat. Und beide tragen einen Filzhut, als hätten sie sich die Gangster in amerikanischen Filmen zum Vorbild genommen. Sie stehen mitten auf der Straße, während sie auf sie zugeht, einer leicht versetzt hinter dem anderen. Sie sind bloß Gesichter, nichtssagend, knochig. Einer von ihnen, der, der näher zu ihr steht, hat einen dünnen Schnurrbart. Sie kann förmlich ihren Vater hören, wie er sich über solche Schnurrbärte auslässt: Vertreter und Theaterdirektoren. Der hintere Mann hat eine Hand in der Tasche. Er muss als Erster ausgeschaltet werden.

Ihre Panik lässt nach, wird ersetzt durch etwas anderes, ein Gefühl der Distanziertheit. »Sie haben mir Angst gemacht«, ruft sie. »Was haben Sie denn erwartet, wenn Sie hier so angestürmt kommen? Was wollen Sie?«

»*Venez.*« Der Vordere winkt ihr, näher zu kommen, und wie jede unschuldige Zivilistin tut sie wie geheißen. Sie ist verängstigt, aber sie tut wie geheißen. »Ich komm ja, ich komm ja. Wen suchen Sie denn eigentlich?«

»Nehmen Sie die Hand aus der Tasche!«

»Wie bitte?« Sie versteht seinen Akzent nicht. Sie möchte ja gehorchen, aber sie kann nicht genau verstehen, was er sagt. »Was?«

»Ihre Hand!«

»Ich versteh nicht.«

Sie ist jetzt näher bei ihnen. Ein Dutzend Schritte. Zu weit entfernt, aber es muss reichen. Sie kennt die Distanzen und die Winkel, sie kennt das Timing. Bloße Sekundenbruchteile. Greif als Erste an, und sie sind sofort in der Defensive, hinken hinterher. Das ist der einzige Vorteil, den du hast.

»Haut les mains!«, ruft der Mann.

So als wollte sie gehorchen, hält sie ihre Umhängetasche vor sich und legt sie behutsam auf die Erde. Das wollen sie doch, oder? Die Augen der Männer folgen ihrer Bewegung, schauen auf die Tasche, als hätten sie nur die im Visier, die Tasche und alles, was drin ist. Vielleicht gibt ihr das eine Sekunde Vorsprung, vielleicht eine volle Sekunde. Sie reißt die Pistole aus der Manteltasche und zieht im selben Moment den Schlitten nach hinten, genau wie auf dem Schießstand in der Meoble Lodge, lässt sich auf ein Knie fallen, die Pistole mit beiden Händen vor sich ausgestreckt, auf den hinteren der beiden Männer gerichtet. Die Fairbairn-Sykes-Stellung. Zwei Schüsse, in rascher Folge, zwei scharfe und unwiderrufliche Explosionen in der engen Gasse.

Die Zeit verlangsamt sich.

Der vordere Mann zuckt zusammen. Sein Begleiter klappt nach vorne, als hätte er einen Schlag in den Magen bekommen. Sie springt nach rechts, zielt auf den vorderen Mann, drückt erneut zweimal ab. Zwei weitere Schüsse, wieder rasch hintereinander, der Schlitten jagt vor und zurück, leere Hülsen klimpern auf den Boden. Der Mann schreit auf und sinkt auf ein Knie, hebt die linke Hand, als könnte er weitere Kugeln damit abwehren.

Irgendwo brüllt jemand. Alice läuft nach vorn. Der vordere Mann will etwas aus dem Hosenbund ziehen. Sie drückt wieder ab, aus zwei Schritten Entfernung, schießt ihm in den Kopf. Ein Schuss in den Bauch tötet, hat der Ausbilder gesagt. Der Bauch bietet das größte Ziel am Körper, und der Tod tritt ein, weil der Darminhalt sich in die Bauchhöhle ergießt und es zu Infektionen kommt und die Ärzte dann machtlos sind. Aber das kann ein oder zwei Tage dauern. Ein Kopfschuss ist schwieriger, aber er ist endgültig.

Der andere Mann liegt mit leerem Gesichtsausdruck auf der Straße, starrt aus dem einen Auge, das noch zu sehen ist, in den Himmel. Sie holt rasch ihre Umhängetasche und rennt dann an den beiden Körpern vorbei und zurück auf den Platz. Die Warteschlange von Hausfrauen hat sich aufgelöst. Zwei Leute spähen aus der Tür eines Cafés. Gesichter starren durch Fenster. Der Citroën steht noch da, mit laufendem Motor.

Wo ist Miessen?

Sie blickt von dem Platz aus auf die fünf anderen Straßen, die an ihm zusammenlaufen. Dünne Häuserscheiben, wie schmale Käsestücke, zerteilen sie. Unter dem Schild mit der Aufschrift *Rue des Envierges* hat jemand Hammer und Sichel auf die Hauswand gemalt, ob per Zufall oder mit Absicht beides bluttriefend, und daneben steht *Front National*. Fühlt sie sich dadurch angelockt? Jedenfalls rennt sie, so schnell sie kann, in diese Straße hinein und dann immer weiter, ohne zu merken, wie ihr Herz rast und die Lunge keucht. Am Ende der Straße ist es hell, und durch eine Lücke zwischen den Häusern offenbart sich ihr mit einem Mal ein weiter Ausblick auf die ganze Stadt. Die Aussicht lässt sie verharren. Die Wolken sind aufgebrochen, und ein wässriges Abendsonnenlicht fällt schräg über das Dächermeer, spiegelt sich in vereinzelten Fenstern, verleiht allem einen trügerischen Glanz. In der Ferne ragen der Eiffelturm auf und die Kuppel des Invalidendoms, Symbole eines idealen Paris; aber die Wirklichkeit ist ganz nah, und sie ist schäbig und trist. Der Boden fällt steil ab von dieser Anhöhe, die vielleicht mal ein Hügel auf dem Lande war, aber jetzt ein städtischer Abgrund geworden ist, an den sich verfallende Mietshäuser klammern.

Einen Moment lang zögert sie. Etwas in ihr wallt auf, brodelt direkt hinter dem Brustbein, etwas Saures und Aufdringliches. Sie beugt sich vor, würgt, keucht, spuckt Speichel und bitteren Schleim aus ihrem tiefsten Innern. Und doch bleibt ein kleiner Teil ihres Verstandes die ganze Zeit über kalt und objektiv, beobachtet sie mit einigem Abstand, als wäre er losgelöst von all diesen Gefühlen. Die werden den Hügel umzingeln, sagt sie sich. Und sobald sie die beiden Toten entdecken, setzen sie Truppen ein. Die werden dich jagen, sämtliche Auswege abriegeln, die Métrostationen bewachen, dich in die Enge treiben wie eine Kanalratte. Du hast höchstens noch ein paar Minuten.

Und wo ist Miessen? War er wirklich da, oder ist er zu einem Produkt ihrer Fantasie geworden? Sie saugt tief Luft ein und wartet, bis die Übelkeit abklingt. Der objektive Verstand ist jetzt lauter, ihr Denken klarer. Die Pistole ist eher eine Gefahr als ein Vorteil. Der Rinnstein zu ihren Füßen mündet in ein Abflussrohr. Sie holt aus und wirft die Waffe so weit sie kann in die Dunkelheit. Dann macht sie sich auf den Weg bergab, über bröckelnde Stufen und durch steile, gewundene Gassen, folgt einfach ihrem Instinkt, weiß, dass sie früher oder später auf den Boulevard treffen wird, der am Fuße des Hügels verläuft, und dass sie dort auf sie warten. Es sind nur wenige Menschen unterwegs. Viele Häuser scheinen verlassen, die Fenster leer, die Türen offen. Wäsche hängt an Leinen wie Fähnchen zur Feier eines längst vergessenen

Sieges. Eine Frau steht an einer Tür, die Arme vor der Brust verschränkt, den Mund angewidert nach unten gezogen.

»Wieso die Eile?«, ruft sie. »Es ist längst zu spät.«

Ihr Gelächter verfolgt Alice noch ein Stück weiter. Längst zu spät? Unten am Hügel schnüffelt ein Hund mutlos an einem Abfallhaufen und schleicht sich davon, als sie näher kommt. Aus einer Seitenstraße kommt ein Handkarren gerumpelt, der ihren Weg kreuzt und sie zum Stehenbleiben zwingt.

Hinter einem Berg gebrauchter Kleidung späht ein alter Mann hervor. Er ist runzelig wie eine Walnuss und trägt eine Wollmütze auf dem Kopf, und bei seinem Anblick muss sie an die Schinderkarren denken, die während des Großen Terrors durch die Stadt rollten. Das hier ist ein neuer Terror, mit neuen Mythen und neuen Albträumen.

»Ich möchte einen von Ihren Mänteln«, sagt sie. »Ich tausche ihn gegen meinen.«

Er mustert sie von oben bis unten, kaut auf der Innenseite seiner Lippen. »Was hab ich davon?«

»Der ist von Molyneux.«

»Wieso willst du ihn dann loswerden? Ist der geklaut oder was?«

»Und ich leg tausend Francs obendrauf, wenn Sie mir eine Baskenmütze dazugeben.«

Eintausend? Das Geschäft ist perfekt. Sie kramt in ihrer Umhängetasche, reicht ihm das Geld, schnappt sich den ersten Mantel, der ihre Größe haben könnte, und zieht ihn an. Der Stoff riecht nach Feuchtigkeit, nach Schweiß, nach Alter, nach Verfall und Verzweiflung. Wer hat ihn vorher getragen? Irgendeine Jüdin wahrscheinlich. Der Markt ist überschwemmt mit jüdischer Kleidung. Sie holt die kleine Kapsel mit der Giftpille aus Madeleines Manteltasche und steckt sie in den neuen Mantel. Dann legt sie Maddys

Mantel auf den Karren und schiebt ihn tief unter andere Sachen.

»Die Mütze?«

Der alte Mann wühlt in dem Kleiderhaufen, fischt einen Pfannkuchen aus schwarzem Filz heraus und wirft ihn ihr zu. Die Baskenmütze aufzusetzen kostet sie die größte Überwindung. Was würde ihre Mutter dazu sagen? Läuse, Flöhe, Krätze, all die krabbelnden Parasiten, die man sich einfangen könnte. Sie zieht sich die Mütze über den Kopf und steckt ihr Haar darunter. »Das beste Geschäft, das Sie heute machen«, sagt sie zu ihm, und er zuckt gleichgültig die Achseln und rumpelt übers Pflaster davon. Vorsichtig, wie ein kleines Tier, das auf bedrohliche Geräusche von großen Räubern lauscht, nähert sie sich dem Ende der Straße und blickt nach rechts und links.

Der Boulevard de Belleville ist mit herbstlichen Bäumen gesäumt und so breit, dass er Platz für zwei Fahrbahnen bietet und für einen Streifen in der Mitte, der früher vielleicht mal begrünt und mit Bänken versehen war, auf denen abends alte Leutchen saßen, der jetzt jedoch nur noch mit verdrecktem Schotter bestreut ist. Auf beiden Seiten der Straße reihen sich triste Marktstände aneinander. Es sind nicht viele Kunden zu sehen, und die wenigen, die da sind, sind alle stehen geblieben und schauen zu einem fünfzig Meter entfernten Armeelaster hinüber, von dem gerade ein Trupp Soldaten springt. Schon wieder eine *rafle?* Trillerpfeifen schrillen. Noch mehr Fahrzeuge kommen. Stacheldrahtsperren werden auf dem Bürgersteig errichtet, verwandeln den Boulevard in eine Demarkationslinie. Aus einem Kübelwagen knistert ein Funkgerät, während ein Unteroffizier Befehle bellt. Die Leute hinter den Marktständen starren, fragen sich, was los ist, wer verhaftet, wer durchsucht werden wird, ob sie nicht lieber zusammenpacken und nach Hause gehen sollen.

Alice weicht zurück, außer Sicht. Die Zeit rast jetzt, zwingt sie, eine Entscheidung zu fällen. In wenigen Augenblicken werden die Soldaten in die schmalen Straßen ausschwärmen. Kann sie sich durchschwindeln? Sie suchen nach einer Frau mit langen, blonden Haaren und einem Mantel mit Hahnentrittmuster. Vielleicht kennen sie sie als Anne-Marie Laroche. Vielleicht, wenn Yvette gesungen hat, kennen sie sie als Marian Sutro. Vielleicht also sind sie gar nicht interessiert an Laurence Aimée Follette aus Bourg-en-Bresse, mit dem tristen braunen Mantel und der schwarzen Baskenmütze. Vielleicht kann sie einfach zu der Sperre spazieren und ihren Ausweis zeigen und wird durchgewinkt.

Aber sie hat nur diese eine Chance, nur diesen einen Würfelwurf, von dem ihr Leben abhängt. Daher zaudert sie, hält den Würfel fest, sammelt all ihren Mut für den Wurf.

In diesem Moment sieht sie die Kinder. Sie sind hinter ihr, kommen aus einer Kirche, gehütet von zwei Nonnen mit breiten, steifen Kopfbedeckungen. Eine Schar kleiner Jungs in Holzschuhen, die auf dem Pflaster klappern, kommt um die Ecke auf sie zu. Es sind etwa drei Dutzend, und eigentlich sollten sie paarweise gehen, aber mit der Disziplin ist es nicht weit her – sie schubsen und drängeln, laufen immer wieder vom Bürgersteig auf die schmale Straße. Wo wollen sie hin?, fragt sie sich.

»Rue Timbaud«, erwidert eine der Nonnen auf ihre Frage. »Das Waisenhaus der Filles de la Charité.« Sie hat ein fahles Teiggesicht und verströmt den Duft von Heiligkeit, muffig und leicht parfümiert, als ob sie den Großteil ihres Lebens in der Nähe von Kerzen- und Weihrauch zugebracht hat. Alice erinnert sich an den Geruch und an das Aussehen, eine Welt, in der Sauberkeit mit Frömmigkeit gleichgesetzt wird, wo Gesichter und Fußböden mit derselben Entschlossenheit geschrubbt werden.

»Da vorne ist eine *barrage*.«

»Eine *barrage?*« Panik weitet die Augen der Nonne. »Wir müssen die Kinder nach Hause bringen. Die können nicht warten.«

»Wahrscheinlich suchen sie jemanden. Gut möglich. Wissen Sie was? Wenn Sie wollen, helfe ich Ihnen.«

Die Nonne lächelt. Alice lächelt. »Ich bin Laurence«, sagt sie, hebt einen der aus der Reihe tanzenden Jungs auf den Arm und geht mit ihm bis ganz an den Anfang der Schlange. »He, Kinder«, ruft sie, »jetzt wollen wir doch mal sehen, ob wir richtig marschieren können. Können wir marschieren wie Männer? Links, rechts, links, rechts, Arme gestreckt. Schaffen wir das?«

»Frauen marschieren doch gar nicht«, mault einer der Jungen.

»Ich wohl.«

»Bist du Soldatin?«

»Und ob ich das bin.« Und als wollte sie es beweisen, schreitet sie voran. Kichernd und die Arme schwingend wie Puppen, folgen die Kinder ihr auf den Boulevard, mit lautem Holzschuhgeklapper. Vor ihnen auf der anderen Straßenseite sind jetzt über eine Länge von gut hundert Metern Soldaten aufmarschiert. Unteroffiziere brüllen Befehle, lassen sie Aufstellung nehmen, bereit, in die Seitenstraßen vorzurücken. Die Kinder bleiben stehen. Einige von den Männern lächeln und zeigen. »Die französische Armee«, sagt einer auf Deutsch, und seine Kameraden lachen.

»Allons enfants!«, ruft Alice. Ihr Kindertrupp rückt zusammen und will schon weitergehen, als ein Leutnant ihr mit erhobener Hand den Weg versperrt. »Entschuldigen Sie, *Mademoiselle*, aber Sie müssen leider warten.« Er sieht aus wie höchstens achtzehn oder neunzehn, ein aufgeweckter Junge mit frischem Gesicht und nervösen Augen. Sein Fran-

zösisch ist fehlerfrei und klar, Schulfranzösisch, das vielleicht durch gelegentliche Sommerferien auf der anderen Seite der Grenze noch aufpoliert wurde.

»Was soll das heißen, wir können nicht durch?«, ruft sie. Mit dem Kind, das sich noch immer an ihren Hals klammert, dreht sie sich vielsagend zu den anderen um. »Diese Kinder müssen dringend nach Hause. Sie müssen sich waschen und was essen und dann ins Bett.«

»Wir haben Befehle«, beharrt der Leutnant.

»Befehle, Kinder aufzuhalten? Das kann nicht Ihr Ernst ein.«

»Nicht, Kinder aufzuhalten. Die Gegend abzuriegeln. Hier läuft eine gefährliche Terroristin frei herum.«

»Na, dann sehen wir besser zu, dass wir hier wegkommen. Damit wir nicht in Gefahr geraten, oder?«

»Darum geht es nicht.«

»Doch, genau darum geht es. Diese armen Kinder, Opfer der Bombardierungen, müssen nach Hause.«

Er blickt auf die Reihe Kinder hinter ihr. »Sind das Juden?«

»Natürlich sind das keine Juden. Sonst wären sie ja wohl kaum in der Obhut der Schwestern, oder? Es sind Christen, sie wohnen im Waisenhaus der Schwestern auf der Rue Timbaud. Sie können das gern überprüfen. Filles de la Charité.«

Er saugt die Luft ein, als würde er sich fragen, woher der Wind weht. Dann scheint er eine Entscheidung zu treffen. »Ihre Papiere bitte.«

Während sie noch in der Umhängetasche nach ihrem Ausweis kramt, zupft eines der Kinder an ihrem Mantel. »Daniel hat sich in die Hose gemacht, Mademoiselle.«

Sie dreht sich um. Der fragliche Junge steht in einer Lache Urin. Eine der beiden Nonnen kommt nach vorne geeilt. »Das ist empörend!«, ruft sie, als sie sich neben den

Jungen hockt, um ihn zu trösten. »Gottes Geschöpfen solche Angst einzujagen.«

Alice wendet sich wieder dem Leutnant zu. »Da sehen Sie, was Sie angerichtet haben. Kann ich bitte mit Ihrem Vorgesetzten sprechen? Irgendwer muss hier doch das Kommando haben.«

Der junge Mann läuft rot an. »Ich habe das Kommando.«

»Dann verlange ich von Ihnen, diesen Kindern nicht länger Angst einzujagen und uns durchzulassen.«

Er ist unschlüssig, hin- und hergerissen zwischen seiner Pflicht und der offensichtlichen Dummheit, eine Schar Kinder aufzuhalten. »Gehen Sie durch«, sagt er, schiebt ihren Ausweis beiseite. »Verschwinden Sie.«

Hinter ihm teilt sich die Reihe Soldaten. Einer der Männer pfeift anerkennend. »Die Rattenfängerin von Hameln«, ruft eine Stimme. Noch mehr Gelächter. Die Rattenfängerin lächelt und macht eine Geste, die eine Mischung aus Winken und Salutieren ist. Prompt setzen sich die Kinder hinter ihr wieder in Bewegung, marschieren durch die Reihe der Soldaten, zwischen den Bäumen und den Marktständen hindurch auf den Mittelstreifen, dann über die Fahrbahn auf der anderen Seite und in die Seitenstraße gegenüber. Urplötzlich haben sie den Militärlärm hinter sich gelassen und tauchen ein in eine illusorische Stille.

Eine der Schwestern nimmt ihr den Jungen aus den Armen. »Danke für Ihre Hilfe«, sagt sie. »Ich denke mir, Sie wollen weiter.«

»Ich muss leider.«

»Nehmen Sie nicht die Métro«, warnt die Nonne sie. »Die werden die Métro dichtmachen. Das machen sie immer.« Sie lächelt mitfühlend. »Und Gott segne Sie«, fügt sie hinzu.

V

Sie eilt durch die zunehmende Dämmerung der Stadt, hastet durch Nebenstraßen, überquert Boulevards wie ein Tier, das über ein offenes Feld huscht, über dem Raubvögel kreisen. Immer wenn sich ein Militärfahrzeug nähert, flüchtet sie in einen Hauseingang, bis es vorbeigebraust ist. Menschen, die in Scharen aus den Métrostationen strömen, stehen ratlos in der Dunkelheit herum. Ein Stück des Weges schließt sie sich zwei jungen Frauen an, die südlich von Paris in Issy wohnen und nicht wissen, wie sie jetzt nach Hause kommen sollen. Sie spekulieren, was passiert sein könnte. Stromausfall ist eine Möglichkeit, aber das erklärt nicht die vielen Militärfahrzeuge. »Irgendwas ist immer«, schimpft eine der beiden. »Vielleicht geht's wieder um die Juden. Ich meine, es sind immer noch Hunderte in der Stadt. Und wenn es nicht um die Juden geht, dann um die Kommunisten.«

Sobald sie auf der anderen Flussseite sind, trennt Alice sich widerstrebend von ihnen, willigt aber ein, sich demnächst mal mit ihnen zu treffen, und notiert die Telefonnummer von einer der beiden. Sie sieht sie ungern gehen. Kaum ist sie wieder allein, packt sie die Angst, eine Angst, die nur teilweise abklingt, als die Tür der Wohnung an der Place de l'Estrapade sich endlich hinter ihr schließt.

»Du siehst ja völlig fertig aus«, begrüßt Clément sie. »Wo warst du denn? Und wo zum Teufel hast du diesen Mantel her? Hattest du nicht einen von Maddy an?«

Sie löst sich aus seiner Umarmung und zündet sich mit zittrigen Händen eine Zigarette an. »Den musste ich weggeben.«

»Da wird sie sich aber freuen.«

»Die hätten mich fast erwischt, Clément. Die hatten mich in Belleville eingekesselt…«

»Was zum Teufel hast du denn in Belleville verloren? Das ist ein Elendsviertel.«

»Ich hab mich mit Yvette getroffen.«

»Und wer, verdammt, ist diese Yvette?«

»Yvette«, wiederholt sie, als wäre das Erklärung genug. »Yvette. Ich hab mich mit ihr getroffen, und sie hätten mich fast geschnappt.« Sie blickt sich um, sieht auf die Uhr, sucht nach irgendeiner Ablenkung. Es gibt Dinge zu tun, Vorbereitungen zu treffen, Entscheidungen zu fällen; alles, nur nicht nachdenken. »Das Radio. *Radio Londres*. Wir müssen wissen, ob die Rückführung läuft.«

Er führt sie in den Salon, gießt ihr ein Glas Wein ein, versucht, sie auf eines der unbequemen Sofas zu bugsieren. »Wir haben noch Zeit. Erzähl mir erst, was passiert ist.«

Aber sie kann sich nicht hinsetzen. Hinsetzen würde Untätigkeit bedeuten, und sie kann nicht still sitzen, nicht jetzt. Im Hintergrund sind Stimmen, schrille, wütende Stimmen, die Worte plappern, die nicht ganz zu verstehen sind, wie ein lauter Streit in einem anderen Zimmer. Sie versucht, ihn anzusehen, aber auch das gelingt ihr irgendwie nicht, sie kann nichts länger anschauen, kann sich auf nichts konzentrieren, kann ihren Verstand zu keinem einzigen Gedanken zwingen, und hinsetzen kann sie sich schon gar nicht. »Meinst du wirklich, dass Madeleine böse sein wird wegen des Mantels?«

Er lacht. »Maddy? Würde mich wundern, wenn sie es überhaupt merkt.«

Madeleine wird nicht böse sein. Das ist eine wohltuende Erleichterung. Sie hält inne, um auf die Stimmen zu lauschen. Aber der gesunde Teil ihres Verstandes ist noch da, ringt um die Vorherrschaft. Du bildest dir Sachen ein, sagt er ihr. Das ist die Anspannung. Hysterie. Sie zieht an ihrer Zigarette, spürt den beißenden Rauch in der Lunge und blickt sich um, auf der Suche nach irgendeiner Beschäftigung. Die Zigarette. Sie konzentriert sich auf die Zigarette, darauf, den Rauch einzuatmen und wieder auszustoßen. Das genügt fürs Erste. Das und der Versuch, nicht auf die Stimmen zu achten.

»Du hast mir noch nicht erzählt, was passiert ist, Marian.«

»Ich habe jemanden getötet.« Sie sagt das leise. Vielleicht hört er dann nicht, was sie gesagt hat. Würde es die Beichte ungültig machen, wenn der Priester sie nicht richtig gehört hat? Aber er hat sie gehört. Er steht da und blickt sie fassungslos an. »Du hast *was*?«

Sie dreht den Kopf weg. »Ein oder zwei Männer. Vielleicht beide. Ich weiß es nicht genau. Doch, ich bin sicher. Beide.«

Er beugt sich vor, legt die Hände auf ihre Schultern und versucht, ihr in die Augen zu sehen, als könnte er darin die Wahrheit lesen. »*Zwei Männer*? Was um Himmels willen meinst du damit?«

Ist das nicht klar genug? Sie hat Menschen getötet. Genau das scheinen die Stimmen zu sagen. Sie murmeln, nahezu unhörbar, sodass sie nicht sicher ist, ob sie überhaupt da sind: Sie hat zwei Männer getötet. Töten ist etwas, das in diesen Zeiten scheinbar fast alle tun, bloß dass sie es meistens aus größerem Abstand tun – eine Bombe abwerfen, eine Granate oder einen Torpedo abfeuern oder auch nur an einem Labortisch sitzen und Waffen konstruieren. Sie jedoch hat es genau so getan, wie sie es in der Meoble Lodge vorhergesagt haben, aus der Nähe. Mit zwei schnellen Schüssen. Und kaltblütig, mehr oder weniger. Ein guter Ausdruck, kaltblütig. Weil Blut niemals kalt ist. Solange du nicht tot bist, jedenfalls.

Sie zwingt sich, ihn anzusehen. »Sie hatten mich in die Enge getrieben, in einer Sackgasse in Belleville. Da hab ich sie erschossen. Ich bin eine Mörderin, Clément. Sie haben aus mir eine Mörderin gemacht.«

»Das ist doch Unsinn.«

»Und dieser Mann war da, der mich schon mal verfolgt hat. Ich hab ihn da gesehen. Julius Miessen heißt er.«

»Na, hier verfolgt er dich jedenfalls nicht.« Er hebt einen Arm und zieht sie an sich. Sie spürt die brennenden Tränen. Er senkt den Kopf und küsst sie auf die Wange und die Augen und dann auf den Mund. Sie versucht, sich von ihm zu lösen. »Das Radio«, sagt sie mit Nachdruck. »Wir müssen das Radio anmachen.«

»Gibst du denn nie auf?«

»Ich kann nicht aufgeben«, erwidert sie. »Verstehst du das nicht? Wenn ich aufgebe, bin ich tot.«

Sie sitzen im Salon, hören *Radio Londres*, trotz des Störsenderrauschens. Der Trommelschlag des Buchstabens V ertönt aus dem Lautsprecher. Und dann die Stimme des Sprechers: »*Ici Londres. Les Français parlent aux Français*. Zunächst ein paar Nachrichten für unsere Freunde.«

Sie lauschen den Nachrichten, die verlesen werden, den Nonsenssätzen, manchmal poetisch, oft bloß banal. Die Stimme ist ruhig, als würde ein Vater seinem Kind ein Gedicht vortragen, ohne den Lärm drum herum zu registrieren:

»*Grand-mère a cueilli des belles fleurs … La pluie tombe sur la plaine … Jean veut venir chercher ses cadeaux … Le cadavre exquis boira le vin nouveau … Le garagiste a les mains pleines de graisse …*«

»Da«, ruft sie. »Der Automechaniker hat ölige Hände. Das ist das Zeichen.« Das Gefühlschaos, das sie empfindet, verwandelt sich für einen Moment in etwas Körperliches. Übelkeit, Galle steigt ihr in die Kehle. »Es geht los. Die Rückholung läuft. Das Problem ist …«

Was ist das Problem? Das Problem ist, dass sie sich krank fühlt, dass die Stimmen ihr noch immer zuraunen, wie eine

Melodie, die ihr unaufhörlich durch den Kopf kreist, etwas, das sie nicht loswird.

»Das Problem ist, dass sie jetzt nach mir fahnden. Ganz Paris wird inzwischen nach mir suchen. Die wissen, dass ich eine Rückholung organisiert habe, und sie haben meine Beschreibung. Yvette hat ihnen sicher alles verraten. Ich bin aufgeflogen, Clément.« *Brûlée* ist das französische Wort. Das trifft es genau, denn genauso fühlt sie sich – verbrannt, versengt. »Ich bin für alle eine Gefahr.« Sie ringt sich ein Lächeln ab. »Radioaktiv.«

Clément zuckt die Achseln. »Daran bin ich gewöhnt. Etwas Radioaktives steckt man einfach in einen bleiverkleideten Behälter, mehr nicht. Wo müssen wir morgen eigentlich hin? Du hast mir noch keine Einzelheiten verraten.«

»Wir nehmen den Zug nach Bordeaux.«

»Von Austerlitz? Das ist leicht.« Er lächelt, das ärgerliche Lächeln, das er immer aufsetzt, wenn er kurz davor ist, einem zu beweisen, dass man falschliegt oder blöd ist, das Lächeln, das sie verabscheut und zugleich geliebt hat. »Wir steigen eine Station später ein, in Ivry. Da kommen wir mit dem Laborwagen hin. Das Collège genießt gewisse Privilegien, und eines davon ist der Wagen, der ziemlich oft zwischen dem Collège und dem Labor in Ivry unterwegs ist. Morgen fährt er wieder nach Ivry. Praktisch jeden Tag.« Er nimmt ihre Hand und zieht sie näher heran. »So, jetzt musst du dich ausruhen. Du brauchst vor allen Dingen Schlaf.«

DRITTER VOLLMOND

I

Sie träumt. Diesmal nicht vom Fallen, sondern vom Rennen, wie sie durch Gassen rennt, vor Leuten wegrennt, Leute tötet, die sich aber nicht hinlegen und sterben, sondern mit ihr in Stimmen sprechen, die sie nicht versteht. Manchmal sind ihre Eltern dabei, manchmal Ned, einmal Benoît. Die Gassen haben kein Ende, keinen Ausgang, alle Wege sind blockiert. Eine Sackgasse. Und dann hat der Traum einen anderen Teil, der noch gefährlicher ist, einen Teil, in dem sie nackt daliegt, auf der Grenze zwischen Verlangen und Bedürftigkeit, und Cléments Schatten ist über ihr, erkundet das Innenleben ihres Körpers, berührt sie an Stellen, wo der Mechanismus kaputt oder defekt zu sein scheint. »Du bist schön«, sagt er zu ihr, aber sie weiß es besser.

Als sie aufwacht, spürt sie ihn im Dunkeln neben sich, die Krümmung seiner Wirbelsäule an Bauch und Brüsten. Die Stimmen, wenn da Stimmen waren, haben aufgehört. Sie schiebt sich von ihm weg, schlüpft aus dem Bett und tappt über den kalten Boden, greift sich Madeleines Bademantel. Die Luft in der Wohnung lässt den Würgegriff des Winters erahnen. Die Klobrille ist kalt. Warmer Dampf steigt um sie auf, als sie pinkelt.

Erinnerungen holen sie ein, lösen sich aus ihren Träumen: Yvette am Grab von Balzac. Das Rennen, die Schießerei, zwei sterbende Männer. Und Clément, der ihr einen gewissen Trost gibt. Erst Benoît, jetzt Clément. Hat die Angst sie so werden lassen?

Sie geht zurück ins Schlafzimmer, tastet sich durch die Dunkelheit. Er schläft noch. Sie tritt ans Fenster und zieht den Verdunkelungsvorhang auf. Der Mond, ein Dreiviertelmond, ein Buckelmond, geht unter. Im Osten deutet sich schwach die Morgendämmerung an, aber der Himmel ist noch schwarz, und wenn sie den Kopf in den Nacken legt, sind die Sterne sichtbar. Sie spürt den Widerstreit von Angst und Erregung in sich, eine emotionale Mischung, wie beim Sex.

Sie hört Bewegung im Bett hinter ihr. »Wie spät ist es?«

Sie lässt den Vorhang wieder zufallen. »Zeit zum Aufstehen. Marie ist bald da.«

II

»Ich reise heute ab«, erklärt sie. »Fahre zurück in den Südwesten.«

Die Haushälterin nickt schmallippig, während sie ihnen das Frühstück serviert, Kaffee und dazu ein paar Scheiben Brot, die dünn mit etwas bestrichen sind, das Margarine sein könnte. »Ist vielleicht besser so.« Sie muss vor dem Mittagessen gehen und sich um ihre Mutter kümmern. »Ich bin abends wieder da und mach Ihnen Ihr Essen, *Monsieur* Clément«, sagt sie, doch wenn sie am Abend zurückkommt, wird sie nur einen Brief von ihm vorfinden, in dem er ihr mitteilt, dass er auch wegmusste und wo er Geld für sie hingelegt hat und was sie sagen soll, falls irgendwer fragt.

Monsieur Clément ist für eine Weile aufs Land gefahren. Er hat keine Adresse hinterlassen.

»Sie wird annehmen, dass wir zusammen weg sind«, sagt Marian.

»Ganz bestimmt wird sie das.«

»Und sie wird es Madeleine sagen, die es Augustine sagen wird.«

Er zuckt die Achseln, auf die typisch französische Art.

Sobald Marie gegangen ist, gilt es, Dinge zu erledigen: Sachen packen – wieder von Madeleine ausgeborgt –, Proviant vorbereiten, eine Thermosflasche Kaffee kochen. Sie erläutert ihm den Plan, um welche Uhrzeit sie den Zug nehmen müssen, wo sie aussteigen, wie die ganze Operation ablaufen wird. Clément schreibt einen Brief an Madeleine, etwas Beruhigendes mit der dringenden Bitte, sich um *les canards* zu kümmern, wenn sie kann, und dass er sich so bald wie möglich melden wird. Und einen an Augustine, der an sie weitergeleitet werden soll, falls möglich. *Wir müssen nach dem Krieg einiges klären,* schreibt er, doch nach dem Krieg ist irgendwie eine unfassbare Vorstellung, irgendwas, das sich ein theoretischer Physiker ausgedacht hat, ein Ort und eine Zeit, wo alles möglich sein könnte – oder nichts.

Marian sieht zu, wie er den Umschlag zuklebt und adressiert, fühlt sich seltsam losgelöst von dem, was da passiert. Nichts kommt ihr real vor. Die kalte Wohnung, Clément, ihre Anwesenheit, die Erinnerungen an letzte Nacht und an den Tag davor. Sie könnte genauso gut eine Tarngeschichte inszenieren, die Rolle mit Sorgfalt spielen, den Text fehlerlos hinkriegen und doch die ganze Zeit wissen, dass alles bloß ein kompliziertes Gedankengebäude ist, eine Lüge, die sie notgedrungen spielt.

Die Mittagsnachrichten künden eine frühe Ausgangssperre an. Es ist von Sicherheitsgründen die Rede, von Terroristen in der Stadt, von niederträchtigen und hinterlistigen Methoden der Angelsachsen, von der Ermordung zweier deutscher Polizeibeamter. Sie essen eine Kleinigkeit, ohne viel zu reden, wie ein altes Ehepaar, das sich nichts mehr zu sagen hat.

»Was ist los, Äffchen?«, fragt er, doch sie schüttelt bloß den Kopf. Nichts ist los, das sich mit ein paar Worten erklären lässt, und jeder Satz, den sie aussprechen möchte, kommt ihr vor wie ein Widerspruch zu dem davor: Sie liebt ihn, und sie liebt ihn nicht; sie will mit ihm fliehen, und sie will hierbleiben; sie ist nur sich selbst verpflichtet, und sie ist WORDSMITH verpflichtet. Sie ist eine Frau, die frei und rein ist; sie ist eine beschmutzte Frau. Sie ist eine Soldatin, die an vorderster Front kämpft; sie ist eine Mörderin. Und wo in diesem Wirrwarr aus Paradoxien kommt Benoît ins Spiel? Sie will Benoît, weil er normal ist, weil er ohne Falschheit ist, sie will ihn, gerade weil er eindeutig ist.

Später verlassen sie zusammen die Wohnung, bekleidet mit warmen Mänteln und Hüten gegen die Kälte und mit Koffern in den Händen, wie unzählige andere Menschen, die in diesen Tagen ihr Zuhause verlassen, die Stadt verlassen, ins Exil gehen, in den Osten gehen, vom Erdboden verschwinden. Sie zieht sich die Hutkrempe tief ins Gesicht, um es so gut es geht zu verbergen. Wird nach ihr gesucht? Ob ja oder nein, es lässt sie seltsam kalt, als würde das alles jemand anderem passieren, dieser anderen Person in ihrem Leben, der jungen Frau namens Alice, die weiß, was sie tun muss und wie sie es tun muss – die Frau, die zwei Verfolger kaltblütig erschossen hat, die Reichtümer vom Himmel herabbefehlen und mit den Göttern kommunizieren kann.

III

Der Dienstboteneingang des Collège de France liegt nur fünfhundert Meter entfernt von der Rue Saint-Jacques und ist mit einem schmiedeeisernen Tor gesichert, das aufgeht, sobald der Pförtner Clément erkennt. Der Wagen wartet schon, ein brauner und klobiger Citroën TUB, der vor dem neoklassizistischen Gebäude des Collège so fehl am Platze wirkt wie ein Hundehaufen auf einem Marmorfußboden. Es fahren noch andere mit, ein Techniker, der den Wagen steuern wird, und eine Chemikerin, die ein paar Proben aus dem Labor abholen will.

»Laurence ist eine alte Freundin der Familie«, erklärt Clément, als sie einsteigen. »Wir fahren übers Wochenende weg.«

Die Chemikerin blickt skeptisch. »Wie geht's Augustine?«, fragt sie spitz.

»Ihr geht's gut, dem Baby geht's gut, allen geht's gut.«

»Sie sind in Savoyen, nicht?«

»In Annecy, ja.«

»Grüß sie schön, wenn du das nächste Mal mit ihr sprichst.«

Ausrüstungsgegenstände werden in den Wagen geladen, Instrumente für das Ivry-Labor, einige bleiverkleidete Behälter mit radioaktiven Isotopen. Clément und die Chemikerin fachsimpeln, sprechen über Dysprosium und Lanthan, über Wirkungsquerschnitte und Neutroneneinfang, während Alice danebensitzt und sich wie ein Eindringling in einer fremden Welt fühlt.

»Habt ihr von der Schießerei in Belleville gehört?«, fragt der Techniker während der Fahrt über die Schulter. »War in den Nachrichten.«

Sie haben davon gehört. Anscheinend haben sie jemanden verhaftet. Die Chemikerin meint, dass auch nach einer Frau gesucht wird. Zumindest geht das Gerücht.

»Kommunistin, schätze ich«, sagt der Techniker. »Kapieren diese verdammten Idioten denn nicht, dass das wieder Vergeltungsmaßnahmen gibt? Noch mehr unschuldige Tote, und wofür?«

Alice versucht, möglichst desinteressiert an den Neuigkeiten zu wirken. Auf der Rückbank des Wagens bekommt sie nur wenig von der Fahrt mit. Es herrscht kein Verkehr, außer dem allmorgendlichen Ansturm von Fahrrädern, keine Straßensperren, außer an der Porte de Choisy, wo sie abbremsen müssen, als ein Gendarm sie rechts ranwinkt. Doch im letzten Moment scheint der Mann den Wagen zu erkennen und bedeutet ihnen, weiterzufahren. Eine halbe Stunde nachdem sie vom Collège losgefahren sind, hält der Wagen vor dem Bahnhof von Ivry-sur-Seine.

Es weht eine frische Brise, und Wolkenfetzen treiben am Himmel, die südlichen Außenbezirke von Paris wirken wie abgespült vom letzten Regen, übersät mit Blättern und vom Wind glänzend aufpoliert, sodass man die eintönige Landschaft aus Mietskasernen und schäbigen Fabriken, die Wüstenei aus Abstellgleisen und Lagerhäusern fast übersehen könnte.

»Schönes Wochenende«, sagt die Chemikern, als sie aussteigen. Sie lächelt nicht.

»Ich bring dir eine Überraschung mit«, verspricht Clément ihr. »Etwas *foie gras*.«

»Das wäre ja dann keine Überraschung mehr.«

Am Bahnsteig wartet ein ungepflegter Haufen Leute auf den Zug. Sie tragen Taschen und Koffer und haben den hungrigen Blick von Jägern und Sammlern in den Augen: Paris hungert – sie wollen aufs Land, wo es reichlich zu essen gibt. Alice und Clément halten sich abseits, stehen zum Schutz gegen den Wind dicht beieinander und reden über Belangloses, als ob sie das alles nicht interessiert. Sie sind bloß ein

Pärchen in einem Vorstadtbahnhof, mit Wochenendplänen, die Verrat und Betrug beinhalten.

Der Bordeaux-Zug vom Gare d'Austerlitz fährt mit einer halben Stunde Verspätung ein und ist bereits überfüllt. Selbst in der ersten Klasse können sie nur deshalb zwei Sitzplätze nebeneinander ergattern, weil jemand sich auf ihr Drängen hin erweichen lässt, einen Sitz weiterzurücken. Es wird ein bisschen gemurrt und gemeckert, aber schließlich sitzen sie, ganz nah beieinander, scheinbar ohne die anderen im Abteil wahrzunehmen. Clément legt einen Arm um sie. Sie spürt seine Wärme, eine Wärme, die, wie sie immer vermutet hat und jetzt genau weiß, tatsächlich etwas Intimes ist, eine Aura, die zu ihr abstrahlt, unmittelbar von Haut zu Haut, eine Flüssigkeit wie die, die sie gefährlich durchströmt. »Schade, dass ...«, sagt sie, spricht den Satz aber nicht zu Ende, und als er nachfragt, schüttelt sie nur den Kopf. »Nichts. Ist nicht wichtig.«

Schade, dass wir nicht wirklich einfach nur übers Wochenende wegfahren. Schade, dass diese Reise irgendwann endet. Schade, dass es so etwas wie Entscheidungen gibt.

In Étampes kommen Polizisten an Bord und gehen die Gänge entlang, steigen über Menschen und Koffer, verlangen Papiere und stellen Fragen. Ein Beamter öffnet die Tür des Abteils und will von allen die Ausweise sehen. Gehorsam wird in Handtaschen gekramt, in Jackentaschen gegriffen. Alice holt den Ausweis von *Laurence Aimée Follette* hervor und reicht ihn hinüber, reckt dann den Kopf und gibt Clément einen Kuss. Unbekümmertheit, Sorglosigkeit, Gleichmut angesichts lästiger Alltäglichkeiten. Der Polizist wirft einen Blick auf ihr Foto, dann in ihr Gesicht und gibt das Dokument zurück. Mit tiefen Seufzern rattert der Zug weiter, hinaus auf das Flachland der Beauce, wo die Felder mit einem grünen Hauch vom sprießenden Winterweizen überzogen sind und der Himmel in einem kühlen Herbstblau leuchtet.

Kurz vor Orléans werden sie langsamer. Ein paar Nächte zuvor hat es einen Bombenangriff gegeben, und der Rangierbahnhof von Fleury-les-Aubrais ist ein Trümmerfeld, Waggons liegen kreuz und quer, Gebäude qualmen noch, hier und da sind Schienen verbogen, als hätte ein schlecht gelauntes Kind sie wild zusammengeknotet. Schweigend starren die Leute durchs Fenster auf diese Anzeichen für das, was noch alles bevorsteht, während die Waggons holpernd und ruckelnd über das einzige Gleis fahren, das wieder repariert worden ist. Im Bahnhof selbst schlagen Türen, Leute steigen ein und aus, schwere Stiefel stapfen über die Gänge, Deutsche diesmal, die sich von Abteil zu Abteil schieben.

»Warum fahren Sie nach Libourne?«, fragt einer von ihnen.

Clément blickt Laurence an und gibt ihr einen Kuss. »Wir gönnen uns ein paar ungestörte Tage.«

Der Deutsche wirft ihr einen prüfenden Blick zu und sieht dann in ihre Papiere. »Sie sind weit weg von zu Hause.« Er spricht gutes Französisch, was etwas Beunruhigendes hat: keine Verständnisschranke, hinter der du dich verstecken könntest.

»Ich hab Clément besucht. Er hat mir gefehlt. Aber in Paris ist ständig seine Familie dabei, Sie wissen schon.« Sie blickt dem Deutschen direkt in die Augen und setzt ein kleines Lächeln auf. »Ist doch normal, dass wir ein bisschen für uns sein wollen, oder nicht?«

»Woher kennen Sie ihn?«

Sie klammert sich an Cléments Arm, albern, bis über beide Ohren verliebt, eine junge Frau, die mit einem älteren Mann gefährliche Dinge tut. »Von früher, in Annecy. Unsere Eltern kannten sich. Wir haben gemeinsame Urlaube verbracht.«

Der Mann überlegt kurz, sagt: »Moment« und verschwindet mit ihren Papieren. Alice rührt sich nicht. Die Zeit verlangsamt sich, wird nur durch das dünne Rinnsal Schweiß aus ihren Achselhöhlen markiert. Sie denkt an Ned. Gravitative Zeitdilatation, das ist der Ausdruck, den er benutzte. Er versuchte, ihr zu erklären, was darunter zu verstehen war, und ärgerte sich bloß, weil sie es damit verglich, dass die Zeit schneller vergeht, wenn du dich gut amüsierst. »Das ist subjektiv!«, rief er empört. »Bloß ein Eindruck. Ich rede hier von einem *realen* Unterschied, der dadurch entsteht, dass man sich in einem anderen Gravitationsfeld befindet.« Befindet sie sich jetzt in einem anderen Gravitationsfeld? Die Zeit scheint sich so weit verlangsamt zu haben, dass dieser Augenblick, hier in dem voll besetzten Abteil, mit Cléments Hand fest um ihrer, sich zur Ewigkeit ausdehnt.

»Was machen die wohl?«, flüstert sie.

»In Listen schauen, denke ich. Namen abgleichen. Mehr nicht.« Er wirkt erstaunlich gelassen. Vielleicht ist er besser geeignet für das Leben im Verborgenen als sie.

Der Soldat kommt zurück, zieht die Abteiltür krachend auf. »In Ordnung«, sagt er und gibt ihnen die Papiere zurück. Im selben Moment fährt der Zug mit einem entschiedenen Ruck wieder an, als würde die Zeit selbst einen anderen Gang einlegen, rollt durch Orléans hindurch, die Stadt der heiligen Jungfrau, *La Pucelle*, Jeanne d'Arc. Und dann haben sie die Häuser hinter sich gelassen und kommen durch die kahlen Felder der Flussniederungen, wo die Loire sich als fernes Band von Weiden abzeichnet. Sie döst, den Kopf an Cléments Schulter, sein Arm um sie. Sie erinnert sich an die Träume, die sie als junges Mädchen hatte, als sie sich nur das hier gewünscht hatte – mit Clément allein zu sein. Und nun empfindet sie bloß diese seltsame Distanz, das Gefühl, losgelöst zu sein, als wäre sie irgendwo anders und würde sie beide aus einiger Entfernung beobachten.

Beaugency, Blois, Amboise. Der Zug rumpelt auf einer Steinbrücke über den Fluss und durchquert die hässlichen Vororte von Tours, passiert Fabriken und Rangierbahnhöfe, rattert über Weichen, schwankt so heftig, dass Passagiere, die aufgestanden sind, um ihre Koffer aus dem Gepäcknetz zu holen, gegeneinander taumeln.

Saint-Pierre-des-Corps, der heilige Petrus der Toten, ein Name, der vermutlich auf das Leichenhaus katholischer Schuld und Verdammnis zurückgeht. Sie stehen auf und nehmen ihre Koffer, steigen über Füße und schlurfen durch den Gang bis ans Ende des Waggons. Clément steigt als Erster aus, lässt sich die Koffer von ihr reichen und hilft ihr dann die Trittstufen hinunter. Der Schaffner bläst seine Trillerpfeife, und der Zug fährt wieder los, lässt einen verstreuten Haufen Fahrgäste auf dem Bahnsteig zurück wie Strandgut bei Ebbe.

Und Gilbert.

Er ist aus einem der vorderen Waggons gestiegen. Er hat eine Aktentasche in der Hand, sieht aus wie ein Handelsreisender auf dem Weg zu einem Kundentermin. Ohne ihnen auch nur einen Blick zuzuwerfen, dreht er sich um und geht in die Halle zu einem Fahrkartenschalter. Sie stellen sich hinter ihm in die Schlange, und sobald sie ihre Fahrkarten haben, folgen sie ihm auf den Bahnsteig. Es ist niemand da, niemand, der den Bummelzug nach Vierzon nehmen will, niemand, der sie an diesem Spätherbstnachmittag bemerkt, an dem die Sonne lange Schatten wirft und der Wind ihnen kalt ins Gesicht bläst. Als der Zug einfährt, setzen sie sich in dasselbe Abteil, wo sie beiläufig miteinander plaudern, wie Fremde, die zufällig zusammengewürfelt werden. Doch kaum ist die Tür geschlossen, verändert sich Gilberts Verhalten. »Ich hab

Sie in Austerlitz vermisst.« In seiner Stimme schwingt ein vorwurfsvoller Unterton.

»Wir sind in Ivry zugestiegen. Wir dachten, das wäre sicherer«, sagt sie.

»Gute Idee. Am Bahnhof hat es nur so gewimmelt von Polizei. Und überall hingen Plakate mit einer ziemlich guten Beschreibung von Ihnen.«

»Plakate!«

Er nickt. »Und mit Ihren diversen Namen. Marian Sutro, stimmt das? Auch bekannt als Alice, auch bekannt als Anne-Marie. Da stand, Sie sind Jüdin. Ist Ihre Familie jüdisch?«

»Seit Generationen schon nicht mehr. Nicht mal für die Nazis.«

»Jedenfalls, die haben ein Kopfgeld auf Sie ausgesetzt. Fünfhunderttausend Francs. Ziemlich knauserig, würde ich sagen.« Er blickt Clément an, dann gleiten seine Augen nach unten, sehen, dass sie Händchen halten. »Wo ist die Frau, die noch mitwollte? Sie haben gesagt, es wären zwei. War sie nicht von CINÉASTE?«

»Sie kommt nicht mit.«

»Wieso nicht?«

»Ich hab Ihnen doch gesagt, ich hätte meine Zweifel, was sie betrifft.«

»Und *Monsieur* ist der Mechaniker, nehme ich an. Sind Sie schon mal geflogen?«

»Noch nie.«

»Essen Sie vorher nicht zu viel. Könnte ein holpriger Flug werden.«

»Zu viel essen? Heißt das, wir kriegen Abendessen?«

»Gehört alles zum Service.« Er wendet sich wieder an Alice. »Sieht so aus, als wären Sie gerade noch rechtzeitig rausgekommen. Vielleicht sollten Sie heute Abend auch mitfliegen, den anderen Platz einnehmen.«

»Sie kommt mit«, sagt Clément.

Sie zuckt die Achseln und schaut zum Fenster hinaus auf die Felder Frankreichs. Eine Prämie auf ihren Kopf. Fünfhunderttausend Francs. Wie viel ist das? Zweitausend Pfund? Mehr. Ein Vermögen. Genug, um ein großes Haus zu kaufen. Und ein Auto dazu.

Gilbert fragt: »Stimmt das?«

Sie wäre morgen früh in England. Sie könnte Weihnachten zu Hause verbringen und im Frühjahr dann vielleicht wieder nach Frankreich zurückkehren, in den Südwesten, zu WORDSMITH und zu Benoît. »Ja«, erwidert sie, »das stimmt.«

»Gut«, sagt er. »Vernünftige Entscheidung.«

Der Zug fährt in einen Bahnhof. Veretz-Montlouis steht auf dem Schild. »An der nächsten Station steigen wir aus«, sagt Gilbert. »In ein paar Minuten.«

Clément legt einen Arm um sie. »Wir haben's fast geschafft, Äffchen.«

Gilbert beobachtet sie nachdenklich. Draußen auf dem Bahnsteig schrillt eine Trillerpfeife. Ist jemand ein- oder ausgestiegen? Dieser stille Winkel des ländlichen Frankreichs scheint ein ganzes Universum weit weg von Paris, niemand ist auf dem Bahnsteig zu sehen, kein Menschengedränge, keine Angst. Der Zug fährt mit heftigen asthmatischen Atemzügen weiter, als würde er zum ersten Mal seit Wochen wieder frische Luft atmen. Rechter Hand, hinter ihren blassen Spiegelungen in den Fenstern, erstreckt sich die flache Auenlandschaft zwischen Loire und Cher, überhaucht von einer untergehenden Sonne. Der Himmel leuchtet blau wie das Blau in einem Buntglasfenster, und in dem schräg fallenden Licht ragen Pappeln auf wie Federn.

IV

In Azay-sur-Cher stehen die Fahrräder bereit, vier Stück, in einem Schuppen hinter dem Bahnhof, genau wie Gilbert gesagt hat. Er führt das überschüssige am Lenker neben sich her, während sie fahren – »Das brauchen wir für die ankommenden Passagiere« –, und zum ersten Mal denkt Alice an die andere Seite der Operation, dass jemand herkommen wird, vielleicht Leute, die sie von der Ausbildung kennt, Leute aus einer Welt, die nur ein paar Flugstunden mit einer leichten Maschine entfernt ist, einer Welt, wo du nicht über die Schulter blickst, um nach möglichen Verfolgern Ausschau zu halten, wo du nicht aufpassen musst, was du sagst, wo Angst keine endemische Krankheit ist, die Verstand und Körper zerfrisst. Wo nicht fünfhunderttausend Francs auf deinen Kopf ausgesetzt sind und du nicht wegen Mordes gesucht wirst.

Sie radeln in die zunehmende Dämmerung hinein, über einen Bahnübergang und durch die Felder, vorbei an Äckern und Viehweiden, immer wieder unterbrochen von kleinen Waldungen. Pappeln sind als Windschutz gepflanzt, Weiden säumen einen Kanal. Durch die Bäume im Osten sehen sie den Mond aufgehen, eine knochenweiße Kugel, die den schwindenden Sonnenschein durch eine andere Art von Licht ersetzt, ein mattes Monochrom. *Dass dich des Tages die Sonne nicht steche*, denkt sie, *noch der Mond des Nachts*. Es ist fast ein Gebet, aber nicht ganz, denn sie glaubt nicht an Gebete, glaubt nicht an Gott, glaubt nur an die Macht des Bösen und den schwachen Kampf von Männern und Frauen dagegen.

Nach rund zwei Kilometern biegen sie auf einen Feldweg, voller Furchen und Schlaglöcher, bis sie schließlich zu einem Wäldchen kommen, wo Gilbert anhält. Hinter den Bäumen erstreckt sich in östlicher Richtung eine Magerwiese, so flach wie ein Billardtisch. »Sieht ganz in Ordnung aus«, sagt er. »Vor ein paar Monaten mussten wir eine Operation abblasen, weil ein Bauer da seine Kühe hat grasen lassen, aber heute Abend scheint es keine Probleme zu geben. Meine einzige Sorge ist, dass Nebel aufkommen könnte. Drücken wir die Daumen.«

Auf einer Seite der Wiese ist eine morsche Scheune. Heu liegt in einer Ecke gestapelt, eine verrostete alte Egge steht neben ein paar anderen namenlosen landwirtschaftlichen Geräten, an einem Haken hängt ein abgewetztes ledernes Pferdegeschirr. Gilbert scheint sich auszukennen, fast so, als wäre er hier zu Hause. Aus einem Bündel Zaunpfähle wählt er drei aus, etwa einen Meter zwanzig lang und an einem Ende angespitzt. »Gehen wir und bereiten alles vor.«

Es ist noch hell genug, um die Umgebung sehen zu können, als sie wieder hinaus auf die Wiese gehen. Nach hundert Metern bleibt er stehen und hebt einen Finger in die Luft, wie ein Wünschelrutengänger, der Dinge wahrnimmt, die mit normalen menschlichen Sinnen nicht zu erfassen sind. Dann rammt er feierlich einen Pfahl in den Boden und marschiert mit ausladenden Schritten weiter, als würde er ein obskures, heiliges Ritual durchführen. Als er erneut stehen bleibt und den zweiten Pfahl aufstellt, können sie ihn nur noch als undeutlichen Schatten sehen. Er schreitet nach rechts, stößt den dritten in die Erde und kommt zu ihnen zurück. Sein Gesichtsausdruck verrät, dass er mit seiner Arbeit zufrieden ist. »Jetzt können wir nur noch warten.«

Sie gehen wieder in die Scheune und machen es sich so bequem wie möglich, packen die Verpflegung aus, die sie mitgebracht haben, und trinken Ersatzkaffee aus Thermosflaschen. Sie unterhalten sich, aber das Gespräch ist gezeichnet von Nervosität, von der bangen Frage, was passieren wird und was nicht. Gilbert weist sie ein. Im Flugzeug werden die Fallschirme der Ankömmlinge liegen. Er erklärt, wie sie umgeschnallt werden. Sie werden zwei Flughelme vorfinden, die bereits mit der Bordsprechanlage verbunden sind. Sie werden sie aufsetzen müssen, um mit dem Piloten sprechen zu können. Der Ein-Aus-Schalter befindet sich vorn an der Sauerstoffmaske.«

»Sauerstoff?«

»Den werden sie nicht brauchen, aber der Schalter ist nun mal an der Maske. Wahrscheinlich brauchen Sie eher die Kotztüten – die Lizzies fliegen mit einer maximalen Höhe von achttausend Fuß, und da könnte es holprig werden.«

Nachdem sie die Abläufe zwei- oder dreimal durchgekaut haben, kommen die beiden Männer auf den Krieg zu sprechen, was in Russland geschieht, in Italien, in Fernost, wie der Konflikt sich verschärft und wie er weitergehen könnte. Alice klammert sich an Clément Arm und ignoriert Gilberts neugierigen Blick, antwortet nur einsilbig, wenn sie angesprochen wird. Orion der Jäger zieht einen ganzen Baldachin aus Sternen über den Himmel, und dahinter geht der Mond auf, gießt Milch über die Felder. Sie erinnert sich an das Warten auf den *parachutage*, wie Langeweile in einen seltsam kontemplativen Zustand überging, in dem sogar die Kälte etwas Äußerliches wurde, etwas, das dir nichts anhaben konnte. Clément küsst sie aufs Ohr, ein erschreckender Klang in der Stille der Nacht. »Bald sind wir in England«, flüstert er, und sie denkt an England, an das öde, eintönige England, und fragt sich, was passieren wird. Sie stellt sich vor, dass er nach dem Krieg eine üble Scheidung hinter sich bringt und sie beide sich dann in einem anderen Land niederlassen, als Mann und Frau. Kanada vielleicht, wo dieser von Halban schon ist und wo sowohl Französisch als auch Englisch gesprochen wird.

Und Benoît? Zwei Männer, die sie beide liebt oder zu lieben glaubt oder vielleicht wirklich liebt. Sie nehmen verschiedene Teile ihres Lebens ein, als wäre sie zwei Menschen, eine durch den Krieg gespaltene Persönlichkeit, deren eine Hälfte die andere nicht kennt. Aber das ist nicht schwierig. Man hat ihr beigebracht, Geheimnisse zu bewahren.

»Irgendwann werden wir uns an das hier erinnern und lachen«, sagt Clément, aber sie kann nichts Lustiges daran erkennen, nicht mal ansatzweise.

Um Mitternacht steht Gilbert auf und streckt sich. »Machen wir uns bereit.« Er öffnet seine Aktentasche und holt vier Taschenlampen hervor, testet sie nacheinander und erteilt Anweisungen wie ein Befehlshaber, der seine Truppen ins Gefecht führt. Sie folgt ihm hinaus ins Mondlicht. Der Boden unter ihren Füßen ist hart gefroren. Um die Bäume am Rand der Wiese schlingen sich leuchtende Schals aus Nebel, und an dem Fluss rechts von ihnen liegt eine Nebelbank. Gilbert ist wegen des Nebels besorgt. Bodennebel kann selbst bei bestem Wetter eine Rückholung verhindern. Eine sternenklare Nacht kann binnen Minuten undurchdringlich werden, bloß weil die Lufttemperatur unter den Taupunkt fällt. »Eben ist es noch völlig klar, und im nächsten Moment bist du absolut nicht mehr zu sehen.«

Aber sie sind zu sehen. Sie sind spukhafte Schatten, die sich leise über die bleiche Wiese bewegen, Gespenster in der Dunkelheit. Sie gehen bis zu den entferntesten Pfählen und binden die Taschenlampen fest, kehren dann zu Clément zurück, der bei den Koffern wartet. Seine Erscheinung hat etwas Absurdes, ein Mann in einem dunklen Mantel, der mitten auf einer einsamen Wiese neben seinem Gepäck steht, wie ein Zugpassagier, der von einem Bahnsteig hierher gezaubert worden ist. Er bräuchte nur noch einen Bowlerhut, *un melon*, auf dem Kopf, und das Bild wäre komplett.

»Und jetzt warten wir«, sagt Gilbert.

V

Sie warten. Gestalten in einer monochromen Landschaft, umweht von einem leichten Wind, angemalt vom Mond, blicken hinauf zu den Sternen. Die Kälte dringt ihnen in die Knochen. Clément legt einen Arm um Marian und drückt sie eng an sich. Nachtgeräusche erklingen, ein Wispern und Huschen, das ferne Bellen eines Hundes, das Flüstern des Windes, wenn er ihnen an den Ohren vorbeistreift, und unter dem allen ein Murmeln, das der Klang des Flusses in der Nähe sein könnte. Und dann ist plötzlich noch etwas in der Luft, ein Raunen von Zukünftigem. Sie hört es als Erste. Vielleicht sind ihre jüngeren Ohren sensibler.

»Da!«

»Was?«

»Schsch!«

Es klingt ab. Hat sie es sich nur eingebildet? Die Frustration, etwas zu sehen, das andere nicht sehen können, ein Vogel, der durchs Unterholz flitzt, getarnt zum Schutz vor Räubern. An dem Tag mit Yvette auf dem Berg in Schottland.

»Da!«

»Wo?«

»Da drüben. Sieh doch!« Ein Moorhuhn vielleicht, das durchs Heidekraut huscht, lieber nicht fliegt, weil es sich sonst verrät – wenn du auffliegst, schießen sie dich ab. Laufen ist sicherer. Das Nächste, was sie gesehen oder gehört hatten, war die Gruppe Auszubildende aus der Swordland Lodge gewesen, mit Benoît …

»Da ist es wieder!« Das Geräusch kehrt mit größerer Gewissheit zurück, ein Murmeln in der Nacht, das zu einem Brummen wird, einem angedeuteten Dröhnen.

»Ja!«, sagt Gilbert. Und jetzt besteht kein Zweifel mehr – ein Flugzeugmotor, das Geräusch schwillt an und schwindet wieder, je nachdem, wie der Wind weht, pendelt sich ein, wird lauter, verwandelt sich in ein stetiges Trommeln. Sie starren angestrengt nach oben, um etwas zu erkennen, während der Lärm zunimmt. Gilbert leuchtet mit seiner Taschenlampe in den Nachthimmel, morst den Buchstaben M. Und die Antwort erfolgt prompt, ein kleiner Stern, der in der Finsternis blinkt.

»Das ist es!«

Alice schaltet die erste Lampe an und rennt los zu den anderen Lichtern, stolpert über den harten, unebenen Boden, wieder ein Kind, das durch den Mondschein läuft. Sie erreicht die zweite Taschenlampe und schaltet sie ein, läuft dann weiter zur dritten. Über ihr trommelt der Flugzeugpropeller auf die Dunkelheit ein. Als sie zu den wartenden Männern zurückeilt, kann sie die Bewegung der Lysander am Nachthimmel sehen, ein schwarzes Tuch, das Sternenstaub wegwischt. Die Maschine dreht auf sie zu, hängt an den Flügeln wie ein Greifvogel, der sich auf seine Beute stürzt, im Luftstrom geneigt, und das Motorengeräusch schwillt an und ab, wenn der Pilot mal mehr, mal weniger Gas gibt. Die Form wird größer und größer. Für einen Moment gehen die Landescheinwerfer an, Augen, die aus den Radverkleidungen starren, hell wie Rampenlichter im Theater, sodass sie auf einmal so bloßgestellt sind wie Figuren auf einer Bühne. Dann schießt das Ding an ihnen vorbei, setzt mit den Rädern auf, hüpft wieder hoch, setzt erneut auf, rumpelt die mit Lampen abgesteckte Landebahn hinunter, nimmt Gas weg und rollt weiter als die zweite Lampe, wendet dann aber wie vorgesehen, dreht nach rechts in Richtung der dritten Lampe, kommt dann zu der Stelle zurück, wo sie neben der ersten stehen und warten, ganz benommen von dem Krach.

»Was für ein Heidenlärm!«, brüllt sie so laut sie kann.

Der Luftsog erfasst sie, als die Maschine noch einmal wendet, sich in den Wind dreht und dann mit dem linken Flügel über der ersten Lampe stehen bleibt. Der Pilot winkt aus dem Cockpit, und Gilbert läuft zu ihm, um mit ihm zu reden. Hinten im Cockpit bewegen sich zwei Gestalten. Die Lukentür gleitet auf, und ein Mann ruft über den Motorenlärm: »Ist das hier Le Bourget?« Er schwingt ein Bein über den Lukenrand, ertastet die erste Sprosse der Leiter und ist im Nu auf dem Boden, und sein Kollege reicht ihm Koffer nach unten.

»Alles in Ordnung?«, brüllt er über die Schulter. »War ein verdammt guter Flug. Kinderspiel. Ich bin David. Du liebe Zeit, eine Lady!«

»Ich bin Alice.«

»Wie viele fliegen raus?«

»Zwei.«

Clément schüttelt ihm die Hand. Sie kann seine Miene im Halbdunkel sehen – Erstaunen. Wie ein Kind vor einem Weihnachtsbaum.

»Einer aus der Firma?«

»Nein.«

»Also ein hohes Tier.«

Sie reichen Cléments Koffer hoch und warten dann, bis der zweite Passagier ausgestiegen ist, ein älterer Mann mit einem struppigen Schnurrbart und Stoppeln am Kinn. Er sieht aus wie ein Ganove. Vielleicht ist er ja ein Ganove. Vorn an der Nase des Flugzeugs ruft Gilbert etwas, seine Worte werden vom Luftsog weggewirbelt und erreichen sie nur in Fetzen. »Kommt … Gänge! Wir … Zeit … vergeuden!«

Sie wendet sich Clément zu. »DU ZUERST!«, brüllt sie. Das Chanson geht ihr durch den Kopf: *Puisque vous partez en voyage / Puisque nous nous quittons ce soir.* Gehorsam klettert er die Leiter seitlich an der Maschine hoch und ins Cockpit.

Sie folgt ihm, sieht zu, wie er sich hinsetzt, hilft ihm mit den Fallschirmgurten.

Dann deutet sie nach unten auf den Boden. »MEIN KOFFER!«

Er nickt und sagt etwas, doch seine Worte werden vom Luftsog weggerissen. Sie lässt den Blick über die Wiese schweifen, fahl im Mondlicht, wie abgestorbenes Fleisch. Und das Dröhnen des Motors vor ihr, der mit Sturmstärke auf sie einschlägt. Gilbert steht unter dem Cockpit und schaut zu ihr hoch. »Beeilung!«, formt er mit den Lippen.

Sie muss daran denken, wie die Zeit sich verlangsamte, als sie die Männer in Belleville erschoss. Die Formbarkeit von Zeit, die Relativität von Zeit, dass die ganze Welt in dem Moment langsamer war und wie schnell sie jetzt ist – der dröhnende Motor, der Propeller eine verschwommene Scheibe, zweigeteilt durch ein Schwert aus Mondlicht, während die Sterne über den Himmel toben – und diese große Stille in ihr. Die Männer am Boden schauen neugierig zu ihr hoch, die Gesichter weiße Daumenabdrücke der Verwunderung.

Sie klettert die Leiter hinunter und springt auf die Wiese. Vom Glashaus des Cockpits blickt Clément herunter, das Gesicht verdeckt durch die Sauerstoffmaske, die Augen starr auf sie gerichtet. Der Ausdruck in ihnen ist schwer zu lesen. Bloße Kugeln aus Gallert und Knorpel. Sie schüttelt den Kopf.

»LOS!«, brüllte sie in den Luftstrom des Propellers. Und gestikuliert mit der Hand nach vorne. »LOS! LOS! LOS!«

Gilbert läuft von der Maschine weg. Der Pilot hebt den Daumen. Der Motor wird lauter, dröhnt und wütet in der Nacht, zerrt für einen Moment gegen die Bremsen, ehe die Lysander mit einem Ruck anrollt, rumpelnd, nickend, Fahrt aufnimmt, während Clément aus dem Cockpit nach unten blickt, sein Gesicht kaum mehr als ein Schattenklecks. Dann ist er weg, und plötzlich ist das Flugzeug in der Luft, gewinnt mit ausgebreiteten Flügeln an Höhe, eine Fledermausgestalt vor der Dunkelheit, steigt empor, dreht, schwingt durch die Sterne hindurch und lässt Alice zurück, die im Luftsog des Flugzeugs steht, mit wehenden Haaren und flatterndem Mantel. Und sie ist in Tränen aufgelöst, weint verdammte, blöde, alberne, mädchenhafte Tränen.

VIERZON

Sie ist allein. Sie sitzt in der Ecke eines Abteils mit zwei anderen Passagieren, aber sie ist allein. Um sich wach zu halten, betrachtet sie die vorbeiziehende Landschaft, die flachen Auen des Cher, die weiten Eb'nen Frankreichs. Doch die Müdigkeit schleicht sich in sie hinein wie ein Dieb und stiehlt ihr die Wachheit. Sie schläft ein, hört das Dröhnen eines Flugzeugmotors in den Ohren, schreckt wieder hoch. Ihre Mitreisenden haben etwas zum Lesen zur Hand genommen. Sie schaut zu, wie die Bäume und Wiesen vorbeigleiten. Misteln stecken kugelig im nackten Geäst. Auch auf dem Friedhof waren Misteln, oben in den Bäumen, als sie sich mit Yvette getroffen hat. Was hat die Mistel für eine Bedeutung? Die Druidenpflanze. Die Pflanze, die den nordischen Gott Baldur tötete. Küsse zur Weihnachtszeit, ein Kuss, den sie Clément stahl. Sie döst, träumt, sieht sich selbst, wie sie in der Dunkelheit rennt, spürt Cléments Körper an ihrem.

Was bedeutet das für die Zukunft? Wie lange währen solche Dinge? Werden sie sich als bloße Freunde wiederbegegnen, oder wird da noch immer dieses atemlose Verlangen sein? Wer weiß? Die Zukunft ist etwas Ungewisses, gefährdet durch die Gegenwart, durch den Krieg, durch ihr eigenes seltsames Leben hier in dem dumpfen und geschundenen Land, zu dem Frankreich geworden ist. Die Zukunft ist unwichtig. Wichtig ist dieser Zug, der durch die französische Landschaft zuckelt, und die Erschöpfung, die sie beschleicht.

Sie denkt an Benoît. Lust ist etwas Primitives, Körperliches, und bewirkt, dass sie sich unbehaglich fühlt, hier in einem Abteil mit Fremden. Können sie ihre Lust wittern? Strahlt sie von ihrem Körper in die Luft aus?

Clément wird inzwischen in England sein. Wie werden sie mit ihm umgehen? Der Mann namens Fawley. Kowarski, der russische Bär. Und Ned, der vermutlich herangezogen wird, um Clément gründlich zu befragen, so wie er 1940 Kowarski befragt hat; Ned, dessen Rolle in dieser ganzen Geschichte so rätselhaft ist wie die Physik, die sie alle erforschen, eine Welt der Ungewissheit, die dennoch Gewissheit erbringt – eine Bombe, die die Welt in Stücke sprengen wird.

Unterdessen sitzen die anderen – Gilbert und der Mann namens David und der zweite Agent, der aussah wie ein Ganove – bestimmt längst im Zug nach Paris, auf dem Weg zum Gare d'Austerlitz, wo Plakate mit ihrer Beschreibung hängen und einer ausgesetzten Belohnung für ihre Ergreifung. Fünfhunderttausend Francs.

Was würde ihr Vater dazu sagen? Oder ihre Mutter? Sie kann sich den Entsetzensschrei vorstellen, als wäre es eine Schande, eine gesuchte Kriminelle zu sein, ganz gleich unter welchen Umständen.

Und sie ist hier, obwohl die halbe Pariser Polizei nach ihr sucht und eine Prämie auf ihren Kopf ausgesetzt ist. Sie hätte den freien Platz in der Lysander nehmen und mit zurück nach England fliegen können. Sie wäre in Sicherheit gewesen, wirklich in Sicherheit. Wäre das etwa eine Schande gewesen? Keine Blicke über die Schulter mehr werfen, nicht mehr mit diesem Angstflattern in der Magengrube leben zu müssen. Und schlafen, sie hätte schlafen können. Stattdessen ist sie hier, irgendwo in Frankreich.

Der Zug rattert weiter, hält an jedem Bahnhof, Reisende steigen ein und aus, Trillerpfeifen schrillen, Reisealltag im

Herzen Frankreichs. Vierzon kündigt sich mit klackernden Weichen an, mit einem Seitwärtsruck des Waggons, mit zahllosen Nebengleisen, endlosen Reihen von Güterzügen die auf die Abfahrt warten, und mit einer Stimme aus der Lautsprecheranlage, die »Vierzon *ville*« ansagt. Wo Julius Miessen damals in den Zug gestiegen ist. Julius Miessen, der sie durch Paris verfolgt hat. Ihre Nemesis. Sie zieht ihren Koffer vom Gepäcknetz und schlurft über den Gang hinter den anderen Passagieren her. Jemand hilft ihr nach unten auf den Bahnsteig und wünscht ihr *»Bon voyage, Mam'selle«*, und sie lächelt dankbar. Der Zug nach Toulouse wird an Bahnsteig zwei einfahren.

Toulouse bedeutet Benoît.

Clément und Benoît. Wie konnte ihr das passieren, ihr, der ehemaligen Klosterschülerin, die ihre Jungfräulichkeit bewahrte, bis sie zwanzig Jahre alt war, dem jungen Mädchen, dessen sexuelle Sehnsüchte stets von Schuldgefühlen getrübt waren? Zwei Männer in wenigen Tagen Abstand. Genau das, was sie immer entsetzt hat. Promiskuität, Laszivität, Sünde – ein ganzer Wortschatz der Unmoral. Vielleicht liegt es an dem unnatürlichen Leben, das sie führt, an ihrer Persönlichkeit, die zwischen Alice und Marian gespalten ist, wobei die eine tut, was die andere ignorieren kann. Erschaffe dir eine Tarnung für jeden Eventualfall. Sei für dich selbst real. Lebe die Person, die du vorgibst zu sein.

Laurence Follette, Studentin, die für eine Woche zu Besuch bei Freunden in Paris war und jetzt auf der Rückreise in den Südwesten ist. Laurence Follette, matt vor Müdigkeit, schleppt ihren Koffer hinüber zu Bahnsteig zwei und denkt an Clément, an eine Bombe, die riesige Städte in Schutt und Asche legen kann, an Benoît, wie er nackt vor ihr steht, als wäre Nacktheit das Natürlichste von der Welt.

Sie könnte in England sein. Jetzt, in diesem Moment, in England.

Sie döst auf einer unbequemen Bank ein, versucht, wach zu bleiben für die Zugdurchsagen. Der Kopf fällt ihr auf die Brust, fährt dann ruckartig wieder hoch.

Yvette. Hat Yvette sie wirklich verraten? Yvette, die Mutter, die von ihr bemuttert wurde. Yvette, die mit Emile geschlafen hat. Früher einmal wäre die Vorstellung unmöglich gewesen, doch jetzt scheint irgendwie alles möglich, selbst eine Stimme, die sie aus dem Schlaf ruft und sagt: »Marian? Marian Sutro?«

»Ja?«, sagt sie auf Englisch.

Es ist der älteste Trick der Welt. Die Tücke der Zweisprachigkeit, der Augenblick, in dem der falsche Schalter umgelegt wird, die falsche Antwort gegeben, das falsche Wort geäußert.

Yes statt *oui*.

Sie ist nicht Marian Sutro, sie ist Laurence Follette, Studentin, wohnhaft bei Toulouse.

Ja.

Sie blickt sich um, und da stehen sie, zwei Männer in dunkelblauen Anzügen und schweren Mänteln, und zwischen ihnen, mit einem schwachen Lächeln auf den Lippen, die Elsässerin.

Es ist wie die Kugel, die dich trifft – du hörst den Schuss nicht, der abgefeuert wird. Sie will von der Bank aufstehen, aber es ist zu spät, viel zu spät. Jemand hat sie bereits am Oberarm gepackt und hält sie fest. Es kommt zu einem kurzen Gerangel, als ihr Handschellen angelegt werden, während andere Reisende gleichgültig zuschauen. Eine junge Frau, die festgenommen wird. So was passiert andauernd. Wer weiß schon, warum? Wen kümmert es?

NACHWORT

Vom Mai 1941 bis zum September 1944 schickte die französische Sektion der Special Operations Executive fünfzig Frauen in den Einsatz. Zwölf von ihnen wurden von den Deutschen verhaftet und ermordet, eine andere starb während ihrer Mission an Meningitis. Die übrigen überlebten den Krieg. Einige dieser Frauen erlangten durch Filme und Bücher, die über sie geschrieben wurden, einen gewissen Bekanntheitsgrad. Andere sind bis heute unbekannt geblieben. Außergewöhnlich waren sie alle.

Pour vivre heureux, vivons cachés.

Florian

T. S. Eliot, »Old Possums Katzenbuch« (übers. von E. Kästner), in: *Gesammelte Gedichte,* hrsg. von Eva Hesse, Frankfurt a. M.: Suhrkamp Verlag 1972, S. 345

Jean-Paul Sartre, *Die Fliegen* (übers. von Traugott König), Reinbek: Rowohlt 1991

Elizabeth Barrett-Browning, »Sonnets from the Portuguese XLIII« (übers. von R. M. Rilke), in: *Englische und amerikanische Dichtung,* Bd. 2, hrsg. von Werner von Koppenfels und Manfred Pfister, München: dtv 2001, S. 427f.